Adrian Burkhardt

Zeus

AF175356

Adrian Burkhardt

Zeus

Mit einem Vorwort von Roger Strub

Bibliografische Information der Deutschen Nationalbibliothek: Die Deutsche Nationalbibliothek verzeichnet diese Publikation in der Deutschen Nationalbibliografie; detaillierte bibliografische Daten sind im Internet über dnb.dnb.de abrufbar.

Herstellung und Verlag: BoD – Books on Demand, Norderstedt
Umschlagkonzept und -gestaltung: Mark Manion, Laupen
Umschlagfoto: Grabstein von Adrian
Lektorinnen: Anita Weber, Liliane Burkhardt

ISBN 9783752609585

Vorwort

Ich kannte Adrian nicht persönlich. Seine Frau Claudia hat mir vor einiger Zeit das Manuskript «Zeus» zum Lesen gegeben, das zu veröffentlichen Adrian leider nicht mehr vergönnt war. Die Leidenschaft, mit der er seinen Roman verfasst hatte, ist erloschen, bevor er einen Verleger für die Geschichte begeistern, mit einer Lektorin um die sprachlichen Details feilschen und an Lesungen ein Publikum gewinnen konnte. Aber Adrian hatte Glück. Er wurde von einer tollen Frau geliebt.

Claudia ist es, die dafür sorgt, dass Adrians literarisches Vermächtnis nicht unbeachtet verstaubt. Der Traum vom Verlag, der das Werk herausbringt und Adrian posthum zum Bestsellerautor macht, hat sie dabei nicht vor Augen. Zuviel Arbeit müsste noch in das Manuskript investiert werden. «Zeus» ist in der vorliegenden Form ein Rohdiamant. Mit Adrians Tod ist es, um es mit einem Begriff aus der Musikbranche zu erklären, ein Demo Tape für ein grosses Album geblieben. Sprachlich ist es noch nicht ausgereift, inhaltlich wird öfters übers Ziel hinausgeschossen. Das Lektorat würde an vielen Stellen gnadenlos den Rotstift ansetzen. Ich kenne das aus eigener Erfahrung nur zu gut. Die Finalisierung eines Manuskripts ist für alle Autoren ein wertvoller, wenn auch manchmal schmerzhafter Lernprozess. Man muss mit Kritik umgehen lernen, Kompromisse eingehen, eigene Unzulänglichkeiten eingestehen. Und man wächst als Mensch und Schreiber daran.

Für Adrian ist das leider keine Option. Sein Werk ist wie es ist. Sein Buch ist 100% Adrian. Darum ist die Leserschaft für seine Geschichte auch schnell definiert. Es sind seine Familie, seine Freunde, seine Bekannten, die das nun vorliegende Buch verschlingen werden. Ein kleines Publikum, das Adrian persönlich gekannt und geschätzt hatte. Mit seiner Geschichte kehrt er zu ihnen zurück und zeigt sich von einer bisher unbekannten Seite. Sie begegnen ihm auf eine faszinierende Art neu und Adrian lebt weiter unter ihnen.

Ich empfinde grossen Respekt für das unbeirrbare Engagement und das Herzblut, das Claudia in die Veröffentlichung von Adrians Werk und damit in sein Andenken investiert hat.

Adrian wäre bestimmt nicht nur sehr glücklich darüber, sondern auch unglaublich stolz auf seine Frau.

Roger Strub
Autor

Die Kampe[1]

21. Dezember

Ich bin nicht gerne in öffentlichen Verkehrsmitteln. Gewiss, es ist ein Gebot der Vernunft, diese zu benutzen, der überbordende Individualverkehr bringt Infrastruktur und Natur an die Grenze - trotzdem bin ich am Morgen nicht gerne zusammengepfercht mit pickligen Schülern, spiessigen Beamten, aufgetakelten überparfümierten Weibchen und ungepflegten Zeitgenossen. Im Winter stinkt es ein bisschen weniger, aber die Dröhnung der Gerüche und das Tschaggatatschaggata von über 20 MP3-Playern im Bus sind auch nicht gerade erhebend. Die erzwungene Stille, die doppelplus Nichtkommunikation und das Starren ins Leere, um ja jeden Augenkontakt zu vermeiden, ähnlich wie im Lift, eine Bande von sozialen Autisten auf dem Weg zu was man entweder Arbeit oder Ausbildung nennt, aber niemandem wirklich Spass zu machen scheint, ein Heer von geistlosen Vorstadtzombies, in Gedanken wohl bei irgendwelchen Belanglosigkeiten des Lebens, die sie nicht verarbeiten konnten: Pickel, Untreue, Nicht-Beförderungen, unbezahlte Rechnungen, Mobbing, abartige sexuelle Veranlagungen, Bussgelder, ungenügenden Noten, Infekte an den Geschlechtsorganen oder auch anderswo, Rauchverbot undweissichderteufelwas.

Ich war in einer Scheissstimmung – das dürften Sie inzwischen ja wohl bemerkt haben sofern…. Entschuldigung!

„Bärn blablablabla……" Schon wieder dieses Konterfei, das mir langsam zum Hals herausing. Die joviale Fratze eines Politikers, der sich neben einem hochbezahlten Regierungsamt noch Zigtausend Franken als Präsident einer NGO auszahlen liess. Medien- und geldgeiler Sack –

---

[1] Seeungeheuer in der griechischen Mythologie, besitzt Schlangenhaare und einen Gürtel aus lebenden Tieren, der sich andauernd ändert.

und das als Mitglied einer sozialistischen Partei. Wenn das Wladimir Iljitsch Lenin wüsste –von Josef „Stalin" Dschugaschwili ganz zu schweigen, da wären 25 Jahre Gulag in einer Salzmine schon fast ein Geschenk. Aber eben, auch Sozialisten sind heute nicht mehr was früher sondern hocken mitunter in fett bezahlten Ämtern und verbreiten populistisch lächelnd krampfhaft arbeiterfreundliche Botschaften. Freisinnige weisen dafür Bettler weg und das Schweizervolk wirft kriminelle Ausländer raus. Wie gesagt, mein Biorhythmus war auf der Talsohle…

Draussen war es kalt bei -5 Grad und Nebel. Auch die weihnächtliche Beleuchtung, fette Weihnachtsmänner aus PVC (da versagt die Modebranche – so ein paar anorektische Weihnachtsmänner wären doch ganz nett und kämen durch jeden Kamin…), Rentiere aus Styropor und weitere heidnische Symbole vermochten die depressive Wetterlage nicht zu vertuschen.

Ich holperte im Bus von Ostermundigen zurück in die Stadt. Es war ein langer Tag gewesen. Sechs Stunden Interviews mit verschiedenen und nicht immer kooperativen Angestellten. Jedes Interview individualisiert und auf Video aufgezeichnet. Dazwischen Auswertungen und Modifikationen der Fragenkataloge für die nachfolgenden Kandidaten. (Noch) kein Resultat, nur ein Bauchgefühl. Wirtschaftsspionage ist ein ernstes Vergehen – es geht oft um Millionenbeträge, mein Klient wollte lediglich wissen, warum er in den letzten 18 Monaten bei 5 Offerten um jeweils genau 5% unterboten worden war. Umsatzverlust bei 9.7 Millionen Franken. Immer dieselbe Konkurrenzfirma hatte ein wenig billiger offeriert.

„Wir haben ein Qualitätsmanagementsystem. Deshalb fassen wir bei jeder verlorenen Offerte nach und versuchen in Erfahrung zu bringen, weshalb wir den Auftrag nicht gekriegt haben." Stanislas Fodors, ein Hüne mit markantem zerfurchtem Gesicht und den wohl üppigsten Augenbrauen, die ich je gesehen habe, zeigte Temperament. Manche kauen Nägel, andere brechen Genicke. Er gehörte zur zweiten Sorte. „Und ich habe noch nie gesehen, dass wir immer vom selben Konkurrenten jedes Mal um 5 Prozent – bis auf 1000 Franken genau bei Millionenaufträgen – unterboten worden sind. Es gibt nur eine logische Erklärung dafür: Wir haben einen Verräter in der Firma!" Er ballte seine Faust und schlug donnernd auf den Tisch. Ich war froh, kein Tisch zu sein. „Und das in meiner Firma!" Er spuckte beim Reden. Falls er vom Norovirus infiziert war, würde ich die nächsten 2 Tage auf der Toilette verbringen und meine Innereien leeren. Ich sagte dazu nichts. Er sollte sich nur mal austoben. Nach 3 Minuten Ankündigungen, was er mit dem Betreffenden machen würde (nicht das dies ganz legale Verarbeitungsversuche gewesen wären), beruhigte er sich ein wenig.

Vorsichtig fragte ich nach: „Herr Fodors, könnte es nicht auch so sein, dass der Täter beim Kunden sitzt, und ihre Konkurrenz nach dem Eingang Ihrer Offerte informiert?"

Er starrte mich an und stutzte. Es brauchte einen Augenblick, bis der Groschen gefallen war. Die rote Gesichtsfarbe verblasste und Entgeisterung breitete sich auf seinem Gesicht aus. „Gopfertamisiechnonemau!" Ein waschechtes Berner Schimpfwort, kein Ungarischer Fluch. Klar, er fühlte sich als Berner. Seine Eltern hatten in Ungarn in den 50er-Jahren durch die Bodenreform von Imre Nagy drei Viertel ihres Bodenbesitzes verloren. Als sein Vater sich politisch zu engagieren versuchte, wurde durch den Zusammenschluss der Kommunisten und der Sozialdemokraten die Magyar Dolgozók Pártja MDP (Deutsch: *Partei der Ungarischen Werktätigen*), gegründet. Die Partei seines Vaters wurde verboten. Als Ungarn 1956 den Austritt aus dem Warschauer Pakt erklärte und der einrückenden Streitmacht der Sowjetunion zu trotzen versuchte, erkannte sein Vater, dass seine Gesinnung und damit auch seine Familie in Ungarn keine Zukunft mehr hatten und entschloss sich zur Flucht. Die Ausreise war gut organisiert. Sie gingen als Hochzeitsgäste mit 2 Autos los, sein Cousin und seine Familie waren im 2. Auto. Niemand durfte für mehr als 2 Nächte Gepäck bei sich haben. Habseligkeiten und

Möbel hatten sie via ein Transportunternehmen nach Salzburg schicken lassen, sie würden die Grenze aber zuvor überqueren. Der Grenzposten von Sopronpuszta war damals noch nicht so populär. Niemand konnte ahnen, dass er fast 50 Jahre später zum Symbol des Zusammenbruchs des Eisernen Vorhangs werden sollte und die Ostdeutschen in Massen an dieser Stelle ausreisen würden. Die jungen Grenzbeamten wurden von 2 Sowjetischen Kommissaren assistiert. Als die Fodors an den Schlagbaum kamen, mussten sie ihre Ausweise zeigen und den Grund ihrer Ausreise erklären. Stanislas Vater Tamás erklärte den Beamten, es gehe um ein Familienfest in Salzburg. Der junge Grenzbeamte nickte und wollte sie durchgehen lassen, als einer der 2 Kommissare dazu trat. „Ein Familienfest. Wie nett. Zeigen Sie ihre Parteiausweise!" Niemand der Familie war Parteimitglied. Tamás zeigte sich verwirrt. Wozu brauche man denn einen Parteiausweis der MDP um Verwandte besuchen zu dürfen? „Aussteigen!" war die lakonische Antwort des Kommissars. „Mitkommen!"

Verängstigt warteten die Angehörigen auf Tamás Rückkehr. Plötzlich hörten sie Schreie und Schüsse. Tamás stapfte aus dem Posten. Er blutete im Gesicht und ein Blutfleck breitete sich auf seiner Brust aus. „Haut ab, durchbrecht die Schranke!" brüllte er und richtete eine Pistole auf den Kommissar und den Grenzbeamten neben ihrem Auto. Der Kommissar liess sich fallen und zog seine Waffe. Tamás schoss zweimal auf ihn, doch schien ihn nicht zu treffen. Der Kommissar schoss einmal und Tamás blieb abrupt stehen. Er schien etwas sagen zu wollen und kippte dann nach vorne. Mit aufheulendem Motor fuhren die 2 Autos los, die Windschutzscheibe des ersten Wagens zersplitterte, aber nach 2 Minuten waren die Fodors als Flüchtlinge in Österreich. Trotz 3 offiziellen Nachfragen wurden der Vorfall und der Tod von Tamás Fodors von offizieller Seite nie bestätigt. Der 13-jährige Stanislas hatte mit ansehen müssen, wie sein Vater starb. Das Gesicht des Kommissars mit den grauen Augen hinter der runden Stahlbrille, dem roten narbigen

Fleck auf der rechten Stirnseite, der gebogenen Nase und den asymmetrisch abstehenden Ohren verfolgte den Jungen noch in manchen Träumen.

Umsichtiger weise erfolgte die Überführung ihrer Habseligkeiten gleichzeitig an einem anderen Grenzübergang. So hatten sie zumindest ein Startkapital. Die Familie liess sich in Salzburg nieder und eröffnete eine kleine Papeterie. Stanislas' Cousin Levente hatte eine solche in Debrecen betrieben und diese Geschäftsidee schien die Vielversprechendste zu sein. Die Schliessung einer kleinen Druckerei an vielsprechender Lage in Salzburg hatte ihnen einen idealen Standort beschert; zudem begannen viele Ex-Kunden der Druckerei Produkte zu beziehen. Mit für den Erfolg verantwortlich war eine neuartige Maschine der Rank Group, mit der man Dokumente fotographieren und ausdrucken konnte, ein sogenannter Fotokopierer. Die Stadtverwaltung von Salzburg liess nach wenigen Monaten einen guten Teil wichtiger Dokumente auf diese Weise vervielfältigen. Das Durchschlagspapier und die Matrizendrucker waren für Dokumente qualitativ unbefriedigend. Levente hatte der Stadtverwaltungen einen Vertrag ausgehandelt, der je nach Menge Preisreduktionen vorsah. Nach 3 Jahren mussten sie den nächsten Fotokopierer anschaffen. Die Familienmitglieder arbeiteten für einen tiefen Lohn. In Kürze hatten sie einen guten Kundenstamm aufgebaut und verfügten über einen guten Namen. Stanislas absolvierte eine Lehre als Betriebskaufmann und begann nach seinem Abschluss im Familienbetrieb zu arbeiten. Nach 2 Jahren im Geschäft verbrachte Stanislas Ende der Sechzigerjahre als junger Mann eine Woche ferienhalber in der Schweiz und erkannte, dass diese Hochpreisinsel ein unglaubliches Potenzial für das kleine Familienunternehmen darstellte.

1971 eröffnete er eine kleine Filiale seiner Papeterie mit Kopierservice in Zürich. Nach 7 Jahren gab es Filialen in Bern, Basel, Schaffhausen und Winterthur. 1994 setzte Stanislas voll auf das Internet. Er gründete den ersten Online-Bürobedarfsshop der Schweiz. Aktuell war seine Firma in

Österreich die Nummer eins in dieser Branche, in der Schweiz immerhin die Nummer zwei.

Inzwischen hiess die Firma TF-Officeline, das TF stand in Gedenken an Tamás Fodors. Sie hatte 487 Mitarbeitende in drei Ländern und wertvolle Kooperationen mit Logistikunternehmen. Über 80% der Artikel waren so innert 48 Stunden lieferbar, ein Standard, auf den TF-Officeline stolz war.

Stanislas war im Herzen ein Kämpfer geblieben – wie sein Vater. Mit sehr viel Temperament und Engagement. Ein wertvoller, aber ein wenig zu impulsiver Zeitgenosse. Ich schilderte ihm die Hypothesen und schlug ihm ein einfaches Vorgehen nach dem Ausschlussverfahren vor:

Phase 1: Interviews mit den Mitarbeitenden, die über die relevanten Informationen verfügen.

Phase 2: Falls keine Resultate erzielt werden, Erstellen mehrerer verschiedener Fake-Offerten und Identifikation der undichten Stelle.

Phase 3: Einbezug der Kunden.

Stanislas war einverstanden und in Bezug auf die Konditionen mehr als grosszügig. Die nächsten paar Tage waren gebongt[2]. Solche Kunden sind für mich das Salz der Erde.

Ich stieg in den Bus, entspannte mich auf meinem Sitz und schloss die Augen. Mit der Entspannung war's allerdings Essig. Bei der nächsten Station stieg eine Gruppe Hiphopper ein, die offensichtlich ein Problem mit sich, dem Establishment, der Welt an sich und mit gewissen Passagieren hatten. 3 Stationen weiter hatten sie sich auf ein bärtiges übergewichtiges Subjekt in einem beigen Kamelhaarmantel eingeschossen. „Fettsack!" „Güggelifriedhof!" „Zuchtsau!" Weitere Nettigkeiten folgten. Das Zielobjekt blickte starr geradeaus und vermied jeglichen

---

[2] Akzeptiert, genehmigt.

Augenkontakt. Ach Gott. Ich seufzte innerlich, stand auf und begab mich gemächlich in Richtung der Störenfriede. Das Opfer registrierte mein Herannahen und suchte kurz den Blickkontakt. Die anderen Fahrgäste schauten geflissentlich zur Seite. Man konnte es ihnen nicht verübeln. In den letzten Monaten waren mehrere Fälle publik geworden, bei denen Leute zu Tode oder in die Invalidität geprügelt worden waren. Täter waren fast immer Jugendliche um die Zwanzig.

„Kannst du mit deinen Würstchenfingern noch in der Nase Bohren, du Fettsack? Warte, ich helf dir, aber danach musst du es essen!" Einer der Jungs bohrte dem Dicken den Finger in die Nase und die Gang grölte vor Vergnügen. Das Weitere geschah blitzschnell. Der Dicke hatte mein Herannahen bemerkt, warf mir einen entschlossenen Blick zu, ich nickte unmerklich. Mit einer raschen, fast beiläufigen Bewegung packte er die Hand des Jungen und brach ihm mit einem laut hörbaren Knacken den Zeigefinger. Der Junge schrie wie am Spiess. Der Dicke erhob sich und knallte dem nächststehenden Jungen die flache Hand an die Nase. Wieder glaubte ich ein Knacken zu hören, aber vielleicht war das Einbildung. Die zwei anderen Jungen wichen zurück. Der eine zückte ein Schmetterlingsmesser. „Dieses Arschloch hat mir den Finger gebrochen", fluchte der Dunkelhaarige, „macht ihn zur Sau!" Das zweite Opfer sass auf einem Sitz und presste seine Hände auf die Nase. Blut sickerte ihm über Kinn und tropfte auf den Boden. Von ihm ging offensichtlich keine Gefahr mehr aus. Ich baute mich neben dem Dicken auf. Der blondgefärbte Hiphopper streckte uns sein Messer entgegen und kam in geduckter Haltung einen Schritt näher. Ich war gut einen Kopf grösser und sicher 20 Kilo schwerer als er. Der andere fluchte auf Serbisch. Ich zog langsam meine Lederjacke aus und wickelte sie um meinen linken Unterarm, und sah ihm dabei ununterbrochen in die Augen. Aus den Augenwinkeln sah ich, dass ein Fahrgast hastig in sein Handy flüsterte. Jemand schrie dem Busfahrer zum er solle anhalten. Ich hielt meinen linken Arm schützend vor mich, als der Junge mit dem

13

Messer angriff. Er zerstörte meine teure Lederjacke, da ich aber zurück-gewichen war, geriet er ein wenig in Vorlage. Ich trat ihm mit voller Wucht mit der Schuhspitze ins Knie seines Standbeines, er schrie auf, knickte ein und ich liess einen Handkantenschlag auf sein Genick fol-gen. Nicht zu stark, ich wollte ihn ja nicht töten. Er liess das Messer fal-len und sackte auf den Boden. Der Bus hielt an und die Türen wurden geöffnet. Ein Teil der Fahrgäste stiegen hastig aus, der unversehrte Halbstarke auch. Ich wandte mich an das verbleibende Trio. „Verpisst euch, Idioten. Die Polizei kommt jeden Moment. Ihr habt Mist gebaut, lasst euch das eine Lehre sein. Das nächste Mal landet ihr im Knast. Haut bloss ab!" Ich liess ein serbisches Kraftwort folgen. Sie zogen ab wie die Eidgenossen bei Marignano. Nummer drei mussten sie stützen, er würde wohl sein Knie beim Arzt untersuchen lassen müssen. Der Busfahrer kam angerannt und verkündete, er habe über die Zentrale die Polizei angefordert. Ich wollte mich eigentlich lieber verdrücken, auf stundenlange Aussagen am Waisenhausplatzrevier konnte ich verzich-ten. „Prima!" Ich klopfte dem Fahrer anerkennend auf die Schulter, „das haben sie gut gemacht! Ich überprüfe noch wohin die Täter sich verdrü-cken, halten sie hier die Stellung und schauen sie, dass die Zeugen nicht abhauen!" Verdattert blickte er mich an und sah sich um, wer von den Fahrgästen noch im Bus sitzen geblieben war. Ich stieg aus und schritt zügig Richtung Innenstadt. Nach gut zweihundert Metern hörte ich zwei Geräusche: Eine Polizeisirene und ein Schnaufen, das höchstwahr-scheinlich von einem entlaufenen Nilpferd stammte. Ich drehte mich um und sah den Dicken im Kamelhaarmantel hinter mir. „Warten sie!" keuchte er, "Darf ich Sie zu einem Getränk einladen? Sie haben mir sehr geholfen!" Er spazierte seine Siebeltonne neben mir und wirkte auf eine eigenartige Weise sehr bestimmt und fordernd.

Wir gingen ins nächstgelegene Lokal, ein spanisches Bistro, und mein Überraschungspaket begann zu sprechen. „Seien Sie meiner

Dankbarkeit versichert!" Sein Dialekt war eine Mischung aus Bern-deutsch und wohl etwas Deutschem ich tippte innerlich auf Bayern. „Gestatten Sie dass ich mich vorstelle: Theodorus Zeus Wallbach. Dok-tor der Mathematik der Universität Linz." Nicht Bayern, Österreich also. Auch nicht weit daneben. „Sie sind ein tatkräftiger junger Mann. Ich habe sofort realisiert, dass sie höchstwahrscheinlich eingreifen würden. Ich bin ihnen dafür sehr dankbar!" Er bestand darauf, dass er den Scha-den an meiner Lederjacke berappen durfte. Das Teil hatte 850 Schwei-zerfranken gekostet, der Doktor der Mathematik klappte seine Briefta-sche auf und drückte mir einen Tausender in die Hand. Ich wehrte mich nicht übertrieben, als er dann aber noch meinen Namen und meine Ad-resse wissen wollte gab ich meinen Nachnamen und eine erfundene Ad-resse an, bestellte auf Spanisch einen kleinen Carlos Primero auf seine Kosten, er ein Glas Rioja und nach wenigen Minuten verdrückte ich mich nach Hause. Ich hatte Gescheiteres zu tun, als mich mit diesem blöden Vorfall zu beschäftigen. Zuhause stellte ich fest, dass das Messer meine Haut doch erreicht hatte. Mein Hemd hatte eine 3 Zentimeter lange Blutspur am linken Unterarm. Merfen und Dermaplast, die 150 Franken extra reichen für ein neues Hemd. Na also! Vielleicht war ja der Tag gar nicht so beschissen, wie ich angenommen hatte?

23. Dezember
2 Tage später leerte ich meinen Briefkasten. Verblüfft blickte ich auf einen Briefumschlag, der als Absender Dr. Th. Z. Wallbach, Münster-gasse 23 in Bern auswies. Wie zum Teufel hatte er mich gefunden? Ich riss ihn auf und las die Karte:

Sehr geehrter Herr Roulier!
Ich möchte mich noch einmal in aller Form für Ihr beherztes Eingreifen am
21. Dezember bedanken. Sie haben mich durch ihr umsichtiges, entschlossenes
und mutiges Verhalten vor wesentlichem Unbill bewahrt. Seien Sie deshalb

meiner Dankbarkeit versichert. Auch wenn es nicht einfach war, Ihre Identität mit mathematischer Logik zu eruieren, werden Sie wohl anerkennen müssen, dass meine Methoden funktionieren. Genau darüber möchte ich mit Ihnen sprechen und lade Sie deshalb ein, den Abend des 31.12.2007 in meiner bescheidenen Behausung an der Münstergasse 23 zu begehen. Falls Sie eine Begleitung mitbringen, lassen Sie es mich wissen.

Hochachtungsvoll

Theodorus Z. Wallbach

Ich überlegte kurz, knüllte die Karte zusammen und warf sie in den Papierkorb. In der Küche bereitete ich ein wissenschaftliches Brötchen zu: 2 Scheiben Roggenbrot, Butter mit ein wenig Dijonsenf vermischt, Kresse, 3 Scheiben Ei, 2 Scheiben Golfetta-Salami, 2 dünne Scheiben Essiggurken, 1 Blatt Saanen-Hobelkäse. Dazu 1 Glas Orangensaft und einen schwarzen Espresso. Ich setzte mich auf den Hocker meiner Bar, begann zu essen und blätterte gemütlich im „Bund". Es klingelte an der Tür. Ich zupfte rasch Trainerhose und T-Shirt zu Recht, sah innerlich in den Spiegel und ging die Tür öffnen. Frau Hefner, die schrullige Alte aus dem 1. Stock. Sie blickte kurz missbilligend auf meine Kleidung und meine Rasur (aufgrund der überteuerten Rasierklingen rasiere ich mich nur jeden 2. Tag) und teilte mir in klagendem Ton mit, Mitzi sei verschwunden. Mitzi war eine übergewichtige dreifarbige Katze mit dem IQ einer Aubergine und der Liebesbedürftigkeit eines brünstigen Makiaffen. Regelmässig ging sie durch offene Türen und Fenster in Wohnungen und Keller, liess sich dort einschliessen, entleerte dann Darm und Blase und wurde dann von entnervten Anwohnern rausgeworfen und mit wenig schmeichelhaften Attributen belegt. Falls es in unserer Nachbarschaft eine Todesliste für Haustiere geben würde, wäre Mitzi bestimmt einsame Spitzenreiterin gewesen.

„Ich mache mir solche Sorgen! Und das gerade an Weihnachten." Sie schniefte und fragte weinerlich:"Können sie nicht nachschauen?" Ich drehte den Kopf zur Wohnung und schnupperte:"Also hier ist sie nicht. Oder jedenfalls nicht lange. Das riecht man sonst. Zudem ist meine Freundin Katzenallergikerin und muss sofort niesen, wenn eine Katze in der Nähe ist. Gestern war sie da und hat nie geniest."

„Können sie nicht noch im Keller nachschauen?" Ich versprach es, wünschte ihr schöne Weihnachten und gute Jagd. Mitzi wäre eigentlich ein perfekter Fall für Electronic Monitoring, Frau Hefner vor dem Bildschirm und die Katze mit einem Halsband mit Mikrochip – eine zu schöne Vorstellung. Ich spürte ihren missbilligenden Blick, als ich mich umdrehte und die Tür schloss. Sie wusste nie ganz, ob ich sie ernst nahm. Keine Ahnung weshalb. Ich kehrte zur Bar zurück und trank meinen mittlerweile lauwarmen Espresso. Friede auf Erden.

24./25./26. Dezember
Zuerst das Positive: Mitzi hatte weder in meiner Wohnung noch in meinem Keller ihr Geschäft verrichtet. Die Weihnachtsbescherung durfte offenbar ein Anderer in Empfang nehmen. 2 x Weihnachten gefeiert, einmal bei meinen Eltern (Strickpullover und Büchergutschein gegen Bratenthermometer und Swisstool), ein Mal bei meiner LAP (Lebensabschnittspartnerin – ich glaube der Wortstamm ist „Abschneiden"), mich danach geweigert, bei ihren Eltern noch einmal zu feiern, was mir als mangelnde Bereitschaft, mich in ihre Familie zu integrieren ausgelegt wurde. Streit und dramatischer Abgang. So verbrachte ich den 26. vornehmlich im Bett vor der Glotze. Diesmal hatte ich es wohl wirklich verkachelt. Es ist ein Ros entsprungen.

27. Dezember
Sie brauchte Abstand. Und war mit ihren Eltern in ihr Ferienhaus im Engadin gereist. Mitzi war am 25. im Heizungsraum des Nachbarblocks halb verdurstet gefunden worden. Sie konnte nicht mal mehr miauen.

Kein Wunder, nachdem sie alle 4 Ecken des Räumchens ordentlich begossen und verschissen hatte. Frau Hefner hatte allerdings schon ein Inserat in der Lokalzeitung aufgegeben und war ganz empört, als ihr mitgeteilt worden war, dass sie das Inserat nicht mehr zurückziehen könne:"Eine Unverschämtheit ist das! Dabei könnten sie den Platz ja mit einem anderen Inserat füllen – stellen sie sich vor: Hundert Franken für gar nichts! So lasse ich das Inserat trotzdem erscheinen, ich habe es ja bezahlt! Also Leute gibt's!" Oh du Fröhliche.

28. Dezember

Als ich mittags kurz in mein Büro ging stapfte mir 5 Meter vor der Eingangstür die kolossale Gestalt von Dr. Theodorus Zeus Wallbach entgegen. Er war in einen dicken schwarzen Mantel gehüllt, trug eine Pelzmütze, die offensichtlich aus den Beständen der roten Armee stammte und ein zirka 2 Quadratmeter grosses Halstuch. Er sah aus wie Pavarotti auf Sibirientournee. Dabei stand das Thermometer gerade auf lächerlichen minus 2 Grad.

Wie zum Teufel hatte er mich identifizieren können? Ich hatte ihm rein gar keine Informationen über mich gegeben. Und wie zum Henker noch Mal kam er auf die Idee, dass ich Sylvester mit ihm feiern wollte? Da ich weder die Zeit noch die Kondition hatte, ihn zu umgehen, begrüsste ich ihn.

„Mein Freund, mein Freund" skandierte er begeistert und brach mir 2 Finger meiner Lieblingshand. „Eine sehr leichte Aufgabe, Sie zu finden!" Nun wenn schon, er war da und wohl nicht so einfach zu vertreiben. Ich bat ihn in mein Büro, schaltete die Kaffemaschine ein und setzte mich hinter den Schreibtisch.

Er schälte sich aus seinen Kleidern, während ich mir mal einen Kaffee zubereitete. Man kann ja nicht zu unhöflich sein und ich fragte ihn, ob er nicht auch…?

Selbstverständlich. Bevor er aber zu Quasseln begann, legte ich etwas fest: „Bevor wir hier über irgendetwas diskutieren, will ich wissen, wie sie mich gefunden haben"'"

Er blinzelte mich aus seinen Augenschlitzen listig an: „Das wurmt sie? Ich habe eine Methode entwickelt, die auf den Grundlagen der Wahrscheinlichkeitsrechnung beruht. In ihrem Falle hatte ich doch etliche Daten zur Verfügung!"

„Als da wären???"

„Nun mal.... Sie sind zwischen 35 und 42 Jahren alt. Sie sprechen mehrere Sprachen. Sie mässigen sich in Bezug auf Alkohol. Sie sind Stadtberner, am Dialekt unschwer zu erkennen. Sie verfügen aufgrund ihres Wortschatzes und ihrer Verhaltensweisen über eine tertiäre Bildung, stammen aus der oberen Mittelschicht, besuchen offensichtlich ein Fitnessstudio, betreiben Krav Maga (die Selbstverteidigungstechnik des Mossad), arbeiten – oder haben gearbeitet – in einem Interventionsbereich wie Polizei, Vollzug oder Privater Sicherheit, wohnen im Stadtgebiet von Bern, verkehren oft im „Schlüssel". Da Sie sich der polizeilichen Befragung entziehen wollten, arbeiten Sie eher nicht für den Staat. Ihr Habitus hat klar aufgezeigt, dass Sie in Krisensituationen souverän reagieren. Sie haben schon öfters negative Erfahrungen mit Polizeiverhören gemacht, deshalb ihre Fluchtreaktion. Solche Erfahrungen machen nur Polizisten, Kriminelle oder aber Leute im privaten Sicherheitsbereich. Im Militär waren Sie klar in einer Kampftruppe und hatten zumindest eine Gruppenführung inne. Ihre Reaktion hat aufgezeigt, dass Sie klar anspruchsvollere Jobs erledigen als öde Bewachung. Entweder wären Sie im mittleren Kader einer grösseren Sicherheits- oder Ermittlungsfirma oder ein spezialisierter Kleinanbieter. Ich habe alle Varianten nach Wahrscheinlichkeit bewertet und dann meinem kleinen Programm gefüttert. Das hat die Daten verwurstet und am Ende blieben 2 in Frage kommende Personen übrig. Sie und ein Toter."

„Oh, Sherlock Holmes ist also doch nicht über die Reichenbachfälle gestürzt?" sagte ich mit weit aufgerissenen Augen und erstauntem Blick.

„Das war zu erwarten." Er kniff die Augen zusammen und sah aus wie Bud Spencer vor seiner Steuerrechnung. „Es trifft sie, dass ich sie so leicht gefunden haben. Wenn sie wissen wollen, wie ich das genau gemacht habe, dann kommen sie am 31. zu mir. Es soll an Genuss nicht mangeln. Und ich will ihre professionelle Meinung hinsichtlich meines Vorgehens. Ich bezahle sie dafür, Expertenmeinung für – sagen wir 500 Schweizerfranken plus Spesen."

Ich verdrehte innerlich die Augen. Ein Spinner. Andererseits hatte ich in der Vorwoche meine neuste Bekanntschaft durch suboptimale Reaktion auf ihre Liebesbedürftigkeit und inadäquate Reaktion auf ihre Familie an Weihnachten vergrault und mir somit ein einsames Silvester beschert. Dazu würde ich noch bezahlt werden und der Dicke hatte sicherlich einen guten Unterhaltungswert. Also sagte ich zu, liess mir einen weiteren Finger brechen, als der Koloss mir die Hand erneut drückte und sich verabschiedete und sank dann auf meinen Bürosessel. Draussen plätscherte ein Glockenspiel pausenlos Jingle Bells. Halleluja. Ich öffnete meinen Büroschrank, nahm eine Flasche Redbreast 12 heraus, schenkte mir drei Fingerbreit ein und nahm einen Schluck. Wenn auch die Welt zum Teufel gehen sollte, dann wenigstens mit Stil. Und den Menschen ein Wohlgefallen.

29. Dezember
Am nächsten Morgen begab ich mich erst um halb elf in mein Büro. Auf dem Anrufbeantworter waren 2 Anrufe: Einer von einem offensichtlich paranoiden Ehemann und ein zweiter von einem Spitaladministrator, der mich dringend zu sprechen wünschte. Dem Ehemann rief ich auf sein zweites Handy an (es gibt Leute, die dies haben) und

erklärte ihm, dass ich – wie übrigens meiner Website zu entnehmen war – keine Beziehungsgeschichten untersuche. Der Spitalheini – Markus Werren war sein Name - weigerte sich, am Telefon genauere Angaben zu machen, er müsse zuerst sehen, ob er Vertrauen in mich und meine Methoden haben könne. Also fixierte ich einen Termin mit ihm. In meiner Mailbox war ausser den üblichen Mails zur Vergrösserung von Körperteilen und nigerianischen Vorschlägen zur Verbesserung meines Wohlstandes nichts. Ich blockierte die Absender, wohlwissend, dass morgen von einer neuen Adresse aus wieder dieselben gutgemeinten Angebote erscheinen würden.

Ich machte mir einen Espresso und vertiefte mich in die Berner Zeitung. Eine lästige Angewohnheit meines Berufes ist, dass ich sämtliche Nachrichten bezüglich ihrer Relevanz für meine Tätigkeit beurteile. Fehlanzeige. Es sah ganz nach einem Administrationstag aus. Nach 2 Stunden Schreibtischarbeit ging ich etwas essen. Im „Schlüssel" isst man in der Regel gut, aber noch besser für mich war, dass auch etliche Kantonspolizisten dort verkehrten und ich so den einen oder anderen Tipp oder Auftrag erhalten konnte. Aber auch damit war's Essig und der Tag schien zwingend in Müssiggang enden zu wollen. Zudem erwies sich das Menu „Suprême de Poularde avec son coulis d'Aceto Balsamico, Légumes de Saison et Riz à La Camargue" als trockenes Pouletbrustschitzel mit COOP-Aceto und Prodega-Gemüsemischung und ein wenig rotem Reis – heute war wohl nicht mein Tag. Ich schlenderte gemächlich durch die kalte Winterluft. Der Oppenheimer Brunnen sah für einmal nicht wie ein schleimiger grün-brauner Turm aus, sondern wie eine bizarre Eisskulptur. Der Hochnebel hatte sich gelichtet und die Sonne schien blass durch die dünne Nebelschicht. Der Waisenhausplatz sah dank der Ferien nach dem Mittag für einmal nicht wie eine Mülldeponie aus, rund 1000 Schüler und Lehrlinge bei nur 12 Abfalleimern und 4 Fastfood-Lokalen in der Nähe schienen für die Stadtväter eine unlösbare Gleichung zu sein. Ich hatte gerade auf einen Spielsalon Kurs genommen, als mein Handy klingelte. Der Spitalheini.

„Können sie nicht sofort kommen? Es ist etwas Entscheidendes geschehen‴" Seine Stimme tönte leise und gehetzt. Plötzlich schien er offensichtlich auf wundersame Weise Vertrauen gewonnen zu haben. Auf meine Nachfrage hin, worum es denn gehe, blieb er stur: Nur von Angesicht zu Angesicht. Ich sagte ihm, ich sei in einer halben Stunde bei ihm und nahm Kurs auf das Tram. Tram (Die Strassenbahn von Bern) ist Nostalgie pur. Gemütliches Tempo, antiquierte Klingel, unverständliche Informationen über Lautsprecher – was will man mehr!

Nach 20 Minuten war ich beim Viktoriaspital angelangt. Vor dem Haupteingang stand ein Polizeiwagen mit blinkendem Blaulicht. Ich betrat den Eingangsbereich und schritt zur Rezeption. Eine blondgelockte Schlumpfine mit grossem Busen strahlte mich an und fragte, was sie für mich tun könnte. Ich beschloss, die Tragweite dieser Frage nicht auszuloten und sagte, ich hätte eine Verabredung mit Herrn Werren, dem Administrator. Schlagartig verschwand das Strahlen aus ihrem Gesicht. Dieser Werren schien ja nicht gerade beliebt zu sein. Sie bat mich, Platz zu nehmen, ich würde gleich abgeholt. Also setzte ich mich hin und begann in den üblichen Zeitschriften für Hypochonder zu blättern, welche wohl in jedem Spital und in jeder Arztpraxis herumliegen. Nach 5 Minuten hatte ich diagnostiziert, dass ich wohl unbedingt eine Auszeit in einer Wellnessklinik im Schwarzwald brauchte, wollte ich nicht frühzeitig ableben. Birkenteeinläufe schienen ja etwas ganz Tolles zu sein. Noch bevor ich deren Angebot genügend studieren konnte, näherten sich mir zielstrebig zwei Individuen in Uniform.

„Herr Roulier?" Der eine Polizist, ein Hüne von fast zwei Metern mit beeindruckenden Oberarmen baute sich vor mir auf und blickte mich streng an. Der andere blieb auf meiner Seite stehen und hielt eine Hand an der Waffe. Hoppla!

Da schien etwas aus dem Ruder zu laufen. Ich blickte den Hünen an.
„Was ist los? Ich bin gerade gekommen."

„Was heisst hier „gerade"?"

„Vor 5 Minuten."

„Wie sind sie gekommen?"

„Mit dem Tram", erwiderte ich. Langsam begann ich zu ahnen, dass ich in etwas Gravierendes hineingeraten war.

„Zeigen Sie uns ihre Fahrkarte!" Klassisches Verhalten: Beweise sammeln.

„Ich habe ein Abonnement."

„Woher kennen Sie Herrn Werren?"

„Hören Sie, wenn das so etwas wie ein Verhör werden soll, dann sagen sie mir gefälligst, worum es hier geht. Ich habe keine Lust, hier irgendwelche Fragen zu beantworten, solange ich nicht weiss, was Sache ist. Entweder sie sagen mir sofort, weshalb sie mich befragen oder ich sage gar nichts mehr. Sie können es sich aussuchen."

Er tauschte kurz einen Blick mit seinem Kollegen aus, dieser nickte unmerklich. Er wandte sich mir wieder zu und sagte bedeutungsvoll: „Herr Werren ist tot. Aus dem 4. Stockwerk auf Beton geknallt. Deshalb möchten wir von ihnen wissen, weshalb sie ihn treffen wollten."

Ich überlegte kurz und erklärte den eifrig notierenden Beamten die Sachlage. Der Hüne schien nicht nur Muskeln, sondern auch ein wenig Grips zu besitzen und versuchte mit geschickten Fragen zu ergründen, was der Grund von Werrens Anfrage hätte sein können, aber ich konnte ihm nicht dienen. Ich antwortete ihm ganz offen und gab die Telefongespräche fast wörtlich wieder, was ihn zu einem anerkennenden Nicken veranlasste. Ich merkte mir seinen Namen: Korporal Robert Bucher.

„Handelt es sich hier um Mord?" fragte ich nach.

„Um eine Untersuchung eines Todesfalls. Wir können und dürfen keine voreiligen Schlüsse ziehen. Die Tatsache, dass er bei ihnen Hilfe holen wollte, deutet allerdings darauf, dass wir die Umstände des Todes genau untersuchen müssen. Wir behalten uns vor, sie noch einmal zu befragen und bitten sie, uns zu melden, falls sie die Region in der nächsten Zeit verlassen wollen."

Ich bat Korporal Bucher, mir doch eine schriftliche Verfügung zukommen zu lassen, was meine Mobilität betraf – ich erklärte ihm auch, dass meine berufliche Tätigkeit zuweilen grössere Verschiebungen erforderte. Er zuckte mit den Achseln und merkte lächelnd an, dass es hierbei noch nicht um ein formelles Gebot handelte, sondern um eine dringliche Empfehlung. Er könne sich aber durchaus vorstellen, dass der Untersuchungsrichter meine Bewegungsfreiheit massiver einschränken könnte. Na toll!

Er wandte sich mir vor dem Weggehen noch einmal kurz zu und blickte mir direkt in die Augen:"Ich danke ihnen für ihre Kooperation. Falls sie noch irgendetwas finden, was uns weiterhelfen könnte, teilen sie es doch mir mit. Hier haben sie meine Karte. Wenn ich einmal etwas für sie tun kann, lassen sie es mich wissen. Tragen Sie mir doch bitte ihr Mail und ihre Telefonnummer in die Agenda ein. Er reichte mir seine Agenda und einen Kugelschreiber und ich kritzelte meine Koordinaten hin.

Gar nicht bullenüblich, der Junge!

Okay, wieder ein Auftrag flöten gegangen. Ich schnappte mir das nächste Tram und kehrte zum Büro zurück. Dort machte ich 2 Telefonate, das eine zu einem Assistenten des Gerichtsmedizinischen Instituts, der mir noch einen Gefallen schuldete und einen zweites zu Pit Frautschi, einem meiner Freelancer. Er sollte im Viktoria-Spital Gerüchte einholen.

Danach studierte ich die Website des Spitals und machte eine 3-stündige Internet-Recherche. Das Viktoria-Spital war vor 14 Monaten von einer grösseren US-amerikanischen Spitalgruppe übernommen worden. Im Rahmen der internen Optimierung der Spitalgruppe war man daran zu evaluieren, welche Dienstleistungen in welchen Spitälern als Kernkompetenzen zu betrachten seien. Der CEO der Gruppe, Holger Wennstrom, ein US-Amerikaner mit schwedischen Wurzeln, hat den 3 Spitalregionen Deutschland, Dänemark und Schweiz klare Vorgaben bezüglich der finanziellen Resultate gemacht. Er galt als profunder Kenner des Gesundheitswesens und hatte bereits etliche Erfolge als Mitarbeiter und zuletzt als CEO des US-Gesundheitskonzern V-Care zu verzeichnen. Er war bekannt für radikale und konsequente Vorgehensweisen und finanzielle Erfolge. Angefangen hatte er als Berufssoldat bei den US-Streitkräften als Logistik-Sergeant bei den Sanitätstruppen, wurde aber nach 3 Jahren von einem kleinen Medizinalproduktehersteller abgeworben. Dort wurde er im Aussendienst eingesetzt. Seine Spezialität war Beratung von militärischen Kunden hinsichtlich medizinischen Armeematerials. Anfangs 80er-Jahre zog er den grossen Fisch an Land: Während die USA dem Irak rund hundertfünfzig Kampfhubschrauber lieferten gründete Wennstroms Unternehmen eine Tochterfirma in Israel und belieferte via den Iran mit Medikamenten, Verbandsmaterial bis hin zu ganzen Feldspitalsausrüstungen – wohl um die von modernen Kampfhubschraubern zusammengeschossenen Iraner wieder zusammenzuflicken. Innert weniger Monate hatte sich der Umsatz verhundertfacht. Wennstrom wurde Vizedirektor und Teilhaber des Unternehmens, das sich mittlerweilen V-Care nannte und in den folgenden Kriegen am Golf, im Balkan, in Afghanistan kräftig mitverdiente. Von da an liest sich sein Lebenslauf wie eine Erfolgsstory in „Forbes". V-Care dehnte sein Tätigkeitsfeld aus, baute Spitäler, Altenheime, Ambulatorien und wurde zu einem Konzern mit einer 9-stelligen Bilanzsumme. Und zuoberst thronte der ehemalige Logistik-Sergeant Wennstrom.

2 Mal war V-Care in die Schlagzeilen geraten: Einmal wurden 5'000 verunreinigte Venenkatheter ausgeliefert. Folge davon waren 17 Blutvergiftungen mit 2 Todesfällen. V-Care konnte froh sein, dass dies in

Eritrea geschehen war und die dortige Gesetzgebung in Hinsicht auf solche Verfehlungen gelinde gesagt milde bis inexistent war. Die Sache hatte V-Care zwar nur eine tiefe siebenstellige Dollarsumme gekostet (der Löwenanteil war die Rückruf-Aktion und das Schmieren der Behörde). Die Publizität hatte allerdings bewirkt, dass der Aktienwert innert einer Woche um 18% gesunken war. Daraufhin hatte V-Care ein Budget von 25 Millionen Dollar gesprochen, um sämtliche relevanten Betriebe nach den ISO-Normen 13485 (Zertifizierung der Qualitätsmanagementsysteme von Medizinprodukteherstellern) und ISO 15378 (Zertifizierung von Primärverpackungen für Arzneimittel mit Referenz zu GoodMedicalPractice-Regeln) zertifizieren zu lassen. Zusätzlich wurde die Erfüllung dieser Forderungen innerhalb eines Jahres von allen Lieferanten gefordert. Eine renommierte Schweizer Firma überprüfte all diese Firmen eingehend und deckte Schwachstellen auf, die umgehend behoben wurden. Seither hatte sich kein nennenswerter Zwischenfall mehr ereignet.

Beim zweiten Mal war eine Schlammschlacht nach der Entlassung eines Direktionsmitglieds ausgelöst worden. Earl C. Jones, Mitglied der Geschäftsleitung, Ressort Logistik, hatte nach seiner Entlassung schwerwiegende Vorwürfe gegenüber seinem früheren Arbeitgeber erhoben. Er warf V-Care vor, bewusst teuer im eigenen Konzern einzukaufen und damit Konsumenten und Versicherungen zu schädigen. V-Care konnte aber nachweisen, dass in jedem Falle Gegenofferten eingeholt worden waren und V-Care sich im Sinne der Kunden verhalten hatte. Es kostete mich gerade mal 30 Minuten um herauszufinden, dass V-Care Leute auch in den Aufsichtsgremien der sogenannten Konkurrenz Einsitz hatten und auch Aktien im Besitze von V-Care Exponenten waren. So viel zum Einholen neutraler Offerten. Earl C. Jones war offensichtlich dem Stress einer langwierigen juristischen Auseinandersetzung nicht gewachsen und verstarb in seinem Heim in Miami an einem Herzinfarkt, den er unglücklicherweise beim Schwimmen im hauseigenen Pool erlitt. Seine Haushälterin fand ihn am Morgen, die Autopsie ergab ein klares Herzversagen. Daraufhin fand sich niemand, der den Prozess hätte weiterführen wollen und die Akte wurde geschlossen.

Ich druckte die jeweiligen Seiten aus und legte sie in einem Dossier ab. Daraufhin schickte ich dem Regionsleiter Germany & Switzerland von V-Care, Dieter Jannsen, ein Email ab, in dem ich folgendes festhielt:

An… <djannsen@vcare.com>

Von… <b.Roulier@Rouliermi.ch>

Betreff: Todesfall M. Werren

Sehr geehrter Herr Jannsen

Ich bedaure das Hinscheiden ihre Mitarbeiters M. Werren. Sie sollten folgendes wissen: Vor 24 Stunden rief mich Herr Markus Werren aus der Klinik Viktoria, die zu ihrer V-Gruppe gehört, an. Ich bin privater Ermittler. Er bat mich zu einem Treffen, ohne mir vorerst Gründe dafür anzugeben. Heute früh um 11.00 rief er mich wieder an und bat um ein sofortiges Treffen. Am Telefon hat er mir ein paar Dinge mitgeteilt, die mir nicht unwesentlich scheinen. Als ich mich um 1300 beim Spital einfand und nach Herrn Werren fragte, war dieser bereits tot, wie Sie ja sicher wissen. Die Polizei hat mich vernommen, ich habe ihnen jedoch nur erklärt, dass Herr Werren mich unbedingt in einer nicht definierten Angelegenheit zu Rate ziehen wollte. Falls Sie daran interessiert sind, mehr Informationen zu erhalten, stehe ich Ihnen gerne zur Verfügung.

Freundliche Grüsse

Bernard Roulier, Privater Ermittler"

Ich gähnte, schaute auf die Uhr: 19:17 Uhr. Zeit für einen Aperitif und etwas zum Essen. Ich hatte nichts erledigt, einen potenziellen Kunden verloren und fischte im Trüben. Das schrie nach einem Chardonnay im „Klötzlikeller". Vielleicht ja noch nach einer Schüssel Moules mit Knoblauch im „Camargue"?

Als ich um 21.00 nach Hause kam, hatte mich meine Nachbarin abgefangen. Sie trug so etwas wie einen Strickmantel aus den 50er-Jahren des letzten Jahrhunderts und war aus dem Häuschen:" Sie können sich gar nicht vorstellen was geschehen ist!", jammerte sie. Eigentlich wollte ich das ja auch nicht… „Heute ist mein Inserat in der Zeitung erschienen und dann hat sich dieser… dieser Mensch bei mir gemeldet!" Ihre Stimme zitterte vor Empörung. „Dieses Scheusal …. Hat bei mir geklingelt und sich erfrecht…" „Beruhigen sie sich!" Ich hob beschwichtigend die Hände und musste zart aufstossen. Der Knoblauch.

„Er… er verlangte FINDERLOHN!" Sie zischte das Wort durch die Lippen, als wäre es die grösste Obszönität.

„Finderlohn? Wie kommt er dann darauf??"

„…. Das Inserat. Im Inserat stand, dass ich Finderlohn bezahle. Dabei ist er als Hauswart ja für seine Liegenschaft verantwortlich! Wahrscheinlich war er es, der Mitzi eingesperrt hat! Das ist doch nicht in Ordnung, oder?"

Innerlich brüllte ich vor Lachen. Das war genau das, was mir noch gefehlt hatte, um wie ein satter Säugling einzuschlafen. Friede auf Erden.

30. Dezember
An… <b.Roulier@Rouliermi.ch>
Von…<pfrautschi4@gmx.ch>
Betreff: Werren

Lieber Bernard
Werren war ein äusserst exakter und wegen seines ausgeprägten Sparticks und seines pingeligen Wesens unbeliebter Spitaladministrator. Er ist vor knapp 2 Jahren eingestellt worden, Betriebswirtschafter FH, zuvor in einem Diakonisssenhaus in St. Gallen als Leiter Finanzen tätig, geschieden, 2 Kinder mit Besuchsrecht. Keine Einträge auf Facebook & Twitter. Keine Freundin,

Gerüchte über Homosexualität im Umlauf, aber nichts Konkretes auffindbar. Fährt einen SMART, spielt Golf und ist im Vorstand eines Oldtimerclubs aktiv. Am Mittag immer im Spitalrestaurant gegessen. Kirchengänger bei der Landeskirche, auch dort im Kirchgemeinderat aktiv. Bis auf das unbestätigte Gerücht ein wahrer Musterknabe. 2x je eine Krankenschwester ausgeführt, gilt als knausrig und beide Male bleib es bei einem Essen. Anscheinend ein Langweiler. Oberleutnant bei den Luftschutztruppen. Datenschutzfreak, dauernd am herummäkeln. Bestand darauf, dass alle Mitarbeiter ihre persönlichen Passwörter monatlich wechseln, er selber machte das wöchentlich. Polizei hat seinen PC beschlagnahmt, kommt aber nicht an alle Daten heran, da Werren 3 Tage vor seinem Todestag das Passwort ersetzt und dem SysAdmin nichts mitgeteilt hat. Daher können Einträge mittels Desaster Recovery nur bis zum 26. gelesen werden, 24.-26. war er aber nie am Arbeitsplatz. Die Polizei setzt einen Spezialisten ein, um an die Daten heranzukommen.

Wundere dich nicht über die Spesen, musste 2 seiner Mitarbeiterinnen ausführen und locker machen ;-)
Gruss
Pit

<b.Roulier@Rouliermi.ch>
<pfrautschi4@gmx.ch>
Betreff: Re:Werren

Hallo Pit
Danke für die rasche Arbeit! Bezüglich Spesen: Die einen lassen den Charme sprechen, die anderen müssen Frauen betäuben…
Gruss
Bernard

Am Nachmittag führte ich die zweite Serie Einzelinterviews bei TF-Officeline durch. Die Sitzordnung war klar übers Eck. Nie frontal, das wirkt angriffig. Ich bedankte mich bei jedem einzelnen Mitarbeiter zuerst und versicherte ihnen, dass der Täter nur gefasst werden könne, wenn sie uns ihre Beobachtungen und Hypothesen mitteilen würden. Ich gab jeweils meine Karte ab und bat sie, mich doch zu kontaktieren, wenn ihnen etwas Wesentliches später in den Sinn kommen sollte. So machte ich sie zu Zeugen und Ermittlern für den Betrieb und nicht zu Verdächtigen. In der Regel klappte das gut und sie können sich auf Nebenschauplätzen tummeln, während man unauffällig ein paar Kernfragen einstreuen konnte. Das mit dem Video erklärte ich so, dass sonst angezweifelt werden könnte, dass sie so etwas gesagt hätten und ein Wortprotokoll zu aufwändig wäre. Somit diene das Video quasi zu ihrem Schutz. Die Kamera war diskret positioniert und nach kurzer Zeit wurde sie ignoriert. Ich begann immer mit den gleichen Anfangsfragen:

1. Stört sie die Kamera?

2. Haben sie sich freiwillig gemeldet, eine Aussage zu machen?

3. Sind sie mit ihrer jetzigen Arbeitssituation zufrieden?

Die erste Frage müsste eigentlich mit „Ja" beantwortet werden, die 2. Mit „Nein", bei der dritten Frage wusste ich vom Personalchef, wer zufrieden war und wer nicht. So konnte ich bereits zu Beginn feststellen, ob jemand log und wie Mimik, Gestik und Tonfall beim Lügen waren.

Es wurde ein anstrengender Nachmittag.

31. Dezember

Haben Sie schon jemals morgens um zwei Uhr nach dem Verzehr eines köstlichen, zartrosa gebratenen korsischen Wildschweinbratens (mit frischen Kräutern, reichlich Knoblauch und geriebenem korsischen Ziegenkäse, viertelstündlich mit einem Gläschen Codivarta begossen) und dem Genuss von 3 Flaschen Terre Brune und 3-4 Grappas von Elisi Barrique einen wissenschaftlichen Vortrag über Stochastik[3] gehört?

Wahrscheinlich nicht und somit erspare ich Ihnen die technischen Details und beschränke mich auf das Wesentliche. Der Dicke versuchte mir wortreich und eindringlich zu erklären – nicht dass ihm eine gewisse Höflichkeit abhanden gekommen wäre - dass meine Methoden untauglich, unangemessen und veraltet wären – nett von ihm. Wären das Essen und der Terre Brune nicht so vorzüglich gewesen, hätte ich mir schon längst ein Taxi kommen lassen. Dass dies wohl einmal ein eher unrühmliches Kapitel in meinen Memoiren werden sollte, konnte ich damals ja noch nicht ahnen...

„Die Aufklärungsrate bei Verbrechen liegt je nach Delikt zwischen 20 und 94 Prozent!", dozierte Zeus und fuchtelte wild mit dem Zeigefinger vor meinem Gesicht herum, „was jedoch absolut skandalös ist, ist die AufklärungsZEIT. Über 40% der Fälle werden erst nach 24 Monaten oder mehr geklärt! Dies ist gelinde gesagt katastrophal und spricht für meine Theorie!" Er bot ein groteskes Bild. In seinem monastischen Bademantel, mit nassen wirren Haaren, Krümeln im Bart und Rinnsalen von Wein auf der rechten Kinnseite sah er wie der fleischgewordene Bacchus aus.

Als ich vor 2 Stunden bei ihm geklingelt hatte, war ich mitten in ein phantastisches Szenario geplatzt. Irgendein Chor sang wehmütige Lieder als sein Faktotum, ein gutangezogener, unrasierter alter Herr mit weissem Hemd und Fliege die Türe öffnete. Sein weisses Haar stand wirr ab. Er sah aus wie ein gefrorener Kaktus nach einem Stromschlag. Er führte mich in ein riesiges Wohnzimmer mit Kaminfeuer, einer Tonne mit 2 Metern Durchmesser, belegt mit Schaffellen. Daneben ein

---

[3] Teilgebiet der Statistik, das sich mit der Untersuchung vom Zufall abhängiger Ereignisse und Prozesse befasst.

Zinkbottich. Darin lag Wallbach, umgeben von Schaum, und liess sich von einer jungen Asiatin im Bikini den Bauch schrubben. Sie war nicht ganz hässlich. Ich näherte mich dem wallbachschen Bottich. Jetzt erst erblickte mich Zeus, stiess ein begeistertes Lachen aus und erhob sich mühsam. Mein Gott! Die Geisha begann ihn unverzüglich abzutrocknen, wobei sie nicht übertriebene Scham vor heikleren Körperteilen an den Tag legte. Er wickelte sich in ein zirka eine Are grosses Badetuch, was seinem Körperumfang durchaus angemessen schien. Sein Faktotum verschwand im Nebenzimmer und kehrte mit einem überdimensionierten schwarzen Bademantel mit dem goldenen Monogramm TZW zurück. Zeus schlüpfte umständlich hinein und wälzte sich auf mich zu, wobei er kleine Pfützen aus Schaum und Wasser hinter sich zurückliess. Offensichtlich hatte die Geisha diverse Körperteile übersehen.

„Mein Freund, mein Freund!" skandierte er begeistert.

Na ja. Begrüssen sie mal eine Siebteltonne offensichtlich angetrunkenes und plitschnasses Fleisch auf angemessene Weise. Meine Strategie war, meine rechte Hand so weit wie möglich auszustrecken, um mich mittels Händedruck elegant aus der Affäre zu ziehen. Fehlanzeige. Er zerquetschte meine rechte Hand, zog mich an sich, legte seinen linken Arm um mein Genick und umarmte mich in offensichtlicher Unkenntnis biomechanischer Vorgänge. Dazu stiess er Begeisterungslaute aus, die dem Paarungsruf des Schabrackentapirs nicht unähnlich klangen.

Nach 2-3 Sekunden stellte ich fest, dass ich doch noch nicht zur Tetraplegie verdammt zu sein schien und konnte mich mittels eines heftigen Leberhakens – für Zeus offensichtlich ein freundschaftlicher Klaps – so weit befreien, dass ich wieder atmen konnte. Meine rechte Hand würde nach 2-3 Wochen sicher wieder gebrauchsfähig sein.

„Die Wahrscheinlichkeit, dass sie kommen würden, lag immerhin bei über 60%. Da ihre derzeitige Freundin mit ihren Eltern im Engadin weilt, ist sie auf über 76% gestiegen. Und schau her, da sind sie!"

Das Faktotum – sein Name war anscheinend Jules – brachte mir ein Glas Champagner. „Auf das Abenteuer!" prostete mir Wallbach zu und leerte seinen Kelch in einem Zug. Ich blieb ein wenig vorsichtiger und begnügte mich mit einem Schlückchen.

„Erst das Essen und dann das Geschäft! Jules, du kannst auftragen." Er zeigte keinerlei Anstalten, sich umzukleiden und setzte sich an einen 2 x 4 Meter grossen, massiven Holztisch. Ich kniff mich diskret in den Arm um mich zu vergewissern, dass ich nicht träumte. So habe ich Zeus näher kennen gelernt....

Theodorus Zeus Wallbach war am 17. Dezember 1967 in Linz geboren worden. Seine Eltern gehörten der Oberschicht an, sein Vater war ein bekannter Anwalt und Lokalpolitiker, seine Mutter stammte aus einer vermögenden Familie und hatte genug Zeit und Geld, um trotz ihres Geschichtsstudiums lediglich adäquate gesellschaftliche Anlässe zu besuchen und sich im karitativen Bereich zu betätigen. Im Sommer wohnten sie meist in ihrem Herrschaftshaus mit 15 Hektaren Parkanlage, sie beschäftigten eine Haushälterin, eine Köchin und einen Gärtner. Wie sein Grossvater wurde Zeus auf den Namen Theodorus getauft. Als einzige Folge von Mutters Geschichtsstudiums kam noch der Göttervatername dazu, von Verwandten darauf angesprochen erwiderte sie stets lakonisch, dass sich ein zweiter Vorname auf einer Visitenkarte gut mache.

Unbestrittener weise setzten beide Elternteile hohe Erwartungen in ihren einzigen Sohn. Es zeigte sich bald, dass dieser die Erwartungen in manchen Bereichen weit übertraf, in gesellschaftlich relevanten Fertigkeiten aber massiv renitent war. Zeus war stets der Klassenbeste, was in einer Österreichischen Elite-Schule nicht ganz selbstverständlich war. Betrüblicherweise waren da aber die ewigen Eskapaden, die nach 5 Jahren sogar in einem Schulausschluss gipfelten. Bereits in der ersten Klasse musste sein Vater mehrmals vor dem Oberstudienrat erscheinen.

Ein Mal hatte Zeus sich geweigert, am Religionsunterricht teilzunehmen. Als er vor die heilige Inquisition – Oberstudienrat und Klassenlehrerin – zitiert worden war, fragten ihn diese, weshalb er denn nicht den Unterricht nicht mehr besuchen wolle. Der kleine Theo hatte stur vor sich hingestarrt und dann die blasphemischen Worte gesagt: „ Weil dies alles Lügen sind." Händeverwerfen, Schimpfen, Eltern her zitieren, Zetermordio!

Sein Vater hatte ihn zur Seite genommen und ihn gefragt, was den um Himmels Willen los sei?

„Die Geschichten. Sie stimmen nicht. Sie sind nicht logisch." Die Arche Noah war eine Lüge, weil ja gar nicht alle Tiere auf dem richtigen Kontinent waren. Termiten und Holzwürmer auch dabei waren. Die Speisung der Fünftausend war eine Lüge. Niemand konnte auf dem Wasser gehen. Schon gar nicht ein Meer teilen.

Elterliches Händeringen.

„Warum zwingt ihr mich, Lügen anzuhören?" Gegen diese kindliche Logik und Sturheit war nur mit einer grosszügigen Spende an den Schulfonds anzugehen. Klein-Theodorus wurde vom Religionsunterricht befreit, kriegte aber zuhause Stubenarrest.

„Ihr bestraft mich, weil ich nicht lügen und heucheln will."

Mama Wallbach blickte gen Himmel. Womit hatte sie dies verdient? Sie hätte den Kleinen so gerne herumgezeigt. Leider weigerte er sich, ein Musikinstrument zu lernen, sang nicht gern und hasste es auch, Gedichte zu rezitieren.

In den Haupttächern war Theodorus rasch unterfordert. Als er in der 4. Klasse wieder einmal von der Inquisition zitiert worden war, weil er im Mathematikunterricht ein Buch gelesen hatte, weigerte er sich, auf die Fragen des Oberstudienrates zu antworten. Telefon zu Papa Wallbach, Krisensitzung.

„Wir tun unser Bestes, Herr Wallbach, aber er ist so störrisch!" Zu Thedorus gewandt: „Junge, du musst uns mehr vertrauen. Wir wollen dein Bestes!"

Der kleine blasse Junge blickte auf. Seine grünen Augen wurden plötzlich lebendig. „Wirklich? Dann darf ich künftig, wenn ich mich langweile, selber mehr lernen?"

Verständnislos blickte ihn der Studienrat an. Dann entdeckte er das konfiszierte Buch. Der Titel lautete: Euklid – ein Leben für die Wissenschaft. Stumm sahen sich die Erwachsenen an.

An Weihnachten 1977 hielt die Familie Wallbach Hof und lud die ganze Verwandtschaft ein. Herzliche Begrüssungen, Komplimente, Freude allenthalben. Bis der kleine Theodorus während des Nachtessens zu seiner Tante mütterlicherseits sagte: „Tante, von allen heuchelst du am besten!" Totenstille am Tisch.

„Was meinst du, mein Kind?"

„Dein Gesichtsausdruck, wenn du lügst. Bei allen anderen ist es sehr offensichtlich. Dir würde man fast glauben. Zum Beispiel als du Grossvater gesagt hast er sehe gut aus. Ich habe es dir abgekauft, obwohl er offensichtlich", er deutete auf seinen Grossvater, „schwer krank ist."

Sein Grossvater starb fünf Wochen später an Krebs. Zuvor hatte Theodorus jedoch eine Woche Stubenarrest und durfte nur zu den Mahlzeiten erscheinen. Ihm war dies wurscht. Er blieb in seinem Zimmer und las. Die Haushälterin, eine nette rotwangige junge Frau, schmuggelte ihm Bücher und Esswaren in sein Zimmer. Vier Jahre später sollte sie seine erste Sexualpartnerin werden. Aber das wussten ja damals weder sie noch er.

Theodorus blieb nur bis zur fünften Klasse im Internat, während sein Vater grosszügig den Schulfonds in beängstigender Regelmässigkeit äufnen musste. Im Februar 1978 wurde er in der Schule diszipliniert, weil er sich standhaft geweigert hatte, im Sportunterricht Gesellschaftstänze zu erlernen. Er wurde mit fünf Tagen Zimmereinschluss bestraft, mit dem Einverständnis seines Vaters. Nach seinem Zimmereinschluss hingen plötzlich an allen Anschlagblättern mysteriöse Flugblätter, die unter anderem folgende Informationen der ganzen Schüler- und Lehrerschaft sowie der Lokalpresse zugänglich machten:

1. Oberstudienrat Hitzl hat ein Verhältnis mit einer namentlich genannten Serviertochter, obwohl er verheiratet ist.
2. Studienrat Schöderl hat in seinem Schrank eine Flasche Vogelbeerschnaps und erscheint regelmässig angeheitert zum Unterricht.
3. Studienrat Polak schaut den Jungs nach dem Turnen beim Duschen zu und fasst sich dabei manchmal in den Schritt.
4. Studienrat Gruber macht seit Jahren immer die gleichen Prüfungen.

Und weitere Punkte. Zu allen Vorwürfen wurden konkrete Beispiele gemacht. Die Schreiben waren mit einer Schablone geschrieben worden, wodurch man keine Rückschlüsse auf die Handschrift machen konnte. Der Effekt war unglaublich. Es kam zu einer Scheidung, einer Entlassung und 6 Verweisen. Die Schule hatte einen schwer wiedergutzumachenden Rufschaden erlitten. Offiziell wurde das Ganze nie Theodorus zugeschrieben. Es war nachträglich nicht ganz klar, ob die Schule oder die Familie den Schlussstrich gezogen hatte. Betriebswirtschaftlich gesehen war es für die Familie allerdings billiger, einen Privatlehrer zu engagieren. Die standigen Zuwendungen an den Schulfonds und das üppige Schulgeld reichten bei weitem aus, einen qualifizierten Privatlehrer zu engagieren. Für Theodorus war dies ein Glücksfall. Erst engagierten die Eltern einen Hardliner, der den kleinen Theodorus Mores lernen sollte. Er begann mit militärischem Drill. Nach 2 Tagen sprach Theodorus nicht mehr. Sein Vater versuchte mit ihm zu sprechen, erntete aber nur Verachtung. Nach 8 Tagen wurde das Experiment abgebrochen. Theodorus' Vater nahm seinen Sohn nach Wien mit. Auf dem Riesenrad im Prater nahm er die Hand seines Sohnes, sah ihm in die Augen und sagte:"Theo, mein Sohn. Ich habe wahrscheinlich viel falsch gemacht, aber du bist mein einziger Sohn. Bitte hilf mir. Ich weiss nicht, was ich machen soll!"

Der kleine blasse Theo mit den grünen Augen sah seinen Vater ernst an, nahm einen Bissen Zuckerwatte und sagte:"Lass mich meinen Privatlehrer selber auswählen!"

5 Wochen später nahm ein gewisser Hermann Pohl die Stellung des offiziellen Privatlehrers ein. Er war Hauptschullehrer, hatte in einem Jugendheim gearbeitet und war nebenbei noch Trainer einer Junioren-Fussballmannschaft. Es war sofort klar, dass Pohl und der Junge nach kürzester Zeit ein eingeschworenes Duo waren. Theodorus' Mutter war erst eifersüchtig, nachdem Pohl Theo aber so weit gebracht hatte, dass er ohne sie zu blamieren 2 Familienfeste absolviert hatte, begann sie ihn zu akzeptieren. Die 2 konnten stundenlang spazieren. Dabei erklärte Pohl dem Jungen, was dieser wissen wollte. Es sah so gar nicht nach Unterricht aus, dass Theodorus' Vater skeptisch wurde. Er schickte den Jungen zu einer Stufenprüfung an der öffentlichen Schule. In allen Hauptfächern schnitt der Junge mit der Maximalpunktzahl ab. Bemerkenswert war ausserdem, dass er seine Lösungen im Fach Mathematik bereits nach 45 Minuten abgegeben hatte. Für die Prüfung waren 2 Stunden vorgesehen. Pohl blieb bis zum 9. Schuljahr Theodorus' Lehrer. Beim Abschied weinten beide. Die Eltern dachten voller Befürchtungen an die Zeit im Gymnasium und versuchten krampfhaft, das Weinen trotzdem zurückzuhalten.

Theodorus fühlte sich wider Erwarten am Gymnasium pudelwohl. Seine eigenwillige und rebellische Art fiel inmitten all der pubertierenden Wirrköpfen weniger auf. Er fiel insbesondere durch 3 Sachen auf:

1. Seine wilde und exzessive Art zu feiern. Das blasse grünäugige Bübchen war zu einem wilden und hemmungslosen Jugendlichen geworden.

2. Dann seine gnadenlose Art, sich zu wehren, wenn ihm Unrecht getan wurde. Unvergessen blieb die Szene, als er am Schulfest verkleidet als Till Eulenspiegel eine Parodie auf die 3 Lehrkräfte bot, die ihn vor der Klasse blossgestellt hatten. Es waren dies der Sport-, der Musik- und die Religionslehrerin. Die Dritte hatte darauf eine schriftliche Beschwerde beim Rektorat eingereicht und Theodorus wurde zu einer Stellungnahme gebeten. Er erschien tadellos gekleidet und schriftlich vorbereitet. Er trug jede Verunglimpfung seiner Person durch die Lehrerin mit Datum und Uhrzeit wörtlich vor. Das Ganze dauerte 7 Minuten. Danach verbeugte er sich vor der Lehrerschaft und sagte mit ernster Stimme: „ Sie will uns lehren, dass wer ohne Sünde ist, den ersten Stein werfen soll. Nach dem ich dies vorgetragen habe – ich habe über 20 Zeugen – betrachte ich mich als gesteinigt und sie als sündenfrei. Es obliegt ihnen, meine Damen und Herren, zu beurteilen, ob dies so korrekt ist." Die Lehrkräfte waren sprachlos. 2 Tage später hatte die fragliche Lehrerin gekündigt. Fortan war jede Lehrkraft ihm gegenüber sehr korrekt. Theodorus' Vater musste höchstens ein Mal pro Jahr antraben….

3. Seine Fähigkeiten in Sachen Mathematik. Innert 2 Jahren war er seinem Mathematiklehrer um Meilen voraus. Im Unterricht las er Mathematikbücher und machte sich Notizen. Den Pflichtstoff erlernte er in einem Bruchteil der Zeit, den andere Schüler dafür benötigten.

Er absolvierte das Gymnasium souverän. Theodorus Studienzeit war wild und beängstigend. Er liess kein Fest aus, war klar der

Lehrgangsbeste in allen mathematischen Fächern und stellte seine Dozenten mit seinen Fragen vor schier unlösbare Probleme. Einzig ein junger Professor erkannte, dass hier ein Genie heranwuchs. Er nahm sich Zeit für den wilden Jungen und lud ihn manchmal sogar zum Essen mit seiner Familie ein. Doch Theodorus' – oder Zeus', wie er von den Kommilitonen meist genannt wurde – Manieren waren nicht so ganz kompatibel mit den familiären Gepflogenheiten. So trafen sie sich gelegentlich im Arkadenhof in Linz und fachsimpelten über mathematische Probleme.

Nach nur 4 Jahren hatte er seine Lizenziatsarbeit abgeliefert. Er kriegte eine Auszeichnung und einen Assistenzposten an der Universität Linz und doktorierte daselbst mit einem Summa cum Laude in Mathematik, Fachgebiet Stochastik. Wahrscheinlichkeitsrechnung war eh sein Steckenpferd gewesen. Für einmal waren seine Eltern stolz auf ihren Filius. Sie gaben eine gigantische Party in ihrem Herrenhaus, Zeus erschien in Kittel und Jeans, brachte schräge Studienkollegen mit, aber das Ganze blieb in Rahmen und Etikett. Mama Wallbach flüsterte beim Einschlafen selig ihrem Gatten zu:"Wir waren ihm gute Eltern." Er blickte skeptisch, nickte dann und drehte sich um zum Einschlafen. Verdammter starrköpfiger Zeus!

Zeus kriegte einen Lehrstuhl an der Universität Salzburg und dozierte dort pflichtschuldig 2 Jahre. Nach einem Jahr begann er zu erkennen, dass er langsam ein Bore-Out entwickelte. Studentenfutter, keine Herausforderungen. Er begann, die Prinzipien der Wahrscheinlichkeitsrechnung auf Tagesthemen wie politische Ereignisse und Kriminalfälle auszudehnen und stellte verblüfft fest, dass die Trefferquote gar nicht schlecht war. Bei Pferderennen versagte die Stochastik jedoch vollends. Nach 3 Jahre veröffentlichte er in einer Fachzeitschrift eine Publikation, die dieses Thema vertieft beleuchtete. Was daraufhin folgte war eine Hetze von Wissenschaftlern und Medien, die Zeus in die Ecke von Kaffeesatzlesern und Tarotkartenlegern zu drängen versuchten. Trotz richtiger Wahlprognosen und anderen beachtlichen Treffern wurde Zeus von der Welt der Wissenschaft gemobbt. Sogar sein Vater drohte ihm mit Enterbung.

Soweit sollte es allerdings nicht kommen, auf einer Sonntagsfahrt im Juni 1998 wurden seine Eltern in ihrem Triumph Spitfire Cabrio von einem alkoholisierten bulgarischen Lastwagenfahrer mit einem 40-Tönner plattgewalzt. Theodorus Zeus Wallbach war Waise, entehrter Wissenschaftler und ganz nebenbei Erbe eines Vermögens von rund 120 Millionen Schilling. Ganz zu schweigen vom Grundbesitz. Er brachte die Beerdigung in Anstand und Würde hinter sich und emigrierte in die Schweiz. Hier hatte er keine akademische Vergangenheit. Er begann, seine Theorien in die Tat umzusetzen und ging dabei eine Kooperation mit der InvestAG, einem bewährten Unternehmen im Bereich privater Ermittlungen ein. Innert 2 Jahren hatte er mehrere Fälle, vornehmlich im Bereich Wirtschaftskriminalität, angenommen und gelöst. Seine Methoden trug er wenig gegen aussen; die Erfolge sprachen für sich.

So weit, so gut.

Zurück in die Gegenwart. Wie eben gesagt: Ein fleischgewordener Bacchus. Ich beschloss, mir noch einen Elisi zu genehmigen und machte einen auf logische Konversation: „Was soll man denn ändern?", sagte ich lapidar.

Zeus explodierte, er erglühte, sein Gesicht lief rot an und er holte tief Luft, etwa wie ein übergewichtiger und entschlossener Familienvater beim Luftmatratzenaufblasen.

„Was denken sie, weshalb Verbrechen so lange ungeahndet bleiben? Weil die Arbeitsweise der Polizei ganz einfach antiquiert und damit dilettantisch ist! Es wird auf alles geschossen und wenn nichts Schlüssiges gefunden werden kann, bequemt man sich, endlich ein wenig zu zielen. Angesichts der Tatsache, dass in der Schweiz im Jahre 2001 insgesamt 646'311 Straftaten untersucht werden mussten ist diese Arbeitsweise schlicht und ergreifend skandalös und zeugt ebenso von Verantwortungslosigkeit wie von Dummheit. Dass bei dieser Vorgehensweise eine Unmenge von Ressourcen sinnlos verschleudert wird, brauche ich nicht näher zu erläutern. Beklagenswerter weise wird der fundierten Aufstellung von Arbeitshypothesen kaum Beachtung geschenkt. Täterbezogen gibt es Modelle, die eine Affinität zur Kriminalität und Risiko aufzuzeigen vermögen – wie etwa das deutsche Modell MIVEA (Methode der idealtypisch vergleichenden Einzelfallanalyse), FOTRES, (Forensisches Operationalisiertes Therapie-Risiko-Evaluations-System), das Dittmann-Kriterienraster, VRAG (Violence Risk Appraisal Guide) - delikt- und ermittlungsbezogen fehlen nebst der forensischen Spurensuche wissenschaftliche Ansätze weitgehend. Eruiert die Polizei bei einem Delikt systematisch, ob es eine Zufallstat oder eine Geplante war? Das hängt heute ganz vom Bauchgefühl des leitenden Ermittlers ab. Kriterienkataloge gibt es kaum. Und dort setze ich ein. Es gibt dort verschiedene Kriterien des Tathergangs und weiterer relevanter Beobachtungen, der systemischen Analyse des Opferbeziehungssystems, der Analyse und Gewichtung von Hinweisen und Indizien, die man mathematisch gewichten kann." Er genehmigte sich einen gewaltigen Schluck Terre Brune und schloss die Augen und lehnte sich in seinem überdimensionalen Sessel zurück und atmete geräuschvoll ein und aus.

Langsam begann sein Sermon mich zu interessieren, also signalisierte ich durch Nicken und zustimmendem Grunzen, dass ich noch am Zuhören war.

„Nur die Wahrscheinlichkeitsbeurteilung von intrinsischer und extrinsischer Motivation möglicher Täter – da mögen Modelle wie MIVEA hilfreich sein – **und** der Gewichtung aller tatbezogenen Umstände nach Grundsätzen der Stochastik kann taugliche Grundlage für die Erstellung von Arbeitshypothesen sein und somit zur Effektivität und Effizienz beitragen." Er richtete sich im Sessel gerade auf und starrte mich wild an. „Und genau das beabsichtige ich zu beweisen. Und dazu brauche ich Sie!" Er genehmigte sich noch einen tiefen Schluck und blickte mich erwartungsvoll an.

Jedenfalls weiss ich heute, dass Ereignisse in Mengen ausgedrückt werden und dass den Mengen Wahrscheinlichkeiten zugeordnet werden können. Aber als er noch über die Axiome von Kolmogorow zu referieren begann, musste ich passen. Mein Alkoholpegel war bereits zu hoch und ich fühlte mich hundemüde. Ich puhlte mir mit einer Büroklammer schwarze Teilchen aus meinen Fingernägeln. Ich hatte bisher gerne alleine gearbeitet und was ich nun zuallerletzt brauchen konnte war ein fettleibiger Mathematikprofessor der gegen Langeweile ankämpfte.

„Sie denken, ich sei ein Phantast?" Er tippte sich an die Stirn. „Ich benutze lediglich meinen Verstand und bin sicher, wenn Sie den ihrigen auch einsetzen, dass Sie auch zum Schluss kommen werden, dass mein Vorschlag gewinnbringend ist. Sie erhalten durch mich Aufträge. Erfolgsunabhängig werden Sie zu klaren Stundentarifen und Spesenvergütungen bezahlt. Durch meine exklusiven Beziehungen lernen Sie potente Kunden kennen. An Erfolgsprämien beteilige ich Sie zu 33%. Ich bin mit der InvestAG nicht mehr zufrieden und suche einen neuen Partner. Laut meinen Berechnungen sind Sie mit ihren Fähigkeiten und Ihrem Netzwerk der optimale Partner. Sie können bei mir sofort einsteigen. Risiko haben Sie keines. Wie ist es nun? Haben Sie Interesse, für mich zu arbeiten?" Er blickte mich erwartungsvoll an.

Ich gähnte, murmelte etwas von überschlafen und ich würde mich in den nächsten Tagen bei ihm melden. Er runzelte die Stirn, starrte mich kurz an, holte tief Luft, sagte aber nichts.

Ich verabschiedete mich und wurde von seinem Faktotum zur Türe eskortiert. Ich rief ein Taxi und liess mich nach Hause fahren. Dort duschte ich kurz, warf zwei Aspirin und ein Rennie ein, holte eine Flasche Mineralwasser, stellte sie auf den Nachttisch und legte mich schlafen.

1. Januar

Brummschädel. 2 Aspirin, Tomatensaft mit 2cl Absolut Vodka und Tabasco, Natriumbikarbonat. Eine halbe Stunde später einen doppelten Espresso, 1 Toast mit Rührei. Saures Aufstossen. Handy stummgeschaltet und fast den ganzen Tag geschlafen. Schliesslich war ja Sonntag.

2. Januar

Dichter Schneefall. 2 Anrufe von der gleichen Nummer auf dem Handy, letzter Anruf 0810, eine Nachricht. Ich hörte die Combox ab und erfuhr, dass Herr Jannsen mich dringst möglichst zu sprechen wünsche. Er sei in Vevey, könne mir aber entgegenkommen und wir könnten uns in einer Autobahnraststätte treffen. Ich rief zurück, wir verabredeten uns auf halb elf Uhr. Hatte beim Pinkeln subjektiv den Eindruck, es laufe langsamer. Wahrscheinlich Einbildung.

Ich duschte ausgiebig und überlegte, was der ausgelegte Köder wohl in Gang gesetzt hatte. Wahrscheinlich wollten die bloss wissen, wie viel ich wusste. Die prompte Reaktion war allerdings ein Zeichen, dass hier etwas faul war. Ich nahm also mal meine Heckler & Koch, vergewisserte mich, dass sie geladen war und steckte sie in meine Tasche im speziell für mich geschneiderten Jackett.

Ich begab mich 1 Stunde zu früh zum Treffpunkt, der Autobahnraststätte „La Gruyère" bei Bulle. Wegen des Schneefalls musste ich mit Verspätung rechnen. Von der Stunde Reserve waren gerade mal 30 Minuten übriggeblieben. Stellte den Videorucksack auf, schaltete ihn auf meine Überwachungswebsite und ging ins Restaurant. Dort ass ich das zweite Frühstück, die belegten Salamibrote waren ganz passabel. Nach ca. 1/2h konnte ich auf meinem Notebook erkennen, dass 2 Fremde mein Auto näher beäugten. Der eine von ihnen betrat kurz darauf das Restaurant und blickte suchend um sich. Ich erhob mich und winkte ihm zu. Er war ein paar Jahre älter als auf dem Foto im Internet und würde bald eine Glatze haben. Ich schätzte ihn auf gut fünfzig Jahre. Massgeschneiderter anthrazitfarbener Anzug, gutsitzende Krawatte, teure Schuhe. Zielstrebig nahm er Kurs auf mich und fragte: „Herr Roulier?" Ich nickte und reichte ihm die Hand. Linkshänder. Breitling. Norddeutscher Akzent. Er kam ohne Umschweife direkt zur Sache: „Sie haben mir eine eigenartige Nachricht geschickt. Ich bin mir nicht im Klaren, was sie zu bedeuten hat. Vielleicht können sie mir ihr Anliegen kurz schildern." Er musterte mich wie ein Chirurg seinen Patienten.

„Holen Sie sich doch erst mal einen Kaffee, dann können wir in Ruhe sprechen!" Er nickte knapp und verschwand Richtung Kaffeemaschine. Auf dem Laptop-Bildschirm konnte ich erkennen, dass Nummer 2 meinen Wagen fotografierte. Ich stellte das Bild ab und klappte das Notebook zu. Jannsen kam bereits zurück. Er wirkte ein bisschen weniger angespannt.

Ich begann ihm kurz zu schildern, wie Werren Kontakt mit mir aufgenommen hatte und wie sich die Geschichte weiterentwickelt hatte. Er unterbrach mich nach kurzer Zeit:"Hat Herr Werren Ihnen gesagt, worum es ging? Hat er Ihnen Einzelheiten genannt?"

Also so lief der Hase. „Er hat angedeutet, dass er etwas Grösserem auf der Spur sei, eh… es gehe um gross angelegten Betrug. Und es ging weder um den Oldtimerklub, noch um seinen Datenschutzfimmel." Ich wollte ihn im Glauben lassen, ich wisse wesentlich mehr. Darum diese Details. Er blickte mich skeptisch an. „Mehr wissen sie nicht?" Ich versuchte vertrauenerweckend dreinzublicken. „Ihm war wichtig, dass die Sache von einem privaten Ermittler untersucht wird und nicht von der Polizei. Er befürchtete anscheinend einen Skandal."

„Was haben Sie der Polizei gesagt?" Wieder diese fadengerade Direktheit.

„Nichts Substanzielles, nur dass er mich sprechen wollte. Meine Loyalität gehört in der Regel meinen Kunden."

Er blickte mich wachsam an. „Wer ist jetzt ihr Kunde?"

„Mein Kunde ist tot. Ich habe mich nun an seinen Vorgesetzten gewandt. Sie entscheiden, ob, Sie mich mit etwas beauftragen oder nicht!"

„Und wenn ich Sie nicht beauftrage? Was tun Sie dann?" Ein misstrauischer Unterton.

„Ich trinke meinen Kaffee aus, gehe nach Hause und buche das Ganze unter Spesen ab." Ich setzte wieder mein ehrlichstes Gesicht auf.

„Keine Geldforderungen?"

„Nein. Ich habe auch noch keine Leistung erbracht. Ich verrechne nur Leistungen."

Das erste Mal erschien so etwas wie ein Lächeln auf seinem Gesicht. „Gut!" Er atmete aus. „Sie verstehen, dass ich mich im Moment nicht festlege. Ein geschätzter Mitarbeiter ist tot. Sie sind die einzige Person, die aussagt, es handle sich hier offenbar um etwas, was mit unserem Konzern zusammenhänge. Ebenso gut kann es sich um Selbstmord, einen Unfall oder ein Beziehungsdelikt handeln. Ich werde selbstverständlich mit dem Personal vor Ort sprechen müssen. Ansonsten vertraue ich voll auf die polizeilichen Ermittlungen. Ich glaube nicht, dass wir etwas zu befürchten haben. Wir haben konzernweit wie vom Gesetz gefordert ein Integriertes (Finanz)Kontrollsystem IKS eingeführt, das von einer international renommierten Revisionsgesellschaft geprüft und für gut befunden worden ist. Ich glaube also kaum, dass wir Ihre Dienste benötigen werden. Trotzdem würden wir Sie für ihre Mühe mit... sagen wir tausend Franken entschädigen. Immerhin haben Sie für uns Zeit geopfert."

Ich dachte angestrengt nach. Er hatte den Köder wieder ausgespuckt.

„Geben Sie mir Ihre Karte. Falls wir Ihre Dienste doch noch in Anspruch nehmen müssten..."

Ich bedankte mich artig und überreichte ihm meine Karte.

„Wenn Sie mich nun entschuldigen würden.... Ich bin im Moment mit meiner Familie in Zermatt am Skilaufen und extra heute Morgen wegen ihnen hierhergefahren. Und meine Frau schätzt es nicht, wenn ich dauernd Geschäft vor Familie setze, aber bei solchen tragischen Vorfällen muss man Prioritäten setzen. Ich denke, das wird mich ein gutes Abendessen kosten, dies wieder gut zu machen! Herr Roulier, es hat mich aufrichtig gefreut! Senden Sie Ire Bankverbindung doch an diese Mailadresse!" Er überreichte mir eine Karte, erhob sich und schüttelte mir die Hand. Ich verabschiedete mich höflich und ass die Reste des zweiten Salamibrötchens. Danach startete ich mein Notebook auf und loggte mich ins Internet ein. Zuerst gab ich auf „map24" Zermatt und die Raststätte ein. 2 Stunden und 24 Minuten.

Danach loggte ich mich in meiner Überwachungswebsite ein und schaute mir im Zeitraffer das Video an. Jannsen und ein zweiter Mann. Der Zweite alleine. Fotografiert meinen Wagen – wohl wegen des Nummernschildes. Versucht ihn zu öffnen. Bückt sich. Steht auf und entfernt sich wieder. Danach nichts mehr.

Ich verliess das Restaurant und inspizierte kurz mein Auto. Nichts zu finden. Vielleicht hatte er sich nur die Schuhe gebunden. Ich fuhr zurück zu meinem Büro und googelte IKS. Nach einer halben Stunde war ich ein wenig schlauer als zuvor. Wikipedia sei Dank.

Ein Internes Kontrollsystem (IKS) besteht aus systematisch gestalteten organisatorischen Maßnahmen und Kontrollen im Unternehmen zur Einhaltung von Richtlinien und zur Abwehr von Schäden, die durch das eigene Personal oder böswillige Dritte verursacht werden können. Dazu gehört die Definition und Einhaltung von Prozessen, die sicherstellen, dass im Sinne der Geschäftsleitung gehandelt wird. An kritischen Stellen wird konsequent ein 4-Augen-Kontrollpunkt eingebaut, Funktionen werden sauber getrennt, damit nicht eine Person oder Organisationseinheit zu viel Eigenmacht entwickeln kann.

Die wichtigsten finanziellen Risiken werden identifiziert und nach Schadensausmass und Eintretenswahrscheinlichkeit gewichtet. Danach werden präventive Massnahmen definiert und die Risiken nochmals bewertet. Deshalb die Aussage von Jannsen, sie hätten nichts zu befürchten.

Ich loggte mich wieder bei V-Care ein und suchte weitere Informationen. Den Namen der Revisionsstelle und sogar den Namen des Revisors fand ich auf der Website. Aber ausser einem generell gehaltenen Organigramm weiter nichts.

Den Rest des Tages verbrachte ich damit, die Videos von TF-Office zu studieren, eine Konversationsanalyse und eine optische Analyse zu machen. Aufgrund meiner Beobachtungen war die Direktionssekretärin die wahrscheinlichste Täterin. Bei mehreren Fragen blickte sie immer kurz nach links oben. Bei den Eintrittsfragen log sie zweimal. Beide Male zögerte sie und blickte kurz nach links oben, bevor sie antwortete. Zudem rieb sie beide Male mit dem Zeigfinger der linken Hand am linken Daumen. Dieses Muster wiederholte sich bei diversen Fragen. Ich sah mir das Band mehrmals an. Dann mailte ich Pit Frautschi, er solle sich in Bezug auf die Dame ein wenig schlau machen. Nur telefonisch und Internet. Resultate am 4. Januar erwünscht.

Als ich das Büro verlassen wollte, stutzte ich. Ich lasse immer die zweitunterste Schublade 2 Zentimeter offen. Der Löffel im Zucker ist immer auf Links ausgerichtet. Der Bügel am Kleiderständer war immer auf Südwest. 2 der 3 Dinge waren anders. Ich inspizierte das Schloss. Schwer zu sagen, ob die frischen Kratzer am Zylinder auf meine Unpräzision oder auf Dritte zurückzuführen waren. Ich setzte ein paar Marker. Ich überprüfte meine Elektronik. Nichts. Wahrscheinlich nur Einbildung.

Am Abend ging ich im Blauen Engel etwas essen. Kalbssteak an Trüffelsauce mit Risotto, dazu eine kleine Flasche Chablis. Es lebe das Singledasein. Trotzdem ertappte ich mich dabei, weibliche Rundungen zu mustern. Aber ich wurde weder geohrfeigt noch angelächelt.

Zuhause geriet ich ins Grübeln.

Zusammengefasst:

Werren starb kurz nach unserem 2. Telefon.

Jannsen kam innert eines Tages, als er mein Mail erhalten hatte, zu einem Kürzesttreffen.

Jannsen log, er kam von Vevey und nicht von Zermatt. Dazu hätte die Zeit bei diesem Schneefall nie gereicht.

Jannsen hatte einen zweiten Mann zur Raststätte mitgenommen. Der hatte mein Auto fotografiert, es zu öffnen versucht und allenfalls etwas daran manipuliert.

.

Nachdenklich machte ich mich bettfertig. Den Haustürschlüssel liess ich stecken.

3. Januar

<janine27@hotmailer.ch>
<b.Roulier@Rouliermi.ch>
Betreff: Aussprache

Lieber Bernard
Nach unserem Streit und meiner Auszeit möchte ich mit dir treffen und Klarheit über unsere Gefühle gewinnen. Ich habe ein wenig Abstand gewonnen und möchte auch von dir wissen, wie du unsere weitere Zukunft siehst.

Liebe Grüsse
Janine

Toll. Was sollte das werden? Ein Tiefeninterview?

<b.Roulier@Rouliermi.ch>
<janine27@hotmailer,ch

Hallo Janine
Nach deinem Abgang habe ich also Sylvester/Neujahr frauenlos verbracht.
Auf meine Telefone und SMS hast du nicht reagiert. Treffen wir uns doch am
5.1. im Abruzzese. Dort können wir in Ruhe diskutieren.

Lieber Gruss
Bernard

Es war eine einfache Bettbeziehung gewesen, gelegentlicher unverbindlicher aber guter Sex. Meist ein gutes Abendessen dann zu mir oder zu dir.... Dann kamen die Ansprüche: Freundinnen kennenlernen, Eltern kennenlernen und dann noch das mit Weihnachten. Ich hatte ihr nie Liebe geheuchelt oder geschworen, sie auch nicht. Wir waren zwei solidarische Kumpels auf einer einsamen Insel bis sie plötzlich Besitzansprüche anzumelden begann. Ihr unkompliziertes Wesen machte einem Kontrollfreak mit ausgeprägtem Familiensinn Platz. Und da standen wir nun.

Nach Abtrocknen und Haartrocknen klaubte ich die Visitenkarte von Korporal Bucher hervor und rief an. Nicht erreichbar, hinterlassen Sie....
Danach ging ich in die Tiefgarage und schaute mein Auto von unten genau an. Ich hatte eine LED-Stirnlampe an. Nach einer Viertelstunde hatte ich rein gar nichts gefunden. Telefonanruf bei InvestAG: Bitte morgen mein Büro auf Wanzen untersuchen.
Telefonanruf bei der Treuhandgesellschaft: ich gab an einen Klienten zu haben, der sich aufgrund eines Vorfalls interessiere, ein IKS

einzuführen. Vom Gesetz her sei er nicht verpflichtet, ein solches zu unterhalten, aber eventuell…. ein Herr Stampfli oder so ähnlich sei ihm als Auskunftsperson empfohlen worden. Nach einer Minute hatte ich Herrn Stämpfli am Draht. Er witterte Verkaufsmöglichkeiten und sang eine Lobeshymne auf Interne Kontrollsysteme. Nachdem er mir genau erläutert hatte, was ein IKS alles konnte, überraschte ich ihn mit der Frage, was ein IKS nicht könne. Er überlegte kurz und erwiderte dann:"Das IKS regelt Abläufe, Zuständigkeiten, setzt Kontrollpunkte, antizipiert Risiken. Es ist jedoch keine moralische Instanz. Die Inhalte der Geschäftstätigkeit werden nicht geregelt. Theoretisch könnte auch eine kriminelle Organisation ein IKS betreiben." Danach versuchte ich ihn langsam abzuwimmeln. Er fragte noch nach, wer ihn denn empfohlen habe und ich erwiderte:"Ein Bekannter namens Markus. Ich kenne ihn nur flüchtig, er ist im Kirchgemeinderat meiner Gemeinde. Er arbeitet sonst in einem Spital, soviel ich weiss." Das schien ihm zu genügen.

Ich schickte der V-Care eine Rechnung über 1000 Franken im PDF-Format via Mail an die Adresse, die Jannsen mir gegeben hatte. Auch Kleinvieh macht Mist. Ich beschloss, dem Büroalltag den Rücken zu kehren und verbrachte den Nachmittag mit Wellness und Fitness im Timeout Ostermundigen.

4. Januar

Bürokram: Rechnungen, Mahnungen Buchhaltung, Belege einkleben. Dann das Highlight des Tages.

<pfrautschi4@gmx.ch>
<b.roulier@rouliermi.ch>
Betreff: Re: Angela Ferroni

Hallo Bernard

Sie ist 34 und geschieden, keine Kinder, wohnt in Stettlen in einem Reiheneinfamilienhaus. *Beruflich war sie zuvor 7 Jahre in der Administration des Strassenverkehrs- und Schiffahrtsamtes und brachte es dort zur Bürochefin. Ihr Ex-Mann hat dort eine höhere Charge inne. Seit 6 Jahren (Scheidung vor 6 Jahren) bei TF als Direktionssekretärin. Interessant ist aber vor allem ein Bild auf Facebook. Da laufen allenfalls Beziehungskisten mit Vorgesetzten. Jedenfalls ist sie mit dem Leiter Logistik im Bikini champagnerschlürfend auf einer Segeljacht – das sieht nicht nach Büroausflug aus. Bei der Geschäftsleitungsretraite in einem 4-Sterne-Hotel ist sie jeweils auch dabei – als einzige Frau. Am Abend wird da wahrscheinlich ziemlich gebechert – frag mal nach der Spesenabrechnung! Geht regelmässig ins Bodyfit und joggt 3x die Woche. Mitglied im Tennisclub. Offensichtlich keine regelmässigen Männerbesuche. Letzte Ferien laut Facebook im September auf Gran Canaria, im Hotel Blue Diamond. Nicht alleine (Bildunterschrift „Unser Zimmer"). War jmd. von der GL (alleinstehend!) auch um dieselbe Zeit in den Ferien und wenn wo? Sonst scheint die Dame einen untadeligen Lebenswandel zu führen. Tut mir leid, auf die Schnelle geht nicht mehr! Ich war in den letzten 24h Postbeamter, Cablecom-Angestellter, Billag-Angestellter, Mitarbeiter eines Meinungsforschungsinstituts – langsam werde ich schizophren. Wundere dich also nicht, wenn du 2 Rechnungen kriegst!*

Gruss

Pit

Telefon an Stanislas. Spesenabrechnungen der letzten GL-Retraite. „Da gibt es eine Rechnung. Da ist alles drauf! Und überhaupt geht es sie gar nichts...." Ich bat ihn, mir zu vertrauen. 10 Minuten später hatte ich das Material. 7 GL-Mitglieder und Frau Ferroni hatten am Abend für 1344.50 gegessen und getrunken. Nicht übel. Weit spannender war aber die Tatsache, dass am selben Abend noch separat eine Flasche Champagner für 90 Franken konsumiert und via Spesen abgerechnet worden war. Die trinkt man in der Regel nicht alleine. Dummköpfe gibt's.

***

5. Januar

Um 9:00 Uhr wachte ich auf. Heute Nachmittag die ersten Interviewbesprechungen bei TF-Officeline. Ich stand auf, machte mir erst einen doppelten Espresso. Danach unter die Dusche, heisses Wasser auf den Körper, Blutzirkulation anregen. Leichte Erektion. Schon nach 7 Tagen Abstinenz??

Am Nachmittag die Interviewbesprechung. Sorgfältig erklärte ich ihnen meine Vorgehensweise. Konsternation. „Aber doch nicht Angela!" Alle waren sich einig. Ich zuckte mit den Schultern und warf in die Runde: „Hat jemand von Ihnen in den letzten 5 Jahren ein Verhältnis mit ihr gehabt?". Erstauntes Gemurmel und Unmutskundgebungen.

„Entweder macht sie es wegen der Kohle oder aus Rache. Sie wollten die Wahrheit wissen also..."

Es stellte sich heraus, dass sogar 3 Herren eine Affäre mit ihr gehabt hatten und sie jedes Mal abserviert worden war. Na prima. Geile und naive Säcke....

Fodors wusste nun nicht, wen genau er erwürgen sollte und ich hätte ihm auch andere physische Bestrafungen als die Strangulation empfohlen.....aber eben, ich bin Ermittler und nicht Berater. Fodors schaute mich ernst an und sagte pathetisch: „Ich bezahle ihnen keine Prämie. Aber Büroverbrauchsmaterial können sie bei mir von jetzt an für 500.- pro Jahr kostenlos beziehen. Und ich betrachte sie von nun an als Freund."

Er sprach 3 Verweise und eine Freistellung per sofort aus.

Er umarmte mich und ich klopfte ihm auf die Schulter. Nach einem symbolischen Bier verabschiedeten wir uns.

<b.Roulier@Rouliermi.ch>
<headoffice@investag.ch<
Betreff: Büroscan

Sehr geehrter Herr Roulier

Wie gewünscht haben wir heute ihr Büro nach elektronischen Abhörmitteln untersucht. Gefunden haben wir zwei Abhörgeräte chinesischer Herkunft. Die Modelle kann man problemlos im Internet bestellen. Sie werden von keiner uns bekannten Behörde verwendet. Eines im Telefon unter den Nummernblöcken, ein zweites in der Kaffeküche hinter der Ventilation. Die Geräte haben eine Reichweite von höchstens 200 Metern, die Abhöreinheit muss sich also in nächster Nähe befinden. Oder via Relais und Internet weitergeleitet werden. Unsere Scans sind zu ungenau, um ihnen eine genaue Ortung zu liefern. Falls die Abhöreinheit vor Ort ist: Achten sie auf Lieferwagen mir abgedunkelten Fenstern. Falls es sich um ein Relais handelt kann es ein Notebook mit Modem sein, das an einer Autobatterie angeschlossen ist. Das könnte in einem X-beliebigen Auto versteckt sein. Auf Wunsch können wir ihnen einen Such- und Störtrupp schicken, den wir allerdings aus Deutschland anfordern müssten. Wir sind für solche Aktionen technisch nicht gut genug ausgerüstet. Falls sie einen Personenschutz wünschen, haben wir entsprechende Spezialisten. Wir hoffen, ihnen gedient zu haben.

Freundliche Grüsse
Joel Diener, Leiter Operationen

Well, well, well. Da hatte ich mir doch etwas Spezielles eingehandelt. Ich ging auf meinen kleinen Balkon und zündete mir eine Hoyo de Monterrey an. Was lief hier ab? Ich dachte eine Stunde angestrengt nach.

Am Nachmittag klingelte es in meinem Büro. Ich ging zur Tür und draussen stand Paco.

Paco war ein Hiphopper. Ich kannte ihn seit Jahren, als er 11 war, war ich für ihn so etwas wie ein Vorbild, der Philipp Marlowe – oder bei ihm der Star aus US-Forensiksendungen – des Quartiers. Er hatte mich bewundert und das höchste der Gefühle war für ihn gewesen, als ich ihn an einem Vatertag (er hatte seinen Vater nie gekannt) an einen Tatort (geknacktes Schloss im Economat und der Kasse eines Wohn- und Schulheimes für sehbehinderte Jugendliche) mitnehmen durfte. Via Fingerabdrücke hatten wir den Täter nach ein paar Stunden überführt. Von jenem Tag an wollte er auch Privater Ermittler werden. Seine schulischen Leistungen waren allerdings eher dürftig und bereits im Alter von 13 Jahren begann er eine Art Lebensverdrossenheit zu entwickeln. Seine Mutter Ana verdiente den Lebensunterhalt der 3-köpfigen Familie mit Putzen und Dienstbotengängen für Betagte (trotz ihrer Ausbildung als Erststufenlehrerin in Spanien). Sie machte alles für ihre Kinder, aber Paco entglitt ihr zusehends, wurde Mitglied einer Quartiergang und lebte immer mehr nach deren Kodex. Bei mir kreuzte er gelegentlich auf, wenn er Zigaretten oder eine Tasse Kaffee wollte. Da stand er, mit dem üblichen Kapuzenpulli, bleich, hohläugig wegen des chronischen Schlafmankos und trotzdem mit einem charmant-bittenden Grinsen. Ich begrüsste ihn, und klopfte ihm auf die Schulter. Das hasste er, lieber diese komischen Hiphop-Faustgrüsse. „Hey, hast'n Kaffee für mich?"

„Klar doch!"

Ich blickte ihn an. Er war hohläugiger geworden, bleicher. Der aufgesetzten Gleichgültigkeit war nun eine resignierte Nuance gefolgt. Keine Lehrstelle, keine Perspektive. Er war kein Kiffer, ich hatte ihn nie mit geröteten Augen gesehen oder Shit in seiner Kleidung gerochen. Aber die doch etwas stark geweiteten Pupillen könnten auf Koks deuten, die leicht geröteten Nasenränder dito. Ich hatte ihn schon mehrmals beim Dealen bei der grossen Schanze gesehen.

„Was läuft bei dir?" fragte ich ihn.

„"Scheisse, ich finde keine Lehrstelle. Nur Absagen. Ich glaub ich geh jobben. Oder hast du was für mich?"

„Paco, mich brauchst du nicht zu verarschen. Du bist für mich ok. Aber du hast dich da auf eine Scheisse eingelassen, aus der du kaum wieder rauskommst. Koks ist zu teuer. Und wenn du süchtig bist musst du entweder einen fetten Monatslohn haben oder kräftig dealen. Rat mal, was du jetzt machst?"

Er blickte mich trotzig an. „Wenn du ja sowieso alles weisst, dann kannst du ja gleich meinen Kaffee selber saufen!"

Ich schüttelte den Kopf. „Ich bin froh für jedes Mal, dass du hierher kommst. Und ich werde dir auch einen Kaffe geben, wenn du deine Mutter umbringen solltest. Ich habe dich als wertvollen Menschen kennen gelernt und bin überzeugt, dass du Potenzial hast. Was du jetzt bietest – well, du weisst das besser als ich." Er sah mich cool an, das heisst, er versuchte es wenigstens. Aber hinter der aufgesetzten Maske stank es nach purer Verzweiflung. Er blieb 2 Tassen lang, ich gab ihm noch eine Banane mit und wusste, er würde wiederkommen. Um sicher zu gehen sagte ich ihm: „Nächste Woche habe ich einen Auftrag für dich. Nix Grosses, komm doch anfangs Woche vorbei. Versprochen?" Er würde kommen, es sei denn, dass die Schwarzafrikaner sich ihrer Konkurrenz entledigen wollten oder er es mit der Dosierung nicht mehr im Griff hatte. Für ihn bestand die Welt aus Eis, die Fürsorge seiner Mutter war ihm lästig. Ohne Perspektive im Beruf würde er wohl das 40. Altersjahr nicht erreichen. Dass er ab und zu mir auf einen Kaffee kam war zumindest positiv. Irgendwie schaute er mich als Schrittmacher an.

Soziale Probleme eines Wohlstandstaates… Als er ging war sein Gesichtsausdruck leer und hoffnungslos.

Aber heute war ja noch Showdown im Abruzzese. Ich fuhr mit dem Bus hin und blickte um mich. Janine sass in einer Nische. Sie trug ein schlichtes graues Kleid und war unaufdringlich zurechtgemacht. Damit war der Ausgang klar. Abbrechen. Ich schritt auf sie zu, sie umarmte mich kirchlich und schmatzte mir drei kontaktarme Küsse ins Gesicht.

„Schön, konntest du kommen!"

„Du hast mich ja her zitiert…"

Sie zog eine Schnute. „Nun gehab dich nicht so, du weisst genau weshalb ich dir böse bin!"

Jaja, ichweissichweiss. „Du wolltest unserer Beziehung einen neuen Status geben. Ich sollte der neue Schwiegersohn werden. Wir waren einfach gute Freunde, die gelegentlich Sex hatten. Aber einfach Freunde. Mehr nicht! „

Wir bestellten einen Aperitif: Sie Tomatensaft und ich Redbreast Whisky. Hatten sie natürlich nicht. Also Tullamore Dew.

„Wenn du mein Freund wärst, würdest du dich auch für Leute interessieren, die mir nahestehen!"

„Mein Interesse hat gewisse Grenzen. Ich kann und will nicht mit den Eltern all meiner guten Freunde und Freundinnen Weihnachten feiern. So einfach ist das."

Sie biss sich auf die Lippen. „Ich hatte das Gefühl, unsere Beziehung wäre etwas Besonderes."

„Das Unkomplizierte war ja gerade das Besondere! Wir kamen uns gelegen, viel Spass, kein Stress, keine Verpflichtungen und guter Sex. Und plötzlich kommst du mir mit Familie und Verpflichtungen. Wir haben nie über eine ernsthafte Beziehung diskutiert. Ich habe dir nie Hoffnungen gemacht. Du hast gewusst, dass ich mitunter auch andere Affären gehabt habe. Du auch. Warum machst du nun so einen Zirkus?"

„So siehst du das also?" Inzwischen hatten die Leute sich umgedreht und uns anzustarren begonnen.

„Ich habe dir nie etwas vorgemacht oder versprochen. Du warst für mich stets eine Freundin. Du wolltest nun den Status ändern, ohne mich einzubeziehen. Was erwartest du von mir?"

„Ich habe mich in dir getäuscht. Ich dachte, du würdest dich ändern. Du bist ein Egoist und Opportunist." Aufstehen, Kehrtwendung und Hinaus stolzieren. Fast alle Gäste blickten mich an. Ich liess meinen

Blick schweifen. Missbilligung, Ablehnung, Verachtung und Empörung.

„Wer ehrlich deklarierten Gelegenheitssex verwerflich findet, hebe die Hand!" Ich blickte in die Runde. Keiner meldete sich. Na also. Ich setzte mich und ass mein Carpaccio. Der Kellner näherte sich mir zögernd. „Signore….. essen sie ruhig fertig, aber BITTE, verlassen sie unser Lokal danach unauffällig. Sie brauchen nicht zu bezahlen." Er sah mich bittend an.

Also gut, ich frass mein Carpaccio trank die 3 Deziliter Primitivo. Als ich das Lokal verliess, rief mir jemand etwas hintennach. Es war eine kleine Schwarzhaarige, die mir nachrannte.

„Hallo, " sagte sie atemlos, „ich finde ehrlich deklarierten Gelegenheitssex toll!" Ich blickte sie verblüfft an.

„Also, was ist? Bist du interessiert?"

Sie hatte kleine straffe Brüste und ein unbekümmertes Temperament. Kaum waren wir in meiner Wohnung zog sie Schuhe und Socken aus. Ihre Zehennägel waren abwechslungsweise rot und blau lackiert. Nach diversen Turnübungen und anderthalb Stunden saßen wir beide erschöpft und rauchend auf meinem Balkon und schlürften Prosecco mit Limoncello. Sie hiess Rebecca und hatte Psychologie studiert, Wahrscheinlich war ich nun ihr erstes Praktikum.

„Wenn ich zwischendurch bumsen will – wie kann ich dich erreichen?" Hat der Mensch Worte? Ich sah sie an und jammerte, ich fühle mich so … so. benutzt und erniedrigt. Sie lachte und machte sich wieder über mich her. Eigentlich hätte ich ja ein schlechtes Gewissen haben sollen. Es hielt sich in Grenzen. Ich überlegte mir, ob ich wohl auch in der Wohnung abgehört wurde.

6. Januar

Am Morgen ging ich kurz in die Wohnung meines Squashkumpels Vinzenz. Er hatte mich gebeten, während seiner Ferienabwesenheit 1x die Woche seine Pflanzen zu giessen. Sie hatten es nötig. Ich stellte seinen Telefonbeantworter an und wischte das Telefon mit einem Microfasertuch sauber.

Danach fuhr ich zu meinem Büro parkte den Wagen 300m davor und schlenderte unauffällig die Strasse entlang zu meinem Büro. Kein auffälliger Lieferwagen. Kein Auto mit Waadtländer Nummernschild. Kein Wagen mit Bussenzettel unter der Windschutzscheibe. Keine verdächtigen Personen. Rein gar nichts.

Im Büro schaute ich mich um: Alle Marker noch am Platz. Ich griff dann zum Telefonhörer, im Klo stellte ich bei „Ruftasten" auf „Ton ein.". Ich wählte langsam die Nummer von Vinzenz und drückte die Aus-Taste, sobald die Verbindung hergestellt war. „Hallo. Ich habe dir ja versprochen, dich zu benachrichtigen. Jannsen ist angedackelt. Er glaubt, dass ich nichts weiss und hat versucht, mich mit 1000 Franken abzuspeisen. Nein, ich bin mir sicher. Gut. Du hörst von mir. Ciao." Um halb zehn ratterte mein Fax. Der Kopf war vielversprechend:

Institut für Rechtsmedizin
der Universität Bern
Bühlstrasse 20
CH-3012 Bern

Ich las den Autopsiebericht und ackerte mich durch das Fachchinesisch. Wie erwartet war Werren an den Kopfverletzungen als Folge seines Sturzes gestorben. 3 Stellen im Bericht waren angestrichen. Werren hatte an beiden Armen und am Hals Druckmale. Auf den Lippen und rund um den Mund fanden sich Rückstände eines Klebstoffes. Und – hier stellten sich mir die Nackenhaare auf – es fanden sich bei beiden Augen Einstiche einer Nadel. Markus Werren wurde vor seinem Tod durch die geschlossenen Augenlider mit einer Nadel gut 3 Zentimeter tief in beide Augen gestochen. Ich machte mir einen Kaffee, goss ein wenig Redbreast 12 hinein und trank ihn. Plötzlich war mir kalt.

Das Telefon klingelte. Es war Zeus.

„Hören sie, mein Freund, offensichtlich vermag sie meine Argumentation nicht hinreichend für eine Zusammenarbeit zu motivieren. Ich erweitere deshalb mein Angebot. Sie erhalten meine kostenlose Mitarbeit an dem Fall, den sie gerade bearbeiten. Sie müssen mir lediglich die Fakten liefern. Vielleicht kann ich sie so von meinen Methoden überzeugen."

Das hatte mir gerade noch gefehlt, um meinen Tag perfekt zu machen. Wahrscheinlich stand ich noch unter Schock. Ich sagte zu. Wir verabredeten uns für 16 Uhr bei ihm in der Münstergasse. Ich verfasste noch den Schlussbericht für TF-Officeline und ging danach in ein amerikanisches Spezialitätenrestaurant einen Big Mac vertilgen. Ich nenne das kulinarische Gegensatzerfahrungen. Es hilft einem, nicht abzuheben.

Danach stieg ich ins Tram und fuhr wieder zu Vinzenz' Wohnung. Der Telefonbeantworter zeigte 3 Anrufe an. Ich checkte die Nummern: Eines war meine, 2 Mal unterdrückte Rufnummer im Abstand von 1. Minute. Ich schaltete den Beantworter wieder aus und wischte erneut das Telefon ab. Sie hatten den Köder geschluckt, blieben aber vorsichtig. Ich setzte 3 Marker und schloss ab. Ich holte meinen Laptop im Büro und begab mich in die Münstergasse. Jules war nicht da. Zeus öffnete mir, er trug einen karierten Sakko mit Lederverstärkung an den Ellenbogen. Die Knöpfe hatten knapp Golfballgrösse. Er hatte eine schwarze Hornbrille aufgesetzt, was ihm klar einen professoralen Touch verlieh. Diesmal konnte ich meine Hand vor weiterem Ungemach bewahren, indem ich in beiden Händen etwas hielt, links die Handschuhe, rechts die Laptoptasche. Auch ich bin lernfähig. So blieb es bei einem doppelten Rippenbruch, als er mir einen freundschaftlichen Klaps auf den Rücken verpasste. „Rucksack tragen", notierte ich mir innerlich. Er schleppte mich in sein Studierzimmer, wie er es nannte. Es war etwa 30 Quadratmeter gross. Auf einem riesigen Pult standen 4 Bildschirme und ein Projektor, der auf die weisse Wand gegenüber gerichtet war. Er bot mir etwas zu trinken an und ich entschied mich für Kaffee. Nach kurzem Vorgeplänkel erklärte mir Zeus, dass er mich nun interviewen würde. Ich grinste. Nun war ich mal auf der anderen Seite.

Er bot mir einen Stuhl an und stellte ihn so hin, dass ich sowohl Zeus als auch die Projektionsfläche im Blickfeld hatte. Er startete ein Programm namens Stocforens® auf und begann dann, mich mit Fragen zu bombardieren.

„Um was für ein Delikt handelt es sich."

„Sicher mal um Mord, aber das ist nur eine Begleiterscheinung." Er zuckte nicht mit der Wimper und hieb in die Tasten. Auf dem Bildschirm erschien eine Art Mindmap mit dem Wort „Kerndelikt?" im Zentrum. Ein Nebenast wurde Vertuschung genannt dort wurde Mord Werren als Ast weitergeführt undsoweiter. Er fragte nach den Personen, den Fakten, den Nebensächlichkeiten. Die Firmengeschichte V-Care wurde ebenso abgefragt wie das Vorleben von Werren, Betrugsmöglichkeiten im Gesundheitswesen, Geldwäscherei als Unterast. Nach 3 Stunden hatten wir Mindmaps auf 4 Ebenen. Manche Nebenäste liessen sich auf andere referenzieren. Das Ganze sei ein kybernetisches System, in dem man nun Wahrscheinlichkeitswerte eingeben könne. Zeus griff zum Telefon und bestellte beim Curry-House Nahrung für die nächsten 2 Wochen. Zumindest hörte sich die Bestellliste so an. Wir fuhren weiter. Nach einer Stunde klingelte es. Der Currykurier. Er stellte seine 4 Taschen auf den Tisch, gab Zeus die Rechnung, der steckte ihm zwei Hunderternoten hin und wedelte abwehrend mit der Hand, als der Bote Rückgeld abzuzählen begann. Wir setzten uns zu Tisch und Zeus öffnete 2 Flaschen weissen Chablis. Das konnte ja heiter werden. Während wir uns durch Chicken Tandoori, Lamm Birijani, Rogan Josh und andere Leckereien ackerten quasselte Zeus pausenlos und vertilgte dazu ein mittleres Hochzeitsbuffet einer indischen Grossfamilie. Im Geiste entwarf er weitere Mindmaps. Ich hielt mich beim Wein zurück, gleichwohl waren die Flaschen nach anderthalb Stunden leer und der Tisch sah aus wie ein Schlachtfeld. Zeus machte keine Anstalten, aufzuräumen und ging zurück ins Studierzimmer. Auf den 4 Bildschirmen konnte man jeweils je 1 Mindmap darstellen. So konnte man 3 Niveaus voneinander abgeleitet betrachten. Eine dreidimensionale Darstellung von Gedankengängen, Ursachen und Wirkungen. Ich war fasziniert.

„Dahinter sind Varianten von Formeln hinterlegt, wir müssen dann die richtigen auswählen und Wahrscheinlichkeitswerte einsetzen. Das Programm rechnet die Wahrscheinlichkeit dann unter Berücksichtigung der Zusammenhänge – sie wissen schon, das alte „If…. then goto" – aus. 1 ist der höchste Wert, 0 der tiefste, resp. 0 gibt es gar nicht, das Programm nimmt 0.001, also ein Promille, als tiefsten Wert. Die höchsten Wahrscheinlichkeiten bilden dann die Grundlage für unsere Arbeitshypothesen, das heisst, wir ermitteln primär dort, wo die Erfolgswahrscheinlichkeit am Höchsten ist. So verlieren wir keine Zeit durch unnütze Recherchen. Was auch ganz wesentlich sind Rückkoppelungen. Der Ausgangswert für eine Wahrscheinlichkeitsgewichtung in meinen Mindmaps muss nicht unbedingt mit dem Eingangswert übereinstimmen. Wir können dort differenzieren. Ich verstand kein Wort. Und jetzt – wenn sie gestatten – machen wir uns langsam auf die Suche nach einem Klienten."

„Einem Klienten?"

„Ja, einem Klienten. Wenn wir Pech haben, ist der einzig mögliche Klient der Staat. Der zahlt nichts und sagt nicht mal Danke. Wenn wir Glück haben handelt es sich um einen Fall, bei dem Private geschädigt werden. Die Zahlen dann gerne, wenn man sie vor weiteren Kosten bewahrt. Bis jetzt waren Sie ja ihr eigener Kunde. Ihre Eitelkeit ist bemerkenswert. Da wird Ihnen ein potenzieller Kunde vor der Nase weggemordet und schon starten Sie einen Kreuzzug, bei dem Sie absolut nichts gewinnen können, da Sie ja keinen Auftraggeber als sich selbst haben. Ich beauftrage Dr. Grieber, das ist ein Kontraktspezialist, uns einen Klienten zu verschaffen, sobald wir einen möglichen ausgemacht haben. Grieber kriegt allerdings 12% der Kontraktsumme. Sind Sie damit einverstanden?"

Natürlich. Ich hatte ja gar keinen zahlenden Klienten.

Diesem unerschütterlichen Pragmatismus war nur schwer etwas entgegenzusetzen. Zeus fragte mich noch ein paar Dinge und sagte mir dann, er werde sich morgen bei mir melden. Ich bedankte mich und fuhr müde nach Hause.

7. Januar

An Samstagen arbeite ich eigentlich nicht. Ich stand um 8 Uhr auf und trank 2 Espresso und verspeiste 1 Toast mit Gurken und Schinken. Gegen neun checkte ich mein Mail.

<b.roulier@rouliermi.ch>
<tzw@stocforens.com>
Betreff: Daten
Guten Tag mein Freund

Wir haben zu wenige Daten. Ich brauche umgehend folgende Angaben:

1.   Eine Liste der wichtigsten Medikamentenlieferanten der V-Care-Spitäler plus deren ungefähren Umsatz mit V-Care.
2.   Eine Zusammenstellung der Krankenkassen in der Schweiz, die das Viktoriaspital anerkannt haben. Wenn möglich auch hier Zahlen.

3. *Ein Einstufungssystem-Benchmark bezüglich der Pflegestufen oder Vergleiche von Fallkosten zwischen V-Care und anderen Anbietern.*

4. *Eine verlässliche Information, ob die Anforderungen des Geldwäschereigesetzes im IKS von V-Care abgedeckt sind.*

5. *Eine Liste der Verwaltungsräte von V-Care*

6. *Einen Lebenslauf von Jannsen*

7. *Die Koordinaten der Reinigungs- und Bewachungsfirmen von V-Care Schweiz.*

8. *Eine Übersicht über Todesfälle von Patienten und Personal bei V-Care Schweiz über die letzten 6 Monate.*

9. *Eine Liste der entlassenen Personen personalseitig bei V-Care Schweiz.*

Dies dürfte vorerst ausreichen.
Freundliche Grüsse
TZW

…. und dann noch ein Spermogramm von Hulk Hogan und eine Urinprobe der Queen!

Saftsack. Das waren mehrere Tage Arbeit. Mit einem gewissen Widerwillen musste ich aber zugestehen, dass die Punkte eigentlich ganz sinnvoll waren.

1, 8 und 9 waren die anspruchsvollsten Angaben. Die musste ich selbst erledigen. Für die 4 reichte wohl ein Telefon mit dem Spezi der Revisionsgesellschaft, den ich vor ein paar Tagen angerufen hatte. Ich leitete das Mail an Pit Frautschi weiter und sagte ihm, was ich von ihm erwartete.

Danach verbrachte ich 2 Stunden mit Googeln. Kurz vor 11 Uhr kam ein Mail von Pit.

<pfrautschi4@gmx.ch>
<b.roulier@rouliermi.ch>
Betreff: Re: Daten

Hallo Bernard
Bist du sicher wg. 8&9? Die eine der Damen die ich mit meinem vorzügli-
chen Charme mit geringstem Spesenaufwand ausgeführt habe ist die Personal-
assistentin des Spitals. Die andere ist in der Patientenadministration. Nichts
gegen dein gewinnendes Wesen, aber dort hätte ich schon einen Vorsprung.
Pit

<b.Roulier@Rouliermi.ch>
<pfrautschi4@gmx.ch>
Betreff: Re:Re: Daten

Ok. Dann übernehme ich aber 2 & 3

<pfrautschi4@gmx.ch>
<b.Roulier@Rouliermi.ch>
Betreff: Re: Re: Re: Daten

Ok. Wer zuletzt fertig ist spendiert eine Runde!

Ich ging wieder ans Googeln. Zur Leistungserfassung in der Pflege
gab es in der Schweiz diverse System: Das LEP (Leistungserfasssung
Pflege), das RAI (Resident Assessement Instrument, das BESA (Ursprünglich: Bewohner Erfassungs und Abrechnungssystem. Heute: System für Ressourcenklärung, Zielvereinbarung, Leistungsverrechnung
und Qualitätsförderung), das PLAISIR (Planification Informatisée des
Soins Infirmiers Requis). Ich wechselte zur Website von V-Care, Viktoriaspital. Vergleichszahlen waren keine zu finden. Lediglich in

Langzeitpflegeinstitutionen und Behindertenheimen gab es mehr oder weniger offizielle Benchmarkingzahlen. Auf der Website von Swisshealth, dem Verband der Krankenversicherer fand ich einen Hinweis auf TARMED: *TARMED ist der Einzelleistungstarif, der für sämtliche in der Schweiz erbrachten ambulanten ärztlichen Leistungen im Spital und in der freien Praxis Gültigkeit hat.*

Aber auch in TARMED gab es noch Abstufungen, es gab Tarife für Leistungen mit eintretenden Komplikationen. Die Controller der Versicherungen verglichen die Spitäler und gerade vor kurzer Zeit war eine Institution aufgeflogen, die ungewöhnlich viele Fälle von „eingetretenen Komplikationen" ausgewiesen hatte.

Das Steuerungssystem war paradox: Bei guter Behandlung kriegte man weniger Geld als bei schlechter. Je kranker der Patient wurde, desto mehr durfte man berechnen. Das Selbe galt auch für die anderen Systeme. Ich schüttelte innerlich den Kopf. Langsam konnte ich die Höhe meiner Krankenkassenprämie nachvollziehen. Ein virtueller Pranger der fehlbaren Institutionen existierte nicht, aber die Datenlage war meines Erachtens nun klar genug. Ich mailte das Ergebnis Zeus. Nummer 3 erledigt.

Für Nummer 2 brauchte ich gerade mal 20 Minuten. Aber an Zahlen heranzukommen, schien fast unmöglich. Es handelte sich hierbei um über 80 Kassen. Das Resultat schickte ich Zeus. Nummer 2 erledigt.

Der Rest musste bis Montag warten. Ich ging per Tram ins Zentrum an den Markt und kaufte dort Gemüse und Käse ein. Dann wieder per Tram ins Burgerenziel zur Metzgerei Sager – einer der wohl besten Metzgereien der Schweiz. Dort kaufte ich kräftig ein: Lammsalsiz, Merguez (Gewichtsverlust beim Braten weniger als 10% - bei anderen Anbietern bis zu 40%) und Weisswürste (mit reichlich Kräutern und Knoblauch – nicht zu vergleichen mit den oberlangweiligen Discountwürsten). Die Würste liess ich mir vakuumieren. Dann ein Lammrack, Kalbsfleischvögel mit Frischkäse-Meerrettichfüllung und weitere Spezialitäten. Alles vakuumiert. Auf dem Rückweg wurde ich per SMS angepingt. Ich schaute auf den Bildschirm. „Hast du heute Lust auf GHS? LG Rebecca." Ich simste zurück. „Komm doch um 1900 zum NE und WT zu mir. IFM. B."

Es dauerte keine 2 Minuten, bis sie mich anrief.

„Hallo Bernie. Was zum Teufel sind NE, WT und IFM?"

„Hallo Rebecca. Nachtessen, Weintrinken und ich freue mich." Kurze Stille, dann Lachen.

„Klar komme ich!"

„Hast du irgendwelche Essstörungen?"

„…. Was? ….."

„Makrobiotik, Vegetarismus oder Allergien?"

Sie prustete los und verneinte. Alles klar.

Zuhause widerstand ich dem Drang, aufzuräumen und zu putzen. Ich loggte mich kurz in mein Mail ein.

<b.roulier@rouliermi.ch>
<tzw@stocforens.com>
Betreff: Re: Re:Daten

Hallo mein Freund

Befriedigend! Lassen Sie sich nicht zu viel Zeit für die anderen Recherchen.

TZW
P.S. Ich würde es angemessen finden, wenn Sie Ihre persönlichen Sicherheitsmassnahmen erhöhen würden. Falls Sie Alarmanlagen oder andere Systeme haben, nutzen Sie diese. Treffen Sie angemessene Massnahmen, um sich im Falle eines Angriffs zu wehren.

Ich rief ihn an. Niemand nahm ab.

Ich ging in die Küche, hackte Rosmarin, Thymian, 5 Blatt Minze, 2 Knoblauchzehen und vermischte das Ganze mit einem Esslöffel Dijonsenf und 1 Esslöfel Olivenöl. Ich fügte noch etwas Fleur de Sel und Schwarzen Pfeffer hinzu. Damit marinierte ich das Lammrack und stellte es in den Kühlschrank. Danach würfelte ich eine kleine Aubergine, eine kleine Zucchetti, eine halbe gelbe Peperoni und höhlte 4 Tomaten aus. In einer kleinen gedeckten Stahlpfanne brutzelte ich daneben Babykartoffeln im Olivenöl, mit einer gehackten Knoblauchzehe (erst nach 15 Minuten einfügen!), 1 Rosmarinzweig und 4 Prisen Fleur de Sel. Ich schüttelte die Pfanne etwa alle 2 Minuten, damit die Kartoffeln gleichmässig angebraten wurden.

Die Auberginen, Zucchetti- und Peperoniwürfel briet ich mit einer kleinen Zwiebel im Olivenöl (dem ich noch die Reste der gehackten Kräuter beigefügt hatte) an, fügte die Innereien der Tomaten hinzu, drückte eine halbe Knoblauchzehe hinzu, würzte das Ganze und stellte es zum Abkalten auf den Balkontisch.

Als Apéro nahm ich etwa 20 frische Salbeiblätter, tauchte sie in Olivenöl ein und legte sie auf ein Backblech. Dort wurden sie wieder – Sie wissen ja schon – mit Fleur de Sel bestreut und in den Ofen geschoben. Inzwischen konnte ich die abgekaltete Miniratatouille in die Tomaten abfüllen. Als Deckel nahm ich etwas Paniermehl und geriebenen harten Schafskäse aus Savoyen. Aufs Backblech und in den Ofen. Inzwischen waren die Salbeiblätter schön knusprig geworden und ich arrangierte sie auf einem weissen Teller und streute noch ein paar Perla-Tomaten und Perle di Mozzarellini bei, damit das auch schön gut aussah.

Kurz vor Sieben klingelte es. Rebecca stürmte in meine Wohnung, fiel mir um den Hals und schnupperte begeistert.

„Wow!" Sie zog Schuhe und Socken aus und überreichte mir eine kleine graue Plastiktüte. Ihre Zehennägel waren diesmal blau-rot-gelb lackiert. Was zum Teufel bedeutete das?

„Was ist das?"

„Ein Geschenk!"

Hmmmm…. Ich packte das Ding aus. Darin war eine Art Memorystick mit einem Kabel. Darauf stand „Call me!"
„Was ist das?"
Sie lachte und hüpfte an Ort. „Das musst du auf dein Handy laden. Das ist ein Schlüsselanhänger mit Bluetooth. Wenn du ihn drückst ruft mich dein Handy automatisch an. GHS im Hightechformat!"
Was diese Mädchen im Studium heutzutage alles Lernen. Wir knabberten in Öl gebackene mit Fleur de Sel gewürzte Salbeiblätterchips zu einem Crémant d'Alsace und ich überwachte die Küche. Sie inspizierte meine Bibliothek, machte ein paar männerfeindliche Kommentare wegen meiner Forsyth-Bücher und lümmelte unbekümmert herum. Schwer zu glauben, dass sie schon 27 Jahre alt war und sogar in der Forensik gearbeitet hatte – wenn auch nur 8 Monate.

Beim Essen war sie still und fast andächtig. Sie lebte und genoss den Augenblick.

Sie klaute mir eine meiner „Tomates à la mini-ratatouille" und überliess mir dafür grosszügig 2 Drittel des Lammracks. Allerdings bestand sie darauf, dass ihr Drittel aus der Mitte des Racks stammen sollte. Diese Hexe!

Nach einer Stunde war der Grange des Pères rouge mit noch ein wenig Käse auch verputzt. Wir begaben uns ins Bett, für Sex waren wir zu vollgegessen. Sie versuchte mich zu löchern, um mich besser kennen zu lernen. Ich erzählte ihr ein paar Episoden aus meinem Leben und versuchte dann abzulenken.

„Scheidungskind, affektiver Schutzmechanismus." Sie grinste und fasste mich ans Leitungssystem. Verdammt. Psychologinnen vögeln konnte ganz anstrengend werden.

Sie lachte laut auf und versprach, mich nicht weiter zu analysieren.

Ich schlug zurück: „Zu schade, dass dein Vater dich so lange ignoriert hat."

Sie erstarrte einen Moment und starrte mir intensiv in die Augen. Ihr Blick zeigte Wut. Ihre Gesichtszüge entspannten sich allmählich und ihr Körper wurde wieder anschmiegsam.

„Ok, ich habe es nicht anders verdient. Ich habe dich zu analysieren begonnen und du hast mir dies mit der gleichen Münze zurückgezahlt. Wir sind zusammen, weil wir uns nicht binden wollen, Spass und guten Sex haben und.... das weiss ich erst seit heute, ich zwischendurch kulinarisch fabelhaft verwöhnt werde!" Darauf folgten ein leidenschaftlicher Kuss und ein biologisch absolut sinnvoller Bluttransfer, der in ein 20-minütiges Turnier mündete.

8. Januar

Am Morgen erwachte ich vor ihr. Sie lag da in einem meiner T-Shirts, das für ihren zarten Körper völlig überdimensioniert war. Ich kannte noch nicht einmal ihren Nachnamen. Ich zog ihre Brieftasche aus ihrem Rucksack und prägte mir ihre Koordinaten ein. Danach schrieb ich einen Zettel: Bin Brot holen gegangen.

Das tat ich dann auch, Allerdings holte ich die besten Croissants des Quartiers und machte noch einen Umweg für das beste Roggenbrot. Als ich zurückkam, war sie unter der Dusche. Ich ging dienstfertig ins Badezimmer und half ihr beim Einseifen.

Sie verschwand am Mittag, ich hörte 4 Tage nichts mehr von ihr und fand das auch gut so.

Ein Rundgang im Quartier zeigte auch nichts Aussergewöhnliches. Ausser Mitzi, die lüstern ein angelehntes Waschküchenfenster anstarrte.

Ich schaute mir noch einen Film mit Harrison Ford an, besorgte Pflanzengiessen, Staubsaugern und Waschen, zog mir noch „The Avenger" von Forsyth rein und schlief danach ein.

9. Januar

Ich stand um 0545 auf. 30 Minuten Jogging. Danach Liegestütze und Rumpfbeugen, ab 0645 in die Dusche. Frühstück. Wie im Woodcamp für schwer erziehbare US-Kinder. Aber hier freiwillig.

Um 0730 war ich bereits im Büro und bereitete mein Telefonat mit dem Revisionsheini – Stämpfli – vor. Aufgabe 4.

Danach machte ich mich daran, mich durch Handelsregister und Publikationen durchzuackern, um die VR-Mitglieder der V-Care International und der Schweiz zu identifizieren.

Es handelte sich hierbei um eine Truppe von 29 Leuten. V-Care gesamt lief auf 123 Leute hinaus. Ich erstellte eine Tabelle, aus welcher ersichtlich werden sollte, wer wo drinsass. Die Tabelle hatte 4 Spalten: Name, V-Care CH, V-Care International, Andere VR-Mandate.

Ich delegierte dies an Pit.

Paco klingelte bei mir. Ich spendierte ihm einen Kaffee und betraute ihn mit der verantwortungsvollen Aufgabe, herauszufinden, ob Werren etwas mit Drogen zu tun gehabt hätte. Ich versprach ihm ein Honorar im Wert von 250.-, aber nicht in Cash und er blickte mich finster an.

Danach versuchte ich einen Weg zu finden, Aufgabe Nr. 1 zu lösen. Ich machte mir ein Mindmap und kam zum Schluss, dass es am einfachsten via Einfuhrbestimmungen ging. Ich ging auf der Website der

Eidgenössischen Zollverwaltung surfen. Nach kurzer Zeit fand ich folgenden Text über die AEO:

„Die Diskussionen über die Sicherheit der internationalen Warenhandelsketten und die damit verbundenen gesetzlichen Vorschriften für den grenzüberschreitenden Güterverkehr haben in den letzten Jahren stark zugenommen. So hat nach den USA auch die EU Bestimmungen zur Sicherung der Warenkette erlassen und ihren Zollkodex um ein "Security Amendment" ergänzt. Die Sicherheitsmassnahmen betreffen sowohl die Ein-, Aus- als auch die Durchfuhr von Waren. In diesem Zusammenhang führte die EU zudem den Status eines zugelassenen Wirtschaftsbeteiligten ein (sog. AEO-Status; AEO = Authorised Economic Operator). Unternehmen, die diesen Status erlangen, können von Vereinfachungen bei sicherheitsrelevanten Zollkontrollen profitieren.

Die oben genannten Sicherheitsmassnahmen hätten sowohl wirtschaftliche wie auch verkehrstechnische Auswirkungen auf die Schweiz. Um diese zu verhindern, verhandelten die EU und die Schweiz ein neues Abkommen über Zollerleichterungen und Zollsicherheit, welches seit dem 1. Juli 2003 vorläufig angewendet wird. Demzufolge wird die Schweiz in den Sicherheitsraum der EU integriert.

Basierend auf dem neuen Abkommen wird auch die Schweiz ihre rechtlichen Grundlagen anpassen und u. a. einen AEO-Status einführen. Unternehmen, welche den AEO-Status erlangen, gelten als besonders zuverlässig und vertrauenswürdig und profitieren - aufgrund der gegenseitigen Anerkennung der AEO-Status - in beiden Zollgebieten von Vereinfachungen bei sicherheitsrelevanten Zollkontrollen."

Dazu gab es netterweise einen Fragebogen zur Selbstbeurteilung. Darin standen Fragen wie:

3.04.01 Beschreiben Sie die Erfassung (materiell und in der EDV) des Materialflusses vom Wareneingang über die Lagerung bis hin zur Fertigung und zum Versand.

Wer nimmt hier wann entsprechende Aufzeichnungen vor?

Oder: 5.07.1 Wareneingang:
a) Wie ist die Warenannahme in Ihrer Firma geregelt?
b) Welche Kontrollen/Abgleiche und Tätigkeiten werden vorgenommen?
c) Welche Papiere werden vorgelegt?
d) Welche Stellen werden informiert?

Ich lud den herunter. Die Oberzolldirektion befand sich an der Monbijoustrasse. Ich zottelte dort hin, ging zum Empfang. Béatrice Scholl. Ich grüsste freundlich und fragte, wo hier das nächste öffentliche Telefon sei. Im Parterre hatte es eine Telefonzelle. Unterwegs las ich an einer Tür den Namen „ A. Binkert". Danach rief ich im Viktoria-Spital an und verlangte Herrn Werren zu sprechen. Der sei leider nicht verfügbar. Ich tat erstaunt, ich hätte mit ihm eine Verabredung. Worum es gehe? „Um den AEO-Status in Sachen Zollkontrollen", schnarrte ich. Flugs wurde ich weiterverbunden und geriet an einen Herrn Züttel. Anscheinend Werrens Stellvertreter. Ich stellte mich als Herr Binkert, Sachbearbeiter der Oberzolldirektion vor. Leidend trug ich ihm vor, dass ich den Selbstbeurteilungsbogen IMMER NOCH NICHT erhalten hätte, obwohl die Frist schon abgelaufen sei."Damit riskiert ihr Betrieb, von den vereinfachten Zollkontrollen nicht profitieren zu können. Damit haben sie in Zukunft einen erheblichen Mehraufwand, weil wir dann jede Warenlieferung kontrollieren müssten. Das hat nebst zeitlichen Verzögerungen auch finanzielle Aufwendungen ihrerseits zur Folge." Er entschuldigte sich und gab an, Herr Werren sei leider verstorben. Ich markierte 3 Sekunden Stille und sagte dann: "Oh…!" Dann bekundete ich sachlich mein Beileid.

„Da haben wir aber nun ein Problem. Der Bogen hätte bis Jahresende bei uns eintreffen sollen …. das war die letzte Frist. Wann ist Herr Werren denn verstorben?"

„Am 29. Dezember."

„Ich verstehe. Ich muss aber die Unterlagen morgen einreichen. Bis jetzt hat jedes Spital dies gemacht. Vielleicht finden Sie ja den ausgefüllten Selbstbeurteilungsbogen in seinen Unterlagen? Ich habe ihn im Oktober elektronisch zugestellt. Schauen sie doch kurz nach und rufen Sie mich innert eine halben Stunde zurück. Danach bin ich in einer Sitzung.

Ich gab ihm die Telefonnummer. Nach 20 Minuten Zeitungslektüre läutete es in der Telefonzelle. Ich ging hin und nahm ab und sagte fragend „Oberzolldirektion, Binkert?".

Herr Züttel. Er habe nichts gefunden, aber es gebe ein Problem, der PC von Herrn Werren sei nur teilweise zugänglich, da er sein neues Passwort nicht bekanntgegeben habe, und…

„Wissen sie, ich MUSS die Sachen morgen einreichen. Ich stelle ihnen den Bogen nochmals zu. Kennen sie sich in Sachen AOE aus?" Er verneinte.

„Oh…. Das ist nicht gut. Ich habe Herrn Werren etwa ein Stunde lang erklärt, wie man ihn ausfüllen muss, damit er genehmigt wird….!"

„Könnten sie mir dabei nicht helfen?"

„Ich weiss nicht…… ich habe viel um die Ohren …. Aber….", Ich raschelte ein wenig in meinem Notizheft, „doch kurz nach der Mittagspause, so um 1300 könnte ich kurz bei ihnen vorbeikommen. Wir sind ja an der Monbijousstrasse, da habe ich nicht weit. Ich lasse ihnen den Bogen schon mal elektronisch zustellen. Können sie mir ihre Mailadresse geben?" Ich notierte sie auf und ging zum Empfang.

„Könnten sie mir einen Gefallen tun, Frau Scholl?" Die ältere Dame schaute auf und kam dienstfertig zum Schalterfenster. „Das Viktoriaspital möchte zwecks Einfuhrerleichterungen die AOE-Bedingungen erfüllen." Sie sah mich verständnislos an. „Sie haben da einen

73

hervorragenden Selbstbeurteilungsbogen als PDF auf ihrer Website. Könnten sie den Herrn Züttel per Mail zustellen? Er ist nicht so begabt, was das Internet angeht." Ich hob bedauernd die Hände nach oben und zeigte meine Handflächen. Das schafft Vertrauen. „Sie können nur im Betreff hinschreiben, wie gewünscht.... Sie wären ein Schatz!" Sie lächelte mich an, nahm den Zettel mit der Mailadresse und tippte kurz am Computer. „Ist erledigt!"

„Vielen Dank Frau Scholl! Das ist toller Kundenservice", lobte ich und sie strahlte mich an. Ich winkte ihr zu und ging nach Hause. Ich musste mich umziehen. Beamte der Zollverwaltung tragen nicht Jeans und Lederjacke. Zuhause zog ich meinen Beerdigungsanzug an und musterte mich im Spiegel. Rasieren. Brille. Nach hinten kämmen. Nach diesen Retuschen kam ich dem Archetyp eines Sachbearbeiters in der Bundesverwaltung deutlich näher. Ich druckte das Formular 2-fach aus, studierte es gründlich und machte auf einem Exemplar handschriftliche Notizen. Die Seite über physische Sicherheit druckte ich ein weiteres Mal aus. Uninteressante Fragen versah ich mit einem Gutzeichen. Ich machte mit Selbstauslöser ein digitales Foto von mir, nach 3 Versuchen kam etwas Passables raus. Auf dem PC kopierte ich das Logo des Bundes, und bastelte mir einen Ausweis in Kreditkartengrösse, druckte ihn aus und laminierte ihn. Es war 12 Uhr 20. Ich packte einen Aktenkoffer, verstaute die Unterlagen und zog los. Kurz vor Eins war ich im Viktoriaspital und verlangte am Empfang nach Herrn Züttel. Auf die Frage, wen sie anmelden könne zog ich meinen Ausweis und schnarrte: „Herr Binkert von der Oberzolldirektion."

„Herr Züttel erwartet sie bereits. Er kommt sie gleich abholen. Bitte nehmen sie doch Platz!

Ich setzte mich würdevoll hin und stellte meinen Aktenkoffer schützend vor mich auf die Knie. Nach 2 Minuten kam ein kraushaariger benickelbrillter Herr in kariertem Hemd und Mokassins auf mich zu:"Herr Binkert?" Ich erhob mich würdevoll, nickte und schüttelte ihm die Hand. Ich blickte auf die Uhr und sagte:"Ich muss leider um 4 Uhr wieder in meinem Büro sein. Haben sie den Bogen schon durchgesehen?" Er bejahte und jammerte, das sei ja unheimlich viel, das übersteige in manchen Punkten sein Wissen und…. Ich winkte ab:"Manche Daten haben wir ja bereits von Ihnen. Ich habe bereits abgehakt, wo ich keine Informationen brauche. Aber der Bogen sollte schon vollständig sein. Die Inspektoren werden im Zweifelsfalle Nachforderungen stellen, wichtig ist nur, dass wir es heute schaffen, eine passable Selbstbeurteilung zu erstellen, die wir morgen dann einreichen können. Als Begründung für die verspätete Abgabe habe ich „Todesfall des zuständigen Spitaladministrators" eingetragen, das wird akzeptiert. Jetzt sind wir halt ein wenig unter Druck. Machen wir uns also an die Arbeit!"

Das „Wir" und „Arbeit" schienen semantisch verstanden und in einen Zusammenhang gebracht worden zu sein, er führte mich unverzüglich in ein Büro. Die Tür war mit B. Züttel angeschrieben, der obere Name war überklebt.

„Bitte nehmen sie Platz!"

Ich setzte mich bewusst nicht frontal hin und begann meine Papiere aus dem Koffer zu packen.

„Ich schlage vor, dass wir die Fragen der Reihe nach durchgehen. Dort wo wir die Informationen schon haben, habe ich ein Gutzeichen eingesetzt" Ich hielt ihm den Bogen mit meinen Notizen kurz vor die Nase. Er schien erleichtert zu sein.

„Oh, das ist gut! Da ist ja schon einiges erledigt!"

Ich nickte ernst und sagte in leicht entschuldigendem Ton: „Bei einigen Fragen muss ich natürlich die nötigen Nachweise einsehen können." Danach förmlich:" Ich möchte sie der Form halber darauf hinweisen, dass ich der beruflichen Schweigepflicht unterstellt bin. Was wir hier besprechen, zusammen ansehen und notieren bleibt vertraulich."

Er nickte: „Das ist gut. Kann ich dann eine Kopie der Selbstbeurteilung haben?"

„Selbstverständlich. Meine Sekretärin, Frau Scholl wird ihnen eine PDF-Datei schicken, so können sie alles elektronisch ablegen. Dies wird ein wenig dauern, denn uns fehlt die Zeit, alles bis morgen zu tippen. Für die Ersteingabe müssen also die handschriftlichen Daten reichen. Bei den bereits erfüllten Punkten wird – da wir ja von ihnen die verlangten Angaben nicht erhalten haben und die Daten selber zusammensuchen mussten - lediglich ein Gutzeichen stehen. Es sei denn, sie möchten dies selber bis morgen Mittag nachreichen?"

Er mochte nicht.

„Also, fangen wir an."

Der arme Züttel wurde von mir regelrecht gelöchert. Ich notierte, verlangte Kopien, liess mir Dokumente ausdrucken und nach 2 Stunden und 45 Minuten hatte ich ein kleines Dossier zusammengestellt. Nebst allen wichtigen Einkaufsdaten hatte ich auch so ziemlich alle Sicherheitsvorkehrungen des Spitals aufnotiert. In Kapitel 5.03 des Fragebogens wurde dies verlangt. Der heikelste Moment war die kurze Befragung des Mannes der privaten Sicherheitsfirma. Wenn der auf Draht gewesen wäre…. Doch mein amtliches Auftreten und mein Anliegen, dass Waren hinreichend vor Diebstahl oder Auswechslung geschützt werden sei – ich übergab ihm den Ausdruck der fraglichen Seite der Checkliste – hatte ihn überzeugt. Er war mit Feuereifer dabei. Ich sprach ihm ein grosses Lob für seine Kooperationsbereitschaft und das professionelle Sicherheitskonzept aus.

Wir besichtigten die Lagerräume und ich liess mir Lieferscheine, Bestellformulare, Wareneingangskontrollformulare zeigen und kopieren und machte eifrig Notizen. In der Buchhaltung liess ich mir Kontenauszüge und Rechnungen zeigen, auch dort verlangte ich Kopien und Ausdrucke. Am Ende kamen ca. 100 Seiten Nachweise zusammen.

„So, soweit ich sehe, haben wir alles! Ich blätterte kritisch prüfend die Checkliste durch und nickte zufrieden.

Ein erleichterter und dankbarer Züttel strahlte mich an: „Wie kann ich ihnen danken?"

„Indem sie weiterhin so gut kooperieren. Ich mache hier nur meinen Job. Eine Kopie des elektronisch ausgefüllten Bogens kriegen sie dann Ende März als PDF-Datei." Er schien das Arbeitstempo der Bundesverwaltung zu kennen, denn er beklagte sich nicht. Mit einer Schachtel Pralinen und einer Flasche Wein machte ich mich auf den Rückweg. Ein ganz ergiebiger Tag...

2 Unbeantwortete Anrufe und 1 Mitteilung auf der Combox. Bucher von der Kripo bat um Rückruf. Ich wählte seine Nummer. Nicht erreichbar. Ich vernichtete den Ausweis, zog mich um und ging im Blauen Engel essen. Seeteufel an Ingwer-Zitronengras-Kokossauce mit gebratenem Sesam-Reis.

10. Januar

Als erstes rief ich Bucher an. Er fragte mich, ob ich an Nachmittag kurz Zeit für ihn hätte. Wir verabredeten uns um 1430 in meinem Büro.

Scheisse. Die Wanzen hatte ich glatt vergessen. Ich zog die Strassenschuhe und eine Jacke an und steckte die Heckler & Koch ein. Danach holte ich einen Schraubenzieher und eine Flachzange. Die Wanze bei der Kaffeemaschine war die einfachere. Also die andere zuerst. Ich liess das Telefon zu Boden fallen und sagte laut „Scheisse". Mit 2 drei Umdrehungen löste ich die Verschalung und entfernte die Wanze. Bei der Ventilation konnte ich sie einfach mit der Flachzange wegreissen. Ich öffnete die Tür und ging rasch nach vorne zur Kreuzung und wartete dort in einem Hauseingang. Nichts geschah. Das einzige Auto, das wegfuhr war der Cinquecento der Primarlehrerin des Nachbarblocks. Nach einer halben Stunde. Ging ich zurück ins Büro. Die Wanzen zerstörte ich

mit der Flachzange. Also doch eher ein Relais. Ich nahm meine Digital-
kamera und fotografierte sämtliche Autos im Umkreis von 200m, die
mir unbekannt waren.

<pfrautschi4@gmx.ch>
<b.Roulier@Rouliermi.ch>
Betreff: VR V-Care

Hallo Bernard

*Im Attachement findest du die Liste, soweit ich die Angaben finden konnte.
Bin aber nicht so weit gegangen, die Handelregisterauszüge zu bestellen. Käme
zu teuer. Habe also nur die Online-Informationen von Moneyhouse, Handelre-
gister-Online und ähnlichen Verzeichnissen. Die sind meist recht aktuell.*
*Ein rechter Klüngel das Ganze! Wenn du noch genauere Personeninforma-
tionen brauchst, kostet das dich pro Person eine Stunde extra!*
Gruss
Pit

Ich las die Liste durch. Der Spitzenreiter, ein Dr. Vittorio Rosselini,
hatte in sage und schreibe 27 Verwaltungsräten Einsitz. Die meisten kamen auf etwa 5-6 Mandate. Das Gros waren Juristen, einige Ärzte, Betriebswirtschafter oder Dr. phil. nat. Ich checkte kurz, welche Fachrich-
tungen: Biologie, Chemie, Pharmazeutik. Die V-Care --fremden
Mandate waren besonders interessant. Einige der Namen kamen mir
bekannt vor. Ich blätterte in meinem Dossier vom Vortag und verglich
die Namen der Lieferanten mit den Firmennamen auf der Liste. Sie waren weitgehend identisch. Ich war nicht wirklich überrascht. Wie heisst
es doch so schön in den Managementgrundsätzen der Norm ISO
9001:2000: „Lieferantenbeziehungen zu gegenseitigem Nutzen". Nur
gerade   5   Firmen   waren   nicht   Medikamenten-   oder

Medizinalproduktehersteller. Eine Grossbäckerei, ein Verpackungsunternehmen, eine Speditionsfirma, eine Hotelkette und eine Druckerei. Das Gros der Firmen war in Italien oder Kroatien ansässig, die Grossbäckerei in Österreich.

Ich loggte mich bei ch.oddb.org ein, einer allgemein zugänglichen „Open Drug Database". Dort konnte man Medikamente eingeben, Preise vergleichen und Generika finden. Die Preisunterschiede sind zum Teil gewaltig. Das Fazit war banal: V-Care kaufte verhältnismässig wenig Generika ein, aber die gekauften Medikamente wurden zu marktüblichen Preisen eingekauft. Als Grosseinkäufer profitierte V-Care sogar noch von attraktiven Mengenrabatten. Laut Gesetz müssen Generika mindestens 30% billiger sein als das Originalmedikament. Versicherungen fördern zudem den Einsatz von Generika, in dem sie den Selbstbehalt beim Einsatz von Generika senken. Doch ist in der Schweiz der Marktanteil der Generika viel tiefer als in den umliegenden Ländern. Die Gesetzgebung in der Schweiz untersagt Parallelimporte patentgeschützter Güter zu billigeren Preisen. V-Care betrieb hier zwar nicht gerade eine Patienten- oder Versicherungsfreundliche Praxis, was die Kosten angeht, aber auch nichts Unübliches. Sie bezog die Medikamente im Ausland, bezahlte aber den behördlich festgelegten Preis. Schön für die Produzenten. Auf jeden Fall aber kein Grund, jemandem mit Nadeln in die Augen zu stechen und ihn aus dem 4. Stock zu schmeissen. Wieder Fehlanzeige.

Ich schickte die Daten Zeus und begann mein gestern erworbenes Dossier zu studieren.

Nach zirka 3 Stunden rief ich einen Freund an, der als Beruf das Zusammenflicken kaputter Fussballergelenke gewählt hat und in einer Sportklinik in Zürich prominente Kniegelenke wieder fussballtauglich machte. Der wiederum verwies mich an einen mürrischen Administrator, der mir knochentrocken erklärte was Medizinscher Bedarf sei, nämlich dazu gehören anscheinend auch Implantate, Instrumente und

Utensilien. Heilmittel seien Medizinprodukte (etwa ein Blutdruckmessgerät, ein Herzschrittmacher oder eine Injektionsspritze) und Arzneimittel. Ich bedankte mich artig und wandte mich wieder dem Zahlensalat zu. Nach grober Rechnung kam ich zum Schluss, dass Arzneimittel ca.7% des Betriebsaufwandes ausmachten, wenn man noch die Medizinprodukte dazu nahm landete man bei etwa 25% des Aufwandes. Bei 87 Millionen waren das immerhin fast stattliche 22 Millionen pro Jahr. Über die Ganze V-Care-Gruppe hatte ich zu wenig Daten. Aber aufgerechnet musste es mindestens 50x so viel sein. Ich schickte die Resultate Zeus. Aufgabe 1 erledigt.

Es war kurz vor 12. Ich rief wieder bei der Revisionsfirma an und verlangte Herrn Stämpfli. Fragte ihn, ob ein Unternehmen im Pflegesektor im IKS auch das Geldwäschereigesetz erfüllen müsse. Er schien verwirrt zu sein: „Nein. Es handelt sich dabei ja nicht um einen Finanzintermediär…. Wieso kommen sie auf so eine Frage?" Ich brabbelte etwas von Legal Compliance, unsicherem Kunden, bedankte mich und legte auf. Auf der Risikoliste des Spitals standen unter „Legal Compliance" jedenfalls jede Menge Gesetzte, aber das GwG war nicht darunter.

In den Unterlagen fand ich bei der Lieferantenliste die Koordinaten der Bewachungsfirma und des Reinigungsdienstes. Mail an Zeus. Aufgaben 4 und 7 erledigt. Ich rief Pit an und verabredete mich mit ihm im italienischen Untergrund - das Lokal befand sich in einem Luftschutzkeller – zum Mittagessen.

Pit kam wie immer zu spät. Mit seiner Schlabberhose, dem südnepalesischen Yak-Wollepullover, unter dem noch das Hemd hervorhing, seinen ewig schwarz unterlaufenen Augen, seinem wirren Kraushaar und seinem bleichen Gesicht sah er aus wie ein leicht gestörter Soziologiestudent. Pit war ein Freibeuter. Er hatte nie einen festen Job, aber immer 10 Dinge gleichzeitig am Laufen. Eigentlich hatte er einmal eine Eventmanagement-Firma gegründet, aber war an seiner mangelnden Organisationsfähigkeit intern gescheitert. Er musste einen externen

Buchhalter beiziehen, der hatte tapfer 4 Tage versucht, ein wenig Ordnung zu schaffen und war am Morgen des 5 Tages entnervt am Rande eines hysterischen Zusammenbruchs davongelaufen und auf Nimmerwiedersehen verschwunden.

„Kannst du dir das vorstellen?" hatte Pit empört gesagt, „nicht einmal Rechnung gestellt hat der – und so was schimpft sich Buchhalter!"

Steueramt, Ausgleichskasse und weitere pingelige Behörden und Stellen waren daraufhin wie ein Strafgericht auf Pit losgegangen, der hatte ihnen bereitwillig seine 11Schuhkartons mit kaffeebefleckten zerknitterten Quittungen, Knäckebrotkrümeln und Zigarettenasche gezeigt und erklärt, die 3 Adidaskartons seien für die Spesen, die 2 Braunen für Rechnungen oder Kundenquittungen, der graue für Ausgaben, der graue mit dem „B" für Bankbelege, der gelbe Karton logischerweise für Postbelege und Briefmarken und Kuverts.

Der farbige Karton sei für alle Belege, bei denen er nicht sicher sei, in welche Kategorie sie gehörten. Der Weisse Karton mit dem S sei für Steuern – dort befanden sich denn auch die leere Steuererklärung und 3 Mahnungen. „Wozu dient dann der schwarze Karton?" fragte ein perplexer Steuerbeamter. „Ach der?" meinte Pit zerstreut, „darin sind die Mahnungen. Wissen sie, ich bin drum nicht so gut bei diesem administrativen Zeug". Die Beamten starrten sich fassungslos an. „Warum zum Henker haben sie denn nicht einen Buchhalter engagiert?" wollten die Beamten wissen.

„Habe ich ja gemacht", sagte Pit in entrüstetem Ton, „aber der Kerl ist nach 4 Tagen abgehauen. Können sie sich das vorstellen?"

Das war das Ende von „Frautschis unforgettable Events", seiner ersten und letzten Firmengründung. Konkurs, Versteigerung seiner Habseligkeiten und 2 Jahre Schulden abstottern. Pit kannte ich von meinem 30. Geburtstag. Er hatte eine geniale Party organisiert. Nach 1 Jahr hatte ich mich zum wiederholten Mal nach der Rechnung erkundigt und er war sehr erfreut darüber, da er inzwischen ja Konkurs gegangen war.

Er wolle aber kein Geld, da ihm das sofort wieder weggenommen würde. Ich fragte ihn, ob er gelegentlich für mich Internetrecherchen übernehmen wolle. Er war Feuer und Flamme. Also kaufte ich ihm ein Notebook, richtete einen auf mich lautenden Internetzugang ein (es war besser, wenn Pit den Zahlungsverkehr nicht selber übernahm) und überwies das Stundenhonorar auf sein Mietzinskonto. Seit dann übernahm er unregelmässig Kleinkram für mich. Einmal die Woche lud ich ihn zum Essen ein und hatte manchmal fast den Verdacht, dass dies die einzige warme Mahlzeit für ihn war. Zuerst hatte ich versucht, ihn in verschieden Restaurants zu schleppen, es hatte sich aber gezeigt, dass er prinzipiell immer entweder Lasagne Bolognese oder Pizza Prosciutto essen wollte. Einmal war ich kurz bei ihm zu Besuch in seiner 2-Zimmerwohnung sah aus, als hätte eine Bombe eingeschlagen („Wegen dir habe ich extra 2 Stunden aufgeräumt"). Überall Stapel von Kleidern, Zeitungen und Verpackungen. Auf dem Balkon eine halbe Palette Ankerbier („Es war Aktion im COOP- halber Preis!") im Tiefkühler ca. 20 Prosciuttopizzas von Dr. Oetker („Das sind die Besten!") und Tiefgekühlte Lasagne in Wegwerf-Aluschalen („Ich mach die selber. Immer etwa 20 Stück, das ist am Effizientesten.") Im Küchenschrank fast nichts ausser Vitaminbrausetabletten und Ballaststoff-Tabletten („Sonst werd' ich krank oder kann nicht mehr scheissen …. Einmal habe ich 5 Tage lang...!"). Plus natürlich noch ein selbst angereichertes Pizzaöl mit Peperoncini, Knoblauch, Salbei und (!) 1 kleiner weissen Trüffel (Musste ja ein Vermögen gekostet haben). Unfassbarerweise hatte Pit Erfolg bei Frauen. Irgendwie gelang es ihm, im Handumdrehen ihre mütterlichen Instinkte zu wecken. Sein völlig harmloses Aussehen war bei einfachen Ermittlungen auch ganz praktisch. Längere Freundschaften gab es nicht, nach kurzer Zeit gaben die Mädels das Vorhaben, Pit irgendwie zu sozialisieren, entnervt auf. Ich mochte ihn. Er war blitzgescheit und fix in Sachen Internetrecherchen und einfachen Ermittlungen. Seit 6 Jahren arbeiteten wir nun zusammen. Als er mich eines Tages zu einem

Essen einlud war ich amüsiert und erstaunt, seinem Budget zuliebe wählte ich ein Kebap & Pizzalokal. Ich fragte ihn, wie ich diese Ehre denn verdient hätte? Er schob sich ein grosses Stück Prosciutto-Pizza hinter die Kiemen und sagte dann mit vollem Mund: „Ef ift mein Geburtftag." Innerlich hatte ich Pit adoptiert. Er war ein liebenswerter Zeitgenosse in einer schönen, komplexen, schwierigen, traurigen und manchmal wahnsinnigen Welt.

„Hi Bernie!" Er war der Einzige, der mich so nannte. Er zerrte den Stuhl zurück, setzte sich, schlug die Beine übereinander und begann sich, mit Riz La und irgendeinem dunklen Tabak Zigaretten auf Vorrat zu drehen. Vor 3 Jahren hatte ich ihm eine Box geschenkt, die das Drehen vereinfachte, aber er hatte sie kaum gebraucht. Die Zigaretten seien ihm zu standardisiert.

„Du bist ein wenig spät, mein lieber", frotzelte ich.

„Ha! Daran bist du schuld, mein allerliebster! Dein Auftrag ist ein wenig kompliziert. Zu guter Letzt muss ich noch mit einer der beiden Damen schlafen, das käme dich dann teuer zu stehen. Ich richte mich bei Prostitution nach den Richtlinien des Sexgewerbes, zwohundertfuffzig die Stunde!"

Der Kellner kam und brachte eine Pizza Prosciutto und Fettucine al Formaggio di Belp. Zweiteres war eine Spezialität: Ein spezieller gewürzter Käse namens Belper Knolle mit ein wenig Trüffelöl, Butter und frischem Schnittlauch und Rahm.

Pit grinste mich an: „Du hast schon bestellt!" Es war weniger eine Frage als eine Feststellung. Zufrieden schnitt er sich ein Stück raus und schob es sich in den Mund. Seine Augen weiteten sich. „Mit Trüffelöl!" Er strahlte mich an. „das hast du arrangiert!"

Ich grinste ihn an: „Das war eine Spontanidee. Du variierst sonst immer so launenhaft."

Die nächsten 5 Minuten war ich für ihn inexistent. Er vertilgte seine Pizza, als ob es kein Morgen geben würde. Ich ass meine Fettucine bedächtig und kostete den Geschmack der delikaten Zutaten aus.

„Weisst du, das mit dem Personal war einfach. Da führen sie genau Buch!" Er schob sich einen weiteren Sechzehntel in den Mund. „Bei den Todeffällen ift daf viel komplipfierter."

Ich ermunterte ihn, zuerst seine Pizza zu essen und mir danach zu rapportieren. Er nickte, ass weiter und bestellte sich noch eine Crème Catalan.

„Die versuchen, zwischen natürlichen und unerwünschten Todesfällen zu unterscheiden. Klingt paradox, ist aber so. Die Grenzen sind natürlich fliessend. Die Schweizerische Akademie der Medizinischen Wissenschaften hat dazu Grundlagen festgehalten und publiziert."

Er attackierte das letzte Pizzastück.

„Wie läuft's bei dir?" Er zuckte mit den Schultern. „Nichts Neues. Noch 16 Monate Ratenzahlungen und Existenzminimum. Deine Kisten sind meine Extras."

„Mir ist es egal, ob deine Pizzas und Lasagne 15 oder 40 Franken kosten. Und ob du 100 oder 200 Franken für Alkoholika ausgibst, um eine Person auszuhorchen. Ich will einfach Resultate."

Er lächelte verschmitzt und hielt mir ein Plastikmäppchen mit mehreren Dokumenten hin.

„Dann wird dich das ausserordentlich freuen!"

Ich überflog die Dokumente kurz.

Wenn diese stimmten würde dies heissen, dass etliche der Kaderleute von V-Care Schweiz nach der Übernahme ausgewechselt worden waren. Dazu die bemerkenswerte Tatsache: 7 Kaderleute hatten wegen missbräuchlicher Kündigung geklagt. Ich bat Pit, mir die Namen und ihre Funktionen in den Betrieben zu beschaffen.

Weiter wurden mehr als 30 Leute innert 6 Monaten nach der Übernahme entlassen. Das Ganze nannte sich „Neustrukturierung".

„Danke Pit. Hast du sonst noch was für mich?"

Er schüttelte den Kopf. „Das mit den Todesfällen ist viel schwieriger. Da brauche ich noch Zeit."

Ich blickte auf die Uhr. In einer halben Stunde war ich mit Korporal Bucher verabredet. Ich winkte dem Kellner und verlangte die Rechnung. Pit versprach mir, das mit den Todesfällen rasch abzuklären und wir verabschiedeten uns.

Bucher war noch nicht vor Ort. Ich verstaute alles heikle Material in einer Schublade und bereitete mir einen Kaffee zu. Um 20 vor Drei erschien Bucher. Er begrüsste mich mit Händedruck und hängte seinen Wintermantel an einen Garderobenständer.

Ich bot ihm einen Kaffee an, er nahm dankend an.

„Im Fall Werren ermitteln wir mittlerweilen wegen Mordes."

„Das überrascht mich nicht. Das zweite Telefonat hat ja deutlich gemacht, dass er auf etwas Gravierendes gestossen war."

„Sie haben ja am 29. das Telefonat fast wörtlich wiedegegeben. Ist ihnen in der Zwischenzeit irgendetwas in den Sinn gekommen? Ein Wort, eine Formulierung, die uns einen Hinweis geben könnte?"

Ich verneinte.

„Sie haben ja offenbar Kontakt mit Herrn Jannsen gehabt. Weshalb?"

„Werren wollte mir einen Auftrag geben. Ich habe gehofft, dass allenfalls Jannsen mich engagieren würde. So hätte ich einen Kunden gehabt. Jannsen vertraute aber ganz auf die polizeiliche Ermittlung. Er war immerhin so grosszügig mich für meine Bemühungen mit tausend Franken zu entschädigen." Ich drehte meine Handflächen leicht nach oben. „Nun stehe ich ohne Kunde da."

„Trotzdem ermitteln sie weiter." Das war keine Frage, sondern eine Feststellung. Er doppelte nach: „Aus welchem Grund?" Ich überlegte. Wie viel konnte er wissen?

„Meines Erachtens hat Jannsen mich belogen." Ich schilderte ihm kurz das Treffen in der Autobahnraststätte. Er fragte nach und notierte sich einige Dinge.

„Warum haben sie mir das nicht mitgeteilt?"

„Es ist bloss ein Verdacht. Und ich habe nichts Konkretes in der Hand. Mein Instinkt sagt mir, dass Jannsen etwas weiss und mich draussen haben will. Er hat nur abchecken wollen, ob ich etwas wisse. Als ich ihm nichts Konkretes sagen konnte hat er mich abserviert. Seine Reaktion auf mein Mail und sein Verhalten waren ungewöhnlich."

Bucher nickte. „Haben sie das Video der Überwachungskamera noch?" Ich nickte.

„Bitte spielen sie es mir ab!"

Ich startete mein Notebook auf und spielte es ihm ab. Er schaute sich das Video konzentriert an. Ich brauche ein Standbild des 2. Mannes – nein, am besten den ganzen Film. Können sie das bewerkstelligen?" Ich legte eine DVD ein und brannte ihm den Film darauf. Er fragte nach einem Wasserfesten Filzstift, beschriftete die DVD, datierte sie und bat mich, mein Kurzzeichen darauf zu schreiben. Ich tat wie geheissen und gab ihm eine Hülle, die ich noch kurz abwischte.

„Nicht nötig", grinste er, „ihre Fingerabdrücke habe ich schon."

„Meines Wissens wurden sie mir noch nie abgenommen."

Er grinste.

Ach so – die Agenda. Ich nahm mir vor, künftig auf der Hut zu sein.

„Ich schlage vor, dass sie mir sagen, was sie sonst noch in Erfahrung gebracht haben. Im Gegenzug kann ich ihnen vielleicht auch 2-3 Sachen mitteilen, die sie interessieren könnten. Aus ermittlungstaktischen Gründen haben wir bisher nichts veröffentlicht."

Ich beschloss, ihm ein paar unverfängliche Informationen zu geben. Ich berichtete von den verflechteten Unternehmen und den Verwaltungsräten. Er hörte zu, machte Notizen, fragte nach meinen Quellen.

Danach teilte ich noch mit, dass es nach der Übernahme durch V-Care eine Entlassungswelle gegeben habe. Er nickte und sagte, das wüssten sie schon.

„Wissen sie noch mehr?"

Ich dachte nach. Wahrscheinlich hatte er von Pits Nachforschungen Wind gekriegt. Oder sogar von meiner Scharade mit dem Zoll?

„Ich möchte gerne wissen, ob es vor Herrn Werrens Tod schon zu - wie man im Spitaljargon sagt – unerwünschten Todesfällen gekommen ist."

Er blickte kurz auf und sagte dann gedehnt: „In diese Richtung haben wir bereits zu ermitteln begonnen."

„Und?"

„Wir untersuchen 2 – wie sie sagten – unerwünschte Todesfälle. Beide wurden ursprünglich als Unfälle registriert. Es ist nicht nötig, dass sie sich die Mühe machen. Wer ist eigentlich ihr Kunde?"

Geschickter Themenwechsel.

„Zurzeit arbeite ich auf eigene Rechnung."

„Kennen sie einen Herrn Wallbach?"

Schon wieder ein Haken.

„Ich habe ihn diesen Dezember kennen gelernt und er hat bei mir eine Expertenmeinung eingeholt und mich dafür bezahlt."

„Expertenmeinung zu welchem Thema?"

„Tut mir leid. Das ist vertraulich. Es hat aber nichts mit diesem Fall zu tun."

Er kaute auf seiner Unterlippe und dachte nach.

„Sie wollten mir auch ein Paar Fakten mitteilen."

„Hat Herr Werren am Telefon klar gesprochen?"

„Er sprach eher leise und eher gehetzt. Aber das habe ich ihnen schon gesagt...!"

„Sprach er langsam oder schnell?"

„Wenn ich sage „gehetzt" meine ich damit schnell."

„Hat er deutlich gesprochen?"

„Ich habe ihn jedenfalls gut verstanden."

„Könnte es sein, dass er unter Drogeneinfluss stand?"

„Mir ist jedenfalls nichts aufgefallen."

„Herr Werren hatte bei seinem Tod 2 Packungen Valium à 100 Stück bei sich. Eine Packung war angebrochen. Eine Packung hatte er sich mit falschem Rezept – er hat den Rezeptblock eines Klinikarztes verwendet – in einer Apotheke in Ostermundigen besorgt, die andere stammte offenbar aus der Spitalapotheke. Laut gerichtsmedizinischem Befund hatte er klar Spuren von Diazepam im Blut. Anscheinend war er tablettensüchtig."

Verdammt. Das hatte ich im Obduktionsbericht glatt überlesen.

„Trotzdem ermitteln sie wegen Mord."

„Herr Werren wurde von mindestens 2 Personen festgehalten, gefoltert und aus dem Fenster geworfen."

„Warum hat er dann nicht geschrien?"

„Sein Mund war mit Leukoplast zugeklebt worden."

„Gibt es keine Zeugen?"

„Für die Tat nicht. Wir haben eine einzige Spur. Eine Mitarbeiterin der externen Reinigung hat ausgesagt, an jenem Morgen habe sie einen Reiniger in der Uniform ihrer Firma gesehen, den sie noch nie gesehen habe. Wir haben die Videobänder ausgewertet. 2 der Reiniger sind von der Kamera im Eingangsbereich zwar erfasst worden, haben das Gesicht aber von der Kamera weggedreht oder die Hand rein zufällig vor dem Gesicht gehabt. Die Leute der Reinigungsequipe haben einstimmig ausgesagt, die 2 Leute gehörten nicht zu ihrer Equipe. Die beiden haben aber eine der Parkplatzkameras übersehen. Einer der beiden ist drauf, aber die Bildqualität ist schlecht." Er zeigte mir ein Foto. Na ja, man sah, dass die Person dunkelhaarig, männlich und ca. 180 cm gross war. Somit kamen nur noch 1.2 Milliarden Menschen in Frage.

„Wir wissen auch, dass der eine der beiden wahrscheinlich einen Spezialschuh trägt, allenfalls sind seine Beine nicht gleich lang. Wir haben die Bilder der Eingangskamera vergrössert und festgestellt, dass die Sohle des linken Schuhs ca. 2 Zentimeter dicker ist als diejenige des Rechten. Wir haben sämtliche Spezialgeschäfte in der Schweiz angefragt. Sie werden es nicht glauben. In der Schweiz gibt es 367 Leute die einen solchen Schuh tragen. Davon sind rund 80 von Statur, Geschlecht, Grösse und Alter mögliche Kandidaten. Es ist zum Verzweifeln."

„Dann habe sie also keine valable Spur?"

„Wir haben noch nicht einmal ein Motiv. Was ist ihre Hypothese?"

„Werren hat etwas in Richtung Geldwäscherei oder gross angelegten Betrug aufdecken wollen und ist deshalb beseitigt worden."

Er wiegte den Kopf hin und her, nickte dann nachdenklich.

„Herr Roulier, ich danke ihnen für ihre Kooperation. Ich erwarte, dass sie mir umgehend mitteilen, wenn sie auf etwas Sachdienliches gestossen sind." Er verabschiedete sich. Unter der Türe hielt er kurz inne und drehte sich um:"Ach ja…. Grüssen sie Zeus von mir!"

Bevor ich diese Bemerkung genauer überdenken konnte klingelte das Telefon. Ich nahm den Hörer in die Hand.

„Herr Roulier?" Eine tiefe Männerstimme. „Mein Name ist Christoph Kerner. Ich bin Direktor der Ecoimprove AG in Langenthal. Ich denke wir haben da ein Problem und sie können uns eventuell helfen." Sah ganz nach einem Kunden aus.

„Worum geht es genau?"

„Ich bin mir nicht ganz sicher. Aber ich denke, einer meiner Mitarbeiter wird eventuell erpresst." Ich verabredete mich für Morgen früh um 0900 mit ihm. Er bestand darauf, zu mir ins Büro zu kommen.

Ich fuhr mit dem Tram zu Vinzenz Wohnung. Die Pflanzen brauchten mich! Als ich die Tür aufschliessen wollte stutzte ich. Um das Schloss herum war eine dicke weisse Plastikfolie geklebt worden. Sie war das einzige, welche das Schloss noch in der Türe hielt. Ich zog ein

Taschentuch heraus und stiess die Tür auf. Die Wohnung sah aus wie die Behausung von Pit. Chaos!

Ich zog die Tür wieder zu. Bei der nächsten Telefonzelle rief ich die Polizei an und meldete den Einbruch. Als der diensthabende Beamte meinen Namen in Erfahrung bringen wollte hängte ich auf.

Ich hatte ein wenig ein schlechtes Gewissen, da ich ja gewissermassen Ursache des Einbruchs war. Ich ging zurück ins Büro, setzte mich vor mein Notebook und mailte Zeus die neuen Fakten. Eine halbe Stunde später rief er mich an. Er bat mich, unverzüglich zu ihm zu kommen, er bezahle das Taxi.

„Ich brauche kein Taxi."

„Ich habe es schon bestellt."

Nach einer Viertelstunde stand ich bei ihm auf der Matte.

Er trug wieder seinen Golfballsakko. Sein Gesichtsausruck war düster. Diesmal begrüsste er mich, ohne mir bleibende Schäden zuzufügen und schleppte mich sofort in sein Studierzimmer. Der Projektor war angeschaltet und an der Wand prangte ein Mindmap mit Wörtern und Zahlen. Zeus nahm einen Laserpointer zur Hand. Der rote Fleck blieb ganz links oben stehen und verharrte neben „0.78 `Ndrangheta".

Zeus warf den Pointer auf das Pult, setzte sich in seinen riesigen Drehsesssel und starrte mich an. „Voilà! Ich hätte viel früher darauf kommen sollen". In diesem Augenblick klingelte mein Handy. Bucher.

„Wir haben ein Problem. Der 2. Mann auf dem Parkplatz der Autobahnraststätte? Sie erinnern sich?"

„Klar. Was ist mit ihm?"

„Seine Schuhe. Die Sohle des linken Schuhs ist dicker als die des Rechten. Sie sind möglicherweise in Gefahr. Zudem wird höchstwahrscheinlich ihr Telefon im Büro abgehört. Unternehmen sie in dieser Sache nichts mehr. Und.... dies ist keine Bitte!" Ich bedankte mich und legte auf. Langsam begann ich zu begreifen, was an die Wand projiziert war.

„Die ehrenwerte Gesellschaft!" Zeus seufzte., „damit wäre die Täterschaft klar, jetzt fehlt uns noch das Verbrechen, das sie zu vertuschen wünschen. Wenn es die Ndrangheta ist – und mit 78% Wahrscheinlichkeit ist dies so gut wie sicher – kommen primär Drogenhandel – vornehmlich Kokain - , Geldwäscherei, Erpressung und Waffenhandel in Frage."

Zeus erklärte mir, dass die eingegebenen Parameter – Reaktionsschnelligkeit, Professionalität, Brutalität, Infiltration relativ schnell auf das Organisierte Verbrechen hingewiesen hatten. Die hohe Anzahl von italienisch stämmigen Figuren auf der VR-Ebene und auf der Shareholderseite war an sich nicht ungewöhnlich, doch die Ämterkumulation und – hier hatte Zeus ein wenig Ahnenforschung betrieben – die Herkunft etlicher Exponenten deutete auf mehrere Dörfer in Kalabrien hin.

Kalabrien ist die Hochburg der Ndrangheta. Die Ndrangheta ist 1861 als Geheimbund historisch ein erstes Mal in Erscheinung getreten. Seit nunmehr rund 150 Jahren ist es keiner Regierung gelungen, die Organisation zu zerschlagen. Neben ihr wirkt die Sizilianische Cosa Nostra wie die Wiener Sängerknaben: Knapp 150 Kronzeugen waren bisher bereit, gegen die Ndrangheta auszusagen. Gegen die Cosa Nostra waren es über 400. Wenn man bedenkt, dass die italienischen Mafiajäger auch nicht gerade mit der Zimperlichkeit von Chorknaben gegen das organisierte Verbrechen vorgingen, ist diese Zahl doch eher bescheiden. Insbesondere wenn man sie auf 150 Jahre verteilt. Die Fedeltà (Uneingeschränkte Treue. Treuebruch wird mit dem Tod bestraft), eines der 7 Prinzipien der Organisation, schien zu wirken. Die anderen 6 Prinzipien sind:

- *Umiltà* – Demut gegenüber anderen (der sog. Onorata società, der „ehrenwerten Gesellschaft)

- *Politica* – Geheimsprache zwischen den „Ehrenwerten", bei dem die Wahrheit zu sagen das oberste Gebot ist
- *Falsa Politica* – Sprache gegenüber Polizisten und Verrätern
- *La Carta* – Alle wichtigen Ereignisse werden aufgeschrieben
- *Il Lapis* – Der Boss ist verpflichtet, eine geheime Chronik zu führen
- *Il Coltello* – (Das Messer) Die Interessen der Organisation stehen an erster Stelle und werden unter Androhung des Todes beschützt

Moralisch nicht gerade vergleichbar mit dem Kategorischen Imperativ. Die Ndrangheta hatte ursprünglich noch eine gewisse Sozialromantik, ein Rebellentum, eine Gruppe von eingeschworenen Familien in geheimem Widerstand gegen die Obrigkeit.

Heute sieht das anders aus:

Giuseppe Coltorti, Mittelstürmer eines Fussballklubs in Crotone, war auf einer einsamen Landstraße durch Assassini der "Ndrangheta", mit fünf Schüssen in Gesicht und Brust ermordet worden. Sein Gesicht wurde bewusst völlig entstellt. Eine Botschaft der Ndrangheta an alle potentiellen "Verräter". Am nächsten Tag hätte er in einer Bestechungssache gegen einen Verwandten seiner Verlobten bei den Carabinieri aussagen sollen. Die Ndrangheta war sich nicht sicher, ob ihm zu trauen war. Im Sinne der Risikominimierung und als Warnung an alle Wankelmütigen wurde Giuseppe abgeschlachtet und verstümmelt. Die Augen ausgestochen. Er hatte zu viel gesehen.

Der Arzt Salvatore Ferroni war ein konsequenter Verfechter einer Gesundheitsreform, die den Interessen der Ndrangheta zuwiderlief. Er wurde auf offener Strasse erschossen. Neben dem Drogenhandel und der Bauwirtschaft ist es der öffentliche Dienst und damit auch das öffentliche Gesundheitswesen, in welchem die Ndrangheta das Sagen hat.

Trotz einiger Erfolge der Carabinieri – ein paar Clanführer konnten gefasst werden – erwirtschaftete die Ndrangheta immerhin noch einen Umsatz von geschätzten 44 Milliarden Euro pro Jahr. Dies entsprach etwa 3% des italienischen Bruttosozialprodukts. Die Organisation ist damit eines der bedeutendsten Unternehmen Italiens. Mit dem Schönheitsfehler, dass durch sie Zehntausende Jugendlicher drogensüchtig und damit kriminell wurden, hunderte von ehrlichen Geschäftsleuten zähneknirschend Schutzgeld bezahlten und hunderte Menschen mit Anstand und Zivilcourage kaltblütig ermordet wurden- *Il Coltello*. Die Anzeichen, dass die Organisation sich auszudehnen begann mehrten sich. Heute geht man davon aus, dass die Ndrangheta dank Auswanderern im Balkan, in Deutschland, Russland und auch in der Schweiz tätig ist.

Zeus holte eine Flasche Grappa Pietra Sacra. Wie passend. Ein Grappa. Doch der konnte es problemlos mit manchen Cognacs und Armagnacs aufnehmen!

„Wer hat vorhin angerufen?"

„Korporal Bucher von der Kripo Bern." Ich rapportierte ihm das Wichtigste noch einmal und erwähnte auch Buchers Warnung.

„Bucher...", er knurrte und runzelte die Stirn. „Ein guter Mann, aber ein hoffnungsloser Narr und Romantiker."

„Woher kennen sie ihn?"

„Er hätte für mich arbeiten können. Leider hat er sich" er grinste grimmig, „für die dumme Seite der Macht entschieden. Die Polizei. Nun habe ich ja Sie."

Hoppla. Noch hatte er mich nicht. Ich schwieg aber.

„Sie müssen sofort in Büro und Wohnung alle Datenträger entfernen, die mit diesem Fall zu tun haben. Erledigen Sie dies umgehend und bringen sie sie an einen sicheren Ort. Ich habe ein Safe, das ziemlich sicher ist. Aber wir müssen mindestens 2 Orte haben, wo wir die Informationen sichern. Haben sie eine Idee?"

„Ein Bankschliessfach."

„Das sollte reichen. Sind sie bewaffnet?" Stumm holte ich die Heckler & Koch hervor.

„Holen sie ihre Datenträger und warnen sie ihre Informanten. Die Zerstörung der Wanzen könnte zu einer nicht zu unterschätzenden Reaktion führen. Sichern sie die Informationen und warnen sie wenn nötig ihre Quellen. Wir haben es hier mir professionellen Kriminellen zu tun. Unterschätzen sie dies nicht."

Ich zückte mein Handy und versuchte Pit zu erreichen. Keine Reaktion. Ich rief Paco aufs Handy an. Der nahm sofort ab. Ich fragte ihn nach Werren:"Nichts, der Typ scheint ein Chorknabe zu sein. In der Szene kennt ihn niemand." „Wie sieht es aus mit Benzos?" „Jedenfalls nicht in der Szene, mann. Wann krieg ich die Kohle?" „Komm vorbei."

Ich rief ein Taxi und kehrte in mein Büro zurück. Ich stopfte Notebook, Akten und externe Sicherungsharddisk in eine Sporttasche und begab mich zu meiner Wohnung. Bereits an der Tür merkte ich, dass etwas nicht stimmte. Mein Marker – eine Betty Boop-Figur über der Tür – hing schief. Ich griff nach meiner Waffe und lauschte. Scharren und Flüstern hinter der Tür. Ich ging runter ins Parterre und rief Bucher an. Nicht erreichbar. Leise schlich ich wieder hinauf. Scharren und dann ein halblautes „Ecco!" ich stiess die Tür auf, stürmte hinein und rief mit lauter Stimme:"Polizei! Waffen fallen lassen!"

Anscheinend funktioniert das nur in Filmen. Eine schwarz gekleidete Person mit Skimaske hob zwar die Hände. Aus den Augenwinkeln sah ich jedoch, dass ein zweiter Einbrecher eine Waffe auf mich richtete. Ich liess mich augenblicklich fallen. Dennoch spürte ich einen Aufprall mit der Wucht eines Traktors an meiner linken Schulter. Es tat wahnsinnig weh. Ich feuerte 2x auf die Person, ohne zu grosse Hoffnung auf einen Treffer. Die beiden schwarzgekleideten verschwanden in der Nacht und ich versuchte, die heftige Blutung an meiner Schulter zu stillen. Ich wählte den Polizeinotruf und deponierte die Bitte, Bucher zu informieren. Dann wurde mir schwarz vor den Augen.

11. Januar

Acht Stunden später war ich operiert und ansprechfähig. Neben meinem Bett sass Korporal Bucher.

„Wie geht es ihnen?"

Ich blickte an mir herunter. Offensichtlich nur der Treffer an der Schulter. Scheisse.

„Sie haben Glück gehabt. Ein Jugendlicher – übrigens ist er polizeilich aktenkundig wegen Verstössen gegen das BetMG (Betäubungsmittelgesetz) hat sie gefunden und die Ambulanz gerufen. Er hat ihren Arm behelfsmässig verbunden und trotz seiner Vergangenheit bei ihnen ausgeharrt. Sie scheinen Freunde zu haben."

„Sind meine Daten gesichert?"

Er nickte. „Beschlagnahmt, gesichert und nicht mehr entwendbar. Sie haben ja tolle Informationen gesammelt. Ich brauche ihnen ja nicht zu sagen, dass diverse Daten absolut illegal erhoben worden sind. Wir müssen uns darüber gelegentlich unterhalten." Er blickte mich streng an. „Aber offen gesagt: Ein absolut genialer Trick. Wir von der Polizei dürfen das halt nicht."

„Bitte benachrichtigen sie sofort Pit Frautschi! Er muss sich schützen." Ich nannte ihm Adresse, Telefonnummer und Email.

Er schaute mich lange forschend an. Dann sagte er zögernd: „Dazu ist es zu spät. Die Leiche von Herrn Frautschi wurde heute um 16 Uhr im Treppenhaus seiner Wohnung entdeckt. Es tut mir sehr leid."

Er schilderte mir die Details. Pit war ermordet worden. Speziell dabei: Knebelung mit Leukoplast und 2 Einstiche in die Augen durch die geschlossenen Augenlider vor dem Tod durch Erdrosselung mit einer Nylonschnur.

Ich musste kotzen. Zwei Schwestern kamen angerannt und scheuchten Bucher aus dem Zimmer. Nach etwa einer Stunde war ich ein wenig wiederhergestellt – zumindest äusserlich.

Ich meldete mich bei Ecoimprovement telefonisch ab. Ich schien irgendwie noch zu funktionieren. Ich rief Paco an und er kam 2 Stunden später mit einer Papiertüte angedackelt. Ich gab ihm mal einen Hunderter Vorschuss und bedankte mich für den mitgebrachten Flachmann. Er sah mich an und sagte:"Mann, ich hatte echt Schiss. Aber ich konnte dich da doch nicht einfach liegen lassen, Mann. Das war zu krass. Ich hatte tierisch Angst, dass die Bullen mich hopsnehmen würden."

„Danke Paco. Das bestätigt mir, dass viel mehr in dir steckt. Ich schulde dir nebst dem Geld auch sonstwas." Sein unsteter Blick wanderte zwischen mir und der Lampe hin und her. Er hatte wohl schon lange kein Kompliment mehr gehört und es war ihm peinlich. Für einen kurzen Moment lächelte mich der alte Paco an und der abgebrühte Typ verabschiedete sich mit einem schnoddrigen „man sieht sich, Mann!"

Ich nahm 2-3 Schlucke aus dem Flachmann und versuchte zu schlafen. Fehlanzeige.

12. Januar

Sie mussten mir gestern 2 Valium geben, damit ich endlich schlafen konnte. Valium, Werren, Ndrangheta, Pit, Mord. Allmählich wich meinem Kummer kalte Wut: J'irai cracher sur vos tombes – ich werde auf eure Gräber spucken, schwor ich mir. Der Französischunterricht an der Universität hatte also doch seine Spuren hinterlassen. Boris Vian sei Dank. Pit. Mein Freund. Ich weinte um ihn.

13. Januar

Die Kugel war draussen und von der Biomechanik her war die Prognose gut. In 3-7 Tagen konnte ich die Klinik verlassen, sofern der Heilungsverlauf normal war.

Ich kriegte Besuch durch Zeus. Er hatte für sich bei der InvestAG Personenschutz beantragt. Alle Daten waren gesichert. Als wir zusammen diskutierten ging der eine Bulle pausenlos vor meinem Zimmer auf und ab. Ich bat Zeus, mir meine Waffe wieder zu bringen. Er musste mich enttäuschen. Die war von der KriPo abgezügelt worden. Er sprach kurz mit dem Bullen vor meiner Tür, kam dann zurück und fragte mich nach meinem Waffenschein. Er nahm ihn mit, zwinkerte mir dann zu und streckte den Daumen seiner rechten Hand nach oben. Am Nachmittag um 1600 brachte mir ein Pfleger, der gottverdammt nach Jules aussah mit verschwörerischer Miene eine geladene Walther P 99 mit 2 Ersatzmagazinen. 24 Schuss. Zeus war zuverlässig. Der Personenschutz war Scheisse.

13. Januar

Mein Kumpel Thierry hatte mir aufgrund meiner Nachfrage ein Notebook ins Spital gebracht. Nach dessen Einrichtung fand ich im Email folgende Nachricht:

<b.roulier@roulierermi.ch>

<disziplinator@bestrafer.com>

Du weisst nun, was es heisst, sich uns in den Weg zu stellen. Auf jeden weiteren Versuch, uns zu identifizieren wird eine weitere Bestrafungsaktion kommen.

P.S. Der Trottel hat uns angebettelt, ihn zu verschonen. Er hat geschrien wie am Spiess, als wir ihm sein erstes Auge angestochen haben. Was würde wohl deine Janine vor einer spitzen Nadel sagen?

Küsschen
Die Enttäuschten

Ich leitete sie unverzüglich Bucher weiter und bat ihn zu mir. Keine Geheimnisse mehr. Ich teilte ihm alles mit, was ich wusste. Er verzog keine Miene. Knackte zwischendurch mit den Knöcheln seiner Fäuste. Nach meiner Aussage blickte er mich ruhig an. Dann sagte er ruhig, fast ein wenig zu ruhig: „Diese Schweine will ich kriegen. Aber wahrscheinlich sind die eine Nummer zu gross für uns." Der Damm war gebrochen. Wir unterhielten uns eine Stunde ohne Taktieren über den Fall. Er erzählte mir nach und nach auch ein paar Dinge über sich.

Robert Bucher war Sohn eines einfachen Eisenbahnarbeiters, „Isebähnler", wie man sie in Bern nannte. Seine Eltern lebten absolut traditionell in einer einfachen 3-Zimmerwohnung in einer Siedlung in Bümpliz, sein Vater hatte im Bastelkeller mit 2 Kollegen eine Modelleisenbahnanlage, mit der sie am Wochenende spielten. Unter dem Berg befanden sich die Sexheftli wie „Praliné" und „Schlüsselloch", Höhepunkt war der Tankwagenzug der mit echtem Obstlerschnaps gefüllt werden konnte und dann von den leitenden Protagonisten wieder geleert wurde. Buchers Schwester war gerade elf, als er bemerkte, dass die 2 anderen Männer sie so anfassten, wie man es seiner Meinung nicht tun dürfte. Sein Vater sagte nichts dazu. Der kleine Robert erzählte es dann seiner Mutter, die zupfte ihn an den Haaren und verlangte Respekt von ihm. Eines Tages kam seine Schwester in der Nacht schluchzend zu ihm ins Zimmer und kletterte in sein Bett. Er tröstete sie und hielt sie fest in seinen Armen. Nach einer Weile fragte er sie, was denn geschehen sei. Sie erklärte ihm, dass einer der Männer ihr – sie begann wieder zu schluchzen – ins Höschen gefasst habe und…. wieder schluchzte sie herzzerreisend. Robert fragte sie, ob sie das nicht Mama erzählt habe aber jene habe sie nur ins Zimmer geschickt und ihr gesagt, sie solle sich nicht so anstellen. Am nächsten Wochenende kamen die Freunde Papas wieder und spielten im Keller. Der kleine Robert nahm seinen ganzen Mut zusammen und ging nach unten. Die drei Männer waren schon recht angeheitert, als der Junge sagte: Ich muss euch etwas sagen!" Die 3 Männer sahen den Jungen erstaunt an. „Ihr dürft meine Schwester nicht mehr dort anlangen, wo sie es nicht will!" Er zitterte.

„Was?" Sein Vater baute sich vor ihm auf und verpasste ihm eine Ohrfeige, die ihn 2 Meter zurückfliegen liess. Er schmeckte Blut in seinem Mund. „Du kleiner Scheisser willst uns Erwachsenen hier Vorschriften machen?" Robert rappelte sich hoch und wollte den Raum verlassen. Einer seines Vaters Kollegen stand vor der Tür und sein Vater öffnete seinen Gurt. Nach 10 Minuten verliess er weinend mit wundem Hintern den Keller. Seine Mutter sah ihn an und sagte nichts. Von diesem Tag an wurde der kleine Robert zum Sportfanatiker. Er begann Fussball zu spielen, machte täglich Liegestütze und Rumpfbeugen, verdiente sich Taschengeld und kaufte sich dafür ein paar alte Boxhandschuhe und ging ins Boxtraining im Boxring Bern für Kinder. Seine extreme aggressive Trainingsweise fiel den Trainern schon bald auf, aber im Kampf war Robert viel zu zahm. 4 Jahre später war der kleine Robert 170 gross und extrem fit.

Eines Samstags abends ging er in den Keller und sagte lapidar: „Ihr dürft meine Schwester nicht mehr dort anlangen, wo sie es nicht will!"

Wutentbrannt stürzte sich sein Vater auf Robert und lief voll in eine Gerade auf seine Nase hinein. Knochen knirschten und er sank zu Boden. Seine Kollegen stürzten sich nun ihrerseits auf Robert und die Bilanz war grauenvoll: 1 Kieferbruch, 1 Nasenbeinbruch, 2 Rippenbrüche, 2 blaue Augen, 6 herausgebrochene Zähne und 2 Hirnerschütterungen auf der Pädophilenseite und 2 Fingerbrüche und 1 blaues Auge auf der Siegerseite. Die Nachbarn hatten die Polizei gerufen und die befragte jetzt mit strenger Miene den unsicheren, aber entschlossenen Robert.

Der sagte mit zitternder Stimme: „Ich möchte Anklage wegen unsittlichen Handlungen mit Minderjährigen erheben!"

Nach langen Verhören wurde der Vater erst in Untersuchungshaft gesetzt, später dann verurteilt. Robert und seine Schwester kamen in ein Heim, der Mutter wurde die Erziehungsfähigkeit abgesprochen. Bucher kam in eine Pflegefamilie in Niederwangen, in eine einfache aber intakte Familie zu 2 weiteren Kindern. Er konnte die Sekundarschule absolvieren und absolvierte anschliessend eine Schreinerlehre, für ihn war aber klar, dass er Polizist werden wollte – Schutzlose beschützen, das war seine Bestimmung. Er schloss die Polizeischule mit Bestnoten ab und stürzte sich mit Feuereifer in den Job und in die Weiterbildung. Er war nach kürzester Zeit einer der jüngsten Mitglieder der Fahndung und war drauf und dran, Karriere zu machen. Sein absolutes Plus war unter anderem, dass seine muskulöse Erscheinung automatisch zur Annahme veranlasste, dass er geistig weniger gut ausgestattet war.

Seine Schwester wurde Alkoholikerin und fürsorgeabhängig. Bucher war intellektuell nicht ein Riese, aber verstand es stets, aus seinen Möglichkeiten das Beste zu machen und bei Bedarf bei den richtigen Stellen Unterstützung einzuholen. Gerade deswegen wurde er im Korps allgemein sehr geschätzt. Ein zuverlässiger und umsichtiger Fahnder.

4 Stunden später tauchte dieser Bucher wieder an meinem Spitalbett auf. Er sah unglücklich aus. Ich fragte ihn, was los sei. Er teilte mir mit, dass meine Freundin Janine heute verstorben sei. Grund war eine Explosion in ihrer Wohnung.

Ich fror. Mein Leben schien sich plötzlich in Stücke aufzulösen....

AIGIS[4]

14. Januar

<b.roulier@rouierermi.ch>
<disziplinator@bestrafer.com>
Betreff: Bestrafung

Da geht doch die ganze Wohnung in die Luft – weil unser Herr Naseweis nicht hören wollte... Glücklicherweise konnten unsere 2 Jungs
deine Janine vor ihrem Tod noch so richtig gründlich durchficken – das
hat sie gebraucht, du scheinst ja dafür nicht die richtige Adresse zu sein.
Auch sie scheint etwas gegen Injektionsspritzen zu haben. Sonst hätte
sie ja nicht so geschrien... oder war es vor Lust?

Liebe Grüsse
Die Befriedigenden

Wissen sie, was kalte Wut ist? Eine Gewissheit, dass einfachste
Grundlagen des menschlichen Zusammenlebens nicht mehr gelten. Ein
Bedürfnis, gesellschaftliche Konventionen mit Füssen treten zu müssen.
Nur um ein Ziel zu erreichen. Rache.

Ich hatte in den ersten 3 Nächten wirre Albträume und musste laien-
haft feststellen, dass ich mir Vorwürfe machte, Janine nicht gut genug
beschützt zu haben. Ehrlich hatte ich gar nicht daran gedacht, sie beschützen zu müssen. Unsere unsichtbaren Gegner hatten nicht gewusst,

---

[4] Gegenstand aus der griechischen Mythologie: goldenes Ziegenfell,
das benutzt wurde um Gewitter heraufziehen zu lassen.

dass wir uns getrennt hatten. Umso sinnloserer war ihr Tod. Meine Wut stieg.

Zeus kam ins Spital. Er verzichtete auf Händedruck und ähnliche Schikanen. Er fasste sich kurz: „Ich muss abtauchen. Die scheinen unseren Mailverkehr zu kennen. Also werden sie mich in Kürze auch zu beseitigen versuchen. Auf der Website www.kitchenhighlites.fr hat es ein Guestbook, ich teile ihnen das Passwort morgen persönlich mit. Ich habe die Adminstratorenrechte, niemand kann ohne meine Einwilligung drauf. Falls irgendetwas faul sein sollte, werde ich das Verb „differieren" in der Korrespondenz verwenden. Das würde dann heissen, das ich unter Einfluss des Gegners stehen würde und sie und unsere Mitstreiter entsprechende Schutzmassnahmen einzuleiten hätten. Haben sie eine sichere Rückzugmöglichkeit?" Ich bejahte. „Ich will sie nicht wissen. Bei Leuten, die sich nicht scheuen, auch Folter anzuwenden, ist dies besser."

Mein Leben zerfiel in Stücke und ich vegetierte im Spital herum. Mit Personenschutz. Ich konnte nicht weinen. Gefühlsmässig war ich wie erstarrt. Einzig Wut und Hass vermochte ich zu spüren.

Nach drei Tagen haute ich mit den Medikamenten für die nächsten 5 Tage und dem Rezeptblock des behandelnden Arztes ab. Im Zimmer deponierte ich einen Zettel, addressiert an Bucher.

Der Personenschutz taugt nichts. Jules hat mir eine Waffe mitsamt Munition gebracht. Ich tauche ab.
B.

18. Januar

Ein ehemaliger Kunde hatte ein Ferienhäuschen am Schwarzsee, ein wenig zurückversetzt und rund 300 Meter vom nächsten Haus (auch ein leerstehendes Ferienhaus) gelegen. Er hatte mir immer gesagt, ich solle mich melden, wenn ich Bedarf hätte. Ich meldete mich und bat ihn, diskret zu sein.

Ich holte den Schlüssel und die „Gebrauchsanweisung" der Wohnung bei der Bäckerei ab. Dank der genauen Dokumentation konnte ich die Heizung einschalten. Nach 12 Stunden war es 17 Grad warm. Ganz passabel.

Ich fuhr nach Tafers und deckte mich mit Lebensmitteln für 2 Wochen ein. Dazu gehörten neben diversen Weinflaschen auch 2 Flaschen Redbreast 12. Zuvor hatte ich in Freiburg drei Bewegungsmelder mit Alarmfunktion gekauft, mit falschem Ausweis ein Modem für drahtlosen Internetzugang erworben und 2 Dosen Pfefferspray gekauft. Meine neue Walther mitsamt weiterer 50 Schuss Munition war auch im Gepäck. Ich übte 2x in der Scheune. Das Trefferbild war zwar nicht ganz so gut wie mit der H&K, aber ganz passabel. Im Haus hatte es noch ein Jagdgewehr aus den Sechzigerjahren, Munition (Schrotpatronen) befand sich im Küchenschrank neben den Gewürzen.

Mein Auto stellte ich in der Scheune unter. Die Autonummer konnte von aussen nicht eruiert werden.

Ich fuhr mit dem Postauto nach Freiburg. Dort ging ich in ein Internetcafé und trank einen Espresso. Auf meinem Natel war das Passwort für die Küchenseite. Mit dem Nachsatz, das SMS zu löschen....

Ich loggte mich ein Der erste Eintrag lautete folgendermassen:

Liebe Mitstreiter!

Wir kämpfen einen ungleichen Kampf. Die Polizei in der Schweiz hat ein Budget von 1.8 Millionen Franken zur Bekämpfung des organisierten Verbrechens. Unser aktueller Gegner, die Ndrangheta hat einen Umsatz von 44 Milliarden. Unser Ziel muss sein, diesen Umsatz möglichst tatsächlich zu reduzieren und Exponenten der Organisation zu entlarven und überführen zu können. Dabei ist eine interne Überführung eben so effektiv wie eine Öffentliche. Dabei müssen wir uns schützen, da die Ndrangheta traditionell mit Erpressung und Ermordung von Gegnern arbeitet. Ein offizieller Erfolg wäre wegen des Gesichtsverlustes der Führungspersonen entweder Selbstmord oder würde ein Leben in einem Zeugenschutzprogramm bis ans Lebensende bedeuten. Als bekennender Konsument exklusiver Genussmittel wäre ich dadurch zu in meinen Augen monastischem Lebensstil verdammt, was für mich absolut inakzeptabel ist. Immerhin bin ich in Sachen Spitzenweine und weissen Trüffeln als Konsument in den entsprechenden Kreisen hinlänglich bekannt. Uns bleibt wie beim Schachspiel nur der Weg über das Remis. Diese Website ist unsere momentane Kontaktplattform. Bitte löscht jegliche Information dazu. Neue Kontaktplattformen wird es nur noch nach persönlicher Absprache geben. Die Folter ist ein zu wirksames Medium.

Bitte; Keine Namen, keine Telefonnummern, keine expliziten Email-Adressen!

Daten stets an mich über diese Plattform

Im dritten Eintrag stand schlicht:
Gestern wurde meine achtjährige Tochter fast von einem Auto überfahren. Am gleichen Abend kriegte ich folgendes Mail:

<fam.bucher@gmx.ch>
<disziplinator@bestrafer.com>

Wir haben sie gewarnt. Beruflicher Ehrgeiz kann toll sein. Prioritäten setzen auch. Nächstes Mal wird es wohl eher kaum so schnell und schmerzlos gehen.... Die kleine Laura will doch auch ihr Leben geniessen? Was denkt sie, wohl, wenn man ihr eine Injektionsspritze ins Auge rammt?

Es ist ihr Leben... Oder sollen wir lieber ihre beste Freundin töten und ihr dann sagen, dass du nicht hören wolltest? Wir könnten an jedem Gehsteig hinter jeder Hecke lauern.

Denken hilft. Winkelried war darin wohl nicht der beste...

Die Entschlossenen

Meine Familie ist inzwischen in Sicherheit. Das mit der besten Freundin ist schwieriger. Die Internet- und Mailadresse wurde inzwischen gecheckt und wir versuchen, sie zu knacken und einen Trojaner zu installieren. Sie wurde virtuell mit einer fiktiven Adresse in Spanien eröffnet. Die Adresse lautet: Jesus Gutierrez, Impaso de los héroes, Aranjuez. Das Email bei der Eröffnung lautete buteur@revanche.com. Ich habe die Daten Interpol geschickt.

Ich vermerkte folgendes im Gästebuch:

Zeus
Ich überlasse es dir, was du an Bucher weiterleitest.

Ich kaufte mir einen Prepaid-Internet-Zugang für meinen Laptop und kehrte zurück ins Häuschen.

19. Januar

Infos von Bucher auf Kitchenhighlites. Die Untersuchung bezüglich Jannsen war kriminaltechnisch ergebnislos geblieben. Interessant war lediglich, dass seine Ehefrau, die er in Nordrhein-Westfalen kennen gelernt hatte, aus dem Dorf Plati am Fusse des Aspromonte stammte. Einer Hochburg der Ndrangheta. Jannsen hatte eine klassische Karriere als Betriebswirt, wie dies in Deutschland heisst, gemacht. Geradlinige

Laufbahn, erst bei einer Versicherung, dann in einer Klinik. Mit 37 Jahren – 4 Jahre nach seiner Heirat - wechselte er zu V-Care und stieg dort kometenhaft auf. Einzige Auffälligkeit war das natürliche und unnatürliche Ausscheiden seiner Vorgesetzten. Deren 2 hatten durch Unfall oder Selbstmord ihre Sessel freigemacht. So war Jannsen relativ schnell zum Regionsverantwortlichen Schweiz aufgestiegen. Seine finanziellen Erfolge gaben V-Care recht. Nichts zu finden. Tadelloser Familienvater, karitativ engagiert, Mitglied bei Greenpeace, im Golfclub und aktiv in einem Kochzirkel. Der Prototyp eines erfolgreichen, familienverbundenen Geschäftsmannes. 2003 wurde er von einem Nachbarn angezeigt, weil der eines Sonntagmorgens seinen Gockel kopflos vor der Haustür aufgefunden hatte. Der Gockelkopf war dekorativ über die Klinke der Haustür gestülpt worden. Der Nachbar schrie Zeter und Mordio und schwor, Jannsen hätte gedroht „dem Scheissvieh die Rübe abzuhauen", weil er sich in seinem Schlaf durch den frühmorgendlichen akustischen Exhibitionismus gestört gefühlt hätte. Item, mehr als 27 Zeugen konnten beschwören, dass die Familie Jannsen sich in besagter Nacht an einer Veranstaltung von V-Care in Aarau befunden hatte und Jannsen dort eine Auszeichnung für das grösste Umsatzwachstum der europäischen Regionen entgegennehmen konnte. Das Abendprogramm umfasste ein exquisites Buffet, den Auftritt eines internationalen Komikers und Tanz, begleitet durch eine renommierte Bigband. Für die Kinder gab's Trickfilme und einen Zauberer. Für alle Gäste waren Hotelzimmer reserviert und Jannsens hatten um 1037 ausgecheckt. Grosszügig verzichtete Jannsen auf eine Verleumdungsklage und lud die ganze Nachbarschaft zu sich zu einem Sommerfest ein. Ein Gentleman eben. 3 Wochen später wurde der Nachfolger des Gockels auch massakriert. Jannsen schenkte dem Nachbarn einen Gutschein über 200 Franken für die Anschaffung eines neuen Hahns. Die Tatsache, dass der alte zerstückelt und sein Kopf über die Türklinke des Schlafzimmers seiner 3jährigen Tochter gestülpt worden war bewog den Nachbarn, sich Meerschweinchen anzuschaffen.

Ein netter Zeitgenosse. Ich ging zu Bett. Konnte nicht einschlafen, da mir die Wunde bei jeder falschen Bewegung Schmerzen bereitete. Ich ging ins Wohnzimmer, holte mir Sofakissen und fixierte mich so, dass ich die Schulter nicht mehr belasten konnte. 2 Schmerzmittel, 6 CL Redbreast 12 und ab ins Nirvana.

20. Januar

Scheisskälte. Die Heizung war offenbar ausgegangen. Ich schleppte mich ins Untergeschoss, kippte einen Sack Pellets in den Ofen und setzte ihn wieder in Gang. Oben nahm ich den Verband ab und musterte die Wunde. An den Rändern leicht rötlich und ein wenig geschwollen. Ich strich ein wenig Vitamerfen drauf, warf die Antibiotika und das Mefenacid ein und ging aufs Klo. Nach Antibiotika schien man das Gegessene einfach nur in Gestank umzuwandeln. Ich klebte ein Tegaderm auf die Wunde und duschte, rasierte mich unter der Dusche und fühlte mich ein wenig besser. Danach frass ich mich durch 3 Joghurtstämme, um meine Darmflora wieder zu bevölkern, übersäuerte meinen Magen mit einem grässlichen Pulverkaffee und fasste zwei entscheidende Entschlüsse:

1.   Zeus hatte recht. Ein monastisches Leben ist Scheisse.

2.   Ich muss Material sammeln, damit ich, Zeus oder Bucher etwas finden um gegen diese Hydra vorzugehen.

Also organisierte ich mir ein Taxi und liess mich in Freiburg absetzen. Dort kaufte ich mir eine anständige Kaffeemaschine mit ausreichend Kapseln, Filzschreiber, 50 Blatt Flipcharts und Teppichklebeband. Dann noch Rindsfilet, Merguez, Wein und Trüffelsalami. Ich musste schliesslich den Blutverlust ausgleichen.

Zurück ging ich mit dem Postauto. Wegen der Schulter hatte ich mir ein Einkaufswägelchen gekauft, wie ich es von meiner Grossmutter kannte.

Als erstes machte ich mir einen anständigen Kaffee, trank dazu noch ein wenig Redbreast 12 und schlief dann ein. Der Ausflug hatte mich erschöpft.

Um 2030 erwachte ich schweissgebadet wieder. Die Schulter schmerzte wieder. Ich hatte mich nicht richtig installiert. Ich nahm die Medikamente und trank einen Liter Wasser. Danach fühlte ich mich ein wenig besser. Ich schaltete mein Handy ein. 2 SMS.

Wo zum Teufel bist du? Warum ist dein Handy seit 2 Tagen ausgeschaltet?
Es ist ein Notfall, ich brauche dringend GHS?
R.

Herr Roulier
Ich habe erfolglos versucht, sie telefonisch zu erreichen. Unsere Tochter Janine wird am 26.01. 1430 nach einer kurzen Abdankungsfeier bestattet. Wir würden es begrüssen, wenn sie daran teilnehmen könnten.

B. & R. Kuntz

Wieder Übelkeit und Wut anstelle von Traurigkeit. Ich blickte lange in die schwarze Nacht hinaus. Dunkel wie der Tod, ein paar Lichter zeigten, dass es doch noch Leben gab. Ich nahm mein Handy und schrieb ein SMS an Rebecca. Ich brachte es nicht übers Herz, Janines Eltern zu antworten.

Hallo R.
Ich wurde in die linke Schulter geschossen, war im Spital und bin dort abgehauen, um mich in Sicherheit zu bringen. DAS IST KEIN WITZ! Wenn du

das Risiko trotzdem eingehen willst: Ich kann dich morgen am Bahnhof Freiburg abholen. Aber keine Menschenseele darf wissen, wohin du gehst. Und nimm Wäsche für 2 Nächte mit <Speicher voll>

Und ich weiss nicht, ob ich nach all dem Blutverlust…. Schaunwirmal! B.

Kein Witz? Du brauchst mich. Treffe um 0927 Morgen auf Gleis 7 ein. R.

Das andere SMS musste warten. Ich hatte im Moment weder die Zeit, noch die Energie, darauf zu antworten und es war mir klar, dass mein Erscheinen dort selbstmörderische Konsequenzen in Bezug auf die Gegenseite und wohl auch nicht wesentlich sympathischere in Hinsicht auf die Konfrontation mit ihren Eltern haben könnte.

Ich loggte mich kurz auf unserer Verschwörerwebsite ein – nichts. Ich stellte den Wecker und ging nach ausgiebigem Kissenrücken zu Bett. Die Bewegungsmelder waren platziert, die Walther in Griffweite, ein Pfefferspray in meiner Pyjamahose, der andere mit Klebeband unter dem Armaturenbrett meines Autos. Ich nahm eine doppelte Ration Painkiller, musste noch einmal kurz weinen – Janine hatte das nicht verdient - und schlief ein.

21. Januar

Das Natel weckte mich mit einer nervenden Calypsomelodie. Verdammt, ich hatte ja die Weckfunktion eingestellt. Ich stand vorsichtig auf und stellte den Lärm ab. Die Schulter schmerzte weniger, aber auf dem Klo roch es immer noch wie auf einer Latrine der Schweizer Armee. Fenster auf. Heute Frauenbesuch. Umso mehr Bifidus, Acidophilus, Kefir, LC 1 und wie sie alle heissen! Ginge es nach den Werbungen der Molkereien müssten meine Fürze nun die Wonne aller Mitmenschen sein. Tegaderm, Dusche, Antibiotika, Mefenacid, Espresso. Die Rasur hatte ich mir erspart. So sah ich ein wenig mehr nach armem Opfer aus. Ich nahm eine Schreibmappe mit, um weniger aufzufallen. Das Postauto war voll besetzt. Mit viel Glück hatte ich noch einen Sitzplatz ergattert. Um 08.50 war ich am Bahnhof Freiburg. Ich ging zum nächsten Restaurant und griff mir eine Tageszeitung. Nichts Spektakuläres. Um 09.20 ging ich auf den Perron und wartete. Der Zug kam mit 1 Minute Verspätung an. Ich suchte nach einem vertrauten schwarzen Kurzhaarschopf, angesprochen wurde ich von einer Blondine.

„Hallo. Lass uns abhauen. Quatschen können wir später." Sie küsste mich kurz auf die Lippen. Nach einer guten Stunde waren wir im Chalet. Unterwegs hatten wir aufgrund der Fahrgäste nur über Belanglosigkeiten geplaudert.

„Was soll dieser Scheiss?" fauchte sie als erstes. „Was ist los mit dir?"

Ich zog mein Hemd aus. Sie kam näher und blickte die Wunde an.

„Scheisse. Erzähl!"

„Du hast jetzt noch eine letzte Chance, draussen zu bleiben. Sobald du etwas weisst, bist du in Gefahr. Meine Ex – die du ja bereits erlebt hast – ist tot. Wir haben es mit Leuten zu tun, die keine Skrupel kennen. Also sag mir, was du willst. Ich bin ja einfach ein GHS-Spender."

Sie wollte mehr wissen. Nach rund einer Stunde hatte sie auch herausgefunden, dass mein Blutverlust nicht so drastisch gewesen war. Wobei ich finde, dass die Bemerkung „ist es so für dich erträglich?" beim Geschlechtsverkehr völlig deplatziert ist.

Ich erzählte ihr trotzdem fast alles.

Sie fragte nach, reinigte die Wundränder, legte einen neuen Verband an, teste ihn mittels Blutverlagerung und sanften Bewegungen noch einmal. Danach sprach sie die ganze Sache noch einmal mit mir durch, unterbrach mich ein paar Mal um nachzufragen. Sie bat mich, ihr die Mails zu zeigen oder aufzuschreiben. Am Mittag machte sie eine Tomatensuppe mit Croutons und Parmesan. Kurz nach dem Essen schlief ich ein.

Als ich aufwachte, sah ich Rebecca in einem meiner T-Shirts ohne Unterhosen am Tisch kritzeln.

„Was zum Teufel machst du da?"

„Es sind 2 oder drei. Einer ist Schweizer, mindestens sekundäre Bildung. Einer ist Junkie, ziemlich sicher Heroin. Der Dritte – sofern es ihn gibt – ist intellektuell. Tertiäre Bildung."

„Was faselst du da?"

„Ich analysiere die Mails." Ich erhob mich und guckte ihr über die Schulter. Sie hatte einige Passagen in den Mails mit einem Leuchtstift angestrichen.

<b.roulier@roulierermi.ch>

<disziplinator@bestrafer.com>
Du weisst nun, was es heisst, <u>sich uns in den Weg zu stellen</u>. Auf jeden weiteren Versuch, uns zu identifizieren wird eine weitere Bestrafungsaktion kommen.
P.S. Der Trottel hat uns angebettelt ihn zu verschonen. <u>Er hat geschrien wie am Spiess,</u> als wir ihm sein erstes Auge angestochen haben. Was würde wohl deine Janine vor einer spitzen Nadel sagen?

Küsschen
Die Enttäuschten

<b.roulier@roulierermi.ch>
<disziplinator@bestrafer.com>
Betreff: Bestrafung

Da geht doch die ganze Wohnung in die Luft – weil unser <u>Herr Naseweis</u> nicht hören wollte... Glücklicherweise konnten <u>unsere 2 Jungs</u> deine Janine vor ihrem Tod noch so richtig gründlich durchficken – das hat sie gebraucht, du scheinst ja dafür nicht die richtige Adresse zu sein. Auch sie scheint etwas gegen Injektionsspritzen zu haben. Sonst hätte sie ja nicht so geschrien... oder war es vor Lust?

Liebe Grüsse
Die Befriedigenden

<fam.bucher@gmx.ch>
<disziplinator@bestrafer.com>

Wir haben sie gewarnt. Beruflicher Ehrgeiz kann toll sein. Prioritäten setzen auch. Nächstes Mal wird es wohl eher kaum so schnell und schmerzlos gehen.... Die kleine Laura will doch auch ihr Leben geniessen? Was denkt sie, wohl, wenn man ihr eine Injektionsspritze ins Auge rammt?

Es ist ihr Leben... Oder sollen wir lieber ihre beste Freundin töten und Laura dann sagen, dass du nicht hören wolltest? Wir könnten an jedem Gehsteig hinter jeder Hecke lauern.

Denken hilft. Winkelried war darin wohl nicht der beste...

Die Entschlossenen

„Die Mails stammen höchstwahrscheinlich nicht von einer Person. Und sagen ganz schön viel aus. Der Erste will vor allem Angst und Schrecken verbreiten. Er betont die Leiden des Opfers und lügt dabei. Zudem ist sein Deutsch relativ bescheiden. Eine Bestrafungsaktion kommt nicht, sie folgt. Zudem fehlt ein Komma nach „angebettelt"."

„Wie kommst du darauf, dass er lügt?"

„Das Opfer hat gar nicht schreien können. Sein Mund war verklebt. Er will Angst einjagen und seine Macht zeigen. Die Einstiche wurden vielleicht erst nach dem Tode des Opfers beigefügt, wobei der Täter es so aussehen lassen wollte, als wären sie bei lebendigem Leib zugefügt worden. Dann wären aber die Einstiche unsauber, da das Opfer sich ja sicher gewehrt und gewunden hat. Das sollte das IRM herausfinden können. Das sollten sie auch bei Werren überprüfen. Zudem ist er wahrscheinlich heroinsüchtig."

„Wie kommst du denn darauf"?

„In den folgenden zwei Mails ist stets von Injektionsspritzen die Rede. Im ersten nicht. Wer hat wohl immer Injektionsspritzen dabei, ist aber nicht stolz darauf und wird es geflissentlich nicht erwähnen, wenn er mit seiner Macht und Stärke Eindruck schinden will? Sucht ist eine Schwäche."

Ich rieb mir mein Kinn. Scheisse, da hatte ich in meiner Wut und Emotionalität einen unverzeihlichen Fehler geleistet. Das hätte ich auf jeden Fall merken müssen.

Sie schien meine Gedanken zu lesen. „Mach dir nichts draus. Wenn du draussen stehst, siehst du das einfacher."

„Woher kannst du das?"

„Finde doch einfach den Titel meiner Lizentiatsarbeit heraus. Wenn du das bis morgen schaffst, hast du 30 Minuten Wunschsex zugute – wenn nicht – sie grinste mich an – well…. dann bist du an der Reihe."

„Wie kommst du auf verschieden Autoren?"

„Sieh mal den Wortschatz an": „Herr Naseweis", „"scheinen dafür nicht die richtige Adresse zu sein", „wohl eher kaum".

„Das ist der Wortschatz eines gebildeten Menschen. Zudem hat dieser Mensch einen unbewussten Respekt vor der Obrigkeit. Das Ordinäre und die Brutalität ist aufgesetzt."

„Woran siehst du das?"

„An kleinen Dingen. Du wirst als „Herr" Naseweis bezeichnet. Bucher wird plötzlich gesiezt. Das deutet darauf hin, dass die Person noch einen intakten Rest Respekt für Obrigkeit und Höflichkeit hat, und den durch die bewusst ordinäre Projektion einer Vergewaltigung und der Drohung gegen Buchers Tochter oder deren beste Freundin Effekt bewusst sucht. Und die Person sehr intelligent ist, sonst hätte sie die Unsicherheit mit der Freundin nicht konstruiert, das braucht Köpfchen. Die Drohungen sind aufgesetzt. Zudem ist die Wortwahl interessant. Der Schreiber spricht von Gehsteig und Hecke. Das ist deutscher Wortschatz, aber nicht helvetischer."

Ich küsste sie andächtig auf die Stirn.

„He, das ist keine meiner erogenen Zonen."

„Schon klar, plötzlich beginne ich nur dein Hirn auch sexy zu finden!"

„Spar dir solche Sprüche. Du weisst genau, dass ich dich nicht hauen kann. Das ist unfair!"

Also küsste ich sie auf den Mund.

Wir stellten die Hypothesen auf die Küchenwebsite. Nach nur 30 Minuten war schon ein Kommentar von Zeus drauf:

Endlich beginnen sie zu arbeiten. Das ist genau die Art Material, die ich benötige. So kriege ich genug Faktoren, um meine Berechnungen plausibler machen zu können. Weiter so!

Wir versuchten mit den vorhandenen Gewürzen und meinen Einkäufen ein passables Nachtessen zuzubereiten. Ich schlug Beefsteak Tartar Flambiert mit Whisky vor. Zuvor eine Eierschwammsuppe, dazu ein Nüsslersalat mit gehacktem Ei und Croûtons. Sie war begeistert. Das Nachtessen war herrlich. Als wir gegen elf Uhr ins Bett gingen, schaute sie mein Konstrukt aus verschiedenen Kissen kritisch an und wählte dann das Einzelbett.

„Versteh mich nicht falsch, ich finde ausgefallene Positionen toll – aber nicht beim Schlafen."

Wieder hatte ich etwas gelernt. Mefenacid, Valium aber keinen Redbreast 12 mehr. Ich hatte schon genügend Malanser intus.

22. Januar

Um drei Uhr erwachte ich. Meine rechte Schulter schmerzte, mein Arm war eingeschlafen. Klar, ich hatte die Linke entlastet. Ich musste pinkeln. Vom Nebenbett kamen regelmässige Atemzüge. Ich stand auf und leerte meine Blase. Meine Schulter brauchte noch ein paar Minuten, darum startete ich noch einmal mein Notebook auf und gab Rebeccas Koordinaten und „Lizentiatsarbeit" ein.

„Reeller und potentieller krimineller Machtmissbrauch bei Adoleszenten und Erwachsenen. Eine Wahrscheinlichkeitsanalyse aufgrund des Studiums der Aktenlage."

Mademoiselle kannte also FOTRES und MIVEA bestens.

Ich spürte eine Hand auf meiner Schulter.

„Du hast's also gefunden. Willst du die Belohnung jetzt oder später?"

Ich liess mir lieber die gesunde Schulter massieren und wir gingen schlafen. Ich erwachte erst gegen neun Uhr. Sie war weg, ihre Sachen waren noch da. Nach einer Viertelstunde kreuzte sie auf, mit Roggenbrot und Croissants (seien wir ehrlich, dass waren „Gipfeli"). Sie hatte sich noch Quittengelee gekauft, Hobelkäse (Sie hatte gestern einen Käsehobel entdeckt.). Ich machte uns ein Rührei.

Ich hielt ihr einen Vortrag über Diskretion und Vorsicht und versuchte ihr zu erklären, dass der Einkauf im Dorf gefährlich war. Sieh sah mich kurz an und sagte dann:

„OK!"

Nach dem Frühstück setzten wir uns in das alpkitschige Wohnzimmer und versuchten, uns vom jagd- und brauchtumstreuen Interieur nicht zu sehr beeinflussen zu lassen.

„Ich habe deine Webseite gelesen. Analysen, Untersuchungen, Kriseninterventionen. Tönt ganz diskret. Aber eigentlich bist du so etwas wie ein Privatdetektiv?"

Bullshit. „Körperschaften, Firmen und auch Familien haben oft Probleme, die innerhalb des Systems nicht gelöst werden können. Das solltest du aus deinem Studium bestens kennen. Ich bin so etwas zwischen Supervisor, Detektiv, Berater und Coach…. So verstehe ich mich wenigstens."

Sie machte eine Grimasse: „Also ich habe auf meine Supervisoren, Berater und Coaches nie geschossen!"

Ich konnte ja nicht mit den Schultern zucken, ohne dass es weh tat. Also antwortete ich: „Wir haben es hier mit einer Organisationsstruktur, die über ein gelinde gesagt einfaches Repertoire der Konfliktbewältigung verfügt. Es basiert auf Macht. Macht durch Einschüchterung, Gewalt, Erpressung oder Vernichtung des Gegners. Die Ndrangheta operiert auf den Eskalationsstufen nach Glasl auf den Stufen von 6-8 auf 9 Stufen: Drohstrategien, begrenzte Vernichtung, Zersplitterung. Das kennst du ja."

„Und mit denen willst du dich anlegen. Ganz schön doof. Wie gross sind die?"

Ich erklärte es ihr.

Sie goss einen halben Eimer Quittengelee in ihr ausgehöhltes Croissant und schob es geniesserisch in den Mund.

„Weisst du was. Du bist irgendetwas zwischen einem Romantiker, einem Helden und einem hoffnungslosen Deppen. Ich bin hin- und hergerissen zwischen Bewunderung, Fürsorglichkeit und Kopfschütteln. Bernard, der letzte Pfeiler der Tugend inmitten eines Sumpfes von Unmoral und Kriminalität. Wer bezahlt dich eigentlich?"

Meine Antwort schien sie nicht ganz zu befriedigen.

„Ich nehm das mit dem hoffnungslosen Deppen zurück. Du bist ein hirnrissiger Volltrottel. Gelegenheitssex ist ein tolles Konzept.

Gelegenheitsfehden mit einer der grössten kriminellen Organisationen ist gelinde gesagt eine sichere Art, sich umzubringen."

Ich wurde wütend: „Wenn das so hirnrissig ist – dann hau so schnell wie möglich von hier ab und lass dich bis nach Abschluss der Sache nie mehr blicken. Du hast ja gehört, wie man mit meinen Freunden und Freundinnen umgeht!"

Sie blickte mich an. „Warum machst du das?"

„Weil es halt so ist. Wenn es irgendwann auf der Welt keine Idioten mehr geben würde, die skrupellosen Kriminellen und Diktatoren Einhalt zu gebieten versuchen, auch wenn dies vorerst aussichtslos erscheint, dann würde die Welt am Ende den Arschlöchern gehören. Du wirst mir vielleicht jetzt mit so Psychologengequatsche kommen, aber für mich ist das eine ganz einfach logische und ernstzunehmende Sache. Ich will nicht eines Tages als Tattergreis meinen Enkelkindern erzählen müssen, wie ich Mal für Mal den Schwanz eingezogen habe und die Welt heute Scheisse aussieht. Und überhaupt – ich hasse Leute, die Freude haben andere zu erpressen, zu quälen und zu töten. Und ich erachte meine diesbezüglichen Gefühle als äusserst normal!"

Sie schwieg nach meinem Ausbruch eine Weile und blickte mir dann offen in die Augen.

„Drei Bemerkungen: Erstens, ich mache nie Psychologengequatsche. Ich wende meine Kenntnisse nach bestem Wissen und Gewissen an. Schwamm drüber. Zweitens: Ich bewundere deine Haltung. Ich bin da nicht so … so markant wie du.

Und drittens, nein. Ich werde mich nicht zurückziehen. Bitte lehre mich, vorsichtig zu sein."

Ich blickte sie an und versuchte ein männlich entschlossenes Gesicht zu machen.

„Da wäre noch ein vierter Punkt", sagte sie lächelnd, „à propos Schwanz einziehen hätte ich da einen interessanten Vorschlag hinsichtlich Tagesgestaltung!"

Sie verliess mich gegen 1700. Ich hatte ihr eingeschärft, wie sie sich schützen könne, ihr die „Do's and Don'ts" erklärt und bei Zeus nachgefragt, ob sie auch auf der Website...? Denkste. Er beschimpfte mich als naiven sexbesessenen Narren und befahl mir, sie in die Wüste zu schicken. Er kannte sie halt nicht. Also gründete ich auf einer deutschen Website ein kostenloses Forum mit einem bombensicheren Passwort, gab es per SMS Rebecca durch. Wir hatten auch ein Codewort bei Schwierigkeiten vereinbart: „Vorerst". Am gleichen Abend hatte sie Zutritt zum Forum, das als Forum für Freunde Südamerikanischer Reptilien getarnt war.

Ich war zu müde, etwas zu essen, nahm meine Medikamente und schlief 12 Stunden durch.

23. Januar

Ich erwachte, stand auf und blickte zum Fenster hinaus. Die Sonne liess die Kaiseregg wie ein gewaltiges dunkles Kastell mit Zuckerguss aussehen. Der Schwarzsee war spiegelglatt und machte seinem Namen alle Ehre. Draussen minus 8 Grad, Drinnen 16. Ich stellte die Heizung höher.

Nach einer ausgiebigen Dusche zog ich mich richtig an, nicht nur Morgenmantel und Trainerhosen. Ich brauchte 2 Espresso, eine Stunde und 2 erfolglose Checks auf meiner Reptilienseite um mir zu eingestehen, dass sie mir fehlte.

Auf dem Gästebuch der Küchenseite war eine klare Befehlsausgabe von Zeus:

B. Roulier

Sie sind noch zu behindert, um voll aktionsfähig zu sein. Ich setze sie deshalb primär für Internetrecherchen und ähnliches ein. Ihre Aufgaben:

1. Holen sie für eine Schweizer Firma eine überzeugende Offerte für das Bedrucken Schachteln von Arzneimitteln und Beipackzetteln bei der Firma Printcorpac in Novara ein. Mindestsumme 50'000 Euro.

2. Dito für die Verpackung von Pillen bei der Firma Medipacs in San Benedetto del Tronto. Mindestsumme 200'000.

3. Provozieren sie Jannsen. Der Mann ist fehleranfällig. Ich überlasse ihnen, wie sie dies machen. Bringen sie Dritte nicht in Gefahr.

4. Jagen sie dieses Mädchen zum Teufel.

@R. Bucher

1. Ich brauche die Obduktionsberichte aller 3 Opfer möglichst schnell.

2. Ich brauche Daten über in Europa registrierte Straftäter, deren linkes Bein kürzer ist als das Rechte.

3. Ich möchte wissen, wo Jannsen in den letzten 5 Jahren in den Ferien gewesen ist und auch, wann er Geschäftsreisen nach Italien oder Nordrhein Westfalen (oder überhaupt ins Ausland) unternommen hat.

4. Ich brauche Daten von Interpol über folgende Person: Angelo Condanello, geboren in Polisteno.

Können sie dies im Rahmen der Ermittlungen unauffällig in Erfahrung bringen?

Wir kommen voran!
Zeus

Also ging ich ans Werk. Zeus teilte ich mit, dass ich mit meinem Sexobjekt via eine andere Website verkehre. Ich hatte nichts zu verbergen und gab ihm um des lieben Friedens willen den Zugang. Zuerst eine plausible Schweizer Firma finden. Unter meinen Kunden kam niemand in Frage. Also rief ich wieder meinen Lieblingsarzt in Zürich an. Ich versprach ihm ein Nachtessen im Hirschen Obererlinsbach (eine nicht ganz schlechte kulinarische Adresse) mit anschliessender Übernachtung, wenn er mir helfen könne. Eine kleine Firma wäre ideal. Er versprach, es zu versuchen.

Ich sichtete noch einmal das Material von Jannsen. Gegen aussen ein fleissiger Angestellter und ehrenwerter Familienvater. Zwischendurch fiel er von der Rolle: Die Geschichte mit den Beschimpfungen wegen des Hahnes. Der folgende Auftrag zur Bestrafung des Nachbarn. Die zu impulsive Reaktion auf mein Mail. Zu schnelle zu brutale Reaktionen, er war dabei aber lediglich Auftraggeber. Der Mann war unsicher, aber kein Mann der Tat. Also schickte ich ihm ein Mail über ein Fake-Account:

Guten Abend Herr Jannsen

W ist tot
P ist tot
J ist tot

Sure 2, Vers 178
Dies gilt ab sofort für Sie und die Ihrigen. Meine Kumpels aus dem Balkan sind da ganz meiner Meinung und sehr wütend ob des Geschehens… Wenn sie das nicht verstehen, wenden sie sich doch an die Polizei :-O
Oder nennen sie mir eine angemessene Summe!

Küsschen

Der Erzürnte

Für die nicht Korankundigen:

„Ihr Gläubigen! Bei Totschlag ist euch die Wiedervergeltung vorgeschrieben: ein Freier für einen Freien, ein Sklave für einen Sklaven und ein weibliches Wesen für ein weibliches Wesen. Und wenn einem (der einen Totschlag begangen hat) von seiten seines Bruders (dem die Ausübung der Wiedervergeltung obliegt) etwas nachgelassen wird, soll die Beitreibung (des Blutgeldes durch den Rächer) auf rechtliche und (umgekehrt) die Bezahlung an ihn auf ordentliche Weise vollzogen werden. Das ist (gegenüber der früheren Handhabung der Blutrache) eine Erleichterung und Barmherzigkeit von seiten eures Herrn. Wenn nun aber einer, nachdem diese Regelung getroffen ist, eine Übertretung begeht (indem er sich an die frühere Sitte der Blutfehde hält), hat er (im Jenseits) eine schmerzhafte Strafe zu erwarten."

Ich konnte mir vorstellen, dass Herr Jannsen ob dieses Mails nicht ganz glücklich sein könnte. Ich stellte noch folgendes auf die Küchenwebsite:

@Bucher

Wenn sie es erreichen könnten, dass Jannsen nicht ausreisen darf, wäre das sehr zweckdienlich. Er hat möglicherweise ein Mail gekriegt, das ihn zu einer überstürzten Ausreise motivieren könnte. Leider weiss ich nicht mehr.

B.

Jobs angegangen, abwarten. Ich wechselte meinen Verband, er und die Wundränder sahen sauber aus. Das war schon mal gut. Ich ass etwas Kleines und machte einen Mittagsschlaf. Das „Ping" auf meinem Computer weckte mich. Jannsens Antwort.

<jannsen@v-care.com>
<kiebitz13@swissonline.ch>

Guten Tag
Offensichtlich haben sie sich in der Adresse geirrt. Bitte überprüfen sie ihre Adressdatei.

Freundliche Grüsse
Meilleures salutations
Kind regards

P. Jannsen
Head of Swiss Region
V-Care

Das Spiel konnte ich auch Spielen.

Guten Tag Herr Jannsen

Aberaberaber! Ich habe Filmaufnahmen von ihrem Begleiter in La Gruyère. Der Ärmste hat ja ein kürzeres linkes Bein. Der Mörder im Viktoriaspital auch. Dies ist nur 1 Beispiel. Ihr Relais bei meinem Büro. Die Kamera bei Frautschi. Sehr dilettantisch! Eine Million Euro könnte mich dies vergessen lassen.... Oder soll ich das Ganze an ihre Freunde schicken? Die würden sich SEHR freuen, oder etwa nicht?

Busserl
Der Ungeduldige

Er brauchte keine Stunde. Die Reaktion:

<jannsen@v-care.com>
<kiebitz13@swissonline.ch>

Guten Tag
Ich habe keine Ahnung wovon sie sprechen. Sollten sie aber die Person sein, die ich am in der Raststätte La Gruyère getroffen habe, fühle ich mich zutiefst missverstanden. Aus Betroffenheit und Sorge bin ich aus meinen Ferien abgereist um dann von ihnen zu vernehmen, dass sie Geld wollen. Aus gutem Willen und um des Friedens willen habe ich ihnen damals eine Gutschrift von 1000.- gewährt. Was sie nun jetzt behaupten ist aberwitzig und klar Erpressung. Ich behalte mir vor, die Polizei zu benachrichtigen.

MFG
P. Jannsen

<kiebitz13@swissonline.ch>
<jannsen@v-care.com>

Gute Idee!
Benachrichtigen sie die Polizei. Und auch noch das Institut für Rechtsmedizin. Die könnten auch ganz hilfreich sein. Man will ja doch schliesslich wissen, wie die Liebsten gestorben sind, oder? Ich hab die Schnauze voll vom Taktieren. Jetzt ist Action angesagt! Oh, halb vier? Da kommt ja Töchterchen aus dem Kindergarten…. Sorry, ich muss telefonieren! Und dem Quintino berichten….

Schmatz!
Der Entschlossene

<jannsen@v-care.com>
<kiebitz13@swissonline.ch>
Warten Sie!
Ich glaube sie begehen da einen furchtbaren Irrtum! Anlässlich eines persönlichen Gespräches kann ich ihnen sicher darlegen, dass sie sich irren. Wann und wo würde es ihnen passen?
MFG
P.Jannsen

Bingo! Was würde wohl sein „Quintino" (eine Führungsposition der Ndrangheta) dazu sagen, wenn er eine Kopie des Mails erhalten würde? Ich dachte an den Mittelstürmer und schauderte. Armes Schwein. Ich stellte den Mailverkehr auf die Küchenwebsite. Mit dem Nachsatz an Bucher, Jannsen bezüglich Zeugenschutzprogrammen anzugehen. Der Mann war fällig.

Ich bereitete mir eine Thonpaste zu. 1 Büchse Thon (nicht im Öl!), Mayonnaise, Meerrettich, gehackte Zwiebeln, gehackte Essiggurken, Schwarzer Pfeffer, Paprika. Stabmixern, auf Vollkorntoasts streichen, Fleur de Sel dazu und garnieren. Dazu Prosecco. Man gönnt sich ja sonst nichts.

Um 1900 ging ich nochmals auf die Guestbooks beider Seiten. Bei den Reptilien stand es folgendermassen:

Hallo B.
Schönes Wochenende bei dir…
Weiss nicht, ob ich das Risiko will.
Melde mich gelegentlich.
R.

Schön. Ich konnte es ihr nicht verdenken, aber irgendwie stimmte es mich traurig.

Auf der Küchenwebsite sah es erfreulicher aus:

@Roulier

Hervorragend! Wir haben einen Quantensprung gemacht! Bitte bei den anderen Aufgaben dranbleiben und Internetrecherche zu Angelo Condanello aufnehmen.

@Zeus

Danke für die Obduktionsberichte. Wenig neue Erkenntnisse, ausser, dass bei der Gewaltanwendung wahrscheinlich übertrieben worden ist. Einstiche ausser bei Werren Post Mortem, bei der Frau nicht beurteilbar. Keine Vergewaltigungsspuren. (Für @roulier vielleicht gut zu wissen).

Europolbericht zu Anton Stangl (Österreichischer Staatsbürger, in Deutschland und Österreich wegen Gewaltdelikten und Erpressung verurteilt) schlüssig. Es muss sich um diese Person handeln.

Ich fühlte mich hundemüde und irgendwie deprimiert. Ich nahm meine Medikamente und schenkte mir drei Fingerbreit Redbreast ein. Ich stellte das Glas auf den Nachttisch, zeigte dem Gemskopf den Stinkefinger und arrangierte meine Kissen. Nach etwa 20 Minuten und 2 Fingerbreit war ich eingeschlafen.

Ich stand in einem Zimmer. Die Wände waren kahl, Neonlichtbeleuchtung. Ich fühlte irgendwie, wie der Boden unter mir langsam nachgab und sah nach unten. Ich war schon über Knöcheltiefe eingesunken. Vor mir ertönte höhnisches Lachen. Jannsen und ein Gesichtsloser Mensch mit metallischer Stimme lachten. „Sie sinken ein, mein Lieber – hier, sie können auswählen: „Hier. Nehmen sie das, und es ist ihnen egal, ob sie einsinken." Der Gesichtslose warf mir eine aufgezogene Injektionsspritze zu."Oder sie lassen sich helfen!" Rebecca, geknebelt und an den Füssen mit einer Kette zusammengebunden, versuchte sich mir zu nähern. Auch sie sank ein. Der Gesichtslose lachte, drehte sich um und verschwand. Jannsen schob Rebecca weiter zu mir und grinste, als sie bis zu den Ellenbogen versank. Sie schrie markerschütternd. Schweissgebadet wachte ich auf. Ein schriller Ton aus der Garage. Ein Bewegungsmelder. Ich griff mir die Walther und lud durch. Machte das, was ich genau geplant hatte: Alarm in der Garage hiess, dass ich 20 Sekunden Zeit hatte. Ich glitt ins Wohnzimmer und bezog Position hinter dem massiven Schrank. Von dort konnte ich alle 3 Türen überwachen und hatte so etwas wie eine Deckung. Dann rief eine Stimme:

„Bernard? Ich kann das Scheissding nicht abstellen Bitte hilf mir!" Ich hielt den Atem an. Rebeccas Stimme, „Hörst du mich? Ich will das Ding abstellen, bevor mir das Trommelfell platzt!"

Ok, sie hätte das „Vorerst" platzieren können. Ich öffnete die Kellertür und ging nach unten. Rebecca stand dort vor dem Bewegungsmelder. Neben ihr lag eine grosse Sporttasche am Boden. Ich stellte den Melder zurück, in dem ich einen dreistelligen Code eingab. Dann blickte ich sie erzürnt an. Sie machte zwei Schritte auf mich zu und schlang ihre Arme um meinen Hals und küsste mich.

„Welches Wort hättest du aussprechen müssen, wenn du mich hättest warnen wollen?"

„Vorerst."

Wir gingen nach oben, ich entlud die Walther und mein Adrenalinspiegel sank langsam wieder auf ein erträgliches Niveau.

Ich seufzte: Eine Idiotin! Manche lernen es nie. Ich fühlte mich das erste Mal seit 3 Wochen glücklich.

Sie hielt mir einen zweistündigen Vortrag über Sinn des Lebens. Das Fazit verstand ich: Das Gewäsch mit den Idioten, die die Welt regieren würden, hatte sie verstanden. Nach 2 Stunden Erklärung kippte ich weg. Ich kuschelte mich an sie. Ein wenig hatte ich kapiert.

24. Januar

Frühstück um ca. halb neun. Ich war als erster erwacht und ging unter die Dusche. Bereitete dann Toasts, Rührei mit Safran und Rahm und 1 geschälte Karotte und 1 geviertelten Apfel zu. Machte einen Latte Macchiato und stellte ihn ihr unter die Nase. Sie blinzelte schläfrig, nahm das Glas und begann zu trinken. Etwa 2% liefen ihr über den Hals, ich leckte es pflichtschuldigst weg.

Sie strahlte mich an und nahm einen Schluck, liess ihn geniesserisch in ihrem Mund verweilen und, schluckte und verkündete dann: „So will ich künftig immer geweckt werden!"

Wir frühstückten im Bett. Und begannen dann zu diskutieren. Offiziell hatte sie ihrem Bekanntenkreis verlauten lassen, sie hätte ein Last-Minute nach Mallorca gebucht und wolle dort 2 Wochen Ruhe, sei deshalb über Natel nicht erreichbar.

Das war schon mal gut. Ich erklärte ihr, dass ich nun in den nächsten Tagen Recherchen betreiben musste, ohne erkannt zu werden und dabei wohl auch nicht immer gesetzeskonform vorgehen könnte. Ihr war das egal. Sie merkte noch an, dass wir notfalls auch in das Ferienhaus ihrer Eltern in Blauzac bei Uzés (Frankreich, Departement du Gard, gehen könnten). Damit hätten wir eine weitere Rückzugsmöglichkeit. Rebecca war noch nicht identifiziert. Weiterer Punkt war das Begräbnis von Janine. Mit an Sicherheit grenzender Wahrscheinlichkeit würde dies unter Überwachung durch die Ndrangheta stehen. Ich merkte dies auf der Küchenwebsite an und wartete auf Antwort von Bucher oder Zeus.

Ich schickte Rebecca nach Fribourg, um einen 2.Laptop und ein Modem zu kaufen. Dazu noch einen Farblaserdrucker und 1 Laminiergerät. Rückkehr mit Taxi bis Plasselb, danach mit dem Schwarzseetaxi zum Ferienhaus.

Angelo Condanello. Der Mann schien auf dem Internet kaum zu existieren. Kein Telefonbucheintrag, kein Zeitungsartikel, einzig die Adresse eines Rechtsanwaltes in Bovalino. Dottore Gianluca Bellini. Dieser vertrat die Interessen verschiedener Firmen, ich notierte sie auf und stellte fest, dass die Druckerei und die Grossbäckerei auch dazu gehörten. Über Bellini fand sich einiges auf dem Netz. Er schien eine Art Lobbyist zu sein, blieb aber stets im Hintergrund. Trat nie vor Gericht auf. Seine Kanzlei beschäftigte über 20 Leute, trat aber auch nie vor Gericht auf. Dazu wurden konsequent Staranwälte verpflichtet. Bellini war offensichtlich sehr diskret. Nach rund 3 Stunden hatte ich herausgefunden, dass in den letzten 2 Jahren 2 Mitarbeiter seiner Kanzlei ermordet worden waren. Einer war mit Benzin übergossen worden und verbrannt, der andere wurde erdrosselt. Die bemerkenswerte Zusatzinformation war, dass beim Zweiten mit einem Messer in die Augen gestochen wurde, als er noch lebte.

Ich stellte die Informationen auf die Küchenwebsite und fragte dabei Bucher an, ob er via Interpol mehr in Erfahrung bringen könne. Auf der Website fand sich folgende Info:

„Mein Domizil an der Münstergasse habe ich verlassen. Durch die Unsitte, Mails weiterzuleiten bin ich offensichtlich identifiziert worden und bin nun auch Wild. Ich bin an einem sicheren Ort und gebe weiter Anweisungen und Informationen. Mehr denn je bin ich auf eure Augen, Ohren und insbesondere euren Verstand angewiesen. Je schneller ich Informationen kriege, desto genauer zeigt mir Stocforens an, wo wir weitersuchen müssen. „Bucher stellt an der Beerdigung eine Observationsequipe zusammen. @roulier, sie dürfen auf gar keinen Fall an diese Beerdigung gehen!!"

Keine Überraschung. Ich verfasste einen Brief an Janines Vater:

Sehr geehrter Familie Kuntz
Die Nachricht von Janines Tod war für mich ein Schock. Ich bedaure zutiefst, was geschehen ist und fühle mich mitschuldig. Es besteht der

Verdacht, dass die Tat im Zusammenhang mit meiner beruflichen Tätigkeit als Ermittler verübt worden ist. Dementsprechend fühle ich mich elend. Die Polizei hat mir in diesem Grunde dringend angeraten, dem Begräbnis fern zu bleiben. Ich bitte Sie lediglich, in meinem Namen eine Rose in das Grab zu werfen, sofern Sie gewillt sind, dies zu tun. Janine und ich waren Freunde, als es begann, mehr zu werden, ist unsere Welt in Stücke gerissen worden. Ich bin kein schlechter Mensch. Ich habe Janine auf meine Weise geliebt, war aber nicht reif für eine tiefere Beziehung. Es tut mir leid.

Bitte brechen Sie nicht einfach den Stab über mich. Janine und ich hatten über 14 Monate eine sehr glückliche Zeit. Und an die will ich auch weiter denken.

Mit tiefem Beileid, Hilflosigkeit und Verzweiflung

B. Roulier

Ich schickte den Brief meiner Tante, die wusste, dass sie den äusseren Umschlag verbrennen und den Brief dann in den nächsten Postbriefkasten werfen musste. Deshalb ging ich auch 2 Mal im Jahr ihre Gartensträuche zurückschneiden.

Ich tigerte hin und her – zum ersten Mal seit langer Zeit wusste ich nicht, wo ich ansetzen sollte.

Rebecca kam um 1600 zurück und wir verbrachten 2 Stunden mit Einrichten des Laptops und der Software. Danach begab ich mich in die Küche, marinierte 3 gewürfelte Lammgigottranchen mit grüner Currypaste, würfelte eine Aubergine, hackte 4 Knoblauchzehen und 1 Zwiebel, briet das Gemüse kurz an, warf 6 frische Kaffirlimonenblätter dazu und löschte mit 2.5 dl Kokosmilch ab. Daneben bereitete ich einen Jasminreis zu, briet ihn kurz in Sesamöl an. Danach hackte ich ein wenig Tomate und Salatgurke und mischte Naturejoghurt mit ein wenig frischer Minze. Die Lammfleischwürfel briet ich an, leerte sie in die

Gemüsepaste und servierte das Ganze. Dazu einen Chardonnay. Wir schwelgten und landeten vor dem Cheminée. Wir waren zu vollgefressen für Sex und das Kruzifix über dem Cheminée war ja auch nicht gerade das ideale Aphrodisiakum. So lagen wir dort und diskutierten zusammen, was nun weiter geschehen sollte. Eines war klar: Wir brauchten mehr Informationen von Zeus. Das Feuer ging langsam aus, menschenseits wurde die Glut stärker und ich stellte ganz nebenbei fest, dass meine Schulter sich schon ganz OK anfühlte.

25. Januar
Küchenwebsite:

Auszug aus den Akten von Europol und Eurojust – die gesamte Akte sei nicht vor 10 Tagen zu erwarten, da die Schweiz nicht EU-Mitglied sei und die Akte zuerst freigegeben werden müsse:

Angelo Condanello, Spitzname „Il corvo „ ist wahrscheinlich einer der einflussreichsten Familienbosse der Ndrangheta. Es ist nicht erwiesen, dass es ein zentrale Führungsorgan (Cupola) gibt, aber aufgrund der Erfahrungen der Ermittler der DIA (Direzione Investigativa Antimafia) ist dies sehr wahrscheinlich.

Weitere sachdienliche Informationen sind extrem dünn: Er wurde als möglicher Drahtzieher von mindestens 17 Morden genannt, die Beweislage war jedes Mal so schwach, dass neben dem Motiv kaum mehr etwas übrig blieb, Condanello hat stets süffisant grinsend belegen können, dass die Opfer zwar den Interessen seiner (legalen) Unternehmen zuwider gehandelt hatten, er aber zu den Mördern keinerlei nachweisbare Beziehung unterhalten hatte. Er wurde lediglich verurteilt, weil er im Gerichtsgebäude illegalerweise eine Zigarre angesteckt hatte.

Netter Junge.

Daneben interessiert er sich für klassische Opern, gilt in diesen Kreisen gar als Mäzen.

Ich wusste schon vor den professionellen Kommentaren von Rebecca, dass der Junge was an der Waffel hatte....

Um 0830 kroch langsam auch Rebecca aus den Federn und ich bereitete das Frühstück vor. Roggenbrottoasts mit Hüttenkäse, frischem Schnittlauch und Streifen von Winzerschinken. Daneben Blinis mit Sauerrahm, Lachsstreifen und 2 Konfitüren (Quitte mit Ingwer und Bitterorange mit Whiskey). Dazu Orangensaft und Kaffee. Sie kam frischgeduscht und tipp topp aus dem Badezimmer und trug eines meiner T-Shirts und Höschen. Ein Handtuch war um die noch nassen Haare drapiert. Well. Jedermann (oh, sorry: Jede frau) hat seine Macken.

Wir verdrückten das Morgenessen genussvoll und dann sprach Rebecca über das weitere Vorgehen. Wir begannen dies auszudiskutieren und ich will verflucht sein, wenn sich Rebecca nicht gottverdammt elitär und besserwisserisch verhalten hat.

Die Quintessenz unserer Diskussion war die folgende:

<kiebitz13@swissonline.ch>
<jannsen@v-care.com>

Sehr geehrter Herr Jannsen

Ich sehe nicht ein, weshalb ich Sie sehen sollte. Dennoch bin ich bereit, mich mit ihnen in Genf am Flughafen zu treffen. Schicken sie mir ihre Handynummer und seien sie am 25.01. um 14.00 in Cointrin. Ich werde sie benachrichtigen.

Die Vorausschauenden

Das Ganze stellte ich wiederum auf die Küchenwebsite. Bucher und Konsorten würden sich um die Fallen beim Treffen oder an der Beerdigung kümmern.

Zeus hatte uns einen Link auf der Küchenwebsite hinterlegt. Ich musste 2 Programme herunterladen, Rebecca dito, um den Link öffnen zu können. Es war eine einfache Version von Stocforens. Ein Mindmap öffnete sich und etwas sprang sofort ins Auge: Es gab 5 Hauptäste. Abhörung, Hacking, Erpressung, Bestechung und Infiltrierung. In der Mitte stand „Kantonspolizei Bern". Bei Hacking stand die Zahl in Rot: 58%. Bei allen anderen unter 40%, das Höchste war noch Erpressung mit 41%. Unsere Küchenwebsite war also eine geniale Vorsichtsmassnahme. Zeus setzte konsequent um.

26. Januar

Wir surften zu zweit den ganzen Tag um Bellini herum. Etwa 200 Seiten wurden ausgedruckt. Auf der Küchenwebsite verlangte ich weitere Daten von Europol und Eurojust. Rebecca war eifrig am Zeichnen am Flipchart.

„Was zeichnest du?" Ich ging nachschauen. Auf verschiedenen Flipchartseiten waren Genogramme der Familien Condanello, Bellini und Imerti aufgezeichnet. Allerdings hatte es noch viele Fragezeichen, aber die Idee war gar nicht schlecht.

Um 13.00 checkte ich die Küchenwebsite und erfuhr, dass ich ein voreiliger Pfuscher sei, der in solchen Fällen IMMER zuerst die Polizei, resp. Bucher zu kontaktieren hätte, dass es mühsam sei, vor vollendete Tatsachen gestellt zu werden und dass die KaPo Genf 4 Beamte für die Überwachung aufgeboten hatte und darauf bestand, dass ich mich im Café des Anges nähe Ankunftsgate 27 verabreden solle. Weiter solle ich mich gefälligst unbewaffnet bereits um 11.00 dort einfinden UND bei der Ankunft UNBEDINGT folgende Handynummer anrufen …….. Ich lud mir den Flughafenplan herunter und suchte das Ankunftsgate 27. Das hatte den längst möglichen Weg und am wenigsten Zugänge. Ich checkte den Flugplan. Die letzte Ankunft an diesem Gate war um 1030, die nächste erst um 1600. Logisch, dass die dieses Gate ausgewählt hatten.

Ich holte meine schusssichere Weste hervor, wählte meine Kleidung für den nächsten Tag und ging danach mit Rebecca spazieren. Tagsüber war es bis mittags neblig, danach kam zögerlich die Sonne. Die Bäume waren mit Raureif bedeckt, der an der Sonne prächtig funkelte. Der See war stellenweise gefroren, die Luft eisig kalt. Wir spazierten um den See und diskutierten über die Geschichte und mögliche Ansatzpunkte für Hebel. Nach 1 guten Stunde sassen wir im Chalet vor einem Kaffee mit Redbreast (aus dem Flachmann) und formulierten Arbeitshypothesen:

1. V-Care war von der Ndrangheta unterwandert, aber Wennstrom und die oberste Führung wussten davon nichts. Demnach wäre die Information an Wennstrom ein möglicher Hebel.

2. Jannsen hatte schon zu viele Fehler gemacht und wurde zunehmend zu einer Gefahr für die Ndrangheta. Er könnte umgedreht werden und als Zeuge aussagen.

3. Die Identifikation und Festnahme des mutmasslichen Mörders Stangl könnte zum Seitenwechsel desselben führen.

Ziemlich dürftig. Wir hatten noch nicht einmal das Hauptverbrechen identifizieren können.

Ich studierte noch einmal die Aktenlage im Fall Werren. Unglaublich. Ich hatte wohl etwas übersehen. Ich ging das Ganze nochmal durch. Und plötzlich stiess ich auf etwas.

„Rebecca?"

„Ja?"

„Ich beschreibe dir jetzt eine Person. Mach dir ein Bild von ihr und frage nach, wenn du mehr wissen willst!"

Ich beschrieb ihr Werren, seine Macken, den Oldtimer-Club, die Kirchgemeinde, den Pedantismus – kurz, alles, was ich von ihm wusste.

„Hältst du es für möglich, dass dieser Mann stark tablettensüchtig war?"

„Was für Tabletten?"

„Valium."

Sie überlegte eine Weile, fragte zweimal nach und sagte dann: „Ehrlich gesagt, ich weiss es nicht. Sein Leben klingt ja wie ein Valium. Ruf seine Frau an!"

„Was?"

„Seine Ex-Frau. Sie kennt ihn ja wohl am besten."

Einfach und pragmatisch. Ich suchte via „Tel.search" nach seiner Frau und rief sie an. Ich meldete mich als Korporal Riedo der KaPo Freiburg und berief mich auf Kpl. Bucher. Den schien sie zu kennen.

„Valium…. Markus? Undenkbar. Wenn immer möglich hat er es mit Homöopathie versucht. Er hat nicht einmal Alkohol getrunken!"

Ich bedankte mich und legte auf. Er hatte vielleicht Angst gekriegt und deshalb Valium genommen? Aber 2 grosse Packungen auf Mann? Damit konnte man eine Büffelherde flachlegen. Wieso 2 Packungen. 2 Packungen. 2 Packungen Valium. Hausarzt! Ich rief Frau Ex-Werren noch einmal an und fragte nach dem Hausarzt. Ich notierte mir den Namen und schrieb auf die Küchenwebsite:

@bucher: Finden sie heraus, ob Dr. Livio Brander, Elfenauweg 14, Werren Valium verschrieben hat, wann, weshalb und wie viel! Bitte vergleichen sie die Ablaufdaten der Medikamente auf den Packungen und den Aufdruck/Kleber der Apotheke.

Roulier

Danach beschloss ich, es gut sein zu lassen. Ich bereitete eine einfache Rahmsauce zu, verfeinerte sie mit ein wenig Basilikumöl, stellte die Herdplatte ab und warf eine kleine fein gewiegte Zwiebel und Basilikumstreifen von etwa 12 Blättern hinein. Dazu machte ich Fettucine, briet 2 Kalbsscaloppini, schmorte 2 halbierte Tomaten mit Knoblauchbutter und Paniermehl im Ofen und richtete das Ganze an, dekorierte die Teller und kredenzte Rebecca das Ganze. Dazu eine Flasche Humagne. Sie war beeindruckt. Später revanchierte sie sich. Ich war beeindruckt. Nicht zuletzt weil mich das Aas vorher noch beim Schachspielen geschlagen hatte. Scheisstusse.

27. Januar

Geräusche vor dem Haus. Scheisse. Ich weckte Rebecca leise und befahl ihr, unter das Bett zu kriechen. Sie zögerte kurz, schnappte sich ihre Handtasche und kroch unter das Bett. Ich nahm die Walther und einen Pfefferspray und glitt hinter den Schrank im Wohnzimmer. Sie waren vor der Haustür. Warum ging das Licht des Bewegungsmelders nicht an? Kaum hatte ich das gedacht gingen Licht und Lärm an. Ich glitt mit ein paar Schritten in die Küche und richtete die Walther auf den Eingangsbereich. Niemand zu sehen. Ich duckte mich wieder und horchte. Nichts.

Eine geschlagene Viertelstunde wartete ich. Dann glitt ich zur Wohnungstür und schaltete alle Aussenlichter an. Nichts. Ich nahm mein Handy hervor und rief die Kantonspolizei an. Einbrecher, wahrscheinlich! Nach 35 Minuten war ein Streifenwagen vor Ort. Die Beamten zeigten mir einen zerrissenen Kehrichtsack („Sie dürfen nie Fleischreste über Nacht draussen lassen!"), kontrollierten meine Personalien und verabschiedeten sich, nicht ohne sich noch kurz augenrollend anzublicken. Ich wusste genau, was sie dachten. Ich war stinkesauer.

Mademoiselle lag wieder im Bett und stellte sich schlafend. Ich murmelte etwas wie „Einige können Schachspielen, die anderen denken zumindest sonst mal ein Bisschen nach, bevor sie allen Katzen und Füchsen im Schwarzseegebiet ein Festmahl ausrichten!" Daraufhin wurde ich von der angeblich Schlafenden geboxt. Können sie sich so etwas vorstellen? Die Welt ist ungerecht. Ich stellte den Wecker auf 0530 und schlief noch lange nicht ein.

Um 0535 schrillte der Wecker – so ein Ding aus der Vorkriegszeit, in welcher psychische Traumata noch wenig erforscht waren….

Ich war wie gerädert und Rebecca quengelte, wieso zum Teufel mitten in der Nacht….

„Um 0600 Ist bei der KaPo Übergabe. Sie haben meinen Namen und die Adresse. Falls es eine undichte Stelle gibt müssen wir ab heute Mittag mit Ärger rechnen. Also hauen wir ab. In fünfeinhalb Stunden muss ich eh in Genf sein. Hast du einen Schlüssel für die Ferienwohnung in Uzès?"

„Nein. Aber wir haben jemanden, der wöchentlich zum Rechten sieht. Sie hat 2 Schlüssel."

„Prima. Packen und abhauen."

Um 0817 starteten wir. Ich hatte meinem Ex-Kunden ein SMS geschickt, 150 Franken für seine Putzperle auf den Küchentisch gelegt. Die Fressalien hatten wir in mein Auto gepackt, 2 Kg Eis drauf gepackt und in eine Kühlbox gestellt. Wir fuhren nach Genf. Sie war am Steuer. Ich klebte mir einen falschen Schnurrbart an, montierte eine Fensterglasbrille und machte mir mit Styling-Gel eine grauenhafte Frisur. Ich lotste Rebecca zum Hauptbahnhof und verabschiedete mich von ihr.

„Was zum Teufel soll das? Ich hab dir gesagt, das Ding ziehen wir zusammen durch. Erwarte bloss nicht, dass ich jetzt kneife!"

„Das ist ein Zwischenspiel, mehr nicht. Die Gegenseite weiss nicht, was wir wissen und will taktieren. Wenn du unsichtbar bleibst, ist das für uns ein Vorteil. Mich suchen sie. Dich nicht. Fahr zum Bahnhof von Valence. Wir gehen dann zusammen nach Uzès. Wenn du heute bis 1800 von mir nichts hörst, nimm ein Hotel. Wenn in meiner Nachricht auf der Reptilienwebsite das Wort „vorerst" erscheint, dann hau ab! Kauf dir in Annecy 2 französische Surf-Sticks für unsere Notebooks."

Sie packte mich am Schopf und küsste mich leidenschaftlich. „Hau ab! Und pass auf."

OK.

Ich ging zu einem Kiosk, kaufte mir eine russische Zeitung, stieg in den Zug Richtung Flughafen ein, zerrte einen kleinen Reisekoffer hinter mir her. Im Zugsabteil begann ich intensiv in der Zeitung zu lesen.

Es ist relativ schwierig im Zug einen Beschatter oder Beobachter auszumachen. 90% der Reisenden scheinen Sozialphobiker zu sein, die möglichst alleine in einem 4er-Abteil sitzen zu wünschen und mögliche Plätze und Hindernisse genau ausbladowern. Also gab ich es auf.

Am Flughafen stieg ich aus und trottete zu den Ankunftsterminals. Mit meinem kleinen leeren Trolley sah ich aus wie ein X-beliebeiger Tourist.

Ich begab mich ins Klo, vergewisserte, mich, dass ich der einzige Anwesende war und rief die KaPo Genf an. Nach 2 Minuten wurde ich von 3 uniformierten Polizisten und einem Zivilen leibesvisitiert und informiert, dass ich nichts zu sagen hätte, gefragt, warum ich eine kugelsichere Weste trage und warum ich ihren geliebten Flughafen in Gefahr brächte undundund….

Dann wollten sie mich ins Polizeilokal am Flughafen schleppen – ebenso gut hätten sie mir ein Schild mit der Aufschrift „Descendez-moi!" um den Hals hängen können. Ich wandte mich an denjenigen, der mir noch den vernünftigsten Eindruck machte und erklärte ihm kurz, dass ich ihm gerne diskret alles erzählen würde, aber lieber kein

Aufsehen erregen wollte. Deshalb käme es nicht in Frage, ins Polizeilokal zu gehen, da ich sonst sicher identifiziert werden könnte. Und auch nicht in Frage, dass ich mit uniformierten Polizisten gesehen würde. Das schien ihm einzuleuchten und er befahl mir, mich ins nächste Restaurant zu gehen. Der Zivi würde mir unauffällig folgen, er selber müsse sich noch umziehen und käme dann zu mir. Also verliess ich das Klo. Der Zivi folgte mir in etwa 20m Abstand. Ich setzte mich ins nächste Restaurant und bestellte mir Gnocchi alla Mamma Rosa und ein Mineralwasser. Meine Klette nahm zwei Tische weiter Platz und bestellte einen Espresso. Offensichtlich war die Genfer Kantonspolizei bei den Spesen knausrig.

Nach einer Viertelstunde erschien mein Lieblingsbulle und setzte sich zu mir. Klette blieb sitzen.

„Et alors, comment se peut-il….."

Ich erzählte ihm eine Kurzversion. Er nickte, fragte nach und machte sich Notizen. Nach 5 Minuten kamen meine Gnocchi und er machte grosse Augen. Er bestellte für sich ein Carpaccio mit Parmesanflocken und Ruccola. Das mit den Spesen schien gar nicht so schlimm zu sein. Er zeigte mir in einer Schreibmappe 4 Fotos. „zeigten offensichtlich Jannsen, auf einem hatte er noch klar mehr Haare. Das zweite zeigte einen hellbraunhaarigen Herrn, einmal mit Schnauz, einmal ohne. Das Gesicht kam mir bekannt vor, ich konnte es aber nicht klar zuordnen.

„L'homme avec la jambe courte", klärte mir Jacquod, so hiess der Lieutenant. „D'après nos dossiers c'est un nettoyeur. "

Ein Aufräumer. Ein Mann fürs Grobe.

„Et puis c'est un junkie. Il a été arresté 2 fois en Autriche. Possession de drogue. Mais aucun délit de criminalité acquisitive. Il semble avoir des moyens et des sources. "

Ein Junkie also. Aber ohne Beschaffungskriminalität, was auf die Zugehörigkeit zu einer kriminellen Organisation hindeutete.

Ich teilte ihm mit, wie ich Jannsen provoziert hatte und dass ich damit rechnete, beim Weggehen observiert und verfolgt zu werden, vielleicht sogar ein Attentat zu befürchten hatte.

„C'est ça que nous craignons. Je n'aime pas les fusillades en public."

Offensichtlich hatten sie Schiss vor einer Schiesserei im Flughafen. Wir kamen überein, dass ich Jannsen anrufen, den Treffpunkt mitteilen, aber nur im Falle seines Erscheinens Kontakt herstellen sollte. Ich bat Jacquod, mich nach Ende der Show diskret zum Bahnhof Coppet bringen zu lassen. Er zuckte mit den Schultern und sagte zu. Genüsslich ass er sein Carpaccio. Klette war inzwischen verschwunden. Um halb zwei Uhr (nach 2 Espresso und endlosen Diskussionen über Vorgehenstaktik) rief ich Jannsen an.

„Wo sind sie?"

„Am Flughafen. Kommen sie zu Gate A 27 auf der Ankunftsebene. Dort ist ein Café namens „Des Anges". Kommen sie alleine und versuchen sie keine Tricks."

„Ich habe nichts zu verbergen und komme selbstverständlich alleine." Der Geräuschkulisse nach war er auf einem Parkplatz.

Neben uns fuhr eine Putzmaschine durch. Ich will verdammt sein, wenn nicht Klette in der Uniform eines Reinigers darauf sass und mir zuzwinkerte. Jacquod grinste mich an.

„Mes hommes sont partout. Ceux en uniforme là où on les attend, les autres…." Er machte eine entschuldigende Geste, „dieu seul le sait…".

Um es vorwegzunehmen: Jannsen erschien nicht. Auch sonst geschah rein gar nichts. Jacquod lotste mich durch die Katakomben des Flughafens und liess es sich nicht nehmen, mich persönlich nach Coppet zu fahren. Ich sagte ihm, ich sei enttäuscht von der Ausbeute des Tages.

Er lächelte still. Kurz vor dem Bahnhof sagte er mir in ganz passablem Deutsch:

„Wir haben 8 Personen fotographiert und 3 Autos identifiziert, die nun überwacht werden. Wenn man es mit dem organisierten

Verbrechen zu tun hat, muss man Geduld haben, mon ami. Das müssen sie noch lernen. „

Und: „Pour nous c'était une belle journée profitable. Je vous en remercie! Et excusez ma petite charade dans les toilettes…. Et puis – faites attention. Si la Mafia vous envoie plusieurs tueurs, il se pourrait que votre vie soit en danger! J'enverrai les résultats à mon ami Bucher. Und denken sie daran: Nicht nur sie, auch andere können des fois unkonventionell handeln. Au revoir!"

Schüttelte mir die Hand, klopfte mir auf die Schulter stieg ein und fuhr weg. Den hatte ich massiv unterschätzt. Das war mir – schon wieder – eine Lehre. Ich stieg in den Zug nach Genf. Dort löste ich am Automaten 1 Billet nach Nizza via Valence mit dem TGV. Die Quittung liess ich auf meinem Platz liegen. Nach einer halben Stunde stieg ich in den Zug nach Valence ein. Soweit ich es beurteilen konnte, wurde ich nicht verfolgt. Um 20.24 war ich nach zweimaligem Umsteigen in Valence. Auch beim Umsteigen hatte ich nichts bemerkt. Ich ging zur nächsten Internetstation und loggte mich in der Reptilienwebsite ein und hinterliess folgendes:

Hi
20.30 Uhr. Bin in 10 Minuten im Restaurant Mamounia und sehr hungrig.
Ich bestell schon was. Komm doch und hol mich ab.
B.

Ich zottelte los. Vor 1 Jahr war ich schon einmal hier gewesen, hatte auf der Durchreise mit Janine etwas gegessen. Das Essen – nordafrikanische Küche – war köstlich. Irgendwie schlug mir der Gedanke an Janine auf den Appetit. Mein Magen fühlte sich plötzlich weniger hungrig an.

Kaum hatte ich mich an einen Tisch gesetzt, kam auch schon Rebecca angestürmt und umarmte mich.

Sie begann mich sofort zu bestürmen. Ich bremste sie mit vielsagendem Blick auf die rund 70 anderen Gäste und reiche ihr die Karte: „Du hast zwar sicher schon gegessen?"

„Nö, nur in Annecy. So ein Ding namens Tartiflette mit Äpfeln und zweierlei Käse. Dann habe ich auf dich gewartet."

„Braves Mädchen. Warst du mal schon in Nordafrika?"

Sie verneinte.

Ich verordnete ihr einen Salate Mechouia und einen Eintopf mit Loup de Mer, da ich wusste, dass sie Fisch liebte.

Ich orderte mir eine Brik à l'Oeuf und eine Tunesische Tajine (fast lasagneähnlich). Dazu einen Château Mornag, als Apéro 2 Thibarine. Der Kellner blickte uns erstaunt an, nahm die Bestellung auf und verschwand.

Den Mechouia-Salat verschlang sie richtiggehend. Ich hingegen verspeiste mein Brik mit Würde. Natürlich liebte sie meine Tajine mehr und ich musste ihr die Hälfte abtreten. Der Fischeintopf war aber sehr gut. Ich bestellte noch je 5 Sigara Börek (Ein türkisches Gericht mit Yufka, dem türkischen Blätterteig, mit Käse- und Fleischfüllung mit Petersilie, im Öl gebraten) und Kofta (gewürzte Fleischbällchen), zum Mitnehmen.

Sie hatte sich im Hotel de France – wie fantasievoll – einquartiert. Wir zogen am erst misstrauisch äugenden und nach einem Trinkgeld verschwörerisch lächelnden Portier vorbei in den Lift und gingen aufs Zimmer.

Dann musste ich ihr alles haargenau erklären. Sie fragte nach und grinste immer mehr.

„Was hast du? Du grinst wie ein Honigkuchenpferd."

„Oh, nichts. Aber unser Möhssiöh hat wieder mal seine Mitmenschen unterschätzt, abqualifiziert und ist dann mit 2 riesengrossen Eselsohren aufgewacht!" Sie grinste mich unverschämt an.

Sind sie je durch eine junge attraktive Frau in einem viel zu kurzen T-Shirt auf einem Bett liegend unverschämt beleidigt worden? Wenn nicht: Brechen sie ja nicht den Stab über mich! Es gab ein wenig Haue und endete in einem Turnier. Ich würde sagen, physisch unentschieden. Moralisch – na ja. Danach lagen wir zufrieden auf dem Bett, liessen als Geräuschkulisse und Lichtquelle einen Film laufen und verzehrten noch Börek und Kofta zu Redbreast. Die zweitletzte Flasche. Gequatsche. Um etwa 2 Uhr schliefen wir ein.

28. Januar

Auschecken bis 10 Uhr. Wir erwachten zirka um 09.15. Ich rief die Récéption an: Ob sie nicht erst um 11 Uhr....???? Kein Problem. Aber Frühstück nur bis 10 Uhr.

Etwa um 10 Uhr waren wir startbereit. Wir checkten aus, gingen zum nächsten Bistrot, ich bestellte einen doppelten Ristret, sie ein Cappuccino plus Croissants und ein Rührei für beide. Um 11 Uhr waren wir auf dem Weg nach Blauzac bei Uzès. Wir fuhren ab Montélimar-Sud auf Nebenstrassen und checkten, ob es Verfolger gab. Ich nahm mir noch eine Stunde Zeit, das Auto nach Sendern zu untersuchen. Die Schweizer Surf-Sticks vernichteten wir, nachdem wir gecheckt hatten, dass die französischen funktionierten. Ich setzte Rebecca in Uzès ab, sie holte die Schlüssel und ich ging im Super U und bei Boucher, Fromager und Boulanger einkaufen.

Um 17.30 trafen wir uns wieder und fuhren zum Häuschen. Blauzac ist ein kleines Dörfchen mit vornehmlich Steinhäusern nahe des Flusses Gardon. Bereits im 12. Jahrhundert erschien das Dorf in den Geschichtsbüchern. Jahrhundertelang stand es unter der Herrschaft des Papstes, im 16. Jahrhundert wurde es vom Hugenottenführer Jean de St. Chamand übernommen und verteidigt. Das Dorf hatte Mitte 19. Jahrhundert weniger als tausend Einwohner, im 20./21. Jahrhundert wurden zunehmend ruinöse Häuser von Ausländern gekauft, restauriert und als Ferienhäuser genutzt. Das Kleingewerbe konnte sich dank der

Touristen einigermassen halten, man bemühte sich, die Investoren und Konsumenten nicht zu verärgern.

Es stand am Dorfrand von Blauzac, angelehnt an eine kompakte Häusergruppe. Durch ein Holztor konnte man in einen kleinen Innenhof fahren. Dort gab es Kiesboden, einen kleinen Baum und 2 Kletterpflanzen = Jungfernreben.

Ein kleiner Keller mit ausgetrocknetem Brunnen, eine Treppe zu einer kleinen Terrasse, 2 Doppelzimmer, eine Wohnküche mit 2 Gasherdkochplätzen, einem kleinen Elektroofen und einer Kaffeemaschine aus den 80er Jahren und einem Mini-Kühlschrank plus einem Cheminee. Kaum Gewürze, das Meiste seit mehreren Jahren abgelaufen. Ich eröffnete einen Kehrichtsack. Im Keller etwa 20 Flaschen eines Weines namens Mas de Gourgogne selben Jahrganges in Rosé und Rot. 2 Flaschen Pastis.

Rebecca hatte 2 Garnituren Bett- und Badezimmerwäsche mitgebracht, also Versorgungsautonomie bei 2 Wochen. Innentemperatur bei 11 Grad. Keine Heizung. Wir fuhren nochmals nach Uzès und ich begab mich zum einzigen Motorradmechaniker des Kaffs. Ich erklärte ihm theatralisch, dass mein Seelenheil von illegalem Mieten eines 50cc-Rollers während meiner Ferien abhing. Ein Depot von 1000 Euro und eine Mietgebühr von 250 Euro pro Woche schienen überzeugend zu sein. Kein Ausweis, keine Haftung. Falls ich Mist bauen sollte würde er die 1000 Euro behalten und behaupten, der Roller sei ihm geklaut worden. Ok. Danach im Super U: Alles nachgekauft, was verdorben oder fehlend war. 8 Ganze Knoblauchknollen. Wir wollten ja nicht auffallen…. Und: 2 kleine Heizlüfter. Im Häuschen dann: Auslüften, Kerzen, Wasser und Gas einschalten, aufstellen von 3 Bewegungsmeldern, Einschalten der Heizlüfter, Sicherheitscheck und Besprechung der Notfallszenarios. Musste mir etliche süffisante Bemerkungen von R. anhören, sie dachte jedoch mit. Nach 2 Stunden waren wir bereits auf 17 Grad.

Danach Salade au Bleu, Lammrack à la Provençale mit Bratkartoffeln und überreifem St. Marcellin mit Baguette. Dazu Mas de Gourgogne (ganz passabel) und als Digestif einen einfachen Armagnac. Der Heizlüfter in unserem Schlafzimmer war aufs Minimum geschaltet. Rebecca hatte nach eigenen Angaben 17 Spinnen erschlagen. Die tapfere Psychologin. 17 auf einen Streich. Ich schlief rasch ein.

29. Januar

Scheisskälte. Ich erwachte, weil ich dringend pinkeln musste. Der Boden war eiskalt. Ich tastete mich zur Toilette durch und schaltete das Licht ein. Die Klobrille war wohl kurz vor dem Gefrierpunkt. Ich betete zu Allmächtigen, dass mein Arsch nicht anfrieren sollte und sorgte dafür, dass die Rohre nicht zufroren. Als ich die Spülung gedrückt hatte, dröhnte es, wie wenn ich ein Walross erdrosseln würde. Ich tappte über die kalten Fliesen zurück ins Schlafzimmer. Rebecca stöhnte im Schlaf. In meiner Abwesenheit hatte sie meine Decke annektiert. So viel zum Thema Solidarität und Kollegialität. Ich tappte zum Schrank des anderen Schlafzimmers und holte mir eine andere Wolldecke. Ich mummelte mich ein, nach 5 Minuten wurde mir langsam wieder warm.

Um ca. 9 Uhr wachte ich auf. In der Küche war anscheinend jemand am Kotzen. So ähnlich klang es jedenfalls. Ich stand auf und ging nachschauen. Es war die Kaffeemaschine. Der Heizlüfter war weg. Ich schaltete die Maschine ab, holte 2 Tassen, spülte sie kurz ab und setzte mich auf einen Stuhl. Ich schenkte mir einen Kaffee ein und verbrannte mir mal die Zunge. Nach 5 Minuten kam Rebecca aus der Dusche, die sie offensichtlich inzwischen zu einem türkischen Dampfbad umfunktioniert hatte: Viel heisses Wasser und ein Heizlüfter. Ich absolvierte einen Crashkurs „Rasieren für Sehbehinderte" und duschte kurz. Als ich aus dem Badezimmer kam, war die Küche völlig verraucht.

„Da waren noch Krümel im Ofen", verteidigte sich Rebecca, „ich wollte die Frischbackcroissants zubereiten!"

„Kein Problem. Wir spielen heute noch ein Schach", frotzelte ich und wich dem anfliegenden Abwaschlappen elegant aus.

Zehn Minuten später frühstückten wir gemeinsam und besprachen das weitere Vorgehen. Grundregeln:

- Keine Telefonate, weder Festnetz noch Natel.
- Das Auto bleibt im Innenhof, und wird mit einer Blache gedeckt.
- Keine Angabe unseres Aufenthaltsortes an dritte, auch nicht auf der Küchenwebsite.
- Keine Sololäufe. Alles wird besprochen und kommt auf die Küchenwebsite.

Wir setzten uns hinter ein Notebook und loggten uns im Internet ein. Küchenwebsite.

Die erste Nachricht kam von Bucher:

@alle

Wir haben einen Durchbruch gemacht! Die 2. Schachtel Valium ist von der Verpackung her klar eine Fälschung. Die Fälschungen sind qualitativ gut, aber bei der Farbechtheit der Packungen hapert es bei den Fälschungen noch ein wenig. Nach Exposition am Sonnenlicht wird das Rot rasch blass.

Wir lassen die Zusammensetzung der beiden Medikamente nun überprüfen. Warten wir ab. Gute Idee, @roulier!

Die 2. Von Zeus:

Die Wahrscheinlichkeit, dass V-Care gefälschte Medikamente zum Originalpreis einführt ist bei 83%. Die Gewinnspanne ist enorm und das Business dürfte pro Jahr alleine in der Schweiz rund 20 Millionen einbringen. Gesamteuropäisch können wir vom 10-50-fachen ausgehen. Frage ist nur, welche medizinischen Betriebe bereits unterwandert sind! Von euch brauche ich Indizien und Beweise!

Weiter muss ich euch informieren, dass in meine Wohnung in der Münstergasse eingebrochen worden ist. Die Alarmanlage hat funktioniert, die Polizei war innert 10 Minuten vor Ort. Meines Erachtens konnten sie nichts finden, die ganze IT habe ich abgezügelt. Aber es besteht die Möglichkeit, dass sich diese unflätigen Personen an meiner exquisiten Hausbar oder meinen Küchenspezialitäten vergangen haben und dieser Gedanke erschüttert mich zutiefst und bestärkt mich in der Motivation, dieser Organisation Einhalt zu gebieten! Ich brauche Daten über Condanello, die verdächtigen Betriebe und über den Bigboss von V-Care. Bitte keine Risiken eingehen!

Guter Zeus. Nicht ganz untypisch.

Die 3. Von Bucher

@roulier

Dr. Brander hat mir angegeben, dass Werren 1-2 jährlich im Februar nach Beruhigungsmitteln gefragt habe. Er sei sehr anfällig auf Stress und der komme halt berufsbedingt mit Abschluss und Revision. Einen Tablettenmissbrauch schliesst er aus.

Werren war auch schon in psychiatrischer Behandlung wegen Selbstverletzungen. Vielleicht hilft das was?

Die 4. Von Bucher

@roulier

Jacquod hat mir berichtet. Er ist ein Fuchs und hat sie als Köder benutzt. Aber inhaltlich stimme ich ihm zu. Die passive Haltung führt in der Ermittlung in diesem Falle zu mehr Resultaten als das Showdown zwischen ihnen und Jannsen. Er ist ja eh nicht aufgekreuzt, In Sachen Ermittlungstaktik habe ich meinen Genfer Kollegen eh nichts vorzuschreiben. Ich empfehle ihnen dringend, keinen Kontakt mit Jannsen aufzunehmen da ich beunruhigende Informationen von den Experten in Sachen Überwachung von Natels durch die Ndrangheta erhalten habe. Offensichtlich haben sie gewisse Anbieter unterwandert.

An Janines Beerdigung haben wir mit 8 Leuten observiert. Wir haben 3 Leute ausgemacht und diese werden aktuell observiert.

Na das waren ja tolle Aussichten. Ich schaute mir via Google Earth die 3 bevorzugten Wohnsitze von Condanello an. Alle hatten nur eine Zufahrtsstrasse und waren bis zu 5 km vom nächsten Anwesen entfernt. Ich wettete darauf, dass die dunklen Stellen auf den Zufahrtsstrassen Schikanen waren, die ein schnelles Fahren verunmöglichten. Alle 3 Anwesen hatten einen Platz, auf welchem ein Hubschrauber problemlos landen könnte.

Keine Frage. Dort unten gab es nichts zu gewinnen. Wir teilten uns ein und begannen über die Betriebe Daten zu sammeln. Nach 2-3 h surfen war klar, dass die Packungen der gefälschten Medikamente mit an Sicherheit grenzender Wahrscheinlichkeit in der Druckerei und der Verpackungsfirma in Italien hergestellt wurden.

Wir brauchten dringend Daten und Beweise. Ermittlungen in Italien kamen nicht in Frage. Das wäre glatter Selbstmord gewesen. Ich grübelte lange und fasste einen Entschluss.

Am Abend bereitete ich ein gelbes Curry zu. 1 Karotte, Sellerie, Zwiebeln, 4 Zehen Knoblauch feingehackt, Currypulver, Harissa, Kokosmilch. Die Lammgigotwürfel hatte ich 12h im Knoblauch mariniert und nur kurz angebraten. Der Jasmin-Reis wurde gedünstet und in Sesamöl angebraten. Zum Löschen gab es Sauerrrahm, gehackte Salatgurke und frische Tomatenwürfel. Wir schlemmten und tranken dazu einen Domaine de Ribonnet. Ich füllte sie ein wenig ab, wir liebten uns und am Morgen um 0500 stand ich auf und schrieb ihr einen Brief:

30. Januar
Liebste Rebecca

Ich bin für 2 Tage fort und möchte nicht, dass du etwas weisst oder dir Sorgen machst. Ich werde nicht erreichbar sein, auch nicht über die Website. Ich werde mich innert 60 Stunden via Website bei dir melden, und zwar nicht über die Küchenwebsite, sondern über die Viechersite.
Mach dir keine Sorgen, es ist nichts Riskantes
Irgendwie habe ich es nicht geschafft, dir zu sagen, dass ich kurz weggehe – ich bin wohl ein Feigling….
Du bist ein Wahnsinnsweibchen und ich freue mich, zurückzukommen.
Bernard.

Ich füllte einen kleinen Koffer mit Utensilien, nahm den Roller und fror mir bis Nimes den Arsch ab. Dort frühstückte ich und ging zu einem Autoverleih und mietet mir einen Citroén Berlingo. Unter dem Armaturenbrett und in der Tasche hinter dem Beifahrersitz verstaute ich je 1 Pfefferspray. Um halb neun war ich unterwegs Richtung Schweiz. Ich passierte die Grenze nicht in Genf, sondern bei Saint Gingolph am östlichen Ende des Lac Léman. Nach einem Zwischenhalt in Sion – dort kaufte ich mir 2 Flaschen Bier und verstaute sie in den Taschen an Fahrer- und Beifahrersitz - kam ich um 1845 in Zermatt an. Mit dem Navi fand ich die gesuchte Adresse schnell. Um 1945 brach ich in Jannsens

Ferienwohnung ein. Ein kleines Chalet, ungesichert mit einem einfach zugänglichen Kellerfenster. Glasritzer, Saugnapf und was man halt so im Koffer hat als privater Ermittler. Ich begann es systematisch zu durchsuchen. In einem Zimmer befand sich ein Computer. Ich packte ihn in eine grosse Kartonkiste, die zuvor als Behältnis für Cheminéeholz gedient hatte. Die Kabel und alle Datenträger kamen auch mit. Ich nahm mir 4 Stunden Zeit, das Haus zu durchsuchen. Keine verschlossenen Schränke und Schubladen, kein versteckter Tresor, rein gar nichts. Fehlanzeige. Ich nahm ein paar Wertgegenstände und schleppte sie zum Wagen. Danach fuhr ich nach Evian, die Wertgegenstände warf ich nach der Grenze bei einer Raststätte in den Glascontainer. In Evian übernachtete ich in einem 1-Stern-Hotel und trug mich mit einem dilettantisch gefälschten Führerausweis als Luc Morand ein. Ich schlief schlecht und recht.

31. Januar

Nach einem bitteren Espresso und einem zu süssen Croissant startete ich sehr früh am Morgen. Ich wollte Genf mit den Frontaliers erreichen. Um knapp neun Uhr war ich in Lausanne. Ein riesiger Umweg, aber sicherer.

Auf dem Klo einer Raststätte montierte ich meinen Streberlook mit Brille, die Haare veränderte ich nicht. Ich ging in eine T-Shirt-Druckerei und liess mir ein blaues T-Shirt mit weisser Aufschrift drucken: SRC-Services. So hiess die Reinigungsfirma von V-Care Schweiz. Schriftart Bauhaus. Ich kaufte mir noch eine Schirmmütze gleicher Farbe. In einem Eisenwaren- und Haushaltsgeschäft kaufte ich mir einen Microfasermop und ein kleines Stemmeisen um meine Ausrüstung zu ergänzen. So ausgerüstet fuhr ich nach Vevey zum Sitz von V-Care. Durch den Lieferanteneingang gelangte ich ins Haus. Gelegentlich putzend hatte ich das Büro von Jannsen nach einer halben Stunde gefunden. Ich ging aufs Klo und rief Jannsen an. „In 60 Minuten auf der Raststätte La Côte

Süd, sonst leite ich sämtliches Material an Condanello und die Bullen weiter!" Ich hängte ab, ohne auf eine Antwort zu warten. Auf dem Flur begann ich wieder den Boden zu polieren. Jannsen kam nach 3 Minuten aus dem Büro gestürmt, ein Wachmann kam ihm entgegen. Ich hörte nicht, was sie sprachen, aber ein Wort war ganz bestimmt „civil". Ich ging stracks zu seinem Büro und wollte es aufstemmen. Der Dämlack hatte nicht einmal abgeschlossen. Ich hängte ein Schild „Ne pas déranger!" an die Klinke und begann das Büro zu durchsuchen. Nach 45 Minuten fand ich in einer abgeschlossenen Schublade 3 CD. Nach einer Stunde zog ich mit der Beute ab und verstaute sie in meinem Auto beim Reserverad. Den PC könnte ich ja auch noch klauen, dachte ich mir. Ich suchte nach einem Putzwagen und fand einen. Darin könnte ich den PC verstauen. Ich ging unauffällig in Jannsens Büro und kroch unter seinen Schreibtisch und begann die Kabel zu lösen. Ein Geräusch liess mich aufhorchen. Ich blickte auf und sah vor dem Schreibtisch 2 Schuhe. Die linke Sohle war höher als die Rechte.

Ich begann ein Liedchen zu pfeifen und las 2 Papierschnipsel zusammen und richtete mich auf und mimte den Erschreckten. Mit dem was ich als osteuropäischem Akzent betrachtete sagte ich „Bonsoir". Nettoyer, eh?"

Zwei kalte graue Augen starrten mich unbarmherzig an.

„Toi surveillant?"radebrechte ich mit schiefem Grinsen. Er trat einen Schritt vor und hieb mir mit der Handkante in den Nacken. Es schmerzte wahnsinnig und ich sackte in die Knie. Er trat mir mit voller Wucht in die Nieren und dann in die Rippen. Ich hörte es krachen und wurde ohnmächtig.

Als ich wieder zu mir kam, machte ich 4 Feststellungen:

1. Mein Nacken schmerzte höllisch.

2. An meinem rechten unteren Rücken hämmerte der Puls und stiess Schmerzimpulse aus.

3. Ich konnte nicht richtig Atmen, da meine Rippen auf der linken Seite gebrochen zu sein schienen.
4. Meine Hände waren mit einem Plastikkabelbinder zusammengebunden.

Ich war in Jannsens Büro und vor mir standen 3 Kerle: Der Österreichische Handlanger und Killer Stangl, Jannsen und ein mir unbekannter Typ mit glattrasierter Haut und dunklen Haaren.

Er steckte sich eine Zigarre an und sagte in tadellosem Deutsch: „Guten Tag Herr Roulier. Ich bin zutiefst bekümmert, einen so fähigen Menschen in einer derart hoffnungslosen Situation anzutreffen. Sie haben mich bisher beeindruckt. Ich möchte sie nicht unnötig länger quälen. Also teilen sie mir nun mit, was sie wissen und wo sich ihr Compagnon Wallbach aufhält. Sollten sie nicht kooperativ sein, wird sich mein Mitarbeiter und Motivationskünstler um sie kümmern. Das ist alles." Er blies geniesserisch den Rauch aus und entschwand. Jannsen sah mich wütend an: „Drecksau! Meine Familie…."

„Oh, oh, oh – was ist denn mit den Familien, die ihr systematisch bedroht und den Vätern und Müttern, die ihr abmurkst und den Kindern, die ihr bedroht?"

Er trat mich in den Magen, ich sah es kommen und spannte die Muskeln an. Meine Nerven an den lädierten Rippen schrien auf und ich kippte um.

Stangl sah mich genüsslich an und leckte die Lippen. Offensichtlich ein Sadist.

„Du teilst mir nun mit, was du weisst. Wo Wallbach ist. Für jede unbefriedigende Antwort wirst du bestraft. Zuerst harmlos." – er riss mein Shirt auf und befestigte 2 Klammern an meinen Brustwarzen. Es schmerzte wie die Hölle.

„Und dann härter". Er zündete einen Bunsenbrenner an und hielt ihn gegen meinen Schritt. Ich schrie auf.

„Du hast die Wahl. Nun erzähl dem guten Onkel Anton doch, was du weisst! Was weisst du über Jannsen?" Ich erzählte ihm fast alles. Doch die konkrete Verbindung zur Ndrangheta nicht. Er runzelte die Stirn und drehte an einem Knopf. Glühende Ströme schienen meinen Körper zu durchströmen, mein Körper zuckte und ich verspürte einen irrsinnigen Schmerz.

„Also. Noch einmal…" Nach 4 Stromschlägen wechselte ich die Strategie und begann Fehlinformationen nahe der Wahrheit zu geben. Als es zum Aufenthaltsort von Zeus ging, glaubte er mir nicht, dass ich den nicht kannte. Nach etwa 8 Stromstössen wurde ich ohnmächtig. Als ich wieder erwachte hörte ich sie diskutieren: „….. Noch nicht töten. Wir brauchen die Komplizen!" Mir war klar, dass ich weiterer Folter nicht standhalten konnte. Ich dachte angestrengt nach.

„Hilfe!" krächzte ich. Die beiden kamen zu mir.

„Ich sage alles. Aber hört bloss auf", winselte ich.

„Schaunwirmal!" sagte Anton und nahm den Bunsenbrenner. „Wo ist Wallbach?"

„Ich weiss es nicht aber…." Der Flammenstrahl traf meinen linken Daumen und ich brüllte vor Schmerz.

„Falsche Antwort", sagte Stangl bedauernd.

„Nein!" brüllte ich, „wir kommunizieren über eine Website mit Zugangskontrolle und teilen uns nicht mit, wo wir sind!"

Jannsen nickte anerkennend mit dem Kopf: „Clever, clever….. und wie komme ich auf diese Website?"

Schon fast unterwürfig nannte ich ihm den Zugangscode und das Passwort. Er blickte mich lange an und sagte dann: „So ein harter Junge und dann so eine schnelle Aufgabe. Das kauf ich dir nicht ab. Da gibt es einen Haken! Welchen?"

Ich blickte trotzig drein und sagte nichts. Anton richtete die Flamme auf meinen Schritt und ich schrie panisch „Nein! Ich sage alles!"

Ich erklärte ihnen, dass wir Passwörter in unsere Mitteilungen einbauen, damit die anderen erkennen, dass alles ok ist, Das Passwort diese Woche sei „differieren".

Er blickte mich kurz an und sagte dann zu Stangl: „Entsorge ihn sicher und komm dann zurück. Sein Auto muss auch weg vom Firmengelände!" Er trat mich noch einmal ans Schienbein und Stangl kam grinsend zu mir. „Wo ist dein Fahrzeug, mein Freund?" Er schwang den Bunsenbrenner vor meiner Hüfte hin und her. Ich erklärte ihm, ich sei mit dem Zug gekommen, er zog eine breite Rolle Leukoplast aus seiner Jacke und klebte mir den Mund zu. Seine Pupillen waren stecknadelgross, die Augen trotzdem dunkel.

Ein Junkie und ein Sadist.

Inzwischen war es wieder dunkel geworden. Stangl schnitt den Kabelbinder auf und ersetzte ihn durch Handschellen. Er stiess mich durch die Korridore und es schien ihm besonderen Spass zu machen, mich in die gebrochenen Rippen zu stossen. Meine Augen tränten vor Schmerz, was ihn zu spöttischen Kommentaren veranlasste. Bei seinem Wagen angekommen stiess er mich auf den Hintersitz und kettete meine rechte Hand mit den Handschellen am Türgriff an. So gefesselt hatte ich keine Möglichkeit zu flüchten. Am Boden halb unter dem Rücksitz war eine Sprühdose mit Enteiser. Ich zog sie mit dem Fuss unauffällig näher. Er fuhr auf die Autobahn Richtung Wallis.

„Dort gibt es einen ganz tollen Steinbruch für neugierige Leute!" merkte er an.

Kurz vor St. Maurice verliess er die Autobahn. Die Ausfahrt beschrieb eine 360-Grad-Kurve, als das Tempo unter 30 KmH war krallte ich mir den Enteiser mit der linken Hand und nebelte ihn ein. Meine Augen hielt ich geschlossen. Er schrie und fluchte, das Auto holperte und blieb mit einem harten Ruck stehen, Die Airbags öffneten sich und sein Kopf wurde nach hinten gedrückt. Ich legte den linken Arm um seinen Hals, zog ihn mit aller Kraft gegen mich und versetzte ihm einen wuchtigen Kopfstoss gegen die Schläfe. Ich sah Sterne. Er sackte zusammen und rührte sich nicht. Ich versuchte die Luft anzuhalten und öffnete die hinteren Fenster. Trotz Luftanhaltens tränten meine Augen. Ich zerrte an ihm und zog ihm sein Jackett aus. Die Schlüssel waren in der Jackentasche und ich schloss die Handschellen auf. Wir standen im Feld neben der Autobahnausfahrt, das Auto war in einen kleinen Baum geknallt. Stangl kettete ich mit den Handschellen am Steuerrad an. Ich öffnete den Benzintank und zwängte ein Stück Stoff durch den Deckel. Ich wartete, bis der Stoff vollgesogen war und zündete ihn dann an. Danach verdrückte ich mich. Nach etwa 2 Minuten hörte ich Schreie und dann die Explosion. Leute wie Stangl sind keine Zierde der Menschheit. Ich war nicht übertrieben traurig.

Ich schleppte mich 3 Kilometer durch dichten Nebel weiter, bis ich eine Bushaltestelle sah. In der Ferne heulten Sirenen. Mit dem Postauto fuhr ich nach Martigny und kroch dort in einem Hotel unter. Meine Hände durfte ich nicht zeigen, deshalb musste ich die Receptionistin ablenken, damit ich unterschreiben konnte.

Ich schleppte mich an den öffentlichen Internetanschluss und Schrieb eine Warnung ins Gästebuch der Küchenwebsite.

Ich konnte aufgrund der Schmerzen nicht schlafen. Ich verband meine Hände mit einem nassen Kissenbezug und nässte sie etwa alle 10 Minuten. Am nächsten Morgen holte ich mir in 2 Apotheken Brandsalben, Verbandsstoff Handschuhe und Schmerzmittel. Ich fuhr mit dem Zug nach Vevey und holte den Mietwagen. Zum Glück hatte ich ihn nicht auf dem Firmengelände abgestellt. Unter dem Scheibenwischer war ein Busszettel. Ich warf ihn in den nächsten Mülleimer. In einer Raststätte kaufte ich einen Thermoskrug und füllte ihn an der nächsten Raststätte mit 9 Espressos auf und trank auch noch 2. Ich musste wach bleiben. Danach fuhr ich los Richtung Südfrankreich. Ich funktionierte einfach. Mehr nicht. Kurz nach Valence musste ich anhalten. Ich konnte die Augen kaum mehr offenhalten. Schmerzmittel nahm ich keine, das war mir zu riskant. Wegen der Schmerzen konnte ich aber auch nicht schlafen. Verdammte Scheisse. Ich döste ein wenig vor mich hin, nach 40 Minuten soff ich den Thermoskrug leer und fuhr weiter.

Um 18.00 kam ich in Blauzac an. Ich parkierte das Mietauto und schleppte mich hinauf, Rebecca stand schon dort und blickte mich zornig an.

Sie sah meinen Gang, mein graues Gesicht und die verbundenen Hände und schrie auf. Sie verarztete mich nach bestem Wissen und Gewissen, weinte dann und konnte sich kaum mehr einkriegen. Ich verlangte nachSchmerzmitteln und hartem Alkohol und versank nach kurzer Zeit in einer schwarzen, leeren Nacht.

1. Februar

Bestandsaufnahme physisch: Verbrennungen 2. Grades an beiden Händen wahrscheinlich 2 gebrochenen Rippen, Blut im Urin wegen des Tritts in die Nieren, Nackenschmerzen und leichte Verbrennungen am Geschlecht und an den Brustwarzen.

Psychisch: Eine Person getötet, Lebensgrundlage in Frage gestellt und aktuelle Freundin/Sexualpartnerin massiv destabilisiert.

Website verraten und damit Zeus & Bucher in Gefahr gebracht. Nicht gerade eine Meisterleistung......

Ich nahm nochmals 2 Schmerztabletten und einen Schluck Readbreast. Nach ein paar Minuten war ich wieder weg. Als ich wieder erwachte war fast Mittag. Rebecca sass am Küchentisch, es duftete nach Kaffee. Ich ging aufs Klo und stellte fest, dass Aus- und Einpacken mit verbundenen Händen gar nicht so einfach war und mein Schwanz doch nicht wie ein gegrilltes Merguez aussah. Eine leichte Rötung in Grösse eines 1-Frankenstücks war einzig sichtbare Spur. Ich nahm die Verbände an den Händen ab. An der linken Hand hatte sich zwischen

155

Daumen und Zeigefinger eine Art Blase gebildet, rechts sah es ein bisschen besser aus. Ich dackelte in die Küche und bat Rebecca, mir wieder Salbe aufzutragen und Verbände anzulegen. Sie tat es schenkte mir eine Tasse Kaffee ein, sah mein Zögern und führte sie mir zum Mund.

„Erzähl mir alles." Das war keine Bitte, sondern ein Befehl. Stumm hörte sie mir zu. Ich liess nichts aus, nur bezüglich Folter beschönigte ich ein bisschen. Sie knöpfte mein Pyjamahemd auf und zeigte auf meine Brustwarzen. Blutunterlaufene Klammerspuren und Hautrötungen der Elektroschocks straften mich Lügen.

„Ich habe gesagt „alles"!

Ok, meinetwegen….

Bei der Beschreibung der Kremation von Stangl weiteten sich ihre Augen. „Wieso zum Teufel hast du nicht einfach die Polizei gerufen? Spinnst du, das war Mord!"

„Rebecca… er wollte mich töten. Hat mich gefoltert. Hat Pit umgebracht und Janine. Bedroht Buchers Kinder. Hat Werren getötet. Will Zeus töten und sobald er von deiner Existenz weiss auch dich. Ich bin knapp mit dem Leben davongekommen und war voller Adrenalin. Das war nicht kaltblütig!"

Sie vergrub das Gesicht in den Händen. „Was soll nun jetzt werden?"

„Ich will die Haut dieser Schweine. Von Jannsen und auch dem Drahtzieher in Italien!"

Sie starrte mich entgeistert an: „Du bist keine gottverdammte Armee! Eben bist du knapp mit dem Leben davongekommen, weil du ein wenig am Lack gekratzt hast. Was denkst du, was geschieht, wenn du weitermachst?? Da kannst du dich ebenso gut selbst umbringen!!"

Ich starrte trotzig ins Nichts.

So sassen wir am Tisch, starrten in die dunstige Landschaft. Über dem Bach lag Bodennebel, die Sonne drückte in den Hochnebel, Bäume und Büsche waren schwarze unbewegliche Schatten. Ich fühlte mich hundeelend. Dachte an Janine. An Pit. Meine Augen wurden feucht.

Eine Träne löste sich. Mit einer beiläufigen Bewegung wischte ich sie mit dem Verband weg. Sie hatte es trotzdem gesehen. Sie rückte näher und nahm meinen Kopf in beide Hände und schaute mir in die Augen. „Es ist ok." Sie legte ihre Stirne an meine. Das war ein Fehler. Der Kopfstoss. Ich schrie auf und zückte zurück.

„Sorry. Der gestrige Kopfstoss...."

Wir mussten beide lachen. Bei mir dauerte es sehr kurz. Die gebrochenen Rippen....

„Was nun?"

„Ich habe eine verletzte Niere, kaputte Rippen, verbrannte Hände, eine Beule am Kopf und eine Verbrennung am Schwanz. Das ist die eine Seite. Ich habe diverse CD, einen Computer und 2 Memorysticks im Auto. Sehen wir uns doch mal an, ob es sich gelohnt hat.... Aber zuerst schauen wir nach, wie es mit Zeus aussieht." Sieh sah mich an und sagte: „Die Website wurde abgeschaltet. Wir können ihn nicht erreichen."

Das war zu erwarten gewesen.

„Loggen wir uns auf der Reptilienseite ein", schlug ich vor.

„Wozu soll das gut sein?"

„Ich habe sie ihm angegeben." Sie blickte mich erstaunt an und loggte sich ein.

@unbekannte

Bernard & Sie sind offensichtlich in Schwierigkeiten. Suchen Sie eine Telefonzelle auf und rufen sie die folgende Nummer an: 0041762302209. Sie haben 45 Sekunden, um sich zu äussern. Ich nehme erst ab, wenn diese Nachricht quittiert worden ist.

Zeus

@zeus

Ich habe knapp überlebt, bin aber im Besitz von relativ viel Material. Am besten Sie kommen zu uns. Kaufen sie 2 Prepaid-Handys, stellen die Nummer auf diese Site und entsorgen sie diese nach 1x Gebrauch. Nutzen Sie Bucher, um Beschattung auszuschliessen. Kaufen Sie Steckeradapter für alle Länder Europas.

Definieren Sie eine neue Website zum Austausch.

Bernard Roulier

Ich jubelte innerlich. Sie hatten ihn nicht gekriegt. Sicher hatten die Schwachköpfe das Wort „differieren" in die Nachricht eingebaut!

Wir luden unser geklautes Material aus und fuhren nach Nimes. Dort bezahlten wir das Auto mit Rebeccas Mastercard. Danach kauften wir 2 Prepaid-Handys. Aus einer öffentlichen Telefonzelle riefen wir unter der besagten Nummer an. Zeus nahm sofort ab.

„Sind Sie reisefertig?"

„Ja."

„Fahren Sie nach Neuchâtel. Bucher soll via Milan (Polizeisondereinheit des Kantons Bern) sicherstellen, dass Sie nicht verfolgt werden. In Neuchâtel rufen sie mich mit dem ersten Handy auf folgende Nummer an." Ich gab ihm die Nummer des ersten Handys.

Wir kauften kurz im Super U ein: Poularde de Bresse, 4 Lammracks, Käse, Wachteleier, Gemüse, Salat und Alltagsware. In einer Pharmacie Schmerzmedikamente, Brandsalbe und Schlafmittel.

Danach machten wir uns an die Analyse des elektronischen Materials. Wir ackerten die CDs durch. 2 Waren verschlüsselt oder passwortgeschützt. Eine schien so etwas wie ein Budget abzubilden.

Auf einem Memorystick waren Kennzahlen von V-Care Schweiz des laufenden Jahres. Wir arbeiteten etwa 4 Stunden, assen dann - bzw. bei mir war es Trinken – eine einfache Soupe aux Thym.

Um 16.41 läutete Handy 1: „Hallo?"

„Zeus. Ich bin in Neuchâtel. Ich werde nicht beschattet und das Auto – ein Mietauto über Jules- ist sauber. Wo ist das Ziel?"

„Bahnhof Nimes. Ich erwarte dich dort um Mitternacht. Lass das Natel eingeschaltet und behalte es in der Nähe!"

Er knurrte. „Ich erwarte, dass etwas Anständiges auf dem Tisch steht, wenn ich eintreffe." Wieder auch keine Bitte, sondern ein Befehl. Ich liess mich offensichtlich zu oft herum schubsen.

Ich brauchte wieder Schmerzmedikamente, Verbandswechsel. Fehlten bloss noch die Erwachsenenwindeln. Ich legte mich hin um einen Augenblick zu schlafen.

„Was machst du?" fragte Rebecca.

„Ich muss mich erholen. Um Mitternacht kommt Zeus in Nimes an. Ich hole ihn ab."

„Spinnst du? Du bist schwer verletzt! Ich kann das machen."

„Nein, kannst du nicht. Denn derjenige, der das macht, muss schiessen können. Ich gehe nie mehr ohne Waffe in dieser Sache raus. Zudem muss ich checken, ob ihm gefolgt wird. Das kann nur ich."

„Ich kann fahren."

Das tönte logisch. Ich willigte ein. Ich schlief bis 21.00. Als ich erwachte, ging ich in die Küche und begann mit Gummihandschuhen die Poularde zu marinieren.

Rebecca kam dazu und starrte mich entgeistert an. „Sag mal, spinnst du eigentlich?"

Ich grinste sie an: „Du kennst Zeus nicht. Wir müssen ein Essen für eine 4-Köpfige Familie bereithalten! Sonst wird er unausstehlich."

Sie bereitete eine Backform mit kleinen Kartoffeln, Knoblauchzehen in der Schale, Peperonistreifen, kleinen Zwiebeln und Thymianzweigen und Zitronenscheiben vor, streute auf mein Geheiss Fleur de Sel und frische Kräuter darauf. Wir steckten die Poularde bei kleinem Feuer in den Ofen. Danach fuhren wir 27 Km zu einer Raststätte östlich von

Nimes. Um 22.15 rief ich Zeus auf Handy 2 an. Er möge doch bitte bei besagter Raststätte tanken und gemütlich etwas trinken. Das 1. Handy könne er danach zum Fenster hinauswerfen.

Er kam um 22.50 Uhr. 2 Autos kamen innert 45 Sekunden auf die Raststätte, fuhren aber nach ein paar Minuten wieder weg. Ich ging zu Zeus. Er trug einen gewaltigen Mantel. Sein Haar war viel kürzer als bei unserer letzten Begegnung. Er musterte mich desinteressiert und trank seinen Kaffee.

Ich kaufte 1 Liter Milch und Schinken und sagte im Vorbeigehen leise: „Fahren Sie uns nach!"

Eine Minute nach mir verliess er den Shop und stieg in seinen Minivan. Ich fuhr langsam los, er hängte sich an mich. Um 23.40 waren wir in Blauzac. Seinen Minivan stellten wir im alten Stall unter.

Wir gingen ins Haus und schlossen die Tür. Er kam auf mich zu und ich ahnte Übles und sagte scharf:"Halt!" Er erstarrte und sah mich erstaunt an.

Rebecca assistierte mir und sagte: „Er hat gebrochene Rippen, eine verletzte Niere, Verbrennungen an Händen, Brustwarzen und Genitalien, dazu einen steifen Nacken und eine schmerzhafte Beule an der Stirn. Zeus starrte sie und mich kurz durchdringend an.

„Aber warum essen wir nicht zuerst etwas. Wir haben in einer Viertelstunde Poularde de Bresse, Salade Niçoise und Pommes de Terre à la Sauguze mit einem Domaine de la Frégate aus Bandol. Danach Brique de Chèvre, überreifen St. Marcellin, Bleu de Bresse, korsischen Ziegenkäse und Brillat-Savarin."

Cleveres Mädchen. Zeus sah sie entgeistert an. Er verbeugte sich leicht und reichte ihr die Hand: „Verzeihen sie mir meine Unhöflichkeit, Mademoiselle. Ich bin müde und vergesse darob die einfachsten Regeln der Höflichkeit. Entschuldigen sie mich, ich heisse Theodorus Zeus Wallbach. Wie darf ich Sie nennen?"

„Ich heisse Rebecca."

Ich will verdammt sein, wenn er aufgrund der Aussicht einer guten Mahlzeit nicht noch Rebeccas Hand geküsst hat.

Ich bügelte Rebeccas zeitliche Unzulänglichkeiten aus und stellte die Hausterrine des Charcutier von Blauzac mit Baguette auf. Der Typ integrierte Beeren und Pilze plus ein wenig Entenleber in seine Winterterrine. Das Resultat war nicht ganz übel. Ich kredenzte Zeus dazu einen Sancerre. Er begann aufzublühen. Nach 10 Minuten stand er bereits am Ofen und monierte: „Mehr Oberhitze!". Zeus war angekommen.

Die Poularde war nahezu perfekt. Aromatisch-knusprig und innen doch noch saftig. Zeus haute rein und nach anderthalb Stunden war bis auf ein wenig Käse alles abgeräumt. Zeus strahlte und langsam konnten wir uns wieder auf andere Themen konzentrieren. Ich erstattete Bericht und Rebecca sekundierte mir. Zeus machte sich dazu eifrig Notizen und leerte dazu die 2. Flasche Domaine de la Frégate.

Er war sehr ernst und als ich die Episode mit Stangl in Vevey erzählte verkrampften sich seine Hände derart, dass die Knöchel weiss wurden.

2. Februar

Nach allen Schilderungen sagte er bloss: „Ich bin müde und möchte schlafen. Was für Sicherheitsvorkehrungen haben sie getroffen?"

Ich erklärte ihm das Dispositiv und die Regeln. Er zog eine Pistole aus der Tasche: „Die habe ich mir gekauft. Ich habe aber keine Ahnung, wie man damit umgeht."

Wir verschoben das Problem auf Morgen, in Blauzac selbst kaufte sowieso nur Rebecca alleine ein.

Wir quartierten Zeus im 2. Schlafzimmer ein, gaben ihm den Heizlüfter aus Küche/Wohnzimmer und gingen zu Bett. Diesmal entschied ich mich für Redbreast mit Dormicum. Es war 0134 als ich das Licht löschte.

Kurz vor Neun wachte ich auf. Rebecca und Zeus waren am Diskutieren. Ich hörte eine Weile zu.

„.... hätte das von ihm nicht verlangt. Das Problem ist die Schweizer Polizei. Die müsste das machen, wird aber aus unerfindlichen Gründen immer wieder von ganz oben zurückgepfiffen."

„Bernard ist sehr impulsiv. Er geht zu gerade und damit zu naiv auf Probleme los…"

Na ja, lieber mal einen Kaffee, bevor ich psychoanalysiert wurde. Ich hustete demonstrativ und wuchtete mich aus dem Bett. Auf dem Internet hatte ich auf einer Website mit Kinästhetischen Grundlagen gesehen, wie man auch mit meiner Verletzung schmerzfrei aufstehen konnte. Es lebe der Fortschritt!

Danach ging ich ins Lavabo pissen, die anständige Variante war mir zu schmerzvoll. Ich warf mal präventiv Voltaren ein.

In der Küche wurde ich artig begrüsst, aber die zwei waren am gegenseitigen Abtasten. Also murmelte ich etwas von Kaffee im Bett und entschwand mir einem dreifachen Espresso.

Um zehn Uhr nahmen wir ein symbolisches gemeinsames Frühstück zu uns, Rebecca hatte Croissants und ein dunkles Pain du Berger geholt. Zeus hatte sie in die Charcuterie geschickt und belegte seine Brote mit einer Eselssalami aus dem Ardèche-Gebiet und einem Käse namens le Petit Basque.

Ich fragte nach Bucher und Zeus erklärte mir zu meinem Erstaunen dass dieser offiziell vom Fall abgezogen worden sei.

„Laut StocForens® liegt die Chance auf eine interne Manipulation bei 73%."

„Ganz nett. Und was bringt uns StocForens® jetzt?"

„Werden wir sehen. Meine ganze Informatikumgebung ist im Minivan."

Nach 2 Stunden hatten wir das 2. Schlafzimmer halb geräumt und in ein Büro mit 1 Bett verwandelt. Ich trug dazu praktisch nichts bei, ausser gewissen Anweisungen zur Optimierung der Raumverhältnisse. Zeus hatte sogar 4 Steckeradapter mitgebracht.

Um 13Uhr wollte ich eine kleine Zwischenmahlzeit zubereiten. Es schmerzte zu sehr – verdammte Rippen. Ich ging wieder ins Bett und nahm 1 Dormicum und 4 cl Redbreast. Um zirka 19.00 wachte ich wieder auf. Zeus und Rebecca waren vor dem Computer und diskutierten. Ich gähnte, kratzte mich an den Unaussprechlichen und gesellte mich zu ihnen.

„Zuerst machen wir eine Kopie jeder CD und eine Spiegelung der Harddisk!" orderte Zeus, „ich brauche diesbezügliche Spezialisten und Tools."

„Mit meinem Laptop kann ich Kopien machen, die können wir dann nach Bern schicken!"

Zeus musterte mich kritisch. „Also gut, Machen sie mal eine Kopie der einen CD aus dem Ferienhaus."

Ich legte die CD ein und das Laufwerk begann zu summen. Das Menu öffnete sich und ich klickte auf „Ordner öffnen".

Es erschienen 4 Dateien. Ich erstellte brav von allem eine Kopie.

Zeus kramte zwei Schachteln hervor, die mobile Modems enthielten.

„Sind die sicher?"monierte ich.

„Wahrscheinlich, von Jules Bruder, der hat einen anderen Nachnamen als er", meinte Zeus unbekümmert. „Ich schicke jetzt Bucher die Daten, der hat Spezialisten."

„Ich habe gemeint, er sei vom Fall abgezogen worden?"

„Ist er auch. Aber er scheint es persönlich zu nehmen wie sie übrigens auch."

Er musterte mich kritisch:"Sie sind ja noch an einem Stück, aber diese Husareneskapade hätte auch ganz anders enden können! Solche Einzelvorstösse gefährden nicht nur Sie, sondern alle Beteiligten. Wie Sie gesehen haben, schrecken die vor Folter nicht zurück. Wir hatten Glück."

„Sichten wir mal die Daten. Dann wissen wir, ob es das wert war. Wir haben es nicht mit beichtwilligen Sonntagsschülern zu tun, falls ihnen das noch nicht aufgefallen ist. Die machen wenig Fehler, also muss man unkonventionell vorgehen." Ich war sauer. Ich hatte meinen Arsch riskiert, war lädiert und dieser Theoretiker mit seinem Informatikspielzeug hielt mir Vorträge. Trottel!

Die Spiegelung der Harddisk und eine Kopie der anderen Datenträger legten wir in ein Paket und adressierten es an eine Adresse der Ecole des Sciences Criminelles de l'Université de Lausanne, an einen Herrn Pierre Guéttaz, Bucher hatte Zeus die Adresse gegeben. Die wissenschaftlichen Bullen.

Auf den CDs waren nebst dem Budget noch weitere Dateien, die wir zu analysieren versuchten. Auf der einen fanden sich ein paar Buchstaben und lauter Zahlen.

C.Z.H. 2. 10. 9. 10. H. 203.7.889. 20987.2

Dann 8 Seiten Zahlen.

Zeus jagte dies alles durch verschiedene Suchmaschinen und Dechiffrierprogramme. Resultat gleich Null. Obwohl heute online Dechiffrierprogramme zur Verfügung stehen, die die Urväter ENIGMA oder dessen Weiterentwicklung NEMA aus der Schweiz locker ausstachen.

Nach 2 Stunden erklärte er uns wütend, dass es sich mit Sicherheit weder um eine monoalphabetische, noch um eine polyalphabetische Verschlüsselung handle. Er habe das Ganze in Deutsch, Englisch und Italienisch gecheckt. Die Buchstabenhäufigkeit ergebe nur völligen Unsinn.

ENISRATD waren die häufigsten Buchstaben in der deutschen Sprache. Aber was der Computer ausspuckte war absolut unbrauchbar.

„Cäsarscheibe ist es nicht, Fleissnerscheibe auch nicht, Vigenère auch nicht. Baudot und ASCII auch nicht. Bleibt uns noch das DES-Verfahren der NSA. DES bedeutet Data Encryption Standard und die NSA ist die

National Security Agency der USA. Ich teste mal den durch, danach kann ich es noch mit dem Rijendael-Algorithmus versuchen. Aber das Muster ist zu untypisch für einen rein mathematischen Ansatz. Es muss sich um einen asymmetrischen Schlüssel handeln." Er war wie in einer anderen Welt und hing an seinem Bildschirm und hämmerte in die Tasten. Nach 2 weiteren Stunden gab er auf. „Laut meinen Berechnungen muss der Schlüssel aus über Hunderttausend Zeichen bestehen. Das ergibt keinen Sinn! Es ist zum aus der Haut fahren!" Er schlug mit der Faust donnernd auf den Tisch.

Zeus und Rebecca hatten ihren Kennenlernkrieg weiter vorangetrieben.

Zeus tigerte wild im Haus herum und regte sich auf, dass er trotz seiner grosszügig ausgestatteten Gehirnwindungen die eine CD nicht entschlüsseln konnte.

Wir hatten Meersalz, Schalotten und frischen Knoblauch im Hause. Am Abend spickten wir gemeinsam die Lammracks mit geviertelten Knoblauchzehen. Aus Salbeiblättern, Rosmarin und Thymian, Dijonsenf, schwarzem Pfeffer und Fleur de Sel fabrizierten wir eine Marinade. Wir waren uns für einmal ziemlich einig. Zumindest was das Essen anging.

Zeus dozierte über Verschlüsselungstechniken und die Geheimsprache der Ndrangheta. „Auch wenn ich die rund zweihundert gängigsten Wörter der Ndrangheta-Geheimsprache eingebe kommt rein gar nichts heraus. Der Schüssel ist der Schlüssel. Jeder Algorithmus hat einen oder mehrere Schlüssel. Natürlich können die innerhalb eines Textes wechseln, aber auch dann kann man Muster erkennen. Irgendetwas habe ich übersehen."

Glücklicherweise trug Rebecca die Lammracks mit Rosmarinkartoffeln und Schalotten im Meersalz auf und entkorkte einen Domaine

Chabrière. Zeus begann zu strahlen und angelte sich schon mal mit einer nonchalanten Selbstverständlichkeit ein ganzes Rack, spiesste etwa sechs Kartoffeln auf, schenkte allen grosszügig Rotwein ein und begann genüsslich zu essen. Die Schalotten übersah er geflissentlich. Das Fleisch war innen noch ganz zart rosa und saftig. Die Kruste war köstlich, es lebe der Gasgrill! Rebecca legte ihm eine Schalotte auf den Teller. Er sah sie entrüstet an, als ob sie soeben einen Pferdeapfel auf seinen Teller geworfen hätte.

„Versuchen sie diese mal. Im Ofen wird sie fast süsslich und das Meersalz verstärkt den Geschmack ein wenig."

Er nahm etwa 2 Milligramm in den Mund und nickte dann anerkennend. Am Ende hatte er 2 Schalotten gegessen und schritt zur Vernichtung unsrer Käsevorräte, dezimierte unseren Weinbestand nicht unwesentlich und begann wieder zu dozieren:

„Die Stärke und gleichzeitig auch die Schwäche der Organisation sind die archaischen Strukturen und Rituale. Nehmen wir beispielsweise das Tätowieren. Die italienische Polizei hat eine Datenbank mit allen möglichen Tätowierungen, die sich die verschiedenen Clans als Zeichen ihrer Zugehörigkeit, ihres Rangs und ihrer Funktionen zufügen. Das ist gelinde gesagt dumm, zeugt von Arroganz und Unvorsichtigkeit. Dann La Carta und Il Lapis. La Carta ist das eigentliche Reporting der Ndrangheta. Jedes Mitglied mit Führungsfunktion muss die Ereignisse aufschreiben und dokumentiert somit seine Verbrechen. Auch dies ist mehr als nur unvorsichtig. Meines Erachtens stehen die Chancen gut, dass wir Jannsens Aufzeichnungen haben, wir können sie aber noch nicht entschlüsseln. Il Lapis wäre dann die Geschichtsschreibung der ganzen Organisation."

„Wenn die Ndrangheta so archaisch ist, könnte dann nicht die Verschlüsselungsmethode auch archaisch sein?" warf Rebecca ein.

Zeus starrte sie an. „Wie meinen Sie das?".

„Sie gehen von wissenschaftlichen Methoden aus. Wir sprechen von Leuten in Bergdörfern, die neuen Technologien gegenüber nicht wirklich aufgeschlossen sind." Zeus vergass einen Moment das Kauen und blickte sie scharf an.

Dann setzte er sein Mahlwerk wieder in Gang, schluckte hinunter und spülte mit Rotwein nach.

„Mademoiselle, ich mache keinen Hehl daraus, dass ich ihre Präsenz in dieser Geschichte unangemessen finde. Sie sind ein Unsicherheitsfaktor und verursachen uns im schlimmsten Fall massive Probleme. Ihre vorherige Bemerkung hingegen, " er nickte leicht mit dem Kopf, „zeugt von Scharfsinn."

Leider hatte sie ihn wieder auf das Thema Verschlüsselungen gebracht und er war kaum mehr zu bremsen.

Um elf Uhr ging ich zu Bett und nahm wieder ein Schmerzmittel und 4 cl Redbreast. In der Nacht musste ich zweimal Pinkeln gehen und hörte Zeus in seinem Zimmer zufrieden schnarchen.

3. Februar

Am Morgen schneite es.

Ich ging ins Badezimmer und betrachtete meinen Körper im Spiegel. Meine linke Seite war mit einem grossen Bluterguss, schwärzlich mit gelben Rändern, verziert. Am unteren Rücken rechts prangte ein Handteller grosser blauer Fleck. Die Hände waren immer noch rot, die Blase war weg und es schmerzte nicht mehr so. Der rote Fleck an meinem Schwanz war kaum mehr sichtbar. Ich duschte vorsichtig und musste feststellen, dass ich mich nicht abtrocknen konnte. Ich rief Rebecca, sie kam, inspizierte meinen Körper und meinte: „Na ja, der Schwanz ist schon ganz ok aber deine Rippen machen es wohl noch eine Weile nicht."

Ich starrte sie empört an. Freche Göre. Sie nahm ihn in die Hand und grinste:"Funktionskontrolle!". Dann ging sie grinsend aus dem Bad. Endlich wusste ich, wo ich das Handtuch hinhängen konnte.

Nach einem kurzen Frühstück skizzierten wir auf einem grossen Packpapier Das Oberste Mindmap von Stocforens ®. Daraus leitete Zeus folgende Arbeitsachsen ab:

1. Maulwurf: Fallenstellung KaPo Bern durch Bucher.
2. Dechiffrierung Material.
3. Recherche Druckerei, Verpackungsbude und Pharmaunternehmen in Italien.
4. Observation Genfer & Waadtländer KaPo: Jannsen und andere.
5. Recherche in Kalabrien
6. Kontakt mit Krankenkassen/Swisshealth.

Am Nachmittag gingen wir in die Gorges du Gardon und ich gab ihm einen kurzen Schiesskurs. Nach 20 Minuten war klar, dass er nur in einem Radius von 5 Metern jemanden treffen könnte. Also arbeitete ich mit ihm an der Geschwindigkeit. Nach 50 Schuss war das Trefferbild zwar nicht optimal, aber er könnte mit 3-4 Schüssen einen Widersacher kampfunfähig machen. Ungenügend. Allerdings hatten wir keine Patronen mehr. Und die Waffe war Scheisse. Ich fuhr mit dem Mietauto nach Nimes zur Post. Dort hob ich Geld ab. Das Paket mit den Datenträgern gab ich an der Hauptpost auf. Als Absender setzte ich einen fiktiven Namen an einer fiktiven Strasse in Vergèze ein. Man wusste ja nie. Dann ging ich in ein Waffengeschäft. Dort kaufte ich eine leichte Heckler & Koch und nebst 50 weiteren Patronen noch ein Jagdgewehr mit Zielfernrohr und Laser mit normalen und Schrotpatronen. Der Ladenbesitzer sah mich amüsiert an. Ein Langstreckengewehr mit Laser und Schrotpatronen. Etwas für Idioten. Er verlangte einen Ausweis zu sehen. Ich zeigte ihm kurz meinen Schweizerpass und drückte ihm 2 Hunderteuroscheine in die Hand. Er steckte sie gleichmütig ein und verlangte dann Tausendachthundert Euro für Waffen und Munition. Geld stinkt nicht.

Ich kaufte eine Sporttasche und verstaute die Ware darin. Danach brachte ich das Mietauto zurück und bezahlte es in bar. Mit dem Bus fuhr ich nach La Calmette, Zeus holte mich mit seinem Minivan ab und wir kauften im Super U kräftig ein.

Meine rechte Hand fühlte sich schon viel besser an. Die Rippen waren das Hauptproblem.

Ich ging mit Zeus auf dem Rückweg zur Domaine de la Baume, einem verlassenen Herrschaftsgut, das im Sommer beliebtes Ausflugsziel für alternative Feriengäste oder Nudisten war. Im Winter war dort kein Schwein.

Zeus traf nach 30 Schüssen auf 10 Meter rund auf 1 Meter genau. Auf 5 Meter war er auf einen halben Meter genau, auch unter Druck. Das sollte reichen. Ich verpasste ihm einen Gurt mit Waffenhalterung. Auch dort haben sie XXL-Ausgaben.

Als wir zurückkamen sass Rebecca am Laptop und rief uns zu sich: „Ich glaube ich habe da was!"

Auf dem Bildschirm stand Folgendes:

C.Z.H. 2. 10. 9. 10. H. 203.7.889. 20987.2

D.A.I. 1.9.8.9.I. 192.778.6.19876.1

„Was soll das bedeuten?" schnaubte Zeus.

„Ich denke 1981 ist eine Jahreszahl. Ich habe immer den vorangehenden Buchstaben im Alphabet und bei den Zahlen von 0-9 genommen."

„Und was heisst D.A.I, der andere Buchstabe und diese Zahl".

„Ich habe die Zahl gegoogelt, aber da kam nichts. Dann habe eine Pause gemacht und ein Buch gelesen."

„Und was sollen wir damit anfangen?"

„Seht her!" Sie hielt und das Buch mit der Rückseite nach oben hin.

Ich verstand nichts. Zeus Augen verengten sich zu Schlitzen.

„Es könnte eine ISBN-Nummer sein!"

Zeus tanzte durchs Zimmer und liess einen Urschrei los:"Genial!"

Wir überprüften die Nummer via Internet. Dieses Buch gab es nicht. Scheisse. Rebecca sah frustriert zu Boden.

„Stopp!" rief Zeus, „wir müssen die anderen Zahlenkombinationen auch versuchen."

Bei minus 7 hatten wir ein Ergebnis: Dante Aligheris Inferno. D.A.I. Der Code war geknackt. Ausgabe von 1981 auf Italienisch.

„Woher kriegen wir dieses Buch? Das kann Tage dauern!"

Wir riefen in 2 Bücherläden an. Das Buch war lieferbar, aber nicht eine so alte Ausgabe. Wir bestellten gleichwohl ein Exemplar. Via Internet suchten wir eine entsprechende Ausgabe. Nichts.

Alle 3 sassen hinter ihrem Computer und suchten. Nach 2 Stunden sagte Rebecca: „An der Universität Montpellier gibt es eine italienische Fakultät"

„Und?"

„Das Buch ist ein Klassiker. Die werden dort mehrere Exemplare haben. Wir könnten einfach hingehen und versuchen, ob wir eine Ausgabe von 89 finden. Oder hat jemand einen besseren Plan?"

Zeus hatte den Text auf Internet gefunden und testete seine Dechiffrierprogramme daran aus. Er war nicht ansprechbar. Wir verzogen uns in die Küche und bereiteten einen Wildschweinbraten mit Ratatouille und Camargue-Reis mit Auberginen, Zwiebeln, Zucchini und Peperoni und Knoblauch vor. Zwischendurch hörten wir ihn Fluchen, nach 20 Minuten entkorkte er eine Flasche Chablis, nach einer Stunde war sie zu zwei Dritteln geleert. Der Wildschweinbraten schmurgelte in der Marmite und erfüllte das Haus mit herrlichem Duft. Rebecca brachte Zeus den Rest der Terrine mit Schwarzbrot, was er mit einem knappen „Danke!" quittierte.

Nach anderthalb Stunden stiess er einen Seufzer aus, der einem Nilpferd alle Ehre gemacht hätte.

„Der Code läuft auf Seitenzahlen und Wörtern. Man muss die Wörter zählen, richtig archaisch und umständlich. Aber mit Computer nicht knackbar, wenn man den Text mit den entsprechenden Seitenzahlen nicht elektronisch hat. Ohne die Buchausgabe von 1981 haben wir keine Chance. Gehen wir nach Montpellier. Zuerst suchen wir noch die Adressen aller Bouquinistes von hier bis Montpellier raus."

Ich wies darauf hin, dass

a) Es 19.20 abends war und

b) Besagtes Vorgehen mit seinem Minivan mit Schweizer Nummernschild nicht wirklich clever war.

Er stimmte mir zu und wir suchten nach einer Lösung. Beim Nachtessen stritten Zeus und ich mich um die Marinade des Wildschweinbratens. Er fand Cassissenf unpassend und ich fand, der dunkle Geschmack des Fleisches würde von Dijonsenf beeinträchtigt. Aus Protest ass er nur zwei Drittel des Bratens.

Um zehn Uhr wurde ich müde und nahm meinen Cocktail, zog mich mühevoll aus und wollte meinen Pyjama anziehen. Rebecca unterbrach mich und stellte fest:"Ich habe Lust auf Sex."

Sie zog sich aus und stand ganz nahe vor mir. Sofortige Blutverlagerung. Ihre Brustwarzen waren hart.

Sie zog mich zum Bett und befahl mir, mich hinzulegen. „Keine Angst, ich werde vorsichtig sein."

Ein diskreter weiblicher Orgasmus ist etwas Seltsames.

Ich schlief die Nacht durch.

4. Februar

Ich ging zu meinem Motorradvermieter und brachte den Roller zurück. Ich gab an, es sei mir wegen des Schnees zu gefährlich. Er nickte bedauernd. Das Arrangement wäre für ihn ideal gewesen. Ich fragte ihn, ob er nicht zufällig auch ein Auto.....? Seine Miene hellte sich auf. Für ein weiteres Depot von 1000 Euro könne er mir einen alten Renault Kangoo vermieten. Selbstverständlich ohne Mietvertrag, aber für nur – er sagte das, ohne rot zu werden – 100 Euro pro Tag. Ich willigte ein und nach 2 Stunden fuhr er mit einem dunkelblauen Vehikel mit 1 Beule vorne links und diversen Rostflecken vor. Ich sagte ihm, die Miete könne er bei Rückgabe dem Depot abziehen und er war einverstanden. Um 11 Uhr fuhren wir los. Nach 4 erfolglosen Abstechern in Bücherantiquariate kamen wir erst um halb drei in Montpellier an. Wir parkierten den Wagen nahe der Universität und erkundigten uns nach der Bibliothek. Es war zum Haare raufen: Wir fanden über 20 Exemplare des Buches, aber keine von 1981. Zeus liess nicht locker und ging zur italienischen Fakultät. Rebecca und ich gingen in ein Internetcafé und suchten weitere Adressen heraus. Wir hatten uns für 1.700 in einem Café verabredet. Als wir dort ankamen streckte er uns triumphierend ein Taschenbuch entgegen. „Voilà!"

Einer der Dozenten hatte genau die richtige Ausgabe und war verwundert, dass ihm für ein Taschenbuch satte 50 Euro geboten wurden. Es konnte losgehen. Wir fuhren durch die leicht verschneite Landschaft zurück Richtung Blauzac. Unterwegs hielten wir bei einem Intermarché an und kauften ein. Beim Bezahlen stellte ich fest, dass meine Karte nicht funktionierte. Ich bezahlte bar. Zeus machte ein düsteres Gesicht.

„Besteht die Möglichkeit, dass Sie ihr Konto überzogen haben?"

Ich verneinte. Das war unmöglich.

„Versuchen sie, mit der Kreditkarte am Automaten Geld zu beziehen!"

Auch das funktionierte nicht. Bei Zeus dasselbe. Irgendwie hatten sie es geschafft, unsere Karten sperren zu lassen. Ich rief bei meiner Bank an.

„Aber sie haben doch selbst ihre Karten sperren lassen. Sie haben heute angerufen, ihre Brieftasche sei ihnen in Nimes gestohlen worden. Wir haben dann die üblichen Kontrollfragen gestellt und sie haben uns die letzten Transaktionen bestätigt!"

„Das war nicht ich!"

„Aber nur sie können ja wissen, wo sie die Karten letztes Mal verwendet haben.....!"

„Wann haben sie mir die letzte Abrechnung geschickt?"

„Das muss Ende Monat gewesen sein."

„Dann hat jemand meinen Briefkasten geknackt und wusste so, wo ich das letzte Mal Geld bezogen hatte. Ich bin nicht bestohlen worden und meine Karte ist jetzt gesperrt. Haben sie weitere Kontrollfragen, mit denen Sie meine Identität zweifelsfrei feststellen können?"

Hatten sie nicht. Sie konnten die alten Karten nicht entsperren, mir die neuen Karten auch nicht ins Ausland schicken und überhaupt....

Wir fuhren nach Blauzac und machten Kassensturz. Wir hatten noch knapp 500 Euro in bar. Rebeccas Karte funktionierte noch aber sie hatte nur etwa viertausend Schweizerfranken auf dem Konto.

„Das war nicht wirklich clever von denen," meinte Zeus.

„Wieso?" fragte Rebecca erstaunt.

„Jetzt sehen sie nicht mehr, wo wir einkaufen. Sie wissen lediglich, dass wir wahrscheinlich in der Nähe von Nimes sind."

Ich widersprach: „Ich habe letzten Monat hier unten nie etwas mit der Karte bezogen. Das erfahren die erst, wenn sie meine neue Abrechnung sehen. Die suchen uns eher noch oben am Schwarzsee oder in Fribourg."

„Umso besser. Aber jetzt werden sie überwachen, wie wir zu Geld zu kommen versuchen."

„Wie kommen wir wieder zu Geld? Mit unserem Lebensstil reicht das Geld von Rebecca nicht lange. "

Zeus grinste und loggte sich im Internet auf einem Forum ein und schrieb dort:

@jules

Bitte bezahl in bar und ohne Namensangabe 20000 Franken auf folgendes Postkonto ein:

30-103 296-2, Rebecca Antonioni

Zeus

„Woher zum Teufel kennen Sie meinen Namen?" rief Rebecca entrüstet. Zeus verbeugte sich elegant und feixte sie an.

„Kinderleicht. Ihr Alter, ihre psychologischen Kenntnisse, ihre Analyse der Briefe plus ihr Vorname, ihr Dialekt, das Häuschen hier gehört ihren Eltern und hat einen Namen am Briefkasten. In der ganzen Schweiz haben in den letzten 5 Jahren 3 Frauen namens Rebecca Antonioni studiert. Eine Germanistik in Basel, eine Jura in Bern, die andere Psychologie in Bern. Mit einer interessanten Lizentiatsarbeit, übrigens. Da habe ich doch den Jules gebeten, ein wenig zu stöbern. Laut StocForens® sind die Chancen bei 94% dass sie die dritte sind."

„Und woher das Postcheckkonto?"

„Kinderleicht. Postfinance hat ein Verzeichnis, das leider öffentlich ist."

Rebecca schien verärgert zu sein. Ich grinste. Wenigstens hatten wir wieder Kohle.

Zeus schrieb weiter aufs Forum:

@bucher

Wir haben den Code der einen CD geknackt. Details folgen. Alles andere Material ist als Kopie bei Guéttaz. Ich brauche dringend folgendes Material:

a)   Resultate der Observation der Welschen, insbesondere auch hinsichtlich Jannsen.

b)   Resultate der Observation der 3 Verdächtigen in Bern.

c)   Europolresultate hinsichtlich Bellini.

d)   Daten der italienischen Polizei bezüglich der 4 Unternehmen, die wahrscheinlich in den Medikamentenschwindel verwickelt waren.

Mir geht es gut und ich habe gehört, dass es auch Roulier gut geht.

Zeus

Nach gut 2 Stunden war eine Antwort drauf:

@zeus
Verwenden sie ihre Bank- und Postcards nicht mehr. Ihre Briefkästen sind geknackt worden. Warnen sie Roulier und bringen sie sich in Sicherheit! Die gewünschten Daten stelle ich ihnen im Verlauf der nächsten Tage auf das vereinbarte Mail.

Bucher

@bucher
Alles klar, wir wissen es schon. Kein Problem.

Zeus

Wir kochten nicht sondern ernährten uns von Eselssalami, Golfetta, Ziegenkäse, Gemüsedipps mit Knoblauchquark und Mas de Gourgogne. Zeus hatte die Seiten des Buches kopiert und verteilt und wir waren wie wild am entschlüsseln.

Um halb zwölf kochte ich Kaffee und reichte dazu Navettes, ein hiesiges Gebäck.

Datum

Gegen 1 Uhr morgens waren wir fertig und übersetzten das Ganze mit Google Translate. Bereinigt kam etwa folgendes heraus:

Ehre Patron Bescheidenheit Diener

Wir haben vom September letztes Jahres folgende Fortschritte gemacht

Einkünfte die legalen Zahlen der Betriebe sind im Jahres Erzählung ausserordentliche Einkünfte haben wir im letzten Quartal Bereich der Medikamente in der Höhe von knapp fünf tausend tausend Gold die Einnahmen aus Pulververkauf weiss liegen bei rund eins sieben tausend tausend Gold Geschäfte Schutz bei zwei hundert tausend. Pulververkauf braun knapp Elfe tausend tausend schmuggel likör kraut fleisch sieben hunderttausend Suche kunden gut vorwärts

Menschen wir haben Verbündeten in Autorität Hauptstadt Neue Freunde neun, davon 4 Brüder Schatz aufseher tot gemacht weil wissen Medikamente neugier Gefahr Wall Bach und Freund zur Strafe Geliebte und Freund von Freund putzen beide Autorität Bucher Gefahr Warnung putzen Tochter

Vorhaben Schutz Bank drohen im zweiten Monat brauchen 2 Putzen Mann Laufen gut Kurs gut zahlen Moral auch gehorsam Freunde und Brüder gut neue Einkünfte mit Gasthaus waschen Gold vorwärts Suche Freund Gericht gut vorwärts Suche Freund Autorität vorwärts

Beobachtung Stadt See Limone Freunde von Autorität reise weg 2 Brüder und 1 putzen Mann

Suche Wall Bach und Freund zum Putzen Hilfe Bitte

Kontakt Norden gut aber putzen zu viel Autorität Gefahr

Respekt Gruss Gesellschaft Diener Bescheidenheit

Das war also das Quartalsreporting eines Ndrangheta-Bosses. Fast schon eine Balanced Scorecard: Finanzen, Kunden, Personal & Innovation und Prozesse. Interessant war die ganze Geschichte mit dem Putzen und dem Limonensee – Lac Léman. Sie hatten die Observation bemerkt und Leute in Sicherheit gebracht. Autorität war anscheinend die Polizei. Wir diskutierten den Inhalt und kamen zum Schluss, dass die Ndrangheta auch die Justiz zu unterwandern versuchte und mit Hotels Geld wusch. Um 0215 gingen wir zu Bett. Verrückte Geschichte.

Ich träumte wirres Zeug und erwachte am Morgen um halb neun wie gerädert. Rebecca schlief noch. Ich hievte mich aus dem Bett und ging auf die Toilette. Zeus war im Wohnzimmer und schlief vorübergebeugt auf dem eingeschalteten Computer.

Ich ging aufs Klo und machte dann zuerst einen Milchkaffee für mich, einen doppelten Espresso für Zeus und einen Cappuccino für Rebecca. Ich schaltete den Gasofen an und nahm die Frischback-Croissants aus dem Kühlschrank. Zuerst brachte ich Rebecca den Cappuccino. Sie murmelte etwas, öffnete blinzelnd die Augen und strahlte mich an. Nach einem vorsichtigen Schluck leckte sie sich die Lippen. Ich küsste sie auf die Stirn und ging zurück zu Zeus. Der schnaufte geräuschvoll und begann zu schnuppern, als ich die Tasse vor seine Nase hielt.

„Was zum Teufel…..?"

Er richtete sich auf, sah erst mich und dann die Tasse an und nahm einen Schluck.

„Danke!"

Ich schob die Croissants in den Ofen und presste 6 Orangen. Danach bereitete ich mit 4 Eiern, Safran, Kaffeerahm, Salz, Paprika und Pfeffer auf kleinem Feuer ein Rührei zu. Dazu stellte ich mit Golfetta, Trüffelkäse und Morchelterrine ein Plättchen zusammen. Ein wenig Graved Lachs mit Meerrettichschaum auf ein anderes Plättchen. Toaster auf den Tisch. Ich rüstete 3 Karotten und schnitt ein paar Gurkenscheiben auf.

Dazu gab es Lavendelhonig und Quittengelée. Das Dunkle Pain Paillasse steckte ich auch noch kurz in den Ofen.

Kaffee und Gerüche schienen die Lebensgeister zu wecken und die zwei kamen angekrochen. Rebecca im Morgenmantel mit Aussicht, Zeus im zerknautschten Anzug von gestern.

Ich holte die Croissants und das Pain Paillasse zum Ofen heraus und legte beides auf das Brotbrett und servierte das Rührei. Dazu gab es 3 Gläser Crémant de Bourgogne, Blanc de Blanc Cuvée Trésor von Sylvain Bouhélier.

Die Lebensgeister erwachten und alle begannen zu realisieren, dass wir einen Durchbruch geschafft hatten. Die Stimmung wurde fast ausgelassen. Wir assen und diskutierten fast anderthalb Stunden lang.

Um 11 Uhr rief ich meine Bank und die Post an. Ich verlangte, dass ich im laufenden Monat keine Abrechnung erhalten sollte und sie auch keine Anfragen betreffend meiner Geldbezüge beantwortet sollten.

„Können sie belegen, dass sie wirklich Herr Roulier sind?"

Na prima. Wildfremden geben sie meine Daten, mir glauben sie nicht.

„Warten sie eine Stunde. Die Kantonspolizei Bern wird sich mit ihnen in Verbindung setzen."

Ich ging zu Zeus und wir informierten Bucher, dass er uns helfen musste. Nach 2 Stunden wurde uns bestätigt, dass keine Daten mehr herausgegeben werden würden. OK. Immerhin das.

Wir sassen zusammen. Das weitere Vorgehen wollte besprochen werden.

„Wir können Jannsen festnehmen lassen!" meinte Rebecca, „wir haben genügend Beweismaterial."

„Ungut", meinte Zeus. „Wir können die Ndrangheta nicht besiegen. Es ist wie beim Schach. Wir müssen auf ein Patt, ein Remis spielen. Das können wir nur, wenn wir genug Material haben, das ihnen schaden kann. Unser Problem ist, dass wir den Code zwar geknackt haben, aber nur von einer Region Daten haben. Das ist ungenügend. Wir brauchen mehr."

„Wie schaffen wir das?"

Schweigen.

„Warten wir das Material ab, dass uns Bucher schickt."

Zeus setzte sich an den Computer und begann StocForens® zu füttern. Ich ging mit Rebecca spazieren. In der Schlucht des Gardon lag Nebel über dem Wasser. Der Schnee war weitgehend geschmolzen und die nassen Felsen waren dunkler als sonst. Wir stiegen zum Fluss hinunter, ich wollte sie bei der Hand nehmen, doch sie wollte nicht. Schweigend gingen wir flussaufwärts. Nach 2 Kilometern zog sie ihre Kapuze zurück und blickte mich an. Ihr blondgefärbtes kurzes Haar war an den Haaransätzen bereits dunkel und hing ihr wirr über die Stirn.

„Ich bin eine dumme Gans." Sie blickte mich an und ihre Lippen wurden schmal.

„Ich gehe morgen nach Hause..."

„Was soll das? Wir kommen hier hervorragend voran und du bist Teil des Teams. Ich sehe keinen Grund....."

„Ich spreche nicht vom Team, sondern von mir. Ich glaube, ich habe mich in dich verliebt. Und ich habe ja erlebt, wie du darauf reagierst. Mein Fehler. Ich weiss es ja. Ich bin dir auch nicht böse. Du willst unabhängig sein."

Sie stieg den steilen Weg hoch und ich hatte Mühe, ihr zu folgen.

„Rebecca, warte....."

Pustekuchen. Als ich oben war schmerzten meine Rippen höllisch und ich war ausser Atem. Sie hatte die Kapuze wieder hochgezogen und stand dort im kalten Wind, den Rücken mir zugekehrt. Ich ging zu ihr und legte den Arm auf ihre Schultern, sie zuckte zusammen. Ich drehte sie zu mir und sah die Tränen. Ich umarmte sie vorsichtig und legte meinen Kopf auf ihren.

„Rebecca….. sei nicht traurig. Ich glaube ich liebe dich!" Sie blickte mich mit ihren tränenüberströmten Augen an und presste ihren Kopf an meinen und umarmte mich heftig. Mein Schmerzensschrei war wohl bis zum nächsten Dorf vernehmbar.

Unsere schmerzhafte Romanze an jenem Nachmittag war der Beginn einer unglaublichen Beziehung. Aber davon später.

Wir kehrten zurück, Zeus orientierte uns kurz über seine Schritte und beim Nachtessen (Marmite du Chasseur mit Wildschwein- und Perl-huhnfrikassee) beobachtete er scharf und beim Digestif – einem Armagnac mit entsprechendem Palmares – merkte er an: „Es erfreut mich, dass Bernard Sie zur vollwertigen Partnerin erkoren zu haben scheint. Frühere Exemplare waren anscheinend eher im Bereich Freizeitgestaltung anzusiedeln."

Ich konnte es mir nicht verkneifen zu sagen: „Nicht alle können ihre Freizeitgestaltung mit 0800er-Nummern erledigen. Es ist eine Frage der Beziehungsfähigkeit!"

Ein kurzer vernichtender Blick war alles.

In dieser Nacht schlief Rebecca in meinem Bett. Eng wie der Teufel. Aber irgendwie süss. Trotz aller Widrigkeiten fühlte ich mich glücklich.

3.Gigantomachie[5]

Am nächsten Morgen bleib ich liegen. Ich hatte wenig geschlafen, zu zweit in einem Bett mit meinen Rippen war wohl so etwas wie wahre Liebe. Um 11 Uhr erwachte ich das zweite Mal und fühlte mich ausgeruht. Zeus klebte an seinem Computer und gab Daten ein, Rebecca surfte auf dem Internet. Ich machte mir einen Espresso und duschte mich. Inzwischen konnte ich mich sogar selbständig abtrocknen. Ganz toll. Ich war ein grosser Junge.

Nach einem zweiten Espresso setzte ich mich an den Tisch. Zeus grinste mich an und meinte: „Ich habe den Ansatzpunkt!"

„Was meinen sie damit? Bellini ist der Schlüssel. Der erscheint nirgendwo aber weiss fast alles. Dort müssen die Informationen zusammenlaufen!"

„Und?"

„Wir müssen sie uns holen."

„Na prima. Wir marschieren in die Kanzlei des ndranghetanächsten Anwalts hinein, klauen alle Geheimdaten und hauen dann ab!"

„Genau. Aber wir machen das professionell."

Zeus zeigte mir eine Reihe Websiten wie z.B. www.lockpicking.org. Es gab jede Menge Spinner, die es sich zum Hobby gemacht hatten, Schlösser zu knacken. Zeus zeigte mir, welche Tresore bei Bellini installiert sein könnten. Es waren etwa 17 Typen von 3 Firmen. „Ich habe den Besten gesucht. Ich habe ihn gefunden. Es ist ein etwa 60 Jahre alter Schlosser aus Marseille. Er hat von 29 Tresoren 24 innert drei Stunden geknackt. Nicht ganz schlecht. Nachteil ist, dass er sich als illegaler Schlossknacker verweigert. Ich kenne ihn von früher und konnte ihn

---

[5] Gigantenschlacht, Kampf der griechischen Götter mit den Giganten. Symbolisch für den Aufstand der chaotischen, ungebärdigen und ungesetzlichen Unordnung gegen Recht, Ordnung und Gesetz.

von der noblen Absicht unseres Vorhabens überzeugen. Tagessatz 1000 Euro plus Spesen. Sein Name ist Aristide Dérissoz. Er trifft morgen in Valence im Hôtel du Rhône ein. Sie werden nach Bovalino reisen. Ich habe ein Wohnmobil gemietet, mit dem sie ab Valence reisen werden. Dérissoz bringt sein Material mit. Er hat bereits falsche Nummernschilder vorbereitet. Sie müssen Bellinis Tresor finden und öffnen. Dabei werden sie sich in Lebensgefahr begeben müssen. Sie werden selbstverständlich bewaffnet sein. Die Planung überlasse ich ihnen. Hier haben sie das Dossier von Bucher über den Herrn Bellini."

Na Danke. Ich möchte sowas auch mal locker einem Mitarbeiter sagen können.

Na ja. Ich packte, klaubte meine Einbruchsutensilien und technischen Ausrüstungen ein.

Ich hatte genügend gefälschte Ausweise auf Vorrat. Im Internet finden sich entsprechende Websites, die einem solche herstellen. Laienhafte wie www.fake.id.de und professionellere, die versteckter waren und auch ein wenig mehr kosteten. Ich nahm die Heckler & Koch. Zeus müsste mit der Walther leben müssen. Ich war die Frontsau. Das Jagdgewehr nahm ich auch mit, ohne Zielfernrohr, aber mit Schrotpatronen. Ich packte 2 kugelsichere Westen ein, ein Nachtsichtgerät und verabschiedete mich von Zeus und Rebecca. Ich sah das Wasser in ihren Augen und wusste, dass sie mit sich kämpfte. Ich nahm ein Prepaid-Handy mit und gab ihr die Nummer. Wir besprachen das Reporting und einigten uns auf alle 6 Stunden und Warnworte, die mit Farben zu tun hatten. Ich las die ganzen Europol-Akten zu Bellini und druckte mir mehrere Pläne seines Hauses und Anwesens aus. Auf dem Internet gab es diverse Websites, auf denen man für gutes Geld falsche Ausweise fabrizieren konnte und ich hatte für mich eine entsprechende Auswahl vor 2 Jahren erstellt. Für Dérissoz fabrizierte ich einen einfachen laminierten Ausweis, der ihn als Rentner auswies.

Ich las das fast 500-seitige Dossier durch. Bellini schien der juristische Berater der Ndrangheta zu sein. Allerdings wurde er nie in der Öffentlichkeit mit der Vereinigung in Zusammenhang gebracht. 1997 wurde seine Kanzlei von der DIA nach angeblich flüchtigen Verdächtigen durchsucht, gefunden wurde rein gar nichts. Pikant dabei war, dass die DIA die Tresore nicht öffnen durfte, da die Verdachtslage ungenügend war. Ich recherchierte ein paar Dinge über meinen Projektpartner.

Dérissoz war ein Genie. 4 Tresorfirmen weltweit bezahlten ihm Unsummen, damit er ihre Tresore testete. Er knackte, was es zu knacken gab. Er hatte eine Vorliebe für junge Frauen, ein Unsicherheitsfaktor. Um 1800 war ich in Valence und machte Dérissoz aus. Ich schickte ihm ein SMS. Er ass ruhig weiter und blickte erst beim Kaffee in die Runde und erspähte mich. Ich hatte ihn gebeten, mich erst beim Bezahlen am nächsten Morgen zu kontaktieren und er respektierte dies.

Um 09.00 waren wir unterwegs nach Kalabrien. Er hatte 2 grosse Koffer bei sich und war extrem gleichmütig. Ein kleines Männchen mit Schnauz, Beret und Brille, das dauernd blinzelte. Wir fuhren los und übernachteten nahe Rom auf einer Autobahnraststätte.

Aristide Dérissoz wurde 1945 in einem Ort namens Les Abandonnés in der Nähe von Marseille geboren. Sein Vater war leider nur bei der Zeugung präsent, seine Mutter kam aus der Gegend von Lyon und war dort gesellschaftlich geächtet worden da nicht sicher war, ob ein Boche oder ein Franzose der Vater des Kindes war. Sie zog es vor, in das Haus ihrer Grosseltern im Süden umzuziehen, die Grossmutter verstarb kurz nach der Geburt von Aristide, der Grossvater war zu Kriegsbeginn an Tuberkulose gestorben. Die Mutter arbeitete als Haushaltshilfe bei 2 Familien. Da das Haushaltsgeld nicht reichte, verdiente sie sich ab und zu ein Zubrot im Hafen von Marseille. Als Aristide 4 Jahre alt war kehrte seine Mutter nach einem Wochenende nicht mehr zurück. Eine Woche später kamen die Gendarmen und holten Aristide ab. Er hatte sich 6 Tage lang von rohen Kartoffeln und altem Brot ernährt und stank fürchterlich. Es war Nachkriegszeit und die Waisenhäuser waren hoffnungslos überfüllt. Knapp eine Million toter oder vermisster Soldaten und zigtausende zivile Opfer liessen die Einrichtungen für Waisenkinder aus allen Nähten platzen. Aus der Not heraus entstand die Praxis, Kinder relativ schnell in kinderlosen Familien zu platzieren, ohne die Verhältnisse genauer abzuklären. Aristide wurde einer Familie in La Vallette du Var in der Nähe von Toulon zugeteilt. Seine Stiefeltern waren einfache Leute. Der Vater Jerôme hatte in Nordafrika gegen Rommel gekämpft und war aufgrund seiner Tapferkeit mit dem Croix de Guerre ausgezeichnet worden. Seine Tapferkeit hatte darin bestanden, dass er mit einem Granatsplitter im Bein von seinen Kameraden im Stich gelassen worden war und 2 Tage überlebt hatte, bis die vorrückenden Alliierten ihn halb wahnsinnig vor Durst aufgefunden hatten. Er wurde ins Lazarett verfrachtet und versorgt, sein Bein heilte nie mehr richtig und er konnte ohne Stock nicht mehr gehen. Jerôme war nicht verbittert. Er übte seinen Beruf – er war Schlosser – nach besten Kräften weiter aus. Seine beiden Brüder kehrten nie in die Werkstatt in La Vallette zurück. Der eine lag irgendwo in den Ardennen in einem Massengrab, der andere war verschollen. Der kleine Aristide war für ihn die Hoffnung, wieder so etwas wie eine Familie aufbauen zu können. Seine Frau Hélène hatte 2 Brüder im Krieg verloren. Ihr Kummer war gross, die Tatsache, dass sie nie schwanger wurde, trieb sie fast zur Verzweiflung. Das kleine blasse Bübchen war ein Segen für sie. Sie hätschelte und tätschelte ihn mit einer Hingabe, die schon fast beängstigend war. Aristide blieb zwar still und verschlossen, liess sich aber herzen und umarmen, ohne sich zu wehren. Am liebsten stand er bei Jerôme in der Werkstatt und reichte ihm die Werkzeuge, die dieser verlangte.

Als Aristide in der dritten Klasse war kam er nach Hause und sah seine Stiefmutter schluchzend am Tisch sitzen. Jerôme sass vor einer fast leeren Flasche Pastis und rauchte mit finsterem Gesicht eine Zigarette.

„Was ist los, Maman?" fragte der Kleine.

„Wir haben kein Geld mehr. Wir müssen das Haus verkaufen."

Aristide konnte in jener Nacht kaum schlafen. Maman und Jerôme waren liebe Menschen. Es war ungerecht, ihnen das Haus wegzunehmen.

Am nächsten Tag kam ein feiner Herr mit Anzug und Krawatte. Er schaute sich das Haus an, schrieb Dinge in einen Block und sprach mit den Eltern. Am Schluss sagte er: „Sie haben noch 3 Monate Zeit, dann müssen wir es versteigern. Gehen sie doch nach Toulon Arbeit suchen!"

Am Abend löffelten alle schweigend eine dünne Fischsuppe mit Kartoffelwürfeln. Schliesslich verkündete Jerôme, dass er morgen nach Toulon fahren werde. Er packte Kleider und eine Decke ein, Hélène bereitete ihm Brote zu und gab ihm Brot, Wurst und Früchte mit. Um elf Uhr vormittags verabschiedeten die schluchzende Hélène und der unglückliche Aristide den Vater. Er fuhr mit dem überladenen Bus Richtung Toulon.

Nach 5 Tagen kam ein Brief. Jerôme hatte Arbeit in einer Werft gefunden. Er nächtigte in einer Arbeiterbaracke und konnte wöchentlich genug Francs schicken, um die Zinsen und etwas ans Essen zu zahlen. Hélène ging pro Woche 2x bei einer reichen Familie Waschen und putzen, Aristide war viel alleine. Er spielte wenig mit Kindern, sondern ging lieber in Jerômes alter Werkstatt basteln. Zangen, Bohrer, Hämmer und Feilen waren seine besten Freunde.

Nach 3 Jahren fand Jerôme eine besser bezahlte Stelle bei einem Hersteller von Tresoren. Seither ging es bergauf. Jerôme konnte sich bei einer Schlummermutter ein Zimmer mieten und mehr Geld schicken. Als Aristide 14-Jährig wurde durfte er in den Ferien eine Woche Jerôme bei der Arbeit zusehen. Am letzten Tag kam der Patron vorbei und fragte leutselig, was Aristide denn von den Coffre-Forts halte. Aristides Augen leuchteten. „Die sind toll!" strahlte er, „aber den da würde ich nicht kaufen!" Er zeigte auf ein neues Modell im Versuchsstadium.

„Warum nicht?" sagte der Patron mit amüsiertem Lächeln.

„Weil man den ganz einfach öffnen kann."

„Wie denn?"

„Man muss nur hier und ein Loch bohren und braucht dann 2 oder 3 harte Drähte."

Die Arbeiter und der Patron brachen in lautes Gelächter aus. Sogar Jerôme musste lachen.

„Mon petit, wenn du diesen Tresor aufkriegst dann bei Gott" – er griff in die Tasche – „sind dir 100 Francs sicher."

Aristide liess sich nicht beirren. Er suchte sich die Drähte heraus, wählte mit Bedacht 2 Bohrer und begann, sich ans Werk zu machen. Er hatte noch zu wenig Kraft zum Bohren, Jerôme musste ihm helfen. Nach 2 Stunden sprang die Tür auf. Totenstille.

Dann sagte der Patron leise: „Hier sind die 100 Francs. Wann willst du bei uns anfangen?"

Aristide musste noch ein Jahr die Schule besuchen und fing dann bei der Firma an.

Nach 6 Jahren kam er eines Abends nach Hause und verkündete seinen Eltern: „Von jetzt an kann euch niemand mehr euer Haus wegnehmen!" Hélène schluchzte vor Freude und Jerôme legte ihm eine Hand auf die Schulter und sagte leise, aber nachdrücklich: „Du bist das Beste, was uns durch diesen Krieg wiederfahren ist." Dann umarmte er ihn.

Nach 12 Jahren wurde Aristide von der französischen Polizei als Sachverständiger bei Einbrüchen beigezogen. Er erkannte die Handschrift der Knacker relativ schnell. Daneben wurde er als Tester für neue Safes weltweit angefragt. Mit nun mittlerweile 60 Jahren war er schlicht und ergreifend die Koryphäe auf diesem Gebiet.

6. Februar

Besagter Aristide lag nun anderthalb Meter von mir entfernt und schnarchte leise.

Ich erwachte früh und bereitete mir einen Kaffee zu. Aristide grunzte und richtete sich auf. Ich machte ihm einen Espresso. Während er frühstückte besorgte ich mir Haarbleichmittel und eine Sonnenbrille. Um 11 Uhr sah ich zufrieden in den Spiegel. Kaum wiederzuerkennen.

Gegen 20 Uhr waren wir 20 Kilometer vor Bovalino und übernachteten auf einem zahlungspflichtigen Parkplatz mit Stromanschluss und Toiletten. Ich holte uns Pizzas und Rotwein und wir speisten draussen an einem Campingtischchen. Es war 14 Grad warm.

Ich fütterte die Website regelmässig, damit sich Rebecca keine Sorgen machte.

7. Februar

Am nächsten Morgen fuhren wir nach Bovalino. Aristide fuhr langsam durch das Städtchen ich machte 20 Fotos der Kanzlei von 2 Seiten hinter der verdunkelten Scheibe. Danach hielten wir an und gingen die Kirche besuchen. Nahe der Kanzlei hatte es ein Lebensmittelgeschäft. Wir gingen dort einkaufen und ich machte mit dem Handy unauffällig noch kurz ein paar Aufnahmen. Wir fuhren noch im Städtchen herum und sichteten die Stromversorgungshäuschen. Ich fotografierte die Schlösser. Danach fuhren wir zurück nach Bovalino Marina und checkten auf einem Campingplatz ein.

Wir assen im Restaurant ganz passable Bavette alla Puttanesca und tranken einen roten Gravello. Danach analysierten wir im Wohnmobil die Situation.

- Die Türschlösser der Kanzlei waren kein Problem (O-Ton Aristide: 20 Sekunden, unauffällig).
- Alarmanlagen unbekannt = Problem.

187

- Stromunterbruch machbar. Am besten mit Sender-Empfänger-Schalter. Tür zu Stromhäuschen = 20 Sekunden).
- Tresorhersteller in der Region gecheckt, alle Modelle waren Aristide bekannt. Knackzeit von 45 Minuten bis zu 3 Stunden…
- Tresor finden, versteckte Tresore = meine Sache. Metalldetektor vorhanden.
- Ablenkungsmanöver: Trafostation 2 KM vor Ortseingang, Feuerausbruch.
- Fluchtweg1: Hinterhof, Treppe zur Kirche. Mietauto bei Kirche.
- Fluchtweg 2: Verandafenster, Holztreppe, Nebengasse. Zu Fuss zu Parkplatz, Wohnmobil.
- Bewaffnung: Aristide keine, ich Heckler & Koch mit 4 Magazinen. Im Wohnmobil Schrotflinte.

Also. Morgen würden wir die Sache mal vorbereiten….

8. Februar

Wir kauften in Messina in einem Baumarkt, einem Eisenwarengeschäft, einem Funkshop und einem Elektronikgeschäft unsere Materialien und begannen zu basteln. Nachmittags um 16.30 waren wir bereit für einen Testlauf. Sobald es dunkel geworden war knackten wir eines der Stromhäuschen. Ich schickte Aristide los und er bestätigte mir per SMS, bei welchem Kabel die Kanzlei keinen Strom mehr hatte. Ich überbrückte das Kabel und fügte den Funkschalter ein. Zweimaliger Test. Alles klar. Aristide kam mich abholen. Es war kein Notstromaggregat angegangen.

Dann fuhren wir zur Trafostation und ich deponierte einen einfachen Brandsatz inmitten der Kabel. Auch dort installierte ich einen Funkzünder. Ach, wie macht doch Basteln Spass!

Am Abend fragte ich Aristide, was er gerne essen möchte. Er zuckte mit den Schultern.

„Dir ist aber schon klar, dass wir morgen beide draufgehen könnten."

„Mon Toubib me donne encore une année – mein Quacksalber gibt mir noch ein Jahr!" sagte er lakonisch, „puis Zeus m'a dit que c'est important."

Ich löcherte ihn, woher er Zeus kannte aber er lächelte nur und zuckte mit den Schultern.

Ich schleppte ihn ins edelste Lokal in Bovalino Marina und wir liessen so richtig die Sau raus. Als Vorspeise nahmen wir ein Schwertfischcarpaccio mit Trüffel-, Chiliöl und frischem Limonensaft mit Meersalz, danach Nduja – eine Art Streichwurst auf geröstetem Brot, Pasta Piccante mit marinierten Schwertfischwürfeln, Wildschwein mit Waldbeeren und Peperoncini und zuletzt einen uralten Caciocavallo silano.

Dazu soffen wir (entschuldigen sie bitte den Ausdruck) einen Greco Bianco und einen Lamezia Terme. Zum Finale leerten wir noch eine halbe Flasche Grappa Pietra Sacra. Nun war er sicherlich zum Sterben bereit und ich gab ihm und mir 3 Tabletten Aspirin und eine Anderthalbliterflasche Wasser. Um knapp halb eins krochen wir ins Bett. Um 01.00 klingelte mein Natel. Rebecca. Scheisse, ich hatte die Website vergessen.

„Du klingst so komisch?"

„Die Scheisskerle haben mich unter Drogen gesetzt!"

Stille. Dann:"Ich finde das nicht komisch!"

„Sorry, wir sind beide besoffen. Morgen Abend geht es los. Ich ruf um Mittag an. Hab dich lieb. Tschüss!" Ich schaltete das Teil aus und fiel ins Koma.

9. Februar

Um es kurz zu sagen: Ja, wir stiegen beide in das 13 Grad kalte Meer, um unseren Kater zu verscheuchen.

Danach kamen Espressi, Vitamine und je 3 Spiegeleier mit Toast und Tomatensaft dazu. Um die Mittagszeit war ich wieder einigermassen fit. Ich rief Rebecca an, das Handy würde ich eh heute Nachmittag entsorgen.

Sie klang besorgt und ich beruhigte sie mit professionellen Details. Nach einem gehauchten Abschied sprach ich noch mit Zeus. Die Genfer rückten keine Daten raus. Schade.

Wir fuhren wieder nach Messina und veränderten dort das Design unseres Wohnmobils mit einfachen Mitteln (Markenname weg, neuen Markennamen drauf, neue Seitenstreifen) und tauschten die Nummernschilder aus. Aristide hatte in Frankreich bereits 2 Ersatzpaare organisiert. Danach kauften wir noch 2 blaue Overalls.

Um 17.00 setzten wir mit der Fähre wieder über. Ich musste kotzen, weil der Seegang so heftig war. Aristide mietete einen Fiat Bravo in Bovalino Mare und wir zogen los. Ich hatte meine H & K entsichert im Schulterhalfter unter dem Overall.

Ich hatte den Camper geparkt und bewegte mich auf der Hauptstrasse mit meinem Werkzeugkasten Richtung Kanzlei. Der Wind blies stark aus Nordosten und Regenschauer prasselten nieder. Meine Haare steckten unter einer Baseballmütze.

Ich setzte mich nahe der Kanzlei an einen trockenen Ort und zündete mir eine Zigarette an.

Mein Handy vibrierte. Ein SMS von Aristide: DO +2. Door open in 2 Minuten. Ich löste den Stromunterbruch aus. Das Licht in den Schaufenstern der Strasse erlosch, dito die Eingangsbeleuchtung der Kanzlei. Kein Alarm ertönte. Kein Notstromaggregat sprang an. Ich zirkelte um die Kanzlei herum und hörte mit Genugtuung, dass es kräftig donnerte.

Ich schlich durch die geöffnete Hintertür hinein und zog sie zu. Aristide war bereits am Sondieren. Ich packte den Metalldetektor raus und ging den Wänden entlang. Nach 10 Minuten zündete ich per Funk den Brandsatz in der Trafostation. Fünfzehn Minuten später hörten wir die ersten Sirenen. Aristide hatte den ersten Tresor bereits geknackt und war am zweiten, Ich durchsuchte das Haus weiter und fand im Keller weitere Anzeichen eines Tresors. Ich fand eine Hacke und trug Mauerwerk ab. Was ich fand war die Rückseite eines Tresors. Es musste einen anderen Zugang geben. Nach 20 Minuten kam Aristide und flüsterte:"Abhauen!" Ich erläuterte ihm meine Entdeckung aber er schüttelte den Kopf. „Die haben batteriebetriebene Funk-Thermostaten im Tresor. Ein Sender löst ab einem Temperaturwechsel von 5 Grad Alarm aus. Und das ist passiert. Der einfachste Sicherheitsupgrade! Lass uns abhauen!" Wir gingen zur Hintertür und ich spähte durchs Fenster. „ Gestalten näherten sich uns durch den Garten. Ich zischte Aristide zu: „Verandatür!" Er nickte und haute ab. Ich wich ein paar Schritte zurück und nahm Deckung hinter einem Schrank. Nach kaum 15 Sekunden trat jemand gegen die Tür und liess einen Lichtstrahl durch den Raum gleiten. Ich erblickte dunkles Metall in der anderen Hand. Ich feuerte je 2 Schüsse auf die 2 Gestalten ab, sah sie verschwinden und folgte Aristide über die Verandatreppe. Nach hundert Metern holte ich ihn ein. „Fahr zur Raststätte mit Stromanschluss im Norden. Ich komme nach!"

Er nickte, stieg ein und fuhr los. Ich entledigte mich des Overalls und schlenderte los Richtung Kirche. Dort stieg ich ins Mietauto ein und fuhr ab. Vor der Trafostation waren 2 Feuerwehrautos. Ich fuhr nach stellte das Auto bei der Verleihfirma ab, warf den Schlüssel in den Briefkasten und fuhr per Anhalter bis auf 3 Km zum abgemachten Treffpunkt. Um 01.45 war ich dort.

Wir fuhren per sofort weiter und waren morgens um zehn in Ivrea. Wir meldeten uns im Albergho Monferrato an und parkierten das Wohnmobil – die Schilder hatten wir unterwegs wieder ausgewechselt im hinteren Innenhof.

Ich zwang mich, eine kurze Mitteilung auf die Website zu stellen und ging zu Bett.

Gegen Abend waren wir beide wieder wach. Wir machten Auslegeordnung. 17 Cds, 47 Juristische Verträge/Dokumente, 83208 Euro in Bar, etwa 30 Fotos und 700 Gramm Semtex (ein Plastiksprengstoff)..

Interessant, aber bis auf das Geld nicht weltbewegend. Wir verstauten das Ganze in einem Gummiboot, rollten es zusammen und fuhren via Schweiz nach Frankreich.

In Valence zahlte ich Aristide 25000 Euro aus und verabschiedete mich von ihm. Er schien traurig zu sein. Ich umarmte ihn und wünschte ihm von Herzen alles Gute. Die kleine Gestalt trippelte vor dem Bahnhof von dannen. Nach 15 Metern drehte er sich langsam um und winkte mir zu. Ich winkte zurück. Au Revoir, Aristide Dérissoz. Du bist ein guter Mensch.

Ich rief Zeus an und bat, mich abholen zu kommen. Das Wohnmobil deponierte ich beim Vermieter in Uzès, die Klebefolien musste ich mühsam entfernen.

Zeus kam kurz vor elf. Ich erzählte ihm ein wenig, war aber relativ müde. Er blickte grimmig auf die Strasse und sagte nichts. Um Mitternacht kam ich ins Schlafzimmer. Rebecca hatte die Betten nebeneinandergestellt und war noch wach. Sie umarmte mich sanft und lange. Ich legte mich ins Bett und schlief fast sofort ein.

Mitten in der Nacht wurde ich durch einen Schrei geweckt. Rebecca sass zitternd im Bett und starrte mich an. „Was ist los?"

„Ich bin erwacht und habe deine Haare gesehen. Ich habe gemeint, ein Fremder liege im Bett…."

Ich legte mich wieder hin und schlief weiter.

10. Februar

Zeus sass schon am Tisch und trank Kaffee. „Guten Morgen!" Er verzog keine Miene.

„Was ist los? Ist heute Schweigegelübde?"

Er knurrte:"Verdammtes Gemetzel!"

„Wovon sprechen Sie?"

„Sie haben einen Mann erschossen und einen schwer verletzt. War das notwendig?"

„Nein, ich hätte ihnen auch sagen können ich sei der Osterhase und verstecke das Nestlein. Was hätten Sie gemacht? Die waren bewaffnet. Ich hatte dieses Jahr meine jährliche Folterdosis schon, wenn sie das schon vergessen haben sollten. Hätte ich dies nicht getan wäre ich jetzt wahrscheinlich als Langustenköder irgendwo im Tyrrhenischen Meer!"

„Dort ist das Ionische Meer."

„Als Leiche wäre mir das wurscht!"

Ich bereitete mir einen Espresso zu und setzte mich an den Tisch.

Er starrte finster vor sich hin. „Vermutlich haben sie recht. Ich hoffe bei Gott dass wir nun genügend Material haben. Ich habe nur wenig geschlafen. Aber die Chancen, dass wir davonkommen können, ohne brisantes Material zu haben sind unter 40%. Das war eine Verzweiflungstat unsererseits. Ich hoffe, es hat sich gelohnt."

Ich war zwar noch müde, aber in Hochstimmung. Ich duschte, stellte fest, dass meine Seite nur noch gelb war und zog mich an. Ich setzte die Sonnenbrille auf und schlich ins Schlafzimmer. 20 Zentimeter vor Rebeccas Gesicht sagte ich mit tiefer Stimme:"Yeah, meine Schaatz, „sagte ich mit französischem Akzent. Sie öffnete die Augen im Zeitlupentempo, schrak dann hoch und langte mir eine. Begrüsst man so einen Freund?????

„Du Wixer, du Arschloch!"

Unglaublich, was die im Studium heutzutage alles lernten. Schien eine Art konfrontative Vulgärverbaltherapie zu sein. Ich ging grinsend in die Küche und bereitete etwa 30 Wachtelspiegeleier mit Guanciale (der Schmuggel von 1 Kg Guanciale war wohl das harmloseste meiner Verbrechen der 3 letzten Tage. Guanciale ist ein besonders milder Speck aus der Schweinebacke) und geröstetem Baguette und Salzbutter zu. Dazu gab es noch ein Tatar mit Rohschinken, gekochtem Ei,

Schnittlauch und ein wenig Dijonmayonnaise auf gerösteter dunkler Baguette. Dazu Kaffee mit jeder Menge Milchschaum und frischgepressten Orangensaft. Sie kam frischgeduscht aus dem Badezimmer, ein Handtuch um die Haare gewickelt und würdigte mich keines Blickes.

„Isch abbe viel Eier für disch!" Ich legte ihr das duftende Baguette mit dem Speck und den Minispiegeleiern auf den Teller. Sie versuchte mich böse anzustarren, musste aber dann doch lachen. Theodorus Zeus Wallbach sah uns herablassend und mitleidig an. Das überhebliche Getue hörte erst auf, als er krachend in das erste geröstete Baguette mit Wachteleiern und Guanciale biss. Er war ein einfaches Gemüt. Er liebte all jene, die ihm gutes Essen kredenzten.

Die Stimmung hellte sich auf und nach Vertilgung der Leckereien merkte man spürbar, wie die Spannung der letzten Tage sich langsam legte.

Ich erzählte detailliert, was sich in den letzten 3 Tagen zugetragen hatte. Und ich will verdammt sein, wenn Zeus nicht bei den Mahlzeiten ebenso oft nachgefragt hatte, wie bei der genialen Planung des Einbruchs. Bei der Schiesserei blieb ich bewusst vage und nahm wahr, dass mich Rebecca aufmerksam beobachtete.

Wir räumten den Tisch ab und Zeus gab die ersten Themen vor.

1. Wo haben wir möglicherweise Spuren hinterlassen?
2. Müssen wir erneut aus Sicherheitsgründen abtauchen?
3. Wie gehen wir mit dem neuen Material um (Erpressung der Ndrangheta versus Kooperation mit der Polizei).

Wir gingen das Erste strukturiert an.

Wohnmobil: Über Zeus Firma StocForens mit Kreditkarte bezahlt. Ort Valence. Tanken und Utensilien: Barzahlung.

Unterkünfte & Essen: Barzahlung, gefälschte Ausweise.

Mietauto Bovalino Marina: Vorausbezahlung, Personalien Aristide.
Wir mussten ihn sofort warnen. Zeus rief ihn auf dem Handy an. Er liess
mich herzlich grüssen und würde am selben Tag für 4 Wochen nach
Djerba verreisen – für irgendetwas hatte er ja das Geld verdient.

Fingerabdrücke: Bei Bellini keine, andernorts möglich. Ich war aber
bisher nicht aktenkundig – halt – Bucher, diese Ratte…...

Handys: 2 benutzte Prepaid-Handys lagen auf dem Grund der
Rhone. Nicht sehr ökologisch, aber effektiv.

Waffe: Sofort entsorgen (Scheisse. Die war erstens gut und 2. Sack-
teuer).

Telefonate: Einziger Unsicherheitsfaktor war das Kurztelefon mit Rebecca. Zeus warf uns einen vernichtenden Blick zu. Aber auch dort war
es eine Sache von mehreren Tagen, den Weg des Telefons bis zu den
Antennen herauszufinden und auch dann war es auf 15 Km genau. Fazit. Vorerst konnten wir noch bleiben, aber die Sicherheit musste ein wenig heraufgeschraubt werden.

Als erstes duschte ich und versuchte meine Haarbleichung mit Haar-
tönung zu überdecken. Ein Frisör hätte sich wohl ob des Resultats erschossen, aber für hier reichte das. Ich entsorgte die Pistole (schon wieder) unökologisch durch einen Wurf in den Gardon, zuvor zerkratzte
ich den Lauf und den Zündbolzen. Einfach zur Sicherheit von wegen
ballistischer Analysen.

Punkt 2 erübrigte sich also und Punkt 3 konnten wir erst nach Sichtung des Materials beurteilen.

Also zuerst 1.

In Uzès kaufte ich mir die kleine Schwester der Heckler & Koch, die
war nicht ganz so toll aber auch gut. Ich bat die üppig ausgestattete etwa
50 Jahre alte Verkäuferin, mir die Pistole in einer Schachtel mit Ge-
schenkpapier einzupacken. Ich hatte ihr von Beginn weg in den Ausschnitt gestarrt und mit ihr geflirtet, ob eine alleinstehende Frau – sie
sind doch alleinstehend? – es in einem Waffengeschäft nicht schwer

habe…? Sie war natürlich verheiratet und ich schaute ihr enttäuscht in Augen und Ausschnitt. Gut war Rebecca nicht dabei….

Als die Frage der Munition kam, winkte ich ab: Die sei nicht zum Schiessen, mein Onkel feiere seinen 30 Hochzeitstag und sei Waffensammler. Als sie mich nach einem Ausweis fragte reagierte ich pikiert und begann meine Taschen zu durchforsten. Endlich fand ich einen Ausweis mit Photo, das mich als eidgenössisch diplomierten Bergführer auswies. Sie zollte meiner Profession Respekt wie ich ihrem opulenten Busen. Am Ende hatten wir beide, was wir wollten. Sie ein verbessertes Selbstbewusstsein und ich eine funktionierende Waffe. Das nenn' ich Verhandeln nach dem Harvard-Konzept. Auf dem Rückweg nahm ich ein paar Patronen hervor, lud durch und zielte aus 15 Metern auf einen Baum. Beim Schnellfeuer traf ich auf 50 Zentimeter Durchmesser 3 Kugeln auf 5. Zufriedenstellend.

In Blauzac ging ich erneut zu meinem bevorzugten Fahrzeugdealer. Ich bedankte mich für den Kangoo und sagte ihm vor seiner Frau mit düsterer Miene, dass der Ex-Mann meiner Freundin, ein heissblütiger Italiener, uns bedrohe. Neulich am Telefon habe er sogar gedroht, uns beide zu verprügeln! Wir hätten das in der Schweiz der Behörde mitgeteilt aber die…. Ich brach in eine Tirade über die Unfähigkeit von Regierungen und die sinkende Achtung von wahrer Liebe in unserer Gesellschaft aus. Item, ich bat sie, mir möglichst mitzuteilen, wenn sie südländische Leute sehen würden, die ein Liebespaar suchten. Madame kriegte feuchte Augen.

„Stellen sie sich vor, da kommt dieser…. egoistische Macho und Frauenverprügler ins Dorf und die Einwohner schicken ihn ohne Warnung zu uns. Er könnte gewalttätig werden! Bitte warnen Sie uns. Ich lade jeden Bewohner, der uns rechtzeitig warnt zu einem Essen in „Chez Jacques" ein!" Der hatte immerhin 16-Gault Millau-Punkte. Madame versprach, dies in der Boulangerie, der Boucherie/Charcuterie und im „U" zu verbreiten. Ich küsste ihr zum Abschied die Hand und bat Gott, diejenigen zu segnen, welche die Liebenden schützen. Vielleicht war das ja besser als ein weiterer Bewegungsmelder....

Danach ging ich in die Boucherie/Charcuterie und fragte den Patron, was er mir denn so empfehlen könne. Er fragte nach meinen Vorlieben und entschwand dann nach hinten. Das eine war ein Schweinsrollbraten. Der sei top gelagert und in der Mitte befinde sich ein Thymianzweig, etwa 20 geviertelte Knoblauchzehen, rosa Pfeffer. Er sei vakuumiert, das Jus im Plastic sei Knoblauch, Sancerre, Pistou und grauer Pfeffer. Er empfahl ein garen mit regelmässigem Begiessen und am Ende mehr Hitze zur Krustenbildung. Ich kaufte das Teil und fragte ihn was im anderen Sack sei. Er blinzelte verlegen:"Ce ne sont que des Merguez – das sind bloss Merguez. Aber mit wenig Fett und dafür frischer Minze. Wir machen sie für uns und noch 2 Kunden. Ich kaufte deren 9 Stück und noch einmal von der köstlichen Terrine und ein wenig Foie Gras à l'orange. Beim Bäcker deponierte ich 50 Euro und handelte mit ihm die tägliche Lieferung von 1 dunklem Baguette, 2 hellen Baguettes und 3 Croissants um 0900 an die Türklinke gehängt aus. Auch dort machte ich dunkle Andeutungen über den eifersüchtigen Ex-Mann. Ich ging noch in den „U" und kaufte Salate, Gemüse und Getreide zum Kochen, dazu Pilze, Zwiebeln und frische Kräuter. Auch dort machte ich Anmerkungen über Liebe und Intoleranz. Danach kehrte ich zurück und fand meine Kommilitonen in Akten vertieft.

Ich verstaute die Fressalien und begab mich zu meinen sozialen Autisten. Zeus wischte mich mit der Hand weg, Rebecca sagte zumindest: „Analysier mal die 2 CDs auf deinem Tisch!"

Gutgut. Ich bereitete mir langsam einen Cappucino mit Vanillearoma und Kakaopulver zu und liess den Geruch wirken. Nach 2 Minuten fragten mich beide, was ich denn gemacht hätte und ich antwortete ernsthaft: „Sorry, ich bin voll am Arbeiten!" Trottel, alle beide. Ich bereitete ein einfaches Mittagessen zu: Tomatensuppe mit Käsecroutons auf gerösteten mit Knoblauch eingeriebenen Baguettescheiben, darauf streute ich gemörserte Pistazien und Streifen von Jambon de Bayonne. Ein Schäumchen Schlagrahm und ein wenig gehackten Schnittlauch dazu – nur Komplimente! Die beiden waren wieder unter den Lebenden.

Ich legte die erste CD ein. Unlesbar. Die zweite schien einem Code zu folgen. Nach rund einer Stunde war mir klar, dass ich hier vor mir den Rechenschaftsbericht Kroatien vor mir hatte. Das Analog zu Jannsens Aufsätzchen, geschrieben nach demselben Code. Wir waren offensichtlich auf dem Weg zu den Innereien der Organisation.

Wir beschlossen, dies nach dem Essen zu besprechen....

Es war schon spät. Also machte ich ein einfaches Couscous und briet dazu die Merguez und servierte dazu Harissa und Joghurt mit frischer Minze. Es war köstlich! Die Merguez hatten einen zarten Lammgeschmack, waren saftig und scharf, die Minze und Kreuzkümmel verliehen ihnen den letzten Schliff. Zeus sprach nicht und schlang herunter, nach 2 Minuten schielte er bereits theatralisch auf Rebeccas letztes Merguez. Sie erbarmte sich seiner und hatte damit seine Liebe auf sicher errungen.

Am Abend machten wir Auslegeordnung: Nebst den in der Schweiz erbeuteten und dechiffrierten Dokumenten verfügten wir nach dem Entschlüsseln über folgendes Material:

1 Jahresberichterstattung für die Region Kroatien.
2 Adresslisten von Personen.
2 Listen von Personen und Beträgen in Euro.

Alle anderen Daten waren nicht entschlüsselbar. Wir kopierten sie und bereiteten ein Paket für Guéttaz in Lausanne vor. Zeus eröffnete ein neues Forum für die Kommunikation mit Bucher, KaPo Genève und Guéttaz. Dann fütterte er sein Programm mit den Daten und kehrte enttäuscht an den Tisch zurück. „Wir sind bei 39% Erfolgsaussichten für ein Patt. Wir müssen weiter forschen. Unter 70% gibt es nichts zu machen!"

Wir ackerten weiter und um halb elf ging ich zu Bett, Rebecca folgte mir.

Nach Zähneputzen, Umkleiden, Waschen legte ich mich ins Bett. Ich war hundemüde.

Rebecca folgte wenige Minuten später in einem Nachthemd, auf dem Carl der Koyote abgebildet war. No comment.

Sie schmiegte sich an mich und fragte leise:"Kannst du mir den Abend in Vevey noch einmal schildern?"

„Ich habe dir alles schon einmal gesagt.... Es gibt nichts Neues!"

„Nein, mein Lieber. Ich will das mit dir im Detail anschauen. Was ist dort genau geschehen?"

Nach einer halben Stunde wusste sie es.

Sie strich mir über den Kopf und schaute mir ruhig in die Augen.

„Was fühlst du beim Gedanken an das Geschehene?"

„Nichts."

Sie schüttelte den Kopf. „Du bist dir bewusst, dass du kurz darauf erst den Folterer und danach 2 potenzielle Folterer relativ kaltblütig umgebracht hast?"

„Das war nicht kaltblütig. Bei Stangl hatte ich eine Wut im Bauch, ich hasste ihn. Er hatte Pit auf dem Gewissen, Rebecca, er hatte mir Rippen kaputt getreten und mir Verbrennungen zugefügt. Er hatte es verdient."

„Woher kam die Wut? Wegen der Morde oder der Folter?"

„Das kann ich nicht sagen. Alles kam zusammen."

„Angenommen er hätte dich nicht gefoltert: Hättest du ihn da umgebracht oder der Polizei überlassen?"

Ich dachte nach und schwieg. Ich konnte die Frage nicht sicher beantworten.

„Ich hatte auch Angst um Zeus und dich. Stangls Tod schien mir sicherer zu sein."

„Du hast ihn also aus Sicherheitsgründen umgebracht?"

„Verdammt noch mal nein. Aus …. Hass!"

Wie hast du dich im Zustand des absoluten Ausgeliefertseins gefühlt?"

„Erst hatte ich noch Kontrolle über mich. Mit jedem Elektroschock wurde mir mehr bewusst, dass ich die Kontrolle unweigerlich verlieren würde. Also habe ich mich in Halbwahrheiten zu flüchten versucht. Er liess das nicht zu. Hat einfach weiter gefoltert bis ich ihm fast alles gegeben habe. Aber", ich sah trotzig auf, „er hat zu früh aufgehört. Ich konnte Zeus noch warnen!" Erst dann realisierte ich, dass ich weinte.

Sie tröstete mich nicht und sagte sachlich: „Du brauchst dich nicht zu schämen. Als Gefolterter verliert man unweigerlich. Du hast Zeus ja schützen können. Und kein Mensch kann auf die Zeit der Folter widerstehen. Das gibt's nur in Büchern und Filmen. Wenn du nicht geschickt gewesen wärst wären wohl noch wesentlich mehr Teile von dir verbrannt worden."

„Es war dieser Bunsenbrenner. Er hat mir damit gezeigt, dass er mich nicht nur quälen, sondern zerstören konnte. Und dann noch die Verbrennung der Genitalien. Es war zu viel. Er hat mich für kurze Zeit gebrochen. Ich glaube, deshalb musste ich ihn zerstören." Ich taumelte aus dem Bett und ging splitterfasernackt in die Küche. Zeus sass an seinem Computer und schaute mich verwundert an. Ich nahm eine Flasche Cognac Delamain Très Vérénable und einen Cognackelch. Zeus hackte weiter am Computer. Ich legte mich wieder ins Bett und schenkte mir grosszügig ein. Rebecca schmiegte sich an mich und strich mir über den Kopf. Nach 3 Schlucken fror ich nicht mehr.

„Es ist ein scheussliches Gefühl – das Ausgeliefertsein, und das Erlebnis, dass dies jemand ohne Hass und Wut, sondern nur aus kalter Berechnung macht. Sachlich. Nüchtern. Gezielt. Sogar mit Freude."

„Stangl war ein Junkie. Er musste sich ja selber immer wieder betäuben um das Leben auszuhalten. Und auch an jenem Tag war er sicherlich zugedröhnt."

„Aber er hatte Freude an meinem Leiden und hat es genossen. Du hättest sein Gesicht sehen sollen, als er mir vom Steinbruch, in welchem er mich zu entsorgen gedachte, erzählte. Sein Gesicht war pure Vorfreude. Und ich war überzeugt, dass ich nicht schnell sterben würde. Das hätte ihn ja um ein grosses Vergnügen gebracht."

„Wie sah dann dein Gesicht aus, als du dich von ihm verabschiedet hast?"

Ich schenkte mir wieder grosszügig ein. „Scheisse, was willst du denn eigentlich von mir? Ich habe das Schwein umgebracht, niemand weint um ihn. Was soll ich denn noch sagen!?"

„Sie sah mich scharf an und sagte überdeutlich: „Ich will, dass du siehst, wie diese Episode dein Verhalten beeinflusst hat und möchte, dass du dir darüber Rechenschaft ablegst. Immerhin hast du in den letzten 10 Tagen 3 Menschen umgebracht. Das ist nicht Kaugummiklauen, sondern sollte einen ins Denken bringen. Und genau das versuche ich hier!"

Ich nahm einen Schluck und blinzelte. „Ich habe ganz vergessen, dass Madame Psychologin ist und gerne anderer Menschen Psyche analysiert."

„Nein. Du hast vergessen, dass ich deine Freundin bin und mir um dich Sorgen mache. Du bist blau. Sprechen wir ein ander Mal darüber."

Sprach's, wälzte sich auf ihre Bettseite und löschte das Licht.

Ich blieb wach, dachte nach und nahm noch 2 Gläser Cognac. Dann dämmerte ich weg.

11. Februar

Als ich erwachte war es schon hell. Draussen fiel dichter Schneeregen bei heftigem Wind, die Bäume und Äste bewegten sich wie gequälte

Wesen in einer schwarzweissen Landschaft. Ich zog mir einen Trainer an und schlurfte in die Küche. Im Wohnzimmer brannte schon ein Cheminéefeuer und Rebecca stand in der Küche und es roch nach Kaffee und Toast. In einer Pfanne kochte Wasser, daneben Standen 6 Eier bereit um 3 Minuten und 15 Sekunden pro hundert Meter über Meer 3 Sekunden mehr (Vorgabe Zeus) gekocht zu werden.

Aus Zeus Zimmer drang leises Schnarchen, er hatte gestern wohl noch lange gearbeitet.

Ich bereitete ihm einen dreifachen Espresso zu, das schien mir aufgrund seiner Masse adäquat. Als ich die Türe zu seinem Zimmer öffnete sah ich eine Flasche Armagnac auf seinem Nachttisch, daneben ein halbvolles Glas. Ich fügte noch einen Krug Wasser und 2 Aspirin aufs Tablett und legte es ihm auf den Nachttisch. Er stöhnte, rieb sich die Augen und setzte sich auf mit seinen wirr abstehenden Haaren, dem struppigen Bart und seinem senfgelben Pyjama bot er ein groteskes Bild. Dankbar ergriff er die Tasse und nahm vorsichtig 2 Schlucke. Dann sah er die Aspirintabletten und spülte sie mit einem halben Liter Wasser hinunter. Ich annocierte ihm, dass wir in einer Viertelstunde frühstücken würden und ging zurück in die Küche

Irgendwie wollte ich mich für den gestrigen Abend entschuldigen, aber als ich anfing packte mich Rebecca und küsste mich lange.

„Halt jetzt einfach den Mund und überlege dir, ob du durch die ganze Sache Schaden genommen hast. Wenn ja diskutieren wir weiter. Und iss heute genug Eier. Das Wetter sieht schlecht aus und ich will nicht nur arbeiten.“

OK. Ich setzte mich und führte mir genüsslich einen Espresso zu Gemüte. Dazu blätterte ich im „Midi Libre“ der lokalen Zeitung. Dann online in der „Gazetta Calabria“. Auf der letzten Seite war eine winzige Mitteilung. „Sparatoria a Bovalino“ – Schiesserei in Bovalino. In einem Büro eines Rechtsanwalts waren 2 Tote Menschen gefunden worden. Sämtliche 3 (!) Tresore seien geknackt und geplündert worden. Als die

Polizei den Anwalt benachrichtigen wollte fanden die Beamten in seiner Villa die Leichen des Ehepaars Bellini und einer Hausangestellten. Als Verantwortliche des Mordes wurde die Ndrangheta genannt.

Die Organisation hatte schnell und gnadenlos reagiert.

Ich legte die Zeitung zur Seite. Zeus erschien frisch geduscht in einem dunkelblauen Morgenmantel. Er trug Socken und Hausschuhe und sah aus, als hätte er die Nacht durchgearbeitet.

„Danke für Kaffee und Zubehör", murmelte er, „sie haben erkannt, dass ich aufgelaufen bin!"

„Weshalb „aufgelaufen"?"

„Mit StocForens® kriegen wir zurzeit kaum eine vernünftige Arbeitshypothese heraus. Unser Ziel muss das Erreichen eines Patts sein. Aber dafür haben wir massiv zu wenig Daten. Wir können die vorhandenen Daten allerdings potenzieren, wenn wir Informationen an die Konkurrenz der Ndrangheta liefern würden. Damit steigern wir die Wahrscheinlichkeit einer Vereinbarung um rund 20%. Dazu brauchen wir allerdings die Daten der wichtigsten kriminellen Organisationen in Europa und in Osteuropa. Wir haben immer noch wenig von Bucher und gar nichts von Guéttaz gehört. Wir müssen Dampf machen."

Wir nahmen ein durchschnittliches Frühstück zu uns, das allerdings in einem 4-Stern-Hotel als „vorbildlich" durchgegangen wäre.

An diesem Tag machten wir alles andere als Dampf. Ich instruierte Rebecca in Bezug auf Pfefferspray und brachte ihr die rudimentärsten Techniken der Selbstverteidigung bei. Künftig wollten wir jeden Tag eine Stunde üben. Nach der Stunde sagte sie grinsend: „Nun ist es an der Zeit, dass ich dir einige rudimentären Techniken beibringe, mein Lieber!"

Sie manipulierte Zeus geschickt, um 1300 fuhr er nach Nîmes um das 2. Paket für Guéttaz aufzugeben und in La Calmette einzukaufen.

Meine Rippen schienen ganz Ok zu sein und der Ausdruck „rudimentär" war ganz einfach eine Beleidigung für das Gebotene. Zufrieden lagen wir aneinander geräkelt im Bett. Ich fühlte mich deutlich besser als in den letzten Tagen – nicht nur physisch. Meine persönliche Seelenklempnerin hatte anscheinend was drauf. Irgendwie wollte ich ihr das mitteilen, aber es fiel mir schwer. Also sagte ich bloss: „Der Nächste, der mir dumm kommt, wird nicht mehr erschossen. Dank dir."

Sie packte mich an einer bestimmten Stelle und flüsterte:"Sex hilft angestaute Aggressionen abzubauen!" Das Turnier begann von Neuem. Offensichtlich hatte Madame viele aufgestaute Aggressionen...

Bevor ich wieder Verbrennungen an delikaten Körperteilen erlitt gelang es mir, mich unter die Dusche zu retten. Als Zeus schwer beladen zurückkehrte schaute er uns prüfend an. „Na, Dampf abgelassen?"

Ich grinste und will verdammt sein, wenn Rebecca nicht errötete.

Zeus sah sie ernst an:" Junge Dame, eines müssen sie noch lernen. Auch wenn ich Mathematiker bin, bin ich noch lange nicht ein sozialer Volltrottel! Ich habe ihr Anliegen sofort durchschaut und als legitim klassifiziert. Zudem musste das Paket aufgegeben werden und ich habe zuvor im Internet die beste Charcuterie/Boucherie der Region eruiert und dort eingekauft. Zudem habe ich alle Zutaten für eine Bouillabaisse, eine kleine weisse Trüffel und original Pasta von Pasta Cosy in Aix-en-Provence. Gigot, Terrine Forestière, Ziegenkeule, 2 ganze Kaninchen und verschiedene Käse aus einer örtlichen Fromagerie. Dazu frisches Gemüse vom Markt und je 6 Flaschen roten Côte Rôtie und weissen Côtes-du-Rhône von Guigal. 72 Wachteleier, und 6 Eier aus von einer Farm, die die Hühner nur mit Beeren und Weizenkörnern futtern. Voilà!"

Rebecca trat 3 Schritte vor und küsste ihn auf die Wange. Zeus sah erst überrascht aus und begann dann zu strahlen. „Ich brauche noch 2 Aspirin und danach einen Imbiss. Ich überlasse das euch, das ist nur fair."

Er spülte sein Aspirin hinunter und verzog sich, Rebecca und ich räumten die Fressalien in den Kühlschrank, einen Teil mussten wir in der Campingbox auf der Veranda aufbewahren, der Kühlschrank war übervoll.

Wir bereiteten einen einfachen Imbiss mit Käse, Terrine, Kräuterwurst, geschälten Karotten, Oliven und dunklem Brot vor. Dazu wahlweise Wasser, Cidre oder einen kühlen Rosé de Tavel. Als wir Zeus riefen schlief er. Wir vertagten das eine Stunde, diesmal kam er und sah ein wenig menschlicher aus. Die Terrine war ein Gedicht: Die integrierten Kräuter und Pilze erweckten einen dunklen zimtartigen Geschmack. Wurst, Käse und Oliven waren eher brachial, aber auch ganz gut. Die Stimmung am Tisch war gut, nach dem Imbiss gingen alle ausruhen…

Ich wurde als erster wieder aktiv und ging in die Küche. Ich marinierte die Ziegenkeule mit Knoblauch und Dijonsenf und spickte sie mit Knoblauch und Ingwerstückchen. Ich verpackte sie in eine Gussmetallform mit Deckel und leerte dort 3 Deziliter Gewürztraminer hinein, ein wenig Bouillonpulver und Szechuan-Pfeffer. Danach steckte ich sie bei 120 Grad in den Ofen und setzte mich hinter den Computer.

In den italienischen Zeitungen wurde der Vorfall weit vorne behandelt, da Bellini offensichtlich eine bekannte Persönlichkeit gewesen war. Die Polizei schien auch nach 2 Männern zu fahnden, die mit einem Campingcar unterwegs waren. Das eine Phantombild glich weder Aristide noch mir in annehmbarem Masse.

Ich gab die Personendaten einer der Listen ein und nach ca. einer Stunde hatte ich herausgefunden, dass alle Genannten vorzeitig verstorben waren. Eine Liste der Opfer der Ndrangheta-Killer. Leider hatten wir deren Namen nicht.

Ich versuchte aus der 2. Liste schlau zu werden, aber fand via Internet nichts. Nach einer halben Stunde gab ich auf.

Ich stand unter die Dusche und liess das warme Wasser auf mich herab prasseln. Nach ausgiebigem Duschen zog ich meinen Trainingsanzug an und begann, die Heckler & Koch zu putzen. In genau diesem Moment schrillte das Telefon. Ich nahm ab. Es war die Frau unseres

Auto- und Motorradvermieters. Ein Auto mit italienischem Kennzeichnen fahre durch Blauzac. Ich bedankte mich und sagte ihr, wenn sie jemanden kenne, der die Kerle nach Nîmes schicke, hätte die betreffende Person und sie 200 Euro extra zugute.

Ich blies Alarm. Das Namensschild am Briefkasten hatte ich schon zu Beginn ausgetauscht. Zeus lud die H&K durch und ich meine Walther. Wir schlossen sämtliche Türen bis auf den Hintereingang, bei den unsicheren Türen stellten wir Bewegungsmelder hin. Die Vorhänge der exponierten Fenster wurden gezogen, den Massivholzschrank stellten wir vor das grosse Verandafenster. Rebecca kriegte einen Pfefferspray und ein Handy mit Notfallkurzwahl zu meinem Handy. Mein Handy steckte ich in die Seitentasche meiner Army-Jeans. Ich ging ins obere Stockwerk und schraubte das Laserzielfernrohr auf das Jagdgewehr und lud durch. Nicht mit Schrot. Vorerst. Ich rief nach unten: „Rebecca, hau ab!"

„Wieso denn?"

„Dich kennen sie nicht. Geh via Nachbarsgarten irgendwohin, spaziere einfach und sei unauffällig."

„Und ihr?"

„Wir spielen hier Alamo. Kein Problem. Wir wissen, dass sie kommen und sind vorbereitet. Die werden sich wundern – wenn sie Zeit dazu haben."

In diesem Augenblick läutete das eine Handy. Unser Fahrzeugdealer. „Ich habe sie weggeschickt!"

„Wie haben sie das gemacht?"

„In Bourdic gibt es des Suisses die in einer Mühle wohnen. Von Bern. Sie fahren nun dorthin."

„Extra – vous avez droit à une récompense! " Er war sichtlich zufrieden. Klar, seit ein paar Tagen lebte seine ganze Mischpoche von uns.

„Wie sind sie auf Blauzac gekommen?"

„J'en ai aucune idée."

Ich legte auf und teilte Rebecca und Zeus die Informationen mit.

Zeus rannte sofort an den Computer und fragte nach eventuellen Spuren, die wir hinterlassen haben könnten. Wir gingen alles durch. Kartengebrauch, Jules, Telefonate etc.

Nichts. Das einzige, was sie wissen konnten war, dass wir uns im Grossraum Nîmes befanden.

Laut StocForens® war die Wahrscheinlichkeit, dass 4 Teams uns in den nächsten 7 Tagen aufspüren würden bei schlappen 19%. Mit Bestechungsprämien von 250 Euro stieg das dann allerdings auf 31%. Fast ein Drittel. Zeus blickte finster auf den Bildschirm. Innert 2 Tagen hauen wir ab."

„Wohin?"

„Ich habe noch keine Ahnung aber 2 Ideen. Jedenfalls noch nicht in die Schweiz. Dort sind wir in Hinsicht auf die Behörden zu exponiert." Er blickte nachdenklich in die Küche. „Wir müssen schauen, dass wir die guten Sachen in diesen 2 Tagen möglichst verwerten können!"

Typisch Zeus. Immer der Blick für das Wesentliche.

Wir liessen unser Sicherheitsdispositiv stehen und wandten uns leiblichen Genüssen zu.

„Die Ziegenkeule wird inzwischen völlig ausgetrocknet sein!"

Zeus funkelte mich an und schnaubte: „Natürlich habe ich den Herd sofort abgestellt! Sie braucht nur noch kurz etwas Oberhitze im Gasofen."

Manche justieren das Zielfernrohr, ölen die Waffe und konzentrieren sich auf das Zielen. Andere retten den Braten und begiessen ihn mit Weisswein. Jedem das Seine.

Ich bereitete ein einfaches Risotto mit Zwiebeln, rosa Knoblauch und einem Schuss Noilly Prat zu und Rebecca zauberte ein Assiètte de Crudités mit hauchdünn geschnittenem Eisbergsalat, geriebenen Karotten, Schalotten und Provenceöl mit Himbeeressig und gehackten milden Oliven.

Die Stimmung beim Essen war ein wenig gedrückt. Uns allen hatte es hier sehr gefallen. Nach dem Essen sagte Zeus: „Bernard, ich brauche gefälschte Französische Nummernschilder aus dem Département Bouches-Du-Rhône. Und zwar Morgen. Schaffen sie das?"

Ich hatte zwar von Aristide eine Adresse gekriegt, aber hatte keine Ahnung bezüglich Lieferkonditionen. Ich rief dort an und nannte Aristide als Referenz. Erwähnte, dass jener in Djerba weilte und ich mit ihm vor kurzem unterwegs gewesen wäre. Nein, ich hatte kein Codewort, aber ich könnte bei Bedarf die ganze Speisekarte unseres letzten gemeinsamen Mahles rezitieren. Nach 2 Stunden kam ein Telefon. Aristide. Er fragte, ob alles in Ordnung sei und wir tauschten kurz aus. Eine halbe Stunde später kam ein Telefon rein. Ich könnte die Schilder gegen eine Bargebühr von tausend Euro morgen um neun in Bagnols-sur-Cèze an einer bestimmten Adresse abholen. Codewort sei der Name des Grappa, den ich mit Aristide am Abend vor dem Einsatz getrunken hätte. OK.

Wir begannen zu packen. Nach 2 Stunden waren wir einigermassen so weit, dass wir in Kürze losziehen könnten. Zeus und ich sassen noch lange vor dem Cheminée und dezimierten die Schnapsvorrräte der Familie Antonioni in erheblichem Masse. Rebecca war irgendwie frustriert aber ich hatte keinen Bock auf Psychohygiene.

Ich schlief auf dem Sofa denn:

1. Sicherlich würde ich nach diversen Digestifs mächtig schnarchen.

2. Ich musste am Morgen früh auf nach Bagnols.

Nach kurzem Weckerlärm stand ich auf, duschte, nahm 2 Espresso und 1 Scheibe dunkles Roggenbrot mit Terrine und 1 Orangensaft zu mir, bewaffnete mich mit der Walther und 2000 Euro und fuhr mit dem Kangoo los. Um 0827 war ich in Bagnols nahe genannter Adresse. Ich setzte mich in ein Café in ca. 50m Entfernung der Werkstatt, bestellte

Kaffee und Croissants und vertiefte mich in „Le Midi Libre" und schielte zwischendurch in die Gegend. Keine Auffälligkeiten. Ich ging aufs Klo, entsicherte dort die Walther und kehrte zurück. Ich bezahlte, kaufte in der Boulangerie noch ein Holzofenbrot und eine Zeitung und trottete Richtung Garage. Dort angekommen klaubte ich umständlich eine Zündkerze hervor und fragte, ob sie diese ersetzen könnten. Sie schauten sie an und der Junge setzte sich an den PC, der Alte, ein dunkelhäutiger hagerer Typ mit silbrigem Seehundschnauz und fast schwarzen Augen diskutierte mit mir die Vor- und Nachteile von Servicepackages.

Nach einem weiteren Blick in die Runde sagte ich zu ihm:"Pietra Sacra."

Er zuckte nicht mit der Wimper und führte mich ins Büro. Sauber in 2 Tücher eingepackt lagen dort 2 Nummernschilder.

„Elles ne sont pas bloquées. Mais le type qui les utilise vit en Suisse. Il préfère la solution meilleur marché."

Gutgut, ich nahm die Ware entgegen und rückte 10 Hunderter raus. Der Alte nahm mich zur Seite und steckte mir etwas in die Hand. Es war ein kleines Emailplättchen mit einem Auge und einem Kreuz. „Si vous avez besoin d'aide – montrez ça à n'importe quel gitan et il vous aidera. Aristide nous a dit que vous êtes quelqu'un de bien et que vous avez besoin d'aide – eh ben….."

„Si je veux contacter vos copains en Italie, je dois faire quoi? „Er blickte mich lange forschend an, verschwand kurz und brachte mir einen Zettel mit drei handgeschriebenen Telefonnummern. „Dites que c'est de la part de l'écrivain…. Que vous avez reçu les coordonnées…. "

L' écrivain?? Ich bedankte mich und fuhr los Richtung Blauzac.

Was hatte Zeus wohl für uns ausbladowert?

Um 11 Uhr war ich zurück in Blauzac und wechselte die Nummernschilder. Zeus kommandierte mich ab, um unseren bevorzugten Fahrzeugdealer und Informanten abzuspeisen und ich zottelte los. Ich stellte den Kangoo vor seinem Schuppen ab und stieg aus. Seine Frau Gemahlin kam sofort angedackelt und er liess auch nicht lange auf sich warten. Ich erklärte ihnen, dass wir uns als Liebespaar nicht mehr sicher fühlten und deshalb in ein anderes Ferienhaus ziehen würden. Ich zahlte ihnen nebst der Automiete und dem Depot noch ein kleines Restguthaben aufgrund der versprochenen Prämie aus und sagte ihnen ernsthaft, dass wir hofften in Cambrils an der Costa Dorada doch ein wenig sicherer vor dem prügelnden Unhold zu sein. Sie bedankten sich überschwänglich und schienen ganz zufrieden zu sein. Am Mittag fuhren wir in Zeus' Van los. Trotz des grossen Fahrzeugs war es eng. Nebst Zeus' umfangreichem Informatikmaterial mussten wir noch etwa 7 Kisten Wein und Esswaren mitnehmen, was auf eine eher kurze Reise hindeutete. Nach 2 Stunden fuhren wir in eine Tiefgarage in La Grande Motte. Zeus zückte sein Telefon und 2 Minuten später öffnete sich die Lifttür. Ich will verdammt sein, wenn der Liftboy nicht aussah wie Jules. Wir fuhren in den 13.Stock. Dort führte uns Jules II in ein Penthouse-Appartement mit 4 Schlafzimmern, Whirlpool und Sauna, Bar, Küche mit Produktionsinsel und versenkbarer Multimediaanlage im Wohnzimmer und auf dem Balkon.

Nicht ganz übel.

„Wie kommst du auf sowas?" fragte ich Zeus.

„Ich bin Teilhaber der Bewachungsfirma. Danilo übrigens auch."

„Wer ist Danilo?"

„Jules Zwillingsbruder."

Wem gehört die Wohnung?

„Einem Russischen Ölmagnaten. Er kommt jeweils im Sommer für ein paar Tage vorbei."

Wir hausten uns ein.

La Grande Motte wurde in den 60er-Jahren auf den alten Weinbergen und dem Sumpfland einer Stierenfarm erbaut. Der Architekt Jean Balladur baute riesige Wohnblöcke, die der Form nach aztekischen

Pyramiden nachempfunden waren. Aus der Ferne sah es gigantisch aus. Der Ort hatte gerade mal Achttausend Einwohner, in der Hochsaison lebten aber über Hunderttausend Menschen dort. Im Winter war es eine Geisterstadt. Viele Rentner aus dem Norden verbrachten ein paar Wochen hier und liessen sich nicht selten als „Gardiens", Aufpasser engagieren und konnten so mehr oder wenig gratis ein Appartement bewohnen und zu hundert leeren Appartements schauen. Bei gutem Wetter fand man sie beim Pétanquespielen oder in einer der wenigen Restaurants, die das ganze Jahr geöffnet hatten. Im Winter hatten gerade mal 4 kleinere Supermarchés offen, lokales Gewerbe gab es nicht.

Im Hafen Port Camargue tummelten sich hunderte von kostspieligen Yachten. In la Grande Motte befand man sich in der C-Liga der Reichen. A & B befanden sich an der Côte d'Azur.

Danilo klärte uns kurz auf. Internetanschluss hatten wir keinen, den mussten wir uns organisieren, Danilo schlug vor, via Relais das W-LAN eines anderen Appartements zu nutzen, das 3 Stockwerke unterhalb das ganze Jahr verfügbar war. Die notwendigen technischen Utensilien könnten wir uns in Montpellier problemlos beschaffen.

Sinnvoll einkaufen konnte man in den etwa 7 Km entfernten Dörfern Aigues-Mortes und Grau-du Roi, dort hatte es grössere Supermarchés, Detaillisten und auch Wochenmärkte. Weiter gab es in der näheren Umgebung Bauernhöfe mit nicht zu verachtenden Spezialitäten und rund um den Etang de Berre viele Austernproduzenten und die Kellerei von Noilly- Prat, einem aromatischen Wermutähnlichen Getränk (es sollen über 17 verschiedene Gewürze dafür verwendet werden), das ich gerne für Coq au Vin zusammen mit Weisswein einsetze.

Für grössere Dinge waren Montpellier und Nîmes die nächsten Zentren.

In Sachen Sicherheit war es so, dass man nur mit einem speziellen Schlüssel in unser Penthouse gelangte. Dies war keine gute Situation. Denn wenn jemand in den Besitz des Schlüssels gelangen sollte, wäre derjenige im Nullkommanichts mitten im Appartement. Ich musste mir also etwas einfallen lassen.

Zeus begann die Informatik einzurichten und schickte mich mit Rebecca nach Montpellier, um das Zubehör für den Internetzugang zu kaufen. Ich kaufte das Gewünschte und ging mit Rebecca noch kurz Kleider einkaufen. Sie genoss das Anprobieren, kaufte ein paar Dinge und war in Hochstimmung. Auf dem Rückweg hielten wir noch in „La Ferme Gourmande" an und kauften dort 1 grossen Beinschinken, Olivenöl mit Provencekräutern, Knoblauch, 1 Gigot d'Agneau, Gemüse, Salat, Roggenbrot aus dem Holzofen und einen steinharten Schafskäse aus biologischer Produktion ein.

Im Penthouse richteten wir dann mit Danilos Hilfe das Netzwerk ein, ich wusste nie ganz genau wie es vor sich ging, ich war in der Küche und hörte nur das Fluchen.

Ich kochte den Beinschinken – immerhin dreieinhalb Kilo in einer Bouillon mit 3 Flaschen Picpoul de Pinet, 5 dl Noilly Prat und 1 dl Brombeerlikör, 8 Zweigen Rosmarin, ca. 30 Knoblauchzehen, 4 Esslöffeln Honig und 1 Chilischote auf kleinstem Feuer. Dazu buk ich einen ca. 2 Kilo schweren Zopf und bereitete einen rassigen Salat zu.

Dann setzte ich mich auf die Terrasse hinaus. Ein rauer Wind aus Nordwesten blies, die Temperatur war bei etwa 8 Grad. Der Himmel war wolkenverhangen und das Licht der bereits untergegangenen Sonne schuf kontrastreiche und Im Farbspektrum von Orange bis zu Violett reichende Bilder. Niemand malt so gut wie die Natur.

Ich goss mir ein Glas gekühlten Picpoul ein und lehnte mich in der Liege zurück.

Hier war es schön. Und trotzdem war mein ganzes Leben innert weniger Tage auf den Kopf gestellt worden. 2 nahestehende Personen waren meinetwegen umgebracht und vielleicht auch gefoltert worden. Ich war angeschossen worden, meine Wohnung wurde durchsucht und eine der grössten kriminellen Organisationen trachtete nach meinem

Leben. Ich hatte erstmals im Leben eine Frau, die ich als Partnerin ansah. Unsere Beziehung brachte sie in Lebensgefahr.

Budget der Ndrangheta bei 40 Milliarden. Wir hatten nur noch gerade 3-4000 Franken auf dem Bankkonto.... Und natürlich die illegale Kohle aus Bovalino...

Ich dachte lange nach, nach einer gewissen Zeit wurde mir kalt. Aber ich wusste nun, wohin ich gehörte.

Um 2030 tischte ich auf: Salat, Zopf, Beinschinken mit 3erlei Senf und dazu einen Mas de Daumas 1998. Wir waren zu viert, Danilo ass auch bei uns.

Zeus vertilgte ein faustgrosses Stück Schinken, sah mich dann an und murmelte mit vollen Backen:"Bemerkenswert!!"

Das war für ihn etwa die Äquivalenz zum Ritterschlag.

Ich fand, ein wenig mehr Salz und eine weitere Schärfe (Wasabi?) könnte das Ganze noch aufwerten. Danilo und Rebecca schlugen sich einfach die Bäuche voll und ersterer sagte nach dem Essen – er hatte zwar schon einen in der Haubitze – er würde gerne weiterhin bei uns essen.

Ich ergriff die Gelegenheit. Sicherheitsbezogen sollte ab sofort NIE-MAND mehr den Liftschlüssel für das Penthouse haben. Telefonische Anmeldung obligatorisch und die Penthousebewohner rufen den Lift. Nur wenn alle unterwegs waren, nahmen wir den Schlüssel mit.

Konnten wir umsetzen.

Fortan konnte jemand nur noch nach Freigabe von oben in das Penthouse gelangen. Der Warncode war „unbedingt".

Oben verrückten wir einen Bücherschrank, damit man vor dem Lift eine Deckung hatte. Auf der Terrasse installierten wir 2 Bewegungsmelder.

Kurz vor Mitternacht hatten wir endlich eine gute Verbindung mit dem Internet.

Auf dem neuen Forum für Bucher waren für rund 3 Megabytes Daten für uns drauf. Jede Menge PDF-Files. Zeus schickte uns zu Bett und begann die Daten zu sichten und in StocForens® einzugeben.

Unser Bett war 6 Quadratmeter gross und elektrisch verstellbar. Es hatte sogar eine Vibrationsfunktion und ich bezweifelte, dass diese medizinische Indikation hatte. Die Kamera hinter dem fix installierten Spiegel sprach auch ein wenig dagegen....

Im Kleiderschrank fanden sich neben Streichhölzern, Kerzen, Peitsche auch noch diverse Leder- und Latexkleider. Na ja, jedem das Seine. Ich durchsuchte die Zimmer genau und stellte fest, dass jedes kameraüberwacht war. Das Überwachungszentrum war in einem Schrank des südlichsten Schlafzimmers, demjenigen mit dem einzigen Privatbalkon. Auch die Duschen der anderen Schlafzimmer wurden per Kamera überwacht. Der Russische Ölmagnat schien seine Gäste genau kennen zu wollen...

Rebecca schob unbekümmert eine DVD ein und schaltete an. Ein massiger hellhäutiger Mann versuchte krampfhaft, seinen kurzen dicken Schwanz in den Arsch einer grossbusigen schlanken Blondine zu stecken. Rebecca schaltete ab und sagte gleichmütig: „Das nenne ich perversen minimalinvasiven Sex."

Sie brachte mich immer wieder zum Staunen. Weich wie Zuckerwatte und manchmal zäh wie Leder. Wie tough war sie wirklich? Immerhin zeigte sie technischen Errungenschaften wie der Vibrationsfunktion an diesem Abend eine gewisse Aufgeschlossenheit. Ihre Kritik „für solche die zu faul sind, sich beim Vögeln zu bewegen!" entbehrte nicht einer gewissen Richtigkeit.

12. Februar

Am Morgen ging sie als erste raus und holte uns Croissants und Frischbrot aus Le Versailles, einer Boulangerie nahe des Hafens.

Ich setzte mich in den Whirlpool und liess es mir bei 32 Grad Wassertemperatur und wechselnden Farbeffekten zu Walgesängen gut gehen. Rebecca hüpfte nach dem Einkaufen auch noch kurz rein und genoss den Luxus. Duschen, anziehen, Tischdecken.

Wir speisten wie die Götter: Ich hatte mit der Fleischschneidemaschine hauchdünne Schinkentranchen und Golfetta-Scheiben geschnitten, dazu Tête de Moine gedreht und Rührei mit Sauerrahm, Guanciale und Schnittlauch zubereitet. Für Verwegene gab es den harten Bio-Schafskäse und das Roggenbrot dazu. Quittengelée und Thymianhonig wie immer inklusive. Orangensaft, 8 Sorten Kaffee zur Auswahl an einer Profimaschine und ein Crémant de Bourgogne für die Alcoolos waren vorhanden.

Zeus kroch im Morgenmantel zu Tisch, er hatte wohl bis tief in die Nacht gearbeitet. Ich fand einen Sandwichtoaster und machte ihm 2 Roggenbrottoastsandwiches mit Guanciale, Rührei und Petit Basque-Scheiben. Dazu einen 4-fachen Espresso mit 1 Schuss Schlagrahm.

Er hatte dünne Augenschlitze und sprach nicht. Rebecca liess sich über die Architektur des Ortes aus, ich über die Einrichtung des Appartements und Danilo über die Einkaufsmöglichkeiten in der Umgebung und die Polizei.

Zeus vertilgte die 2 Toasts und verlangte nach einer Variante mit dem Beinschinken von gestern, mit Petit Basque, Zwiebelringen und Essiggurkenscheiben. Davon verzehrte er weitere 4 Toasts, trank 4 Deziliter Orangensaft und 1 Cüpli Crémant dazu. Danach wieder ein 4-facher Espresso mit Schlagrahm.

Nach dem Essen verkündete er, er werde uns um 1400 eine Demonstration des ergänzten Files von StocForens® zeigen, das uns die weiteren Handlungsfelder aufzeigen würde. Danach schleppte er sich wieder in sein Zimmer um nachzuschlafen.

So zottelte ich mit Rebecca los an den Strand. Die Sonne schien, aber der Wind war recht frisch. Vorne am Meer setzen wir uns in den Sand und sie lehnte sich an mich.

Schweigend sassen wir dort und dann sagte ich etwas, was ich heute noch nicht ganz richtig einordnen kann:

„Du hast dich für mich entschieden."

„Was meinst du damit?"

„Du hättest abhauen können und alle Schwierigkeiten wären weg gewesen. Du hast das nicht getan. Warum?"

Sie blickte mich mitleidig an.

„Falls es dir bisher nicht aufgefallen sein sollte: Ich liebe dich."

Ich schwieg einen Moment. „Ich hab dich sehr gern. Du gehörst irgendwie einfach zu mir."

Ich legte den Arm um sie und sie lehnte ihren Kopf an meine Schulter. Gute Güte. Bei solchen Filmen schalte ich sonst sofort ab. Aber irgendwie fühlte ich mich einfach glücklich. Das Böse in dieser Welt schien in diesem Moment an Gewicht verloren zu haben. Und das war nicht ganz schlecht so.

Am Mittag bereitete ich eine einfache Bouillabaisse zu und reichte dazu geröstete Baguettescheiben mit Käse und Knoblauch. Zeus erschien nicht.

Um viertel nach 2 stand er auf, bereitete sich mit einem halben Baguette ein Riesensandwich zu und vertilgte dies. Danach rief er uns ins Projektionszimmer und zeigte uns die ergänzten Charts von StocForens®.

„Nach den Daten von Bucher sieht es schon viel klarer aus. Wir haben drei Angriffspunkte."

Er schaltete den Beamer an und zeigte uns die Mindmaps.

„Jannsen ist klar, der ist 100% Ndrangheta. Die Firmen sind auch klar, dort gibt es eine über 80%ige Beteiligung der Ndrangheta in Sachen

Inhaberschaft, in 5 von sieben Fällen ist die Geschäftsleitung klar familiär mit Kalabrien liiert.

„Die Namen sind entweder Opfer – Liste 1 sind alles Opfer von Attentaten, beim Material, das wir Guéttaz geliefert haben wir Auszüge von Banktransaktionen, die genau diese Beträge an die Leute von Liste 2 beinhalten. Also genauer gesagt, die Liste der Tötungsaufträge und der Opfer- und Killerliste ist in unserem Besitz. Entschlüsselt. Und wir sind die einzigen, welche solche zusammenhängenden Daten in unserem Besitz haben. Die Wahrscheinlichkeit zu einem Patt ist auf 68% gestiegen. Kommt noch dazu, dass Bucher inzwischen 7 Hotels identifiziert hat, in deren Aufsichtsgremien Leute sitzen, die bei V-Care und den italienischen Institutionen auch drin sind."

Wir schauten die Grafiken an. Alles klar, langsam trieben wir sie in die Enge. In diesem Augenblick läutete Rebeccas Handy. Sie nahm ab, hörte kurz zu und sass dann ab. Ihr Gesicht sah aus wie die fleischgewordene Verzweiflung. Sie war leichenblass und würgte. Nach ein paar Minuten erklärte sie uns, dass die beiden Hauskatzen ihrer Mutter an Drahtschlingen am häuslichen Apfelbaum aufgehängt worden waren. Aufgrund des Ferienhauses waren nun auch Rebecca und ihre Familie zur Zielscheibe geworden. Am selben Nachmittag entdeckte ich in „Le Midi" einen Artikel, der von einem Brand in einem Häuschen in Blauzac handelte… schnell gnaden- und rücksichtslos hatten die Vollstrecker wieder zugeschlagen.

Zeus kochte. Wir informierten sofort die Polizei und Rebeccas Familie wurde in Schutzhaft genommen.

Noch im Verlaufe des Tages eröffnete Zeus uns die Gegenmassnahmen. Er hatte das Dossier V-Care mit Dr. Grieber aktiviert. Noch heute würde in einer prominenten Nachrichtensendung veröffentlicht, dass V-Care mit illegalem Medikamentenhandel jährlich um die 20 Millionen Gewinn machen würde.

Dies bedeutete, dass die Ndrangheta von heute an einen Rückgang der Einnahmen um 20-30 Millionen Euro in Kauf nehmen muss – Grieber hatte das Dossier Medikamentenbetrug mit Swisshealth (Branchenverband der Krankenversicherer der Schweiz) diskutiert und mit ihnen ausgehandelt hatte, dass wir 15% der Einsparungen während eines Jahres erhalten würden, wenn wir Missstände schlüssig aufdecken könnten. Dr. Grieber, ein schweizweit bekannter Jurist im Fachgebiet Versicherungsrecht, hatte 2 Jahrzehnte als Jurist einer schweizerischen Krankenversicherung auf dem Buckel bevor er sich erfolgreich selbständig machte und in Beratung und Expertisen sein Geld verdiente. Seine Spezialität waren seit etlicher Zeit sogenannte Cost Reduction Contracts: Er stellte Versicherungen in Aussicht, dass durch seine Nachforschungen Einsparungen vorgenommen werden könnten und verlangte nach nachgewiesenem Erfolg einen Prozentsatz der eingesparten Summe für 1 Jahr. Ein Versicherungskopfgeldjäger gewissermassen. Zeus hatte ihm die Medikamentengeschichte mitsamt den Unterlagen geschickt und Grieber hatte den Teppichhandel erledigt. Immerhin könnten dabei für uns rund 3 Millionen (abzüglich des Honorars für Grieber, die 12% machten dann doch 360'000 für ihn aus – nicht schlecht für ein paar Tage Verhandlungen....) herausspringen.

Zeus fuhr nach Montpellier und schickte ein Mail an eine Anwaltskanzlei in Cambrils mit folgendem an eine Faxadresse in Poliano zu sendendem Inhalt

Sehr geehrter Herr .....

Wir nehmen zur Kenntnis, dass Sie
    a)   Herrn P. Frautschi und Herrn X. Werren, und Frau .... Ermorden lassen haben, um zu verhindern, dass die kriminellen Machenschaften ihrer Organisation publik werden.

b)   Nun auch die Familie von Rebecca A. bedrohen, um uns von unserem Vorhaben, das Wachstum ihrer Organisation in der Schweiz zu stoppen, abzubringen.

c)   Sie durch ihre Leute (die fotografiert, identifiziert worden sind), uns nachstellen lassen und auch nicht zögern, als Strafaktion ein Ferienhaus niederzubrennen.

d)   Trotz vernichtender Datenlage über ihre Organisation in unseren Händen immer noch den konfrontativen Stil wählen.

Als erste Gegenmassnahme gegen ihr rücksichtsloses Vorgehen werden wir heute den Jahresgewinn ihrer Organisation nachhaltig um rund 20 Millionen Euro schmälern und diverse Exponenten ihrer Organisation werden von diesem Zeitpunkt an gejagte Menschen sein. Leider hat die Behörde diese Informationen vor Ihnen vernommen, ein Teil Ihrer Schweizer Kaderleute wird sich bei der Lektüre dieses Schreibens bereits in Polizeigewahrsam befinden.

Wie sie ja bereits sicher vernommen haben befinden sich weitere Informationen bezüglich Ihrer Institution in unserem Besitz. Sie erahnen ja sicherlich bereits, dass wir die Codes geknackt haben….

Jedenfalls kennen wir die Namen der Opfer, die ihre Auftragskiller umgebracht haben, die Prämien der Killer und die Namen der Ausführenden. Dann sind wir im Besitz der Reportings aus mehreren Regionen und weiterer Daten, die Ihrer Organisation massiven Schaden zufügen können.

Wir kennen diverse Institutionen in Italien, der Schweiz und anderen Ländern, die von Ihnen unterwandert sind – diverse Geldwaschbetriebe haben wir identifiziert.

Wir sind vorbereitet, diese Daten mittels eines Mausklicks an folgende Parteien (Die Gruppe ist auf 6 voneinander unabhängigen Computern auf 5 Kontinenten auf Outlook erstellt, das Schreiben als Entwurf gespeichert) zu schicken: Holger Wennstrom, Mafia, Cosa Nostra, Camorra, Sacra Corona Unita (Apulien), Stidda (Sizilien), Nasa Stvar (serbische Mafia), Vory v Zakone (Russland), DIA, Europol, Interpol und NSA und jede polizeiliche Behörde der EU.

Dies wäre natürlich die Ultima Ratio. Angesichts des bisherigen Vorgehens Ihrer Institution müssen wir natürlich davon ausgehen, dass Sie die Konfrontation vorziehen. Innert 72 Stunden werden wir uns deshalb gezwungen sehen, die nächsten Interna Ihrer Institution zu veröffentlichen - die ersten Folgen werden Sie inzwischen bereits erlebt haben - sofern Sie nicht in persönlichen Gesprächen glaubhaft versichern können, dass Sie auf weitere Gewaltmassnahmen verzichten werden. Bei weiteren Aggressionen gegen uns oder uns nahestehenden Parteien sind die Inhaber der 6 Computer gehalten, das Material unverzüglich zu versenden.

Die würde Ihrer Organisation einen nicht wieder gut zu machenden Schaden zufügen und sie wären wahrscheinlich in einem erheblichen Erklärungsnotstand.

Wir eröffnen ihnen die Möglichkeit der Kommunikation auf folgender Website mit dem Username „Homebase" und einem Passwort, dass Sie via SMS erhalten, sobald Sie ihre Nummer auf dem Gästebuch auf folgendem Portal deponiert haben: www.exoticbirdscute.com. Wir warten genau 72 Stunden, danach setzen wir die nächste Tranche an Informationen ab. Uns ist daran gelegen, weiterhin eine menschenwürdige Existenz zu führen. Deshalb arbeiten wir auf ein Patt, nicht auf die Zerstörung. Wir brauchen deshalb glaubhafte Garantien, dass unsere Position auch respektiert wird.

Hochachtungsvoll
Triade Réduit Suisse

„Spinnen sie?" hatte Rebecca gemeint. „Das ist unser Todesurteil!".
Zeus schob sich gleichmütig eine Feige mit Gorgonzola in den Mund

und meinte: „Das wird nie veröffentlicht. Aber so warnen wir sie vor, dass nach unserem ersten Schuss noch massiv mehr folgen kann."

„Und was machen wir dann?"

„Wir treffen uns und machen einen Deal."

„Mit der Ndrangheta? Sie sind verrückt!"

„Das mag sein. Aber ausser lebenslänglichem Untertauchen haben wir keine Alternative. So machen wir einen Showdown und treffen uns nach ihrem Gusto."

Zeus Schluckte und rülpste zart.

„Unser einziges Problem ist nun Lausanne. Guéttaz hat Informationen, die er im Widerspruch zu unserem Arrangement verwenden könnte. Sie müssen die Informationen holen und sicherstellen, dass er sie niemandem weitergeleitet hat."

Ich starrte ihn ungläubig an: „Sie wollen, dass ich die Informationen illegal zurückhole? Von der Universität?"

„Ja!"

„Bravo. Die haben Sicherheitskonzepte und Backups. Null Chance für mich."

Zeus starrte finster vor sich hin. Dann setzte er sich wieder hinter seinen PC und hackte 3 Stunden lang Daten ein.

4 Stunden später waren wir daran, die Sicherheitskonzepte der Ecole des Sciences Criminelles in Lausanne zu begutachten.

Nach einer Stunde begab ich mich in die Küche und erlöste die Kaninchen aus der Zitronen-Ingwer-Knoblauchtunke und umwickelte sie mit (ungeräucherten!) Speckstreifen. Neben einem Bulgur mit Peperoni, Tomaten, Peperoncini und Zwiebeln liess ich sie im Ofen schmurgeln, machte aus dem Rest der Tunke eine sämige Sauce und bereitete einen Herbstsalat mit Speckwürfeln und gebratenen Eierschwämmen zu /ein Schuss Trüffelöl!). Zuvor servierte ich eine Mini-Soupe du Pecheur mit den Resten der Bouillabaisse, Croutons und passierten Tomaten mit Knoblauch und Ziegenkäse.

Zum Trinken gab es diesmal etwas Einfaches: Einen Costière de Nîmes, der immerhin die Silbermedaille in Orange gewonnen hatte. Alle genossen es und Zeus beklagte sich zum ersten Mal überhaupt, ich hätte zu wenig Salat gemacht!

Nachdem wir alle mehr als genug gegessen hatten ging Danilo kurz nach draussen und kam mit einem Karton zurück. Er öffnete ihn, darin war eine äusserst lecker aussehende Apfeltorte mit der Aufschrift „Triade Réduit Suisse".

Nach einem Espresso und 2-3 Cognac wurde die Torte angeschnitten und…..sie zeugte von gutem Geschmack und Können. Das war doch mal was…...

13. Februar

Super. Dringen Sie doch mal in eine Schule für Verbrechensbekämpfung ein, klauen sie deren vertraulichsten Daten und deren Backups über die 2 letzten Wochen, checken Sie den Mailverkehr der Beteiligten und klauen Sie auch noch deren Daten. Brilliant. Aber das war das einzige, was Zeus zu bieten hatte.

Rebeccas Rolle war klar. Sie hatte Bezugspunkte zur Forensik und hatte sich schon mal in Lausanne eingeschrieben. Sie könnten wir allenfalls vorschicken.

In das CI (Centre Informatique) müssten wir unbedingt jemanden einschleusen können. Ich checkte die Mitarbeiter und mein Netzwerk. Kein Treffer.

Dann die Personalabteilung. Nach 4 Stunden hatte ich herausgebracht, dass 2 neue Mitarbeiter im CI im Mandatsverhältnis eingestellt würden, einer wurde vom Vize-Bereichsleiter rekrutiert, dieser befand sich aktuell in den Ferien. Ein weiterer war freischaffender Informatiker.

Nach 36 Stunden hatten wir eine Antwort auf „Exoticbirdscute" bekommen.

Übersetzt stand in etwa folgendes dort:

°*Werte Damen,*
Werte Herren,

Die aktuelle Situation ist für uns unbefriedigend. Wir sind an einer Verbesserung der Beziehungen grundsätzlich interessiert, brauchen aber sicherlich eine Geste des Guten Willens. Dies könnte bedeuten, dass Fallbeispiele unserer Geschäftspartner nicht an Hochschulen besprochen werden. Eine diesbezügliche Zusicherung würde unsere Bereitschaft zur besseren Kooperation unbedingt erhöhen. Auch sind wir daran interessiert zu erfahren, wie verlässlich sie Sie als künftige Partner wären. Ein Treffen in unserem geschätzten Italien würde uns erlauben, Sie persönlich kennen zu lernen und weitere Schritte zu diskutieren.

Wir erwarten diesbezügliche Vorschläge und rufen in Erinnerung, dass die Einmischung weiterer interessierter Kreise unseren höchsten Verdruss auslösen würde. Unsererseits ist uns daran gelegen, das Treffen wohlwollend zu gestalten und Lösungen vor Konfrontation zu stellen. Wir erwarten Bescheid und Zeichen guten Willens innert 72 Stunden.

In der Hoffnung auf vernünftiges Verhalten und Diskretion
N."

Auf der anderen Seite war Zeus daran, Scharfschützen zu rekrutieren. Sehr beruhigend.

Ich rief Bucher an. Er bezeichnete unser Vorhaben als geistesgestört und wünschte ausdrücklich, darüber nichts mehr hören zu müssen. Well. Ich machte mich also auf die Suche nach Eingängen. Um 0313 morgens stiess ich endlich auf etwas Brauchbares: Aufgrund der exorbitanten Zeit, die Staatsangestellte auf Facebook, Twitter und anderen

Onlineportalen verbrachten hatte der Kanton das CI autorisiert, einzelne PCs zu überwachen. Dies wurde vom Personalverband nicht goutiert, die hatten beim Datenschutzbeauftragten des Bundes ob der Rechtmässigkeit und Verhältnismässigkeit dieser Massnahme Beschwerde eingereicht. Das ganze Verfahren war hängig.

OK. Ich bastelte mir via Onlineportale und offiziellen Logos wieder einmal einen Ausweis, der mich als Michel Hovsepian, Mitarbeiter des Bundesamtes für Berufsbildung und Technologie, auswies. Ich las mich mal in die Themen Datenschutz und Legal Compliance ein. Dazu beschaffte ich mir über die Schweizerische Vereinigung für Qualitäts- und Managementsysteme eine Checkliste für Hardware & Softwareeinsatz.

In ein paar Tagen würde ich einsatzfertig sein. Ich rief einen meiner Informatikspezialisten an, den ich in IT-Fällen oft beizog. Er war freier Mitarbeiter für eine Firma, die sich auf die Überprüfung von IT- und Datensicherheit spezialisiert hatte. Die Firma war 1998 mit 2 Mitarbeitern gegründet worden und zählte mittlerweile 12 festangestellte Mitarbeiter und verfügte zudem über rund zwanzig Freelancer wie François Bersat. Er war gelernter Informatikingenieur und arbeitete als selbständiger Berater im IT-Bereich, nahm für die obig beschriebene Bude pro Jahr 5-10 Aufträge vornehmlich im Bereich System Penetration Testing – das heisst nichts anderes als den Versuch, in fremde Systeme einzudringen und dann den Kunden die Sicherheitslücken aufzuzeigen – wahr. Ein Hacker auf Bestellung. Ich erklärte ihm die Geschichte. Er überlegte und meinte dann, das Risiko sei ihm doch ein wenig gross, er müsse es zuerst genauer abwägen. Ich sagte ihm, ich würde morgen nochmals anrufen. So wie ich ihn kannte, würde er weich werden. Was gab es für einen Hacker Grösseres, als bei einer Hochschule für Kriminologie Daten klauen zu gehen?

Zeus rief am Nachmittag Dr. Grieber an, der rapportierte, was am Treffen mit Swisshealth geschah. Die Verhandlungen waren an sich gut verlaufen, Grieber monierte allerdings, dass die Experten das

Sparpotenzial deutlich tiefer bewertet hätten und nun von 22 Millionen ausgingen. Er sei nun nicht mehr ganz sicher, wer hier die kriminellere Organisation sei, die Ndrangheta oder Swisshealth…. Immerhin könnten sie nun auch für mindestens anderthalb Jahre Rückforderungen an V-Care stellen, so dass der effektive Sparbetrag bestimmt über 50 Millionen Schweizerfranken ausmachen würden und wir….

Zeus bat ihn, nochmals nachzufassen und darauf hinzuweisen, dass wir uns auch in Zukunft als nützliche Partner erweisen könnten, sofern man uns fair behandeln würde.

„Immerhin haben wir nun mal knapp 2 Millionen in der Kriegskasse."

Für diese Summe hatte ich bisher rund 10 Jahre arbeiten müssen, das nur am Rande.

Zeus war gut gelaunt und legte uns 4 Fotos vor.

„Der da", er nahm einen Schluck Costières de Nîmes, „ist Polizist in der Ukraine, dort zum Scharfschützen ausgebildet worden."

Auf dem Foto sah man einen glattrasierten, freundlich lächelnden Mann um die Dreissig mit Bürstenhaarschnitt.

„Dieser ist Finne, ein Jäger mit dem Hobby Rentiere auf 800m Distanz zu erledigen."

Er sah auch wie ein Jäger aus, wettergegerbtes Gesicht und Vollbart, graue Augen und ein ernstes Gesicht.

„Dieser ist die Achillesferse. Deutscher Staatsbürger, Ehemaliger Berufssoldat, zurzeit arbeitslos. Aber keine Strafregistereinträge in Deutschland."

Auf dem Foto stand ein hagerer Typ vor einer Garage, hellblondes Haar, graue Augen und ausdrucksarmes Gesicht. „Fachlich sicher gut, menschlich schwer zu beurteilen."

„Und der letzte, ein waschechter Schweizer, zweimaliger Schützenkönig und Waffennarr, aber aus soliden Verhältnissen. Voilà. Meine Truppe."

„Wozu brauchen wir die?"

„Die sind unsere Versicherung, dass man uns ernst nimmt und nicht einfach ins Jenseits befördert."

Wie nett. „Was haben sie überhaupt vor. Ich würde es vorziehen, wenn wir solche Unterfangen zu dritt diskutieren würden, da ich wahrscheinlich dort doch über ein wenig Erfahrung mehr verfüge als sie."

Er blickte mich an: „Mein Fehler. Wie würden sie dann das Gespräch mit diesen Leuten durchführen?"

„Das muss ja nicht von Angesicht zu Angesicht sein, oder?"

Er wiegte den Kopf hin und her und fragte: „So wie sie die Ndrangheta jetzt kennen gelernt haben – wie hoch schätzen sie die Wahrscheinlichkeit ein, dass die, wenn ihnen die Hosen derart runtergezogen worden sind, auf Distanz einer Einigung zustimmen würden?"

Ich überlegte. „Was sie wollen ist Gewissheit und Sicherheit."

„Die wollen uns vertrauen können", warf Rebecca ein. „Und das können sie nur, wenn wir uns in ihren Augen als…. würdig erweisen. So blöd das auch tönen mag.

Sie sind erzkonservativ und vertrauen auf Einschüchterung. Nun merken sie, dass sie viel Geld durch uns verlieren werden und logischerweise werden sie versuchen, uns umzubringen – aber nicht um jeden Preis. Zu viel Schaden kann die Führungsspitze nicht verkraften, ohne massiv an Autorität zu verlieren. Falls sie erkennen, dass unsere Beseitigung für sie vorteilhaft ist, werden sie keine Sekunde zögern. Die werden mit Massen von Metall und Blei einfahren. Jeder Fehler unsererseits führt unweigerlich zu einem Begräbnis."

Zeus nickte beifällig. „Sie wollen uns in die Augen sehen können und wissen, was für Menschen wir sind. Vergesst nicht ihre Leitsätze: Fedeltà, Umiltà und Il Coltello. Sie werden versucht sein, sich Respekt zu verschaffen – durch Drohungen und allenfalls Gewaltanwendung. Wir tun dasselbe, aber professioneller. Wir machen keine Fehler. Und zeigen, wer den Lead hat.""

Ich blickte die beiden skeptisch an. War das etwa der Beginn von galoppierendem Realitätsverlust?

„Nur damit ich's auf die Reihe kriege: Wir spazieren irgendwohin, wo die Vertreter der grössten kriminellen Organisation Europas auf uns warten und lassen uns von 4 Scharfschützen, die wir nicht kennen bewachen. Entschuldigt, aber das ist wohl der dämlichste Plan, der mir je zu Ohren gekommen ist!"

Zeus schlug donnernd mit der Faust auf den Tisch: „So nicht! Wir sind zuerst dort und warten auf sie. Wir planen das Treffen minutiös bis ins letzte Detail. Wir kommunizieren den Treffpunkt erst im letzten Moment. Und wir haben mindestens 3 Fluchtszenarien. Und wir zeigen denen, dass wir ernstzunehmende, aber faire Widersacher – ich ziehe dieses Wort dem „Gegner" vor – sind. Ich weihe sie nun beide in meine Planung ein. Sie haben volles Mitspracherecht. Also lasst uns arbeiten!"

An diesem Abend gingen wir kurz nach Mitternacht zu Bett. Ich konnte noch lange nicht schlafen, aber Rebecca war sofort weg und ich wollte sie nicht wecken. Lonely is the night….

15. Februar

Am nächsten Morgen erwachte ich gegen neun Uhr. Draussen regnete es leicht. Zeus stand bereits in der Küche und bereitete Crêpes zu. Ich begrüsste ihn und er grummelte nur:"Süss oder salzig?"

So kam ich am frühen Morgen zu einem Crêpe mit Kräuterschinkenwürfeln und geriebenem Petit Basque und einem zweiten mit Guanciale und Frischkäse mit Provencekräutern und Knoblauch. Rebecca genoss ein süsses mit Bitterorangen und einem Minischuss Cointreau und Zimt, Zeus nahm wagemutig 3 Crêpes mit wechselweise Guanciale, Kräuterschinken, Roquefort- oder Frischkäse. Dazu Orangensaft, Latte Macchiato und Wasser.

Die Stimmung war angespannt, der ehrgeizige Plan stand nun fest und jetzt war es an uns, das Angebot an die Ndrangheta zu konkretisieren, sprich, eventuell gefährliche Daten der UNIL wieder abzujagen. Um 11 Uhr rief ich François an, der war schon sehr gut drauf...

„Hey! Habe auf deinen Anruf gewartet! Das sind mir Knilche. Ich bin bereits auf Ebene 2, das heisst, derjenigen der Mitarbeiter. Es gibt halt schon Deppen, die die Vornamen der Ehefrau oder der Kinder als Passwort verwenden. Nun bin ich daran, das Passwort des SysAdmin zu knacken, dabei gehe ich auf die Daten der 2 neuen Mitarbeiter und baue dort ein Gate ein."

„Was ist das?"

„Oh, bloss eine kleine Schikane, bei der er aufgefordert wird Username und Passwort noch einmal einzugeben. Natürlich passiert diese Anfrage im Layout der UNIL. Danach habe ich sein Passwort."

„Ist das so einfach?"

„Nö, das Gate kannst du erst einbauen, wenn du ins System eindringen konntest. Dabei gibt es besonders schützenswerte Daten, an die kommst du nicht ran. Aber bei einfachen Anfragen, wie zum Beispiel dem Einrichten eines neuen User-Account, kannst du den Leuten doch einiges entlocken, wie zum Beispiel der erneuten Anfrage nach Username und Password. Du musst einzig in einem oder 2 Files diese Zusatzschlaufe einbauen, wenn der SysAdmin dies nicht schnallt – meist wird er es auf einen Systemfehler zurückführen – habe ich dann seine Zugriffsrechte geknackt."

„Super. Bis wann hast du das?"

„Sobald er die neuen Accounts einrichtet. Heute, morgen, übermorgen....."

„Na prima. Ich muss dann noch wissen, wo die Backups abgespeichert und aufbewahrt werden, die muss ich physisch holen."

„Wir könnten sie auch überschreiben. Ist aber nicht 100% sicher, vielleicht haben sie fixe Backups, die nicht überschrieben werden. Aber das finde ich heraus."

„Dann brauche ich noch die Gewissheit, dass Pierre Guéttaz folgende Dateien nicht via Mail anderen zugestellt hat." Ich nannte ihm die Dateien.

„Ok, ich versuche es zu checken. Was krieg ich für die Arbeit?"

„Fünfhundert pro Stunde. Obergrenze 10000. Ist das OK?"

„OK, und bei Erfolg eine Prämie von Fünftausend schwarz."

„Ok. Viel Erfolg!"

Rebecca war dabei, Flugpläne zusammenzustellen. Unser Scharfschützenteam wurde informiert, dass sie

a)   als Waffe eine Barret M-82A1 (XM 107) erhalten würden und die dann auch behalten durften

b)   einen Tag üben durften

c)   weissgraugrüne Kleider tragen mussten

d)   Tarnutensilien und Thermowäsche kriegen würden

e)   Sowie 2500 Euro Vorschuss erhalten würden (Flugbillette und Spesen exklusive)

Die Jungs würden bald in Lugano Agno eintreffen.

Langsam ging es Richtung Showdown und entsprechend war die Stimmung angespannt.

Rebecca schlug einen Spaziergang am Strand vor und wir zottelten los. Der Wind hatte gedreht und blies ein wenig trockenere und wärmere Luft gegen das Land. Es war sonnig, 15 Grad warm und wir zogen am Strand entlang bis Port Camargue. Dort kaufte Zeus Pétanquekugeln und wir duellierten uns 2 Stunden lang. Zeus wurde mit Abstand Sieger, hatte aber einen nicht zu unterschätzenden Vorteil aufgrund seines batteriebetriebenen Kugelaufheb-Magneten – Dinge die französische Rentner ab etwa 90 Jahren verwenden - und versuchte uns krampfhaft weizumachen, dass sein Sieg mit Wahrscheinlichkeitsberechnungen zu tun hatte. Wir lachten ihn aus und wanderten zusammen wieder zurück nach La Grande Motte.

Immerhin alles in allem 6 Stunden Spaziergang und Pétanque. Im Appartement waren alle heisshungrig. Wir mochten nicht auf das Gigot warten und ich kochte Spaghetti Aglio Oglio Peperoncino und machte einen Rucola- Salat mit Oliven, Knoblauch und Schalotten.

Dazu tranken wir einen Rasteau Côtes du Rhône Villages, der mit seiner Wuchtigkeit dem Geschmack des Hauptgerichtes die Stirn zu bieten vermochte.

Danach Käse und zum Schluss noch Armagnac...

Ich war vollgefressen, stank nach Knoblauch und trotzdem fiel Rebecca um fast Mitternacht noch über mich her. Ich musste ein Sexgott sein, anders war das unmöglich zu erklären!

16. Februar

Am nächsten Morgen war ich anscheinend der frühe Vogel. Ich stand auf, zog meine Jogging-Kluft an und trabte brav los. Nach rund 5 Kilometern stoppte ich kurz bei der Boulangerie und kaufte 1 Pain Complet und 3 Croissants.

Zurück beim Appartement kam ich nicht mehr rein. Ich klingelte mehrere Male, endlich wurde ich raufgelassen. Oben war Palaver, irgendetwas funktionierte nicht richtig und Danilo rannte herum.

Ich duschte, fönte und stand in die Küche, heute gab's Wachtelspiegeleier mit dem letzten Rest Guanciale-Speck.

Ich schloss unsere Handys wieder an die Ladestation an und liess mir mal einen Kaffee raus. Das Vollkornbrot schob ich noch kurz in den Ofen.

Zeus war irgendwie genervt und fahrig. Das war ungewöhnlich. Ich sprach ihn darauf an. Er grummelte etwas und verkündete, er werde Heute oder Morgen ein paar Dinge offenlegen. Sei's drum. Erst mal essen und dann zurück an die Arbeit.

Nach dem Frühstück rief ich François, an der war schon voll in seinem Element.

„Wie sieht es aus?"

„Nicht ganz einfach mein Lieber – das wird dich was Kosten!"

„Nur zu! Bin ich mir ja von dir gewohnt!"

„Also es gibt 1 Backup auf je einem Server des Office Cantonal de l'informatique und einem Server des Centre Informatique der UNIL. Dazu noch Datensicherung physisch auf 2 Bändern, gerades und ungerades Datum im Tresor der UNIL im Hauptbüro zentrale Dienste und jeweils nach einem Monat im Haupttresor."

„Hat er Material weitergeschickt? Kannst du die Sicherungen auf den Servern löschen?"

„Nur intern, an 2 Accounts. Das kann ich löschen. Die Backups auf den Servern kann ich auch löschen. Das braucht aber ein paar Stunden."''

„Tu das. Um den Rest kümmere ich mich und schick mir eine unverbindliche Rechnung über „Beratungsleistungen IT. Noch etwas: Es wäre gut, wenn Guèttaz und die 2 anderen User glauben würden, dass sich auf diesen Programmen ein Trojaner befunden hat, der für den Datenverlust verantwortlich ist"

„Mach ich doch, das wird aber noch einmal teurer – und pass auf dich auf!"

Ein guter Ermittler, etwa so gefährlich wie ein Rasiermesser!

Das war happig. 2 Tresore. Und Aristide war irgendwo in Tunesien….

Ich rief einen weiteren Kollegen an, der sich mit Sabotage im Bereich IT auskannte, Sascha Kuster. Er war Elektroingenieur und hatte 4 Jahre für das VBS im Bereich Datensicherheit und Sabotage gearbeitet. Im Laufe der unzähligen Sparrunden in diesem Departement war er vor 2 Jahren über die Klinge gesprungen und hielt sich seitdem schlecht und recht mit einer Teilzeitanstellung bei den Bundesbahnen und Gelegenheitsjobs über Wasser. Ich schilderte ihm den Fall und er war sofort

Feuer und Flamme. „Tresore und Datenbänder? Geil. Da kann ich mal etwas Neues ausprobieren."

Ich vereinbarte mit ihm, dass er mir innert 24h ein Konzept zur Unschädlichmachung der Bänder präsentierte.

Danach ging ich in die Küche und bereitete ein Gigot au Roquefort zu, wobei ich das Fleisch zuvor mit einer Kräuter-Pfeffer-Panade eingerieben und 6 Stunden ziehen lassen hatte. Als Beilagen gab es ein Risotto mit Weisswein, Noilly Prat, Chalotten und Knoblauch sowie einen Salat mit Ziegenkäsecroutons.

Dazu Guigal Côte Rôtie brune et blonde, Zeus hielt nach dem ersten Degustationsschluck andächtig inne und sagte: „Das ist ein verdammt anständiger Wein. Was ist das?"

Er starrte auf das Etikett und erhob sich, um den Wein in sein Genussbuch aufzunehmen – ein Buch in unmöglichem Format, das er aber konsequent benutze, wenn er etwas exquisit fand. Ich hatte ihn schon zig-mal wahnsinnig gemacht, da ich intuitiv koche und ihm das genaue Rezept nicht mitteilen konnte. Guigal hatte soeben den Ritterschlag erhalten.

Zeus dozierte während des Essens über die Barret M-82A1, das Scharfschützengewehr. Er hatte einen speziellen Munitionsfabrikanten ausfindig gemacht, der für ein horrendes Honorar bessere Munition liefern würde. Das Gewehr war so konzipiert, dass man damit auf rund 1.5 Km gut treffen könnte. Problem war, dass die aktuelle Munition nur bis 800 m verlässlich war. Dieses Defizit wollte Zeus mit der neuen Munition beheben.

Die Anlage war so gedacht, dass wir uns mit den „Ehrenwerten" auf italienischem Staatsgebiet treffen würden. Sie bestanden darauf, die führenden Protagonisten von Triade Réduit Suisse von Angesicht zu Angesicht zu sehen.

Wir würden den Ort vorgeben und durch unsere Scharfschützen absichern lassen.

Sie würden den Ort 48 h vor dem Treffen erfahren, wir wären zu diesem Zeitpunkt bereits dort. Wir hatten drei Fluchtwege: Wegfahrt in einem Kleinlastwagen mit der Aufschrift „Chaletbau Zerzuben" mit schusssicherem Glas und Aufbau, Vollgummipneus (insgesamt Kostenpunkt 147`600 Franken), Schneeschuhen und Funkgeräten (Kostenpunkt 2087.- Franken) und unserem netten Camper. Dazu kam die Miete eines Mercedes Viano Marco Polo mit Kostenpunkt von 12000.- Franken und wieder ein Wohnmobil für rund 8000.-.

In 2 Tagen musste ich die UNIL-Sache erledigt haben, ihre Majestät Zeus verliess uns schon am nächsten Morgen, um die Scharfschützen schulen zu gehen. Er traf sich in Domodossola mit Jules, der ihm als Chauffeur dienen sollte.

Alle 5 übernachteten in einem gemieteten Camper in einem abgelegenen Bergtal.

Rebecca wurde echt zur Klugescheisserin des Jahres. Sie nörgelte an meinem Vorgehen bezüglich UNIL herum, fand die Disposition von Zeus Scheisse und brachte echt nichts Konstruktives mehr vor. Ich klebte ihr ein Flip-Chart-Blatt ins Zimmer, auf dem sie positive Anregungen notieren sollte. Nach 6 Stunden stand darauf: „Hört auf, solche martialischen Finale heraufzubeschwören!!!!"

Nach dem Mittagessen stand dann noch zusätzlich „"Fick mich!" darauf, da waren mehr meine pragmatischen Fähigkeiten gefragt und ich gab mein bestes, das Problem zu lösen. Danach kuschelte sie sich an mich und hauchte:"Eigentlich habe ich nur eine Scheissangst. Das durfte nicht passieren. Jetzt , wo ich dich gefunden habe….!" Ich streichelte sie und bemerkte, dass auch ich langsam Weltuntergangsstimmung verspürte. Ich fühlte mich wie ein Rekrut vor Verdun. Die Kerle würden relativ unzimperlich vorgehen, wenn wir nicht genug Sicherungen einbauen konnten. Am Nachmittag brachte ich Rebecca die

Grundlagen des Schiessens mit Zeus' Pistole bei. Immerhin konnte sie so jemanden auf 3-5 Meter treffen.

Ich selbst übte mit dem Jagdgewehr und entschloss mich, es auf kurze Distanz mit Schrot zu verwenden. Ein Schuss auf einen 12 Meter entfernten Zierkürbis zeigte desaströse Wirkung, das Teil war wahrhaftig zerfetzt worden. Ich sägte noch ein Stück Lauf ab. Beim Nachtessen assen wir noch Reste der letzten 2 Tage und vertilgten den Käse. Danach gingen wir früh zu Bett und machten noch ein Turnier unter uns aus.

17. Februar

Der Morgen begann nicht gut. Auf meinem Handy waren 3 unbeantwortete Anrufe von Zeus und 1 unbekannter Anruf. Nicht gut. Niemand hatte sonst meine Handynummer. Ich hörte meine Combox ab. Zeus hatte den Deutschen bereits nach Hause geschickt. Er hatte einem Ersatzkandidaten meine Nummer gegeben und der rief nun bei mir an. Es war ein Franzose aus Bagnols-sur-Cèze, ein ehemaliger Fremdenlegionär. Auf Wunsch von Zeus sollten Rebecca und ich (da hat man Töne, die Mademoiselle wurde immer mehr einbezogen!) den Typen sichten. Also fuhren wir los und trafen ihn in einem Restaurant in Goudargues. Er war schnell zu erkennen, Kurzhaarschnitt, breiter Oberkörper und wachsames Auge. Wir setzten uns zu ihm. Er sagte „Pietra Sacra." Ich reichte ihm die Hand und sagte „Bernard", sie „Rebecca." Er grinste schief und sagte:"Didier."

Wir begannen ihn zu löchern und ich will wiederum verdammt sein, wenn mir dieses Miststück nicht wieder den Lead weggenommen hatte.

Didier Lagrange hatte eine normale Schulzeit hinter sich und sollte eigentlich das Bac erreichen. Leider hatte er sich in die junge Freundin seines geschiedenen Onkels verguckt. Dass jener die beiden gemeinsam in der Badewanne mit einem Rahmbläser bei einer Beschäftigung, die sowohl mit Rahm und auch mit Blasen verbindbar war, vorgefunden hatte war keine ideale Fortsetzung für die weihnachtliche Familienfeier und Didier verzog sich zuerst zu einem Kollegen und nach ein paar Monaten mit einem gefälschten belgischen Pass zur Légion Etrangère.

« Quelles que soient votre origine, votre religion, votre nationalité, quels que soient vos diplômes et niveau scolaire, quelle que soit votre situation familiale ou professionnelle, la Légion étrangère vous offre une nouvelle chance pour une nouvelle vie. »

« Sie wollen Ihre Vergangenheit hinter sich lassen, ein neues Leben beginnen? Die Fremdenlegion bietet Ihnen diese einmalige Chance! Egal welcher Herkunft, Religion oder Staatsangehörigkeit, Zeugnisse und Schulausbildung, selbst Ihr Familienstand oder Ihre berufliche Situation; die Fremdenlegion bietet Ihnen eine neue Chance für ein neues Leben. »

So wirbt die Légion noch heute um Rekruten.

Didier meldete sich unter Angabe falscher Personalien in Aubagne und wurde danach in Castelnaudary ausgebildet. Seine Fertigkeiten im Schiessen wurden rasch bemerkt und Didier wurde nach der Grundausbildung im 2° REP in Calvi in der 4.Kompanie zum Scharfschützen und Saboteur ausgebildet. Nebst diversen Sicherungsmissionen war er auch unter den Soldaten der Operation Pelikan in Brazzaville, wo die Fremdenlegionäre aufgrund der Unruhen rund 2.700 Europäer evakuieren mussten. Mit Truppentransportern wurden die verängstigten Europäer unter ständigem Beschuss zum Flughafen gefahren. Die Legionäre hatten striktes Schiessverbot. Am 8. Juni rumpelten Didier und seine Kameraden durch einen Vorort von Brazzaville. Mitten auf einer Kreuzung wurde das führende Fahrzeug von einem RPG-7 Geschoss getroffen und begann zu brennen. Der Fahrer und der Funker konnten noch aussteigen, der Fahrer brach sofort zusammen, der Funker versuchte das nächste Fahrzeug zu erreichen und brach in einem Kugelhagel zusammen. Er starb vor den Augen seiner Kameraden.

Die 2 intakten Fahrzeuge nahmen schnell Fahrt auf und rasten durch einen Zaun in den Innenhof einer Villa. Die Legionäre bezogen dort

Stellung und funkten nach Hilfe. Nach 2 Minuten kam die Nachricht, Hilfe sei nicht innert einer halben Stunde zu erwarten, die Stellung sei unter Anwendung angemessener Gewalt zu verteidigen. Didier bezog im oberen Stock des Gebäudes Stellung und sicherte mit seiner Barret M82A1 50BMG die Umgebung. Aus einem 200m entfernten Gebäude wurde wieder eine RPG-/ auf das Haus abgefeuert. Didier visierte und zielte. Bis zur Ankunft der Verstärkung hatte er 2 RPG-Schützenteams und 4 Scharfschützen ausgeschaltet. 2 Tage später war die Evakuation beendet und die Legionäre zogen ab. Didier erhielt eine Belobigung. 2 Jahre hatte er danach in Afghanistan auf verschiedenen Stützpunkten im Rahmen des ISAF-Einsatzes Dienst getan. Bei einem Feuerüberfall auf einen Stützpunkt hatte er einen der angreifenden Scharfschützen ausgemacht und ihm das Gewehr aus den Händen geschossen. 3x versuchte dieser, die Waffe wieder zu behändigen, Didiers gezielte Schüsse vereitelten dies, der Schütze blieb jedoch am Leben und musste anerkennen, dass jemand Katz und Maus mit ihm spielte. Didier erhielt einen Verweis, weil er den Kerl nicht erschossen hatte. Insgesamt wurde er 3 Mal in Kampfhandlungen verwickelt und nie verletzt. Nach 5 Jahren Dienst hatte er die Legion verlassen. Zuerst hatte er in Calvi ein Restaurant geführt, nach einem Jahr war er aufs Festland zurückgekehrt und absolvierte nun eine Ausbildung als Garde Forestier (Wildhüter).

Rebecca befragte ihn nicht ungeschickt, doch der Mann war kaum um seine Ruhe zu bringen und grinste bei kniffligen Fragen gutmütig. Er sass ruhig und entspannt da und stellte gelegentlich auch seinerseits Fragen. Nach 2 Stunden verabschiedeten wir uns, nachdem er uns seine Telefonnummer gegeben hatte. Wir fuhren zurück nach La Grande-Motte.

« Und was denken Madame nach diesem raffinierten Kreuzverhör », näselte ich. Sie warf mir einen vernichtenden Seitenblick zu und schloss dann die Augen.

« Ihn interessiert nicht das Töten, sondern die Jagd. Er ist kein Killer, er will Kontrolle und Überlegenheit. Diese zu gewinnen ist sein Kick. Ich wette, er ist auch in Beziehungen so. Eroberung ist ihm wichtig, dann verliert er das Interesse. So auch die Episode in Afghanistan. Er hätte den Schützen erschiessen können, es war ihm aber wichtiger, diesem zu zeigen, dass er ihm überlegen ist. Deshalb hat er 5 Mal bewusst danebengeschossen, dem anderen aber gezeigt, dass er alles im Griff hat und ihn jederzeit hätte töten können. Jetzt bist du dran!»

« Er ist ein Spieler und versucht stets, über der Sache zu stehen. Er hat mehrmals versucht, dich aus der Reserve zu locken und hat sich teilweise versteckt, teilweise offen über deine Fragen lustig zu machen versucht. Wohl so seine Art zu reagieren, wenn er nicht am Drücker ist. Ein hartgesottener Bursche mit einer weichen Seite, wäre er ein wenig hübscher würden die Frauen wohl Schlange stehen. 2 Unsicherheiten: Ich weiss nicht, ob ihm der Ausflug nach Italien schmeckt und vor allem nicht, ob er Zeus Anweisungen akzeptiert. Sonst ist er unser Mann.»

Wir waren uns einig. Wir würden den guten Didier morgen anrufen.

Am Nachmittag rief ich Sacha Küster an. Er nahm sofort ab und sprudelte los:"Ich hab da was, was klappen könnte. Ich bin gerade noch am Testen. Weisst du, was für Tresore das sind?"

Nein, wusste ich nicht.

„Fast alle Tresortypen sind zwar bis zu einer bestimmten Zeit Feuersicher, aber nicht antistatisch oder gar resistent gegen Elektromagnetische Strahlen. Wenn wir sie also Magnetisieren und unter Strom setzen dürfte der elektronische Inhalt zerstört worden sein – ich teste das gerade an einem Tresor aus!"

Nicht übel die Idee. So brauchten wir Aristide nicht suchen zu gehen. „Ruf mich sofort an, wenn du Resultate hast."

Nach 2 Stunden hatte ich ihn am Draht:"Erfolgswahrscheinlichkeit bei Anwendung beider Techniken bei über 90 Prozent, wenn wir es mit einem Standardmässigen Feuersicheren Tresor zu tun haben."

„Das muss reichen. Ich plane und teile dir mit wann und wo. Ich brauche noch deine Kleidergrösse."

Nach weiteren Abklärungen ging ich an die Detailplanung. Die UNIL hatte eine eigene Reinigungsequipe, aber das sollte uns nicht stören. Ich besorgte uns entsprechende Kleidung und ich klaute bei einem Profireinigungsunternehmen die Checklisten, die Objektverantwortliche verwendeten, um die Qualitätskontrolle vorzunehmen. Dazu fälschten wir noch Ausweise, dank Fotos auf den Websites der UNIL wussten wir, wie jene des Reinigungspersonals aussahen. Die physischen Standorte hatten wir, Rebecca hatte sich inzwischen elektronisch angemeldet und von ihrem Laptop aus ihre Papiere eingereicht. Sie würde morgen in die Schweiz reisen und die Reinigungspläne ausbaldowern. So hatten wir gerade noch einen gemeinsamen Abend. Wir assen ein wenig Reste und lümmelten im Bett herum. Beiden war mehr nach Nähe als nach wildem Sex. Wir sprachen bis tief in die Nacht hinein über die Welt und ein bisschen weniger über Gott.

18. Februar

Nach einem gemütlichen Frühstück packte Rebecca, ich half ihr, das Gepäck in den Viano zu laden. Um 10 Uhr verabschiedeten wir uns in der Tiefgarage, Rebecca weinte, ich mimte natürlich den starken Mann und versuchte mich ungerührt-optimistisch zu geben, aber machen Sie das mal bei einer Psychologin. Das Resultat war, dass sie mir den Kopf streichelte und sagte, ich solle mir nicht zu sehr Sorgen machen.

Ich ging zurück ins Appartement und es wirkte verdammt leer. Also setzte ich mich hinter den Computer und plante weiter. Mir fehlten nur noch Rebeccas Angaben.

Nach dem Mittag rief ich Didier an. Zu meiner Freude sagte er zu, er sei gespannt auf den Einsatz („Mission"). Ich erklärte ihm, dass der Einsatzleiter ein Zivilist sei, der in keiner Weise die Militärische Seite repräsentiere, sondern der Verhandlungsprofi sei und er jederzeit Vorschläge machen könne. Das schien ihn zu freuen. Wir verabredeten uns beim Flughafen Nimes Garons, wo ich ihm den Vorschuss übergeben würde und er via Genf nach Agno fliegen könnte.

Danach rief ich Zeus an und rapportierte brav, was ich von Didier hielt und wie er nach Agno kommen könnte. Ich hatte meine Einschätzung noch nicht beendet als Zeus mich unterbrach und fragte:"Wie beurteilt ihn Rebecca?"

Ich holte tief Luft und wollte gerade in eine Tirade ausbrechen, besann mich aber eines besseren und teilte ihm ihre Einschätzung mit. Er knurrte zustimmend.

Ich flötete ins Telefon, dass der einzige Knackpunkt bei Didier sei, dass er an kompetente militärische Führung gewohnt sei und jetzt mit Zeus zusammen arbeiten müsse. Den zweiten Teil des Satzes sagte ich in sehr bedauerndem Ton. Etwa 3 Sekunden herrschte Stille. Dann sagte Zeus grimmig:"Das lassen sie mal meine Sorge sein."

Jubilierend legte ich auf. 1:1. Es ging mir bedeutend besser.

Am Abend rief mich Rebecca an, ich war gerade daran, mit Danilo in dekadentester Weise Foie Gras mit einem Muscat de Lunel, gedilltem Räucherlachs mit Merrettichschaum und Toasts und einer Flasche Bollinger vor dem Fernseher (Fussball) zu vertilgen. Sie hingegen sass im Viano bei einer Takeaway-Pizza und einem Bier. Aus Sicherheitsgründen kein Hotel. Sie hatte bereits den Putzturnus des einten Büros eruiert, morgen käme das andere dran. Wir quasselten ein bisschen, dann legte sie auf.

Nach einem langweiligen Fussballspiel ging ich zu Bett. Kurz vor dem Einschlafen besuchte ich noch kurz die Website der Tageszeitungen. Bei einer Razzia im Lorrainequartier waren wieder ein paar Dealer gefasst worden. Dabei handelte es sich um Schweizer und Secondos aus dem HiHop-Milieu. Das Bild war nachgestellt, aber ich musste unwillkürlich an Paco denken. Ich schlief nicht gut.

19. Februar

Danilo war extra gekommen und hatte mir ein Frühstück zubereitet. Mein letzter Tag in La Grande Motte wir tranken Kaffee und diskutierten, als ich packte und ging war sein Gesicht zwischen finster und traurig. „Tu sais, j'ai jamais eu de famille – mais ces jours avec vous j'ai failli oublier ce fait. Weisst du, ich habe nie eine Familie gehabt. Aber während dieser Tage mit euch allen habe ich das beinahe vergessen." Ich umarmte ihn, lud alles Gepäck in Zeus' Van und fuhr los. Sechs Stunden später war ich in Lausanne. Es schneite leicht und über dem See lag Nebel. Ich parkte in der Nähe des Viano und simste Rebecca an. Sie meldete mir, dass sie in etwa 2h zurück sein würde. Ich zottelte ins nächste Bistrot und bestellte mir einen doppelten Espresso, ein Glas Wasser, ein Sandwich mit Rohschinken und Ei, einen Grappa und die Tageszeitung. Alles kam in der richtigen Reihenfolge und war ganz ok. Dann rief ich Zeus an. Der war auf dem Rückweg von Agno und hatte Didier bei sich. Er tönte ganz zufrieden. Innert 24 Stunden sollten wir unseren Job hingekriegt haben…

Ich beruhigte ihn und erklärte ihm den Zeitplan. Zugriff heute oder morgen. Alles klar.

Ich machte noch das Kreuzworträtsel, fand die 10 Unterschiede im Vergleichsbild und erriet den Filmstar. Ich riss den Talon trotzdem aus und schrieb Zeus' Name und Adresse hin, kaufte einen Briefumschlag und Marken und warf ihn in einen Briefkasten. Danach steuerte ich zurück zum Parkplatz. Rebecca war noch nicht da, also setzte ich mich in den Van und hörte Radio. Die Bloodhoud Gang besang gerade die Vorzüge des Transfers tierischer Fortpflanzung auf menschliche Verhältnisse. Interessant.

Nach etwa 20 Minuten erschien sie, ich stieg aus und ging auf sie zu. Sie blickte kurz in meine Richtung und beschleunigte ihre Schritte, fiel mir um den Hals und raubte mir den Atem.

„He, ganz cool, es gibt hier noch Minderjährige!" Ich blickte sie streng an, umarmte sie geschwisterlich und wir gingen hinten in den Van.

„Die Tour ist 2 x wöchentlich. Morgen kommen beide Räume dran, also müssen wir morgen loslegen!"

Ich erklärte ihr den Plan und rief Sacha an und briefte ihn. Wir vereinbarten Treffpunkt Codewörter für den Notfall, Fluchtwege und Notfalltreffpunkte.

Danach fuhr ich mit Rebecca zu einem Chinesischen Restaurant namens Le Canard Pekinois, das ich von früher kannte: Eine Top-Adresse! Wir sassen neben einem Fluss-Aquarium und die Spezialitäten waren ganz einfach exquisit! Wir arrangierten uns noch eine zweite Flasche Chardonnay und fuhren zurück zum Parkplatz, stellten die Standheizung ein und leerten die Flasche gemütlich auf der Liege. Kurz vor Mitternacht schliefen wir ein.

Am nächsten Morgen putzten wir mal den Schnee weg, kratzten das Eis vom anderen Auto, gingen in ein Tea-Room frühstücken und zivilisierten uns in einem Wellnesscenter. Punkt 14.30 stand ich in der Uniform eines Chefreinigers mit meinen Checklisten im Gebäude 13b der UNIL. Im 1. Stock stand Sacha Kuster mit einem Ungetüm von Nassauger. Rebecca war normal angezogen und war einfach in der Nähe, um Notfalls vorbesprochene Ablenkungsszenarien einzuleiten.

Punkt 15.00 ging das IT-Team in die Kaffeepause, genau zu diesem Zeitpunkt drangen wir in deren Bürotrakt ein und begannen einen offensichtlichen Fleck, den Rebecca gestern gemacht hatte, zu reinigen. Ich schamponierte auf den Knien und fluchte, Sacha steckte sein Ungetüm ein. Die Mitarbeiter grüssten freundlich, ein glatzköpfiges Männchen bedankte sich gar. Kaum war die Bande draussen, nahm Sacha den Saugkopf ab, Kupferkontakte kamen zum Vorschein und er hantierte geschickt daran herum und nach 7 Sekunden fiel der Strom aus. Doch Rebecca stand beim Sicherungskasten und schaltete ihn wieder an. Dann kam die elektromagnetische Bestrahlung. Die Kupferkontakte wurden eingezogen und 2 Metallfinger mit aufgeklebtem Filz getränkt mit leitender Flüssigkeit kamen hervor. Systematisch wurde der Tresor bearbeitet. Nach 200 Sekunden waren wir draussen und fuhren mit dem Viano zu Gebäude 21.

Dort gingen wir schnurstracks zum Bureau 207. Dort sass die Finanzadministratorin. Wir gingen hinein und ich unterwies Sacha in der Kunst des Putzens. Nach einer Weile fragte die Dame aufgebracht, warum wir dies nicht nach der Bürozeit.....? Ich entschuldigte mich bekümmert und verwies auf die Grippewelle – wir hätten fast 20% Personalausfall und so müssten eben die Erfahrenen die Vertretungen vor der Einsatzzeit einführen, dies sei ein Gratis- und Franko-Aufwand, den wir da betreiben, aber wenn wir das nicht könnten wäre halt am Montag die Hälfte nicht sauber geputzt..... und..... In diesem Augenblick kam Rebeca hereingestürzt und blickte die Administratorin wütend an: « C'est vous qui êtes cheffe des dames qui s'occupent de l'inscription ? » Die Dame bejahte und Rebecca bestand darauf, dass sie jetzt sofort diese skandalösen Fehler ihrer Untergebenen anschauen kommen solle – aufgrund deren Fehler könne sie nun wahrscheinlich ihr Studium nicht rechtzeitig beginnen. Die Dame dampfte mit Rebecca im Schlepptau ab, diesmal machten wir's also den anderen Weg, zuerst elektromagnetisch, dann elektrisch. Man lernt ja. Und sauber gingen bei zweiterer Behandlung die Lichter wieder aus, wir machten uns von dannen. Im Parterre verschwanden wir durch eine Seitentür und zogen uns im Viano um. Via Handy gab ich François den Go-Befehl zur Löschung der Dateien mit Dem fingierten Trojaner. Nach einer Viertelstunde kam Rebecca.

„Sorry, wegen des Stromausfalls ging es länger. Ich bin nun offiziell eine dumme Nuss, weil ich die IBAN-Nummer des Instituts nicht richtig abschreiben kann und werde wohl lebenslang nicht mehr hier studieren können. Ich glaube ich habe Anrecht auf Entschädigung."

Ich will wiederum verdammt sein, wenn sie mich dabei nicht lüstern angestarrt hat. Die Frauen von heute....

In ausgelassener Stimmung fuhren wir los, Sacha mit einem erfolgs-abhängigen Vorschuss von 4000 Euro nach Hause, wir mit Van und Viano nach Brig. Dort checkten wir (wieder unter falschem Namen) im Sporthotel Olympica ein, besuchten die Wellnessoase und stellten uns dann im Restaurant je 1 individuelle Pizza zusammen, holten uns einen Salat vom Buffet. Dazu gab's einen Apéro in Form von 3dl Petite Arvine und einen Humagne zur Pizza. Sportler, nettes Personal und unkomplizierte Ambiance, das Zimmer war einfach und komfortabel. Wir waren entspannt, gewellnest, genährt und hatten unsere Mission hoffentlich erfüllt. Ich hatte Zeus schon den Vollzug gemeldet, damit er unsere süd-italienischen Freunde einladen konnte.

20. Februar
Am Morgen Frühstück, dann Start zum Autoverlad nach Iselle. Das Wetter war klar und kalt. Wir schafften es auf den 11Uhr Zug und fuhren holpernd durch den Simplon. In Iselle war das Wetter ein wenig schlechter, zumindest schneite es nicht. Zeus begrüsste uns grimmig und wir fuhren los. Unterwegs deponierten wir den Viano bei einer Autogarage. Mit Wohnmobil und Van fuhren wir nach Ronco in ein Ferienhaus, das Zeus gemietet hatte. Dort sah es aus wie in einem billigen Agentenfilm. Unrasierte Typen in Armyhosen und Unterhemden, überall Waffen, Karten mit Zeichnungen, die Fensterläden halb geschlossen, dreckiges Geschirr. Zigarettenrauch. Alle trugen Handschuhe, Rebecca und ich kriegten auch welche verpasst. Absolutes Tragegebot. Zeus stellte uns die Jungs vor: Matti, der Finne, wirkte eher wie ein Laienpre-diger als wie ein Scharfschütze, Kyrylo, der ukrainische Polizist sah hin-gegen extrem fit und wenig slawisch aus, Toni, der Schweizer war der älteste und sah aus, wie er seit Jahren in den Bergen leben würde. Didier grinste uns an und küsste Rebecca die Hand.

„Didier hat die Leitung des Scharfschützenteams. Er hat die meiste Gefechtserfahrung."

Zeus sagte dies leichthin, fast beiläufig. Didier zwinkerte mir mit dem rechten Augenlid 2 Millimeter zu. Ich verkniff mir das Grinsen.

„Heute um 1800 haben wir eine letzte Besprechung, morgen geht's los, übermorgen tanzen die an, falls überhaupt. Ich warte auf Bestätigung."

Rebecca und ich kriegten ein eigenes Zimmer. Ich warf einen Blick in die Küche, sie war von der Ausrüstung her sehr einfach und die Vorräte waren kaum der Rede wert und fuhr dann nach Domodossola einkaufen.

Danach bereitete ich ein paar Dinge zu, alle 5 Minuten kam einer der Herren schnuppern und ich musste alle mindestens 1x aus der Küche werfen.

Um 1800 trafen wir uns im Wohnzimmer und Zeus erklärte den Plan minutiös. Zwischendurch erteilte er Didier das Wort, der ganz passabel Deutsch, Englisch und sogar ein paar Brocken Russisch sprach – Fremdenlegion eben – der Ergänzungen anbrachte.

„In der ersten Nacht werden sie im Wohnmobil nächtigen, wir werden Wachen aufstellen müssen, die ein frühzeitiges Erscheinen der Ehrenwerten melden können. Die Wache wird so aufgestellt, dass sie 30 Minuten Zeit zum Bezug ihrer Stellung haben. Als Ausrüstung haben Sie ihr Gewehr, Munition, 1 Tarnnetz, 1 Wintertarnnetz, Schneeschuhe, Kompass, Funkgerät einen Winterfesten Schlafsack, Suppenpulver, 1 Notkocher, Gamelle und 1 Sonnenbrille. Kleidung haben Sie bereits erhalten. Die Verhaltensregeln und Fluchtpläne sind bereits erläutert worden. Sie haben zuerst 4 Ziele, Snowman 1-4, dann weitere Ziele, Street 1-4 und dann – falls ich das 3. Kommando gebe, die Reifen der Fahrzeuge unserer – ahem – Gäste. Falls sie sehen, dass gegen uns Gewalt angewendet wird, feuern sie auf unsere Widersacher. Shoot to kill. Die Stellungen kennen Sie bereits, die Gewehre sind eingeschossen und auf diese Distanz sollte die Trefferquote so hoch wie beim letzten Training sein, die Distanzen und die Lichtverhältnisse sind vergleichbar."

Zeus zeigte noch einmal auf der Karte die Stellungen und die Flucht-wege und bat auch mich, mir einzuprägen, wo ich in Bezug auf die Gäste stehen durfte und wo besser nicht. Er erläuterte noch einmal die Regeln zum Funkverkehr und die Treffpunkte 1 & 2 bei konfrontativem Verlauf.

Ich ergriff auch noch kurz das Wort: „Sie sind weit gereist um eine anspruchsvolle Aufgabe wahrzunehmen. Sie haben es sich verdient, heute etwas richtig Gutes zu essen. Als Vorspeise gibt es eine hausge-machte Minestrone, dann Antipasti: San Daniele-Schinken, Bruschette mit Tartufata oder getrockneten Tomaten, eingelegte Peperoni, Cipolle, dann als Primo Piatto Spaghetti mit Pesto Genovese und als Secondo Piatto Scaloppini di Vitello al Limone auf einem Weissweinrisotto. Dazu selbstverständlich die entsprechenden Weine!"

Strahlende Augen, als Rebecca und ich aufzutischen begannen, es wurde gelacht, geschlemmt und am Schluss bestanden auffällig viel Herren darauf, Rebecca abzuküssen, dabei hatte doch ich gekocht. Um Elf Uhr kriegte ich dann von Matti doch noch drei Küsse, er schwor in kaum verständlichem Englisch, die ganze Mafia zu erschiessen wenn er je wieder ein solches Essen kriegen würde. Als Kompliment ganz ak-zeptabel. Ich sagte ihnen zum Schluss noch, dass ich ihnen Morgen ein Lunchpaket zubereiten würde und das Strahlen begann von neuem. All die geradebrechten Geschichten dieses Abends würden alleine ein Buch füllen. Ich war überzeugt, dass wir gute Leute ausgewählt hatten. Es wurde zwar ordentlich getrunken, Didier achtete aber unaufdringlich darauf, dass es nicht zu exzessiv wurde. Der Kontrollfreak.

Um Mitternacht gingen wir zu Bett und ich war angesichts des kol-lektiven Geschnarches sehr froh, dass wir nicht in einem Lawinengebiet waren.

20. Februar

Ich ging früh raus und buk Frischbackbrot, setzte Kaffee auf und bereitete eine riesige Platte mit reichlich Käse, San Daniele-Schinken, Salami, Mortadella, Cipolle und getrockneten Tomaten zu, schliesslich sollten sie ihren Lunch zusammenstellen können. Die Herren standen äusserst diszipliniert auf, rasierten sich nicht (Didier hatte gestern gesagt, das gehöre zur Tarnung, alle duschten und kamen bereits in Uniform, sprich Wintertarnanzug der NATO, an den Tisch. Matti verlangte noch nach Honig, Kyrylo fragte nach Eiern. Zum Glück hatte ich für die Sandwiches noch 6 hartgekochte Eier und im Kühlschrank hatte es noch 9 rohe Eier, ich bereitete noch 5 Spiegeleier zu. Nach ausgiebigem Tafeln erklärte ich ihnen, dass nun jeder seine Sandwiches zubereiten und in Alufolie abpacken konnte. Ich hatte 12 (!!) Vollkornbaguettes und 12 Croissants gekauft, nach der Sandwichzubereitung waren die weg und die Platte bestand noch aus 3 Cipolle und 7 halben getrockneten Tomaten. Wir würden also locker eine Belagerung von 2 Wochen durchstehen. Die Herren hatten innert 18 Stunden einen halben San-Daniele-Schinken von fast 4 Kilo entsorgt. Beachtlich. Zu ihrem Schutz muss ich anfügen, dass der grösste Fresser und Zecher Zeus gewesen war. Aber das wird sie ja nicht sonderlich überraschen.

Dann ging es in den Einsatz. Es war beeindruckend zu sehen, wie sich die 4 Scharfschützen vorbereiteten: Perfektes packen, Pflege der Waffe, Breitstellen von Microfasertüchern (Hatte Matti veranlasst: Bei Stellungswechsel laufen Brillengläser sehr schnell an), Toni hatte jedem einen Windspion in Form eines ultraleichten Fadens an einer Velospeiche mit einer Flaumfeder übergeben und gemahnt, den Wind ab 300 Metern klar einzubeziehen. Wir schüttelten jedem die Hand und unsere Snipers begaben sich ins Seitental. Dort hatte es ein bewohntes Haus und mehrere Sommerhütten oder Ferienhäuschen. Bei den Bewohnern hatte Zeus deponiert, dass wir hier eine Lawinensprengungs- und Bergungsübung machten, deshalb Knalle und auch Inspektionen. Kein Problem.

Um 1200 wurde von allen der Bezug der Stellung gemeldet. Ich fuhr mit Zeus hinauf, Rebecca blieb im Haus und behielt die Zufahrtsstrasse im Auge. Oben war ein kleiner Parkplatz für Wanderer. Das war der Treffpunkt. Wir hielten an und stiegen aus. Es schneite leicht, der Wetterbericht war aber gut.

Zeus schien meine Gedanken zu lesen und sagte: „Wir haben je nach Wetterlage 3 Stellungen."

Ich blickte um mich. An jedem Eck des Parkplatzes stand ein 2 Meter hoher Schneemann mit überdimensioniertem farbigem Filzzylinder, Rübennase und den üblichen Accessoires.

„Das sind also Snowman 1-4?" fragte ich.

„Ge – nau!" sagte Zeus selbstzufrieden.

„Und was bedeuten die?"

Zeus starrte mich kurz an und hob dann den rechten Arm. Schneemann 1 wurde der Hut weggefetzt, ich hörte ein paar Schüsse und erkannte, dass kein Schneemann mehr seinen Hut trug.

„Nicht schlecht."

Zeus blickte mich überheblich an: „Bringen sie die Hüte wieder an den richtigen Platz!"

Ich blickte aufmerksam in die Runde. Ich sah rein gar nichts.

„Sie würden auch mit dem Fernglas kaum etwas sehen. Hier!" Er reichte mir einen Feldstecher. Ich versuchte krampfhaft die Schützen auszumachen. Keine Chance. Bei der dritten Runde winkte mir am Rande eines Felsen ein Arm zu. Keine Chance, etwas zu erkennen. Zeus zeigte auf den Boden des Parkplatzes: An 4 Stellen war der Boden von Schnee gesäubert worden und ein ca. 50 Zentimeter breiter roter Punkt befand sich dort.

Zeus nahm mich am Arm, „folgen sie mir doch!"

Als wir an einem bestimmten Ort standen hob er den Arm. Das Sirren von Querschlägern tönte wie in einem schlechten Western. In allen roten Kreisen hatte eine Kugel eingeschlagen, die Schüsse hatte ich erst später gehört. Mir wurde ganz mulmig zumute.

„Also, Hüte aufsetzen und rote Farbe ausbessern!"

Er gab mir ein kleines Kesselchen mit einem Pinsel und zündete sich eine Zigarre an. Macho.

„Hat es zumindest Spass gemacht?"

„Wir haben 18 Stunden geübt, die Stellungen nach dem möglichen Sonnenlicht und der Witterung bestimmt und ca. 200 Schüsse abgefeuert. Es ist mir ein Vergnügen zu sehen, dass sie beeindruckt sind. Mehr nicht. Unsere Gäste werden es auch sein. Und darauf sind wir angewiesen."

„Und sie denken, sie haben an alles gedacht?"

„Ich habe sogar eine Strela2-Luft-Rakete, im NATO-Jargon SA-7 Grail im Konzept. Falls die einen Hubschrauber haben."

„Bitte?"

„Im Ernst. Und mit 3 Geschossen. Ich liebe mein Leben."

„Das beruhigt mich ungemein."

„Und übrigens noch: Danke!"

„Danke wofür?"

„Für den Hinweis bezüglich Didier. Das war sehr hilfreich! Gehen sie jetzt die Snowmans reparieren!"

Nach 20 Minuten sah alles wie neu aus, die Teer- und Farbpartikel wurden durch den dezenten Schneefall langsam zugedeckt.

„Was ist meine Rolle beim Ganzen?"

„Sie sind mit mir vor Ort. Natürlich bewaffnet und natürlich mit kugelsicherer Weste. Rebecca ist Wache. Ich habe sie bereits instruiert. Die Zusage zum Treffen ist erfolgt. Die Delegation wird morgen am Mittag eintreffen. Ich rechne mit Aufklärern ab heute Nachmittag aber sicher morgen früh. Unsere Scharfschützen sind dafür ausgerüstet, die Nacht hier oben zu verbringen. Die Spuren der ersten 300m haben sie verwischt."

„Wie weit sind sie entfernt?"

"Aktuell in einer Distanz von 700-900 Metern, wir haben eine klar nähere Stellung vorbereitet und auch eine Rückzugsstellung. Maximale Schussdistanz im Training war 1200 Metern und dort war die Trefferquote bei über 85%. Bei Toni und Didier übrigens 100%. Gehen wir."

Zeus zückte ein kleines Funkgerät und orderte Funkstille an. Dann stiegen wir in den Camper und fuhren zurück zum Haus. Ich hatte Wachdienst bis 1600, dann Rebecca, dann Zeus. Um 1550 fuhr ein blauer Alfa Romeo die Strasse hoch. Das Kennzeichen konnte ich erkennen, es schien ein hiesiger Wagen zu sein. Trotzdem meldete ich dies Zeus und er nahm ein Handy hervor und rief eine Nummer an. Nach dem Schichtwechsel läutete Zeus' Handy. Er nahm ab, fragte kurz nach und stellte das Handy ab.

„Sie sind da. 3 Typen sind ausgestiegen und haben den Parkplatz in einem Umkreis von 150 Metern umrundet und mit Feldstechern umhergespäht. Einer hat mit einer Pistole mit Schalldämpfer auf Snowman 2 geschossen. Das war die harte Truppe. Sie hatten keine Winterausrüstung, lediglich Trekkingschuhe."

Nach rund 1 Stunde fuhr der Alfa wieder zu Tal. Kurz nach neunzehn Uhr kam ein kleiner Lastwagen mit der Aufschrift „Chaletbau Zerzuben" die Strasse hochgekrochen. Er hielt vor unserem Haus und Jules stieg aus. Wir begrüssten ihn und deckten den Lastwagen mit einer Plane ein wenig ab.

Ich zottelte in die Küche und bereitete uns aus den Resten ein Abendmahl zu. Wir assen schweigend, Zeus meinte noch, wir hätten es schön. Unsere Truppe ass jetzt kalte Sandwichs und vielleicht eine warme Suppe im Schnee. Wir tranken einen Valpolicella Ripasso Superiore und danach noch Grappa. Wir gingen früh zu Bett, schliesslich war Tagwacht morgens um 0530 Uhr.

Rebecca und ich lagen noch lange wach.

„Meinst du, wir schaffen das morgen?" Sie lag seitlich aufgestützt neben mir und strich mir durchs Haar. Ihre Augen waren dunkel.

„Zeus hat das toll geplant und Didier scheint auch nicht gerade ein Stümper zu sein. Und die haben viel mehr zu verlieren als wir. Uns könnten sie töten, hätten das Problem aber immer noch nicht gelöst. Sie werden sich denken, dass wir uns auch ein wenig vorbereitet haben. Ich denke eher, dass die uns unterschätzen, aber wir sie nicht."

Sie blickte mich forschend an: „Weshalb?"

„Die eher dürftige Vorabklärung, keine Winterausrüstung, keine Gewehre sondern Pistolen – sie werden uns primär direkt zu bedrohen versuchen."

„Das tönt nicht beruhigend."

Ich erzählte ihr vom Dispositiv von Zeus und es schien sie zu beruhigen. Dann kicherte sie.

„Was lachst du?"

„Zeus hat noch mehr in Petto. Im Lastwagen sind ein Maschinengewehr und 2 so… Ketten mit Nägeln, weisst du, um Strassen zu sperren."

Das verdammte Schlitzohr. Davon hatte er mir gar nichts erzählt.

Sie streichelte mich wieder und fragte: „Was wird nachher aus uns – ich meine, wenn diese Sache fertig ist?"

„Ich weiss nicht… ich habe meine Kunden. Arbeite ein wenig für Zeus. Wir könnten zusammenziehen."

Sie küsste mich sanft und begann ihre Hand wandern zu lassen. Anscheinend irgendein schamanisches Einschlafritual gegen Bleivergiftung. Mann ist ja verständnisvoll….

21. Februar

Das Gezirpe von Rebeccas Handy weckte uns. Es war stockdunkel und arschkalt. Ich ging auf Zehenspitzen über den kalten Flur zur Küche, setzte kräftigen Kaffee auf und steckte die letzten Frischbackbrötchen in den Ofen. Danach stellte ich mich unter die Dusche und genoss es richtig, am Leben zu sein. Man wusste ja nie. Jules war auch aufgestanden und Zeus war der letzte unter der Dusche. Ein wilder Schrei rief uns nachdrücklich die begrenzte Kapazität des Boilers in Erinnerung. Jules, Rebecca und ich sassen bereits am Frühstückstisch und tranken Kaffee. Ich veranlasste eine Schweigeminute für die Kaltduscher dieser Welt. Zeus stapfte wütend ins Zimmer, Pitschnass, mit 3 Badetüchern notdürftig verhüllt. Als er uns mit gesenkten Köpfen am Tisch sitzen sah fluchte er gehörig und machte rechtsum kehrt.

„Ist das nicht noch Schaum hinter ihrem rechten Ohr?" rief ich unschuldig hinterher. Der folgende Kraftausdruck war und ist für Damen und zartbesaitete Menschen unzumutbar und ich verzichte deshalb auf dessen Rezitation.

Nach 10 Minuten sass Zeus bei uns am Tisch und versuchte uns durch exzessives Verzehren beliebter Lebensmittel zu bestrafen. Der Schlingel! Leider waren Jules, Rebecca und ich durch längere Aufenthalte in Haushalten mit seiner Beteiligung bereits hinreichend konditioniert und hatten gelernt, dass es überlebenswichtig war, Lebensmittel aus dem allgemeinen Bereich rechtzeitig in den persönlichen Bereich zu befördern. So blieb die Strafaktion weitgehend wirkungslos und ich hatte Zeus aus humanitären Gründen noch ein Rührei mit Kaffeerahm (so bleibt es sämig) und Safran zubereitet, was ihn wieder ein wenig milder stimmte.

„Ab 0630 rechne ich mit den ersten Aufklärern oder gar Schützen. Jules, du hast Wache bis 0800. Ich mache kurz eine Verbindungskontrolle." Er ging vors Haus und checkte die Verbindung mit der Truppe ab.

Das Wetter war strahlend klar und dementsprechend war die Temperatur am Morgen bei minus 12 Grad. Arme Jungs. Ich konnte mir vorstellen, dass aktuell die Notkocher und die Nescafé-Beutel eine wichtige Rolle spielten.

Erst bei meiner Wache kam wieder der Alfa den Berg hinaufgefahren. Zeus löste via Handy den Alarm aus und nach 1 Stunde kam der Bericht, dass sich 4 Typen, mittlerweile trugen Sie nun Jägerjacken zu den Trekkingschuhen, dort oben umsahen. Einer installierte in einem nahegelegenen Gebüsch ein Gewehr und eine Plane auf dem Boden. Was der Ärmste nicht wissen konnte: Er lag genau im Visier von Delta 1, das war Didier.

Die 3 verkrochen sich wieder im Auto und liessen den Motor laufen. Wie unökologisch. Einer behielt mit dem Feldstecher die Strasse im Auge.

Wir warteten geduldig. Kurz nach 11 Uhr kamen 2 Fahrzeuge angefahren. Zeus stieg in den Kleinlastwagen, Ich hinten in den Ladebereich. Das MG war weg, die Strassensperren auch. Jules blieb im Haus.

Mit der kugelsichern Weste fühlte ich mich ein wenig unbeweglich. Ich checkte meine H&K und vergewisserte mich, dass die Reservemagazine schnell greifbar waren. Zeus fuhr den Berg hoch zum Parkplatz und parkte den Kleinlaster in der grünen Zone. Die Kerle waren zu dritt im Auto, der Vierte war wohl zur Gewehrstellung gelaufen. Zeus blieb im Lastwagen sitzen und winkte ihnen zu. Sie stiegen aus und gafften herüber. Nach 1 Minute kamen die anderen 2 Autos angefahren, aus dem ersten stiegen 3 Klone der bereits anwesenden aus und schwärmten aus zu den Ecken des Parkplatzes, einer der 3 Frühankömmlinge übernahm Ecke 4 und ein anderer die Überwachung der Strasse. Der letzte der Sicherheitsleute kam auf den Kleinlaster zu und bat Zeus, die Scheibe herunterzulassen. Er machte dies 2 Zentimeter breit und sagte dem Sicherheitsmann, dass ich hinten öffnen würde und er hineinschauen könne. Er hinter schusssicherem Glas und ich raus. Na ja. Ich öffnete von innen und stieg gemächlich aus, zeigte meine offenen Hände und lächelte. Er inspizierte kurz den Laderaum und sprach dann in ein Handy – die hatten auch Funk.

Erst jetzt stiegen 3 Leute aus dem letzten Auto aus. Falls jemand von ihnen je einen Mafiafilm gesehen hat, wäre er jetzt sehr enttäuscht worden. Die 3 Herren waren funktional und Saisonal angezogen. Einer schien ein Leibwächter zu sein, zumindest sah er posturmässig so aus und war offensichtlich bewaffnet. Die 2 anderen waren eher kleiner gewachsen, so um die 165 Zentimeter gross.

Der eine winkte mich mit der Hand heran und ich ging auf ihn zu. Er verbeugte sich kurz und sagte auf Italienisch: „Ich vertrete die Partei, die sie kontaktiert haben und er", - er zeigte mit einer Kopfbewegung auf seinen Kompagnon – ist gleichberechtigter Partner. Wir verhandeln nie alleine. Würde es ihnen etwas ausmachen, wenn wir im Warmen weiterdiskutieren. Ich friere schnell- Ehe ich mir's versah waren wir in der Limousine drin. Der Leibwächter nahm mir beiläufig Pistole und Handy weg. So hatte ich mir das nicht vorgestellt.

„Nennen sie mir drei Gründe, warum wir sie nicht alle gleich erschiessen sollen!"

Er starrte mich mit einem Raubvogelartigen Blick an und es sah nicht nach Liebe aus.

Ich griff an meinen Anhänger und löste damit den Anruf an Rebeccas Handy aus, das Zeus bei sich hatte.

Ich wartete gut 10 Sekunden und sagte dann übertrieben deutlich und ruhig:

„Erstens: Weil die Papiere, die wir ihnen abgenommen haben, unweigerlich innert 24h an die von uns genannten Stellen weitergeleitet würden und sie dann ein ernsthaftes Problem hätten. Zweitens: Weil niemand von Ihnen diesen Platz lebend verlassen würde. Drittens: Weil sie soeben einen folgenschweren Fehler begangen haben. Achten Sie auf die 4 Schneemänner."

Zeus hupte und die Hüte flogen weg, die 5 Schergen draussen warfen sich auf den Boden. Ein weiterer Schuss knallte, der Schütze im Gebüsch hatte auf Zeus geschossen. Ein weiterer leiser Knall ertönte, fast gleichzeitig ein Schrei. Der Schütze im Gebüsch taumelte hervor, hielt sich den Bauch und fiel hin.

„So sind die Regeln. Wer hier Gewalt anzuwenden versucht, stirbt. Sagen sie dies ihren Leuten. „

Er blickte mich stechend an, der Gorilla liess die Scheiben herunter und rief seinen Leuten etwas zu. Die suchten krampfhaft nach Deckung. Ich sagte zu ihm:" Sag ihnen, dass das nichts nützt. Sie sind rundherum verteilt. Sie müssen sich nicht in den Dreck legen."

Er fluchte, nahm aber seine Befehle nicht zurück.

„Sie glauben wirklich, hier ein Machtspiel gegen uns gewinnen zu können? Unsere Anwälte sind bereit. Und nicht wir, sondern Sie werden diesen Platz nicht lebend verlassen. Schauen sie nun auf den Lastwagen ihres Freundes!"

Ich hörte ein sirrendes Geräusch und drehte den Kopf: Ein Hubschrauber!

Er näherte sich schnell und soweit ich sehen konnte hatte er montierte Waffen auf beiden Seiten.

„Ein Hubschrauber? Bewundernswert! Ist er denn auch gefeit gegen... sagen wir Luftabwehr?"

Von der linken Talflanke schoss ein weisser Blitz auf die Maschine zu, eine gewaltige Explosion erfolgte und das Stahlinsekt stürzte zu Boden.

Meine Gesprächspartner waren plötzlich ungewöhnlich still.

Ich merkte noch an: „Vielleicht hoffen Sie nun noch auf die Geiselnahme beim Ferienhaus. Ich erachte es als unwahrscheinlich, dass ihre Leute gegen ein Maschinengewehr ankommen. Wenn Sie die Scheiben öffnen, aber das wollen sie ja wegen der Scharfschützen wohl kaum, könnten Sie allenfalls das kurze Feuergefecht hören. Ich würde es nun sehr begrüssen, wenn Sie ihren Leuten befehlen würden, die Waffen niederzulegen – Sie drei natürlich inbegriffen. Ich denke, nun sind die Voraussetzungen für gewinnbringende Verhandlungen geschaffen.

Leider haben wir wenig Zeit. In gut dreissig Minuten könnte es hier von Polizisten nur so wimmeln. Wegfahren können Sie leider nicht, wir haben noch 2 Strassensperren errichtet. Also, was wollen sie? Hier in die Geschichte eingehen als Versager oder die Ehre der Familie und der Organisation retten? Sagen sie den Leuten, sie sollen die Waffen niederlegen – ich mache noch eine harmlose Demonstration, um sie zu überzeugen."

Zeus hupte und die Schüsse aus allen Richtungen schlugen ein, 3 der Assassini liessen die Waffen fallen und hoben die Hände. Zeus stieg aus und bewegte sich auf die Limousine zu.

„Meine Herren. Bitte meine Waffe und mein Handy zurück." Der Boss der Leibwächter wusste, dass das Spiel vorbei war. Er reichte mir beides und starrte mich hasserfüllt an. Seine Karriere war wohl zu Ende – was auch immer das in der Ndrangheta heissen mochte. Ich stieg aus und bewegte mich rückwärts vom Wagen weg, die H&K hatte ich geladen und entsichert. Es gibt manchmal Leute, die einfach schlechte Verlierer sind.

Ich liess die 3 aussteigen und nahm ihnen die Waffen und die Brieftaschen ab. Den letzten bewaffneten Mann sah ich an und zeigte ihm meine offenen Handflächen und zeigte rechts und links auf die Berge. Er liess seine Waffe fallen und trat 3 Schritte zurück.

Zeus trat näher, musterte seine zwei Gegenüber und reichte ihnen förmlich die Hand.

„Meine Herren. Ich freue mich, Sie hier zu treffen und möchte Ihnen versichern, dass mir nicht daran gelegen ist, Sie zu demütigen. Die getroffenen Sicherheitsmassnahmen dienen rein der Selbsterhaltung und haben sich als absolut notwendig erwiesen. Seit dem Vertrag von Versailles weiss jeder gebildete Europäer, dass die Demütigung der Gegenpartei ein Pferdefuss ist. In diesem Sinne ist es auch nicht unser Wille, Ihnen Schikanen aufzuerlegen. Wir fordern lediglich 2 Dinge: Erstens: Die Ndrangheta hat künftig Aktivitäten auf Schweizer Boden zu unterlassen. Zweitens: Jegliche Drohungen oder Schikanen gegen die Familien Wallbach, Antonioni und Roulier und deren Anverwandte und Freunde werden als feindlicher Akt betrachtet. Drittens: Sie überweisen den Angehörigen von M. Werren, P. Frautschi und Janine X. je eine Summe von 150'000 Schweizerfranken als Schadenersatz bis zum 30.04. dieses Jahres. Die Konti stehen auf diesem Blatt.

Bei Zuwiderhandlungen werden sämtliche Aufzeichnungen – auch der Geschehnisse von heute, interessierten Parteien zugesandt. Ich habe hier 2 Verträge vorbereitet, im einen – dem wahrscheinlich weniger offiziellen – wird dies fast wörtlich so festgehalten. Im Zweiten, dem offiziellen, den Sie in Ihrer Organisation vorstellen können verpflichten wir uns, Sie auch ausserhalb der Schweiz nicht mehr aktiv zu bekämpfen – aus der Sicht Ihrer Organisation durchaus ein positiver Punkt, immerhin haben wir Ihnen wehgetan. Gleichzeitig steht darin, dass die Opfer auf beiden Seiten der Parteien in einer Auseinandersetzung als gesühnt betrachtet würden, da beide Seiten Mut und Tapferkeit achten. Lesen Sie diese beiden Papiere, die ich extra auf Italienisch übersetzen lassen habe durch und unterzeichnen Sie dann Herr.... Ich zeigte ihm die Ausweise Condanello und... Srezzoni."

Die beiden Herren schauten sich konsterniert an, dann lasen sie die Schreiben. Sie diskutierten kurz und unterzeichneten dann die Papiere. Nicht ohne uns giftige Blicke zuzuwerfen.

„Weiter brauche ich 3 Telefonnummern, unter denen ich Sie sicher erreichen kann. Ich versichere Ihnen, dass ich sie nicht missbräuchlich verwenden werde."

Condanello schrieb 3 Nummern in Zeus Büchlein. Zeus rief eine Nummer an, Condanellos Handy klingelte. Zeus grinste.

Ich gab den Herren den Ausweis zurück und wir verabschiedeten uns von ihnen. Ich hatte noch die diversen Knarren gesammelt. Die Gesellschaft stieg ein, die Autos wurden gewendet und fuhren weg. In diesem Augenblick hörten wir Schüsse aus der Richtung des Ferienhauses.

Ich sprintete zum Lastwagen, warf den Motor an und raste los. Zeus rief mir noch etwas hintennach und winkte wild mit den Armen. Nach 2 Minuten halsbrecherischer Fahrt war ich dort. Im Garten lag ein Mann in seinem Blut. Ich zückte die H&K und schlich via Garage in den Flur. Eine Stimme rief: "Bernard! Es ist vorbei, komm herauf!"

„Wie geht es Rebecca?"

Einen Moment herrschte Ruhe und dann rief sie: „Alles OK, es ist *vorerst* vorbei, alles im *grünen* Bereich. Komm unbedingt rauf!"

Alles klar, das war überdeutlich. Ich rief: „Ich komme gleich die Treppe hoch!"

Ich schlich wieder nach draussen und stieg neben dem Haus den Hang hoch und bewegte mich auf der Rückseite von Fenster zu Fenster. Durch die Küche sah ich, dass Jules und Rebecca gefesselt waren und ein Typ mit Waffe im Anschlag auf mich wartete. Rebecca sah mich und ihre Augen weiteten sich. Ich hielt 2 Finger hoch und sah sie fragend an. Sie schüttelte unmerklich den Kopf. Ein Finger. Leichtes Nicken. Ich zielte genau und schoss ihm durch das Fenster auf 5 Metern Entfernung in den Kopf. Er fiel um und bewegte sich nicht mehr. Rebecca hatte einige Blutspritzer abbekommen und schrie. Ich öffnete die Hintertür und band die beiden los. Rebecca schlug mit beiden Fäusten auf mich ein und schrie mich an: „Warum hast du ihn getötet, warum?"

Ich knallte ihr eine und sie schwieg. Ich holte Krepppapier und Wasser und putzte sie ab. Jules starrte mich an wie ein Fabeltier. Ich wies ihn an, erst Zeus und dann die anderen holen zu gehen, die wären in 2-3 Stunden am Treffpunkt 2.

Rebecca hatte inzwischen zu weinen begonnen. Ich setzte mich neben sie.

„Beruhige dich."

Sie sah mich an als ob ich ein Scheusal wäre.

„Überleg dir einfach, was er wohl gemacht hätte, wenn mein erster Schuss ihn nicht kampfunfähig gemacht hätte. Er hatte einen Auftrag.

Und ich musste mich innert 2-3 Sekunden entschliessen. Ihr seid mir wichtiger als das Leben eines Berufskillers. Sorry."

Ich wandte mich von ihr ab und ging die Leiche im Garten mit einer Plane zudecken. Danach verstaute ich das Gepäck in den Camper, packte die 2. Leiche mit 2 Müllsäcken einigermassen ein und brachte sie in die Garage. Nach 10 Minuten lud Jules Zeus aus und fuhr wieder los, unsere Legionäre einsammeln.

„Polizei?"

„Nicht die Bohne, wahrscheinlich erst, wenn der Hubschrauber nicht zurückkehrt. Der verstärkte Schneefall kommt uns entgegen. Es hat nur wenig Rauchentwicklung gegeben, der Schnee war zu tief und hat gelöscht."

„Wir haben 2 Leichen zum Entsorgen."

„Bring mich zum Viano und bring sie danach im Camper rauf und zünde ihn an. Ich komme mit dem Viano mit und wir hauen dann ab „

„Und wenn die Polizei schon dort ist?"

„Dann ruf mich an."

Jules putzte wie ein wahnsinniger das Ferienappartement. Rebecca sass apathisch auf einer Bank vor dem Haus. Ich ging zu ihr und sagte: „Hilf Jules. Hier hast du ein paar Handschuhe. Wir müssen froh sein, dass wir noch leben. Sie haben auf uns geschossen, einen Kampfhubschrauber auf uns gehetzt und wir haben überlebt und gewonnen. Ich liebe dich."

Sie sah mich wie durch einen Schleier an und ging dann ins Appartement.

Ich packte die Leichen mit einem Kanister Diesel in den Camper und fuhr los. Auf dem Parkplatz leerte ich den Kanister in die Innereien des Campers und wartete, bis Zeus mit dem Viano anfuhr. Ich warf ein Streichholz rein und es begann zu brennen. Wir fuhren weg, lasen Jules und Rebecca auf und fuhren zur Verladestation. Nach rund anderthalb Stunden waren wir wieder in der Schweiz und fuhren zu einem

Ferienhaus in Naters. Ich ging zur Abwechslung einmal einkaufen. Zwei Stunden nach uns kam der Kleinlastwagen angefahren und es gab ein grosses Hallo. Die vier Legionäre kamen stolz und zufrieden in unsere bescheidene Hütte mit 2 Zimmern und einem Massenlager. Ich hatte inzwischen 2 Racletteöfen vorbereitet. 2 Kg Raclette, 800 Gramm Walliser Speck, 400 Gramm Knoblauchschinken, 600 Gramm Eierschwämme und Steinpilze, getrocknete Tomaten, Cipolle, eingemachte Birnen, 1 Kg Schweinsfilet, Cipolle, Essiggurken, Senffrüchte, gehackte Knoblauchzehen, Walliser Randenwurst, Raclettekartoffeln und Walliser Roggenbrot lagen bereit, dazu Bier, Petite Arvine, Wodka, Cognac, Heida, Abricotine und Grappa. Zum Anstossen gab es einen Crémant du Valais zu einem kleinen Walliserplättchen mit Käse, Trockenfleisch und Knoblauchwurst. Übermütig wurde angestossen und gegessen, alle waren glücklich und hungrig – ausser Rebecca.

Nach einer halben Stunde setzten wir uns zu Tisch und Toni und ich zeigten den Legionären, wie man Raclette ass. Es war ein Riesengaudi, Kyoly und Matti misstrauten der Sache erst, aber nach dem ersten fleischlastigen Raclette wurden sie experimentierfreudiger und legten so richtig los. Nach 2 Stunden waren wir alle vollgefressen und sternhagelvoll. Didier hielt danach noch eine Rede über Zeus' militärische Führungsfähigkeiten, die uns allen Lachtränen entlockte, Zeus lächelte mit und dämpfte die Kränkung mit ca. 1 Liter Petite Arvine. Zum Ende der Rede umarmte Didier Zeus und sagte folgendes: „Un homme sage est un homme qui respecte ses limites. A Zeus!!!" Er erhob sein Glas und alle tranken wieder auf Ex.

Dann kam Matti: „I do not speak correct english language. But I learn, that Elks are more clever than Mafiosi!" Wieder ein Hallo und Ex.

Kyoly sagte in gebrochenem Deutsch: „Ich will Abenteuer. Wir haben gut gemacht. Und ich denken, ihr alle Freunde, beste Freunde!"

Dann kam natürlich Toni. Der sagte bloss: „Wir haben einer der grössten kriminellen Organisationen die Stirn geboten – und wir haben standgehalten. Eines Tages, so hoffe ich, können wir das alles unseren Enkelkindern erzählen! Prosit!"

Zustimmendes Gemurmel und dann Gebrüll: „Toniiiiii!"

So ging es weiter bis tief in die Nacht hinein. Ich folgte Rebecca auf den Balkon. Sie war noch immer sehr still.

„Wie geht es dir?"

Sie schwieg eine Weile. Dann sagte sie stockend: „Weisst du… sie kamen zu zweit einer von vorne, einer durch den Hintereingang. Danilo hat den vorne mit dem Gewehr erwischt. Der von hinten kam direkt auf mich zu und ich hatte die geladene Pistole auf ihn gerichtet…. Aber ich konnte einfach nicht abdrücken. Ich wollte es, aber ich konnte nicht. Und so hat er mir einfach die Pistole weggenommen, Jules entwaffnet und dann per Funk mitgeteilt, dass er die Geiseln habe. „Minuten danach bist du hier erschienen und hast ihn….einfach erschossen"

Ich streichelte ihren Kopf. „Du bist ein guter Mensch, du glaubst noch sehr an das Gute im Menschen, du hast Fantasie, Liebe. Vielleicht bin ich einfach desillusionierter. Ich wusste, dass er den Befehl hatte, euch zu töten, wenn es Schwierigkeiten gibt. Keine Kompromisse von meiner Seite. Zu viele geliebte Menschen haben sie mir schon genommen. Gesichtslose skrupellose Mörder, die die Opfer um der Abschreckung willen noch verunstalten. Ich gehe keine Risiken mehr ein. Das mag hart klingen, aber vor meinen Augen sehe ich Janine und Pit. Niemand hatte das Recht, diese unschuldigen Menschen umzubringen. Eure Ferienwohnung. Der Anschlag auf Zeus, der Helikopterangriff. Diese Menschen verstehen nur eine Sprache: Dominieren und dominiert werden. Heute haben wir dominiert und ihnen eine Hintertür geöffnet. Sie haben akzeptiert und werden uns ziemlich sicher in Ruhe lassen."

Sie blickte mich mit leeren Augen an.

„Bemitleide dich nicht und verdamme mich nicht. Wir haben beide überlebt und wir beide müssen im Schlaf über das Geschehene wegkommen – du über dein Versagen und ich über den kaltblütigen Schuss.

Denk daran, dass ich diesen Schuss für dich gemacht habe. Hättest du ihn getroffen, wäre ich nicht gezwungen gewesen, auf ihn zu schiessen. Ich habe dein Versagen ausgebügelt, wenn auch nicht so, wie du das gerne gehabt hättest. Saubere Schulterschüsse gibt es wohl im Fernsehen, jeder Fehler meinerseits hätte zur Exekution von dir und Jules geführt. Versetz dich mal in meine Situation…"

Ich ging zurück zur feiernden Bande. Kyoly hatte eine Mundharmonika hervorgeholt und spielte ukrainische Weisen. Zum Glück konnte er ein Stück spielen, das alle kannten: The Entertainer von Scott Joplin. Da es ja keinen offiziellen Text gab konnten alle mitsingen „Nana nanà nanà nanà, nanana nàna nàna nànananà nànananànananà nànanà!" Nach 4 Wiederholungen war der Chor erschöpft und brauchte flüssigen Nachschub.

Zeus erhob sich und köpfte je eine Flasche Abricotine und Grappa.

„Mes amis, dear friends, liebe Freunde,

Дорогие друзья![6]

Wir haben heute etwas geleistet, das leider nie in die Geschichtsbücher eingehen wird, aber es unbedingt verdient hätte. Die Ndrangheta, eine Organisation mit 44 Milliarden Umsatz, hat heute vor euch kapituliert und Verträge unterschrieben. In der Geschichte wird der Widerstand der Spartaner an den Thermophylen als heroischer Akt gefeiert. Unsere Leistung wird nie genannt werden. Und doch haben wir einen Gegner besiegt, der eine Übermacht von über einer Million Mal mehr als wir darstellt. Wir sind Helden, ihr seid Helden. Für eure ausserordentliche Leistung wollen wir euch belohnen! Er zog 5 Umschläge hervor.

---

[6] Liebe Freunde

„Matti!" Er überreichte ihm den Umschlag. „aufgrund deiner guten Leistung kriegst du nebst dem Vorschuss von 2500.- Euro und dem Gewehr die weiteren 7500.- Euro und einen Bonus von 5000.- Euro!"

Matti sprang auf und umarmte Zeus. Dieselbe Szene wiederholte sich mit Kyoly. Toni nahm das wesentlich gelassener und drückte Zeus und mir fest die Hand und nickte uns gerührt.zu.

„Bei Didier ist es ein wenig anders. Didier ist der Grund und die Quelle, dass wir heute den Hubschrauber abwehren konnten. Desgleichen war er der Planer des Dispositivs. Nebst der abgemachten Prämie erhält er einen Bonus von 10'000 Euro und wir alle drücken ihm den Daumen für seine bevorstehenden Prüfungen! Und jetzt: Wir alle müssen vergessen, was wir in den letzten 3 Tagen erlebt haben. Der erste Schritt zum Vergessen ist das Leeren des vor Ihnen stehenden Glases. Auf uns alle!!!!"

Mit Gebrüll wurden die Gläser geleert.

Ich ging wieder auf den Balkon zu Rebecca. Sie sass dort eingehüllt in einen Schlafsack auf einem Liegestuhl und schaute in den bewölkten Himmel. Ich hatte eine Flasche Grappa dabei und 2 Gläser.

„Hi."

„Hallo."

„Wie geht es dir?"

Keine Antwort.

„Hier." Ich reichte ihr die entladene H&K. Sie fuhr zurück, als ob sie von einer Schlange bedroht werden würde.

„Du kennst dich in Therapie aus. Was würdest du jemandem sagen der in folgende Dilemmata gestürzt würde:

a)   Zum ersten Mal einen unbekannten Menschen auf 3 Meter Entfernung niederzuschiessen, weil besagter Mann wahrscheinlich ein Mafiakiller ist, der nach deinem und dem Leben eines Freundes trachtet.

b)   Dein Lebenspartner vor die Wahl gestellt wird, einen mit 100% sicheren aber auch tödlichen Schuss auf einen professionellen Mafiakiller abfeuern zu können, aber andererseits auch versuchen könnte, denselben kampfunfähig zu machen, aber dabei den Tod seiner Lebenspartnerin und eines Freundes zu riskieren.

Nur nebenbei. Die Entscheidungszeit beträgt 2-3 Sekunden. Ich komm in ein paar Minuten wieder raus."

Ich ging rein und bereitete mir ein Raclette mit Extremzutaten bei: Peperoncini, Knoblauch, Speck, Zwiebeln, Gorgonzola und Pfeffermischung. Dazu trank ich einen heftigen Grappa, nichts für Feinschmecker, eher für Fremdenlegionäre. Matti umarmte mich und schrie mir ins Ohr: „Schweiz ist beste Land der Welt!" Ich klopfte ihm auf die Schultern und schenkte ihm noch ein wenig Grappa ein.

Ich ging in das eine Schlafzimmer und rief eine Person an, die im Süden Italiens weilte und teilte ihr 2 Nummernschilder mit. Danach ging ich wieder zu Rebecca. Sie war immer noch halb erstarrt. Ich schenkte ihr ein Glas Amaretto di Saronno ein. Nicht irgendein Glas, ein 2 dl Glas. Sie sah mich an, roch daran und leerte es zur Hälfte. Ich nahm die Flasche mit und ging wieder rein. Matti hatte mein Raclette schon gefressen, aber mit Begeisterung ein zweites und drittes in den Ofen geworfen. Er strahlte mich an: „Nur… Mafia hat ermöglicht das! Grazie!"

So konnte man es auch sehen. Ich verspeiste ein weiteres Raclette und stiess mit Didier und Kyoly an. Toni lag auf dem Sofa und schnarchte. Nach 10 Minuten spürte ich den Vibroalarm und ging erneut ans Telefon. Ich gab 2 Namen durch. Danach ging ich mit der Amarettoflasche auf den Balkon. Das Glas war leer und der Blick ein bisschen weniger erloschen. Ich schenkte wieder voll ein.

„Glaub ja nicht, ich durchschau das nicht? Du füllst mich einfach ab!"

„Mitnichten. Ich helfe dir mit Hilfe von Relaxatien und Euphorika ein akutes Trauma zu überwinden, damit ich dich möglichst schnell wieder sexuell missbrauchen kann. Bei allem Schmerz, deine Titten und deine Hüften dürfen nicht traumatisiert darniederliegen, denn..." Der erste Schuh traf mich an der Wange, der zweite am Rücken. Ich drehte mich wieder um: „ Da du ja nur 2 Schuhe haben kannst ist die akute Fremdgefährdung minimiert. Wenn ich dir jetzt sage, dass ich dich liebe und alles gemacht habe, um dich unversehrt erhalten zu können – darf ich dich nun küssen oder muss ich dir weiter Amaretto kredenzen, bis du halb bewusstlos bist?"

„Du Arschloch. Ich brauche mindestens noch einen gewaltigen Amaretto, bis ich dich küssen kann!"

Wohlan, wir sind ja dienstfertig und bescheiden. Ich schenkte nochmal ein und erhaschte einen flüchtigen Blick in ein tränenüberströmtes Gesicht. Ich ging wieder rein und sagte Didier, er solle mit einer Flasche Cointreau meine Freundin aufheitern gehen, sie sei unter Schock. Er blickte mich amüsiert an und fragte, warum ich gerade ihm diese Ehre zukommen lasse?

„C'est parce qu'elle te connaît bien.... Et je suis d'accord avec elle. "

Er zuckte nicht mit der Wimper, füllte eine grosse Tasse Kaffee und nahm zwei Gläser und unsere einzige Flasche Cointreau mit.

Ich feierte innen weiter, Zeus schnitt Schweinsfiletplätzchen und Guanciale auf die Grilloberfläche des einten Raccletteofens, Kyoly schmiss Zwiebelringe, Knoblauchscheiben und Pfeffer drauf, Matti wartete mit Wodka auf das Flambiersignal– eine Gewaltstruppe!

Jules war dauernd am Aufräumen, hatte sich allerdings eine Flasche Grappa Elisi unter den Nagel gerissen, an der er regelmässig nuckelte. Ich verteilte an alle eine Zigarre der Marke Cohiba Naduro Secretos und reichte mein Gasfeuerzeug herum, die Jungs waren aus dem Häuschen und benahmen sich wie erzkapitalistische Scheisser. Ich bereitete eine

Kanne Espresso zu, goss sie in einen Thermoskrug, krallte mir die Schrotflinte und ging unten auf Wache. . Trau! Schau! Wem?

Die H&K hatte ich mit 3 Magazinen dabei. Nach 04.00 war oben Ruhe eingekehrt Ich war hundemüde und ziemlich besoffen, der Kaffee hielt mich wach.

Kurz nach 4 kam Rebecca nach unten und suchte mich. Sie fand mich und blickte mich an. Sie sah Scheisse aus. Verheult, betrunken und unglücklich.

„Was machst du da unten?"

„Sicher gehen, dass die Killer nicht doch noch Erfolg haben."

„Die ssind doch längst abbehauen."

„Es gibt 2 Varianten: Sie akzeptieren die Niederlage oder sie tun es nicht. Im zweiten Fall wären wir relativ rasch tot, wenn sie uns finden."

Sie schwieg einen Moment. Dann begann sie von Neuem: „Du bist ssehr logisch in diesen Sachen. Das wirkt auf mich manchmal Roboterhaft. Du vergisst deine Mimmmenschen… „

„Rebecca, verzeih mir – aber du bist geschockt, sternhagelvoll und todmüde. Geh doch ins Zimmer und schlaf ein bisschen, du kannst auch im Schlafsack hier bei mir schlafen, aber bitte lass uns alles später diskutieren, gell?"

Sie rollte sich wortlos zu meinen Füssen hin und ich deckte sie mit einem Schlafsack unserer Schützen zu. Um etwa 6 Uhr ging ich 2 Bewegungsmelder setzen und legte mich neben Rebecca nieder und schlief ein.

22. Februar

Kurz vor Zehn Uhr erwachte ich und dankte Gott, dass ich vor dem Einschlafen noch 2 Aspirin eingeworfen hatte. Matti taumelte bereits in der Gegend herum und jammerte. Ich nahm 7 Gläser hervor, warf in jedes 2 Aspirin-Brausetabletten und 1 Multivitamintablette. Den ersten Cocktail verabreichte ich Matti, dazu gab ich ihm noch 2 Rennie

Pastillen gegen Übersäuerung. Er schluckte alles brav und ich wies ihn an, allen anderen dieselbe Behandlung zukommen zu lassen. Alle Jungs schluckten, ausser Toni, der schien fit wie ein Bergsteiger zu sein. Er war ja auch schon früh gekippt....

Ich kommandierte ihn zur Kaffeeaufbereitung ab, schob die letzten 6 Vollkornbaguettes in den Ofen und stellte aus den Trümmern eine ansehnliche Frühstücksplatte zusammen. Etwa um halb Zwölf waren Alle so weit retabliert, dass wir essen konnten. Nur so nebenbei: Beim Duschen war Zeus der Erste, keine Ahnung weshalb....

Sinnvollerweise tischte ich 4 Flaschen stilles Mineralwasser neben 4 Liter Fruchtsaft auf. Ich bereitete ein gigantisches Rührei mit 12 Eiern Butter, Safran, Guanciale und Kaffeerahm zu, tischte noch 1 Flasche Tomatensaft mit Tabasco auf, für die harten Jungs noch Schweinscipollata. Daneben 2 Hartkäse, Knoblauchschinken, Citterio-Salami und Bündnerfleisch.

Sie kamen angekrochen, nach dem Painkillercocktail und 2-3 Gläsern Wasser oder Saft wurden sie innert 1 Stunde zu hungrigen Gästen.

Matti, Didier und Kyoly stürzten sich auf das Rührei, Toni blieb klar in der Käse & Salami-, und Schinkenzone.

Neben dem Kaffeebehälter standen 12 2cl-Fläschchen Schnaps für den stufenweisen Entzug. Wasser und Kaffee lief gut, der Medizinalcocktail schien gut angekommen zu sein. Nach etwa 5 Minuten wurde die Gesellschaft ein wenig munterer. Didier lobte mein Rührei, Matti und Kyoly frassen den Rest, den Zeus übriggelassen hatte. Rebecca hatte ich nach oben ins Bett getragen, ich brachte ihr einen Painkiller, 2 Rennie und einen Kaffee und ein kleines Sandwich. Sie blickte mich müde an und murmelte ein „Dankeschön". Ich ging zurück zur Truppe und die Herren waren bereits am Fachsimpeln, wie man das Gewehr durch den Zoll bringen Könnte. Zeus hatte eine ganz einfache pragmatische Idee: In Crans Montana hatte es einen weltbekannten Golfplatz. Golfschläger und –Kluft einkaufen, Business Class fliegen und die

Knarre so im Golfsack schmuggeln. Für Toni und Didier natürlich kein Thema, Kyoly und Matti hatten es da schwieriger. Item, das war ihr Problem. Man konnte sie natürlich auch schicken lassen, das Gewicht war aber dabei schon ein Thema, die Zollkontrolle dito. Nach einer halben Stunde war Kyoly klar, dass das Risiko zu gross war, Zeus anerbot ihm, die Waffe zu verkaufen und ihm das Geld zu überweisen. Kyoly strahlte.

Gegen Mittag gab Zeus den weiteren Plan bekannt: Kyoly und Matti hatten am Abend Flüge von Genf Cointrin aus, Didier konnte den Kleinlastwagen verwenden.

Am Ende kamen wir überein, dass Didier die 2 via Crans-Montana nach Genf bringen würde, damit Matti noch die Golfutensilien kaufen konnte. Wir verabschiedeten uns von ihnen wie von Brüdern. Kyoly wischte sich Tränen vom Gesicht und Matti umarmte jeden von uns.

Toni ging leise und bescheiden. Er hatte am Abend noch Baukommissionssitzung in seiner Gemeinde. Wenn die wüssten….

Wir räumten die Hütte auf, Zeus hatte sie eine ganze Woche gemietet. Gegen Abend fuhren wir mit dem Viano los, Ziel unserer Reise war Estavayer-le-Lac. Dort hatte Zeus eine Ferienwohnung am See gemietet. Rebecca wollte nicht mitkommen. Sie bat uns, sie am Bahnhof Brig abzusetzen. Wir sprachen nicht viel. Beim Abschied weinte sie. Ihre Umarmung mit Zeus dauerte etwa drei Mal so lange wie die mit mir.

Ich hatte es wohl wieder einmal versaut.

Schweigend fuhren wir los. Abends um acht trafen wir dort ein. Zuerst fachte ich im Schwedenofen ein gewaltiges Feuer an, es war arschkalt. Sicherungen reinschrauben, Wasserhaupthahn öffnen, Kühlschrank einschalten – langsam war ich Profi für Ferienhäuserinbetriebnahme geworden. Danach richteten wir die Elektronik ein und checkten die Foren und die Onlinepresse. Auf den Foren war nichts. In Italien wurde von einem Helikopterabsturz und einem Unfall von Touristen mit einem Camper berichtet. Mehr nicht.

Entweder Ermittlungstaktik oder Infiltration. Je diskreter, desto besser für uns. Zeus hatte alles bar bezahlt, in Italien hatten wir kaum Fingerabdrücke hinterlassen. Wenn schon, aber es gibt ja noch ein paar andere Leute als uns auf dieser Welt.

Gegen halb 10 Uhr suchten wir noch ein Restaurant, wo man etwas Anständiges essen konnte. La Gerbe d'Or wollte die Küche zwar gerade schliessen, der Chef de Cuisine kam aber extra wegen uns an den Tisch und schlug uns einen Dreigänger vor, der uns absolut passte: Eine hausgemachte Kartoffelcrèmesuppe mit Currykalbskügelchen, Warmer geräucherter Felchen auf mildem Sauerkraut mit Reis und ein Tournedos mit Mark und Rotweinsauce auf gegrilltem Vollkorntoast. Dazu zum Apéro 1 Flasche Perdrix Blanche und zum Hauptgang 1 Flasche Pinot Noir vom Château Vaumarcus.

Es ging schnell, der Chef hatte natürlich das Verfügbarste angegeben, aber das war echt gut und liebevoll zubereitet. Nach dem Essen kam er ohne Kittel und Mütze noch an unseren Tisch und brachte eine Flasche hausgebrannten Vieille Prune mit. Wir bedankten uns artig für das tolle Essen und er fachsimpelte mit mir und Zeus über die Menugestaltung. Die beiden waren sich einig, dass nur geräucherter oder marinierter Süsswasserfisch neben Sauerkraut bestehen konnte. Interessant. Um halb zwölf verabschiedeten wir uns wie alte Freunde.

Im Häuschen wurde es langsam wärmer, roch aber noch muffig. Wir öffneten trotz Nebel und 3 Grad Minus alle Fenster, feuerten aber im Schwedenofen so richtig ein. Nach 10 Minuten war es zwar arschkalt, der Ofen begann aber zu heizen und die Luft war besser. Ich holte noch unseren letzten Vorrat an Spirituosen: Eine halbe Flasche Cointreau, eine Viertelflasche Pietra Sacra, 1 Liter Moskovskaya Wodka, ein Viertelliter Amaretto, 0.75 Liter Absinth, 1 Flasche Hennessy X0, 1 Flasche Otard Napoléon (Zeus hatte die vor der Truppe versteckt). Dazu hatten wir noch San Daniele Rohschinken und Walliser Hauswürste und Trockenfleisch. Wir lümmelten uns in der Nähe des Ofens und tranken aus

2-CL-Kelchen exquisite Gesöffe, ich offerierte Zeus eine Montecristo „A" und zündete mir selbst auch eine an.

Zeus war sehr ruhig, er paffte den Rauch langsam aus und blickte zur Decke.

„Es gibt keine Gewissheit. Nur Wahrscheinlichkeit. Ich muss StocForens ® verbessern. Die Persönlichkeitsmerkmale von Condanello sind wesentlicher als ich dachte. Wir sind beinahe daran gescheitert, nur die zu tiefe Wahrscheinlichkeit des Erfolges hat zu meinem exorbitanten Sicherheitsdispositiv geführt. Das ist als Quelle zu unzuverlässig. Künftig brauche ich quasi ein Ferngutachten meines Gegners. Aber im Gegensatz zu Dittmann und Urbaniok haben wir keine Gelegenheit, die Gegenspieler vertieft zu analysieren. Wir können dies nur unbemerkt aus der Distanz tun. Und diese Vorgehensweise will ich mit ihrer – und auch Rebeccas Hilfe – neue Wege gehen. Ich will Täter früher identifizieren und stoppen können. Laut StocForens ® ist die Wahrscheinlichkeit, dass die Gegenseite aufgibt bei über 82%. Das ist ein guter Wert."

Mir stellten sich plötzlich die Nackenhaare auf: „Und wenn es die 18% sein sollten? An wen werden sie dann gelangen?"

„Sie kennen unsere Adresse nicht, soweit sind wir hier sicher. Sämtliche Zahlungen laufen via Jules über eine Scheinfirma!"

„Aber Rebecca? Sie haben ihren Namen und die Adresse!"

Ich nahm hastig mein Telefon hervor und drückte auf die Halskette. Nach 4 x Läuten nahm sie ab.

„Was ist los?"

„Hör gut zu. Wir haben ein Problem. Die Ndrangheta kennt deine Adresse und wir wissen nicht, ob die die Niederlage und den Vertrag wirklich respektieren. Laut Zeus ist die Chance zwar bei 80%, aber das ist zu unsicher… wo bist du im Moment?"

„Bei meiner Mutter, 200m von meiner Wohnung entfernt. Beruhige dich doch!" Sie nannte mir die Strassennummer.

„Ich scheisse aufs Beruhigen. Ich bin in 45 Minuten dort, beweg dich nicht von der Stelle und nimm das Telefon nur ab, wenn meine Nummer drauf ist." Ich hängte auf und rannte zur Tür. Zeus blickte mir stoisch zu und schüttelte leicht den Kopf.

Ich raste mit dem Viano bis zu 170 Stundenkilometer schnell, nach rund 55 Minuten war ich im Breitschquartier. Ich schaute auf dem Blackberry nach, wo ihre Mutter wohnte und parkierte dort etwa 50m vor der Wohnung. Ich entsicherte die H&K und steckte sie mir in die rechte Jackentasche. Ich zündete mir dann eine Zigarette an, stieg aus und führte ein fiktives Telefongespräch und kundschaftete die Gegend aus. Nach 5 Minuten auf- und ablaufen hatte ich nichts Besonderes gesichtet und ging zur Wohnung und klingelte. Die Tür öffnete sich und eine grauhaarige Frau in Hippielook musterte mich ungnädig:"Wer sind sie? Ich werde nicht gerne um diese Zeit gestört!"

Ich nannte meinen Namen und bat, Rebecca sprechen zu dürfen.

„Rebecca und ich verkehren seit Jahren kaum mehr miteinander. Zurzeit ist sie mit irgendeinem Schwachkopf, der ihre Qualitäten nicht zu würdigen weiss auf Mallorca. Das hat sie mir zumindest erzählt."

Danke für den zarten Hinweis.

„Und dann hat sie noch gesagt, dass ihre aktuelle Bekanntschaft emotional verkrüppelt ist. Können sie sich sowas vorstellen, eine Beziehung mit jemandem, der seine Gefühle ignoriert, unterdrückt und dann pervertierte Ventilfunktionen installiert. Das scheint mir völlig anormal zu sein."

„Hören sie, Lady, sie können die Show abbrechen. Ich bekenne mich nicht schuldig im Sinne der Anklage, hole meine Verteidigung erst hervor, wenn der Staatsanwalt UND die Zeugin anwesend sind. Rebecca, zeig dich!"

Sie kam mit unterdrücktem Lächeln auf mich zu, wahrscheinlich hatte sie sich einen abgegrinst.

„Bernard…. So forsch, nach Alkohol riechend und sicher wieder mit einer Knarre als Schwanzverlängerung."

Ich blickte zu ihrer Mutter hinüber und musste feststellen, dass die bloss lächelte.

Ich befand mich offensichtlich im falschen Film.

„Zu deiner Information: Elena, das ist meine Mutter, ist Psychologin. Hat viel publiziert, wurde aber wenig zur Kenntnis genommen. Sie hat es auch nie zum Doktorat gebracht, aber ist durchaus fähig, komplexe Sachverhalte recht gut zu beurteilen."

Danke, lieber Gott. Endlich finde ich ein tolles Mädchen, die ist aber Psychologin und deren Mama ist auch Psychologin, fehlt nur noch der Papa, der eine Alligatorenfarm führt. Wäre in Sachen Entsorgung unsäglich praktisch.

„Bevor ihr mich zu sezieren – äh, analysieren beginnt – doch ein paar Vorbemerkungen: a) es besteht immer noch eine 20%-Chance, dass die Ndrangheta mit Gewalt reagiert. Das könnte heissen, dass alle Familienmitglieder ihrer Familie potenzielle Ziele sein könnten. Deshalb bitte ich sie, mit mir zu kommen."

Die Dame musterte mich scharf: Was ist das B)?"

„Welches B)?"

„Sie haben gesagt, dass sie ein paar Vorbemerkungen hätten. Sie haben A) genannt. -ich warte auf das B).

„das B)? Also gut. Ich liebe dich, Rebecca. Ich will dich nicht verlieren. Deshalb stehe ich jetzt wie ein Volltrottel hier, lasse mich von deiner Mutter die Hosen runterziehen, bin besoffen hierher gerast, sobald ich erkannt hatte, dass du in Gefahr sein könntest. Ich habe in den letzten 2 Wochen 2 gute Freunde verloren. Dich zu verlieren würde ich nicht mehr ertragen. Deshalb bin ich hier. Und deine doofen Spitzen bezüglich Schwanzverlängerungen kannst du dir schenken, sonst kannst du dich künftig an meiner alten Schrotflinte schadlos halten! Flasche leer. Ich habe fertig."

„Bemerkenswert. Er hat Courage. Du solltest ihn nicht einfach abschreiben."

„Überschätze ihn nicht. Wenn er getrunken hat ist er irgendwie ganz nett."

„Ok, es reicht jetzt. Ich habe in den letzten 2 Monaten genug riskiert und erlebt, dass ich mir dieses überhebliche Geschwafel nicht mehr anhören muss. Ich habe mehrmals mein Leben und meine Gesundheit riskiert, um den Bösen nicht nachzugeben und Menschen zu retten. Sobald ich mich adäquat wehre werde ich als mordender Psychopath angesehen. Den letzten tödlichen Schuss habe ich abgefeuert, um dein Leben und Jules zu retten. Du weisst aus der Literatur haargenau, was ein Ndrangheta – Killer mit Geiseln macht, wenn er angegriffen wird. Das nächste Mal schiesse ich ihm ein Ohrläppchen an und frage dann freundlich, ob er es riskieren wolle, das andere auch noch zu verlieren, wo er doch so schöne Ohrstecker habe? Ein bisschen weniger Realitätsverlust würde euch gut bekommen. Klar sind wir Männer in euren Augen latent phallisch aggressive Schwachmaten, aber denkt daran, dass man mich in den letzten Wochen gefoltert, mit Waffen bedroht und beschossen hat, dass ich mich als Geisel zur Verfügung stellen musste und dann noch 2 Geiseln in der Gewalt eines eiskalten Killers auf improvisierte Weise befreien musste. Mir macht das keinen Spass. Und euer besserwisserisches Metaebenengetue empfinde ich als arrogant und herablassend. Ich mache die Drecksarbeit und ihr spottet über meine dreckigen Kleider. Da gibt es sicher jede Menge Fachausdrücke dafür. Der einzige, der mir einfällt ist nach ICD10 die narzisstische Störung. Ich bin hier, weil ich weiss, dass eine klare Gefahr besteht, dass die noch einmal mit Gewalt einzufahren versuchen und wollte Rebecca aus der Schusslinie bringen. Bei Ihnen ist mir nicht ganz klar, für wen das Aufeinandertreffen fatale Folgen haben könnte."

„Rebecca, ist der süss! Der gefällt mir, das Beste, was du mir je gezeigt hast!" Und zu mir gewandt: „Sie haben recht. Ich wollte sie provozieren." Sie grinste mich entwaffnend an.

Ich warf ihr einen vernichtenden Blick zu:"Psychoanalysieren, biopsieren und sezieren sie ihre Probanden ruhig weiterhin. Ich spreche hier von einer 20%-Möglichkeit, dass die Ndrangheta es nochmals mit einer oder mehreren Geiselnahmen versucht."

Sie seufzte: „Der gute alte Zeus. Er wird immer besessener von seinem Tool. Wobei ich ihm lassen muss, dass seine Prognosen klar besser geworden sind. Er lernt rasch, und Dittmann und Urbaniok haben ihm regelrechte Steilpässe gespielt. Nur in Sachen Tatortbeurteilung und Motivforschung ist er selber schwach. Deshalb hat er ja wohl nun Sie."

„Sie kennen Zeus?"

Sie lachte fröhlich:"Es gibt wohl kaum solch ein Unikat wie Zeus in der Branche. Und ja: Wir kennen uns. Falls Sie festgestellt haben sollten, dass er Rebecca ernstnimmt, könnte das aufgrund einer veränderten Wahrscheinlichkeit bezüglich ihrer Aussagen aufgrund genealogischer Fakten beruhen: D.h., Zeus hat realisiert, dass ich Rebeccas Mutter bin."

„Aber sie heissen ja nicht Antonioni."

„Ich weiss. Eine meiner fatalsten Fehleinschätzungen. Das war natürlich nicht auf der professionellen Ebene, sondern eben privat. Zeus hat meinen Nachnamen sicher im – übrigens völlig zerstörten – Ferienhaus irgendwo gefunden."

„Sie kriegen das Geld zum Neuaufbau zurück, erstens sind sie versichert und zweitens mussten die unterschreiben, dass sie Ihnen hunderttausend Franken bis am 30.4. überweisen müssen. Bis dann bleiben wir in Deckung!"

„Für mich stellt sich die Frage, ob auch Sie nicht in Gefahr sein könnten. Immerhin kann man Sie recht schnell ausfindig machen."

„Ich denke nicht, dass die so weit gehen. Wenn sie euch nicht unmittelbar in die Knie zwingen konnten werden die nun genau evaluieren, was zu tun sei. Und da sehen wir in Kürze anhand der Zahlungsfrist, was da kommt."

„Rebecca, hast du in deiner Wohnung Marker gesetzt?"

„Was ist das?"

Ich erklärte es ihr und sie schien es rasch zu verstehen.

„Jetzt ist es aber ein wenig spät für Marker. Das sind Frühwarnsysteme. Jetzt ist Spät."

„Du willst mich ja mit aller Gewalt überzeugen, dass ich mit dir kommen soll."

Ich schwieg einen Augenblick, dann drehte ich mich den zwei Frauen frontal zu und sagte ruhig aber bestimmt: „Das ist euer Leben. Ihr bestimmt. Aber: Rebecca, ich liebe dich. Und ich bitte dich: Komm mit. Und was sie angeht: Sie können auch mitkommen. Aber ich liebe Sie nicht und biete Ihnen dies nur aus möglicher kommender Verwandtschaftssolidarität an. Ich mag Ihr Analytikgehabe nicht. Ich bin ein Gegenüber und kein Proband. Ich gehe jetzt raus, rauche eine Montecristo und ihr könnt entscheiden, was ihr wollt. Ich komm in ein paar Minuten zurück."

Ich drehte mich einigermassen elegant um und stolzierte hinaus. Draussen blickte ich mich sorgfältig um und checkte, ob etwas Auffälliges zu sehen war. Fehlanzeige.

Ich ging zum Viano und holte einen Pfefferspray. Dann stapfte ich zurück und wartete. Die Zigarre war etwa zu zwei Dritteln geraucht als Rebecca auf der Treppe erschien, in der Hand eine Sporttasche. Hinter ihr stand Elena und schaute mich aufmerksam an.

„Du scheinst ganz ok zu sein. Pass auf sie auf und trage Sorge zu dir."

Ich nickte stumm und reichte ihr den Pfefferspray. Sie blickte ihn an und grinste;

Mein Sohn, ich habe in der Wohnung 3 Pfeffersprays und 2 Elektroschockgeräte. Ich arbeite mit Spinnern!"

Ich verabschiedete mich von ihr und Rebecca bat mich, noch zu ihrer Wohnung zu fahren. Ich tat das sehr vorsichtig und hielt diskret 100 Meter vor der Wohnung an. Sie wollte noch ein paar Dinge holen. Ich lud die H&K diskret durch und folgte ihr. Sie öffnete den Briefkasten. Leer.

„Wann hast du ihn das letzte Mal geleert?"

„Vor unserer Abreise… ich verstehe nicht…?"

„Klappe halten," zischte ich und zwang sie mit mir zurückzulaufen.

„Was soll das… ich…"

„…. habe unerwünschte Gäste im Haus. Die haben nicht aufgegeben. Ruf deine Mutter an und sag, die Chose sei immer noch heiss. Sie soll sich Sicherheit bringen. Ein Taxi rufen und sich Überland nach Murten chauffieren lassen und im Rückspiegel nach Verfolgern Ausschau halten. Im Murtenhof ein Zimmer auf falschen Namen nehmen, ich zahle das."

Sie rief die Mutter an, die fand das ganz toll.

Wir zuckelten gegen Estavayer und ich hielt bei der Raststätte Rose de la Broye an und tätigte ein Telefon. Ich musste eine ganze Weile zuhören und es war die Weile wert.

Danach fuhren wir zur Ferienwohnung und Zeus sass vor dem Computer, an der Wand 5 Mindmaps. Ich rapportierte kurz. Er knurrte. Offensichtlich hatte er sich entschlossen, zur Tiersprache hinüberzuwechseln. Ich hatte weder Knochen noch Stöckchen und konnte deshalb nicht adäquat antworten. Und nach dieser Feministinnenshow in Bern würde es heute wohl mit Schwanzwedeln auch nichts werden….

Ich brachte Rebecca unter und bot an, dass ich bei Zeus drüben schlafen könnte. Sie blickte mich erstaunt an und sagte – das ist kein Witz - es käme darauf an, wen ich grundsätzlich lieber ficken würde.

Unschuldig erbat ich mir ein paar Minuten Bedenkzeit, wich dem anfliegenden Schuh mit Anmut und Eleganz aus und begab mich zu Zeus ins Wohnzimmer. Er schien zu verzweifeln.

„Ich habe die Parameter korrigiert, justiert und immer noch ist die Wahrscheinlichkeit für ein Patt zu tief – dann noch Ihre Botschaft und wir sind auf 62% runter. Verdammt, das gefällt mir nicht. Wir müssen noch weiteres Material knacken, etliches haben wir nicht entschlüsselt."

Ich räusperte mich zweimal.

„Was wollen Sie? Ich habe keine Ahnung wie wir sonst noch an Material kommen!"

„Tja, ich habe da mal etwas ausprobiert.... ich habe das bisher nie eingebracht, da es mir eine zu unbedeutende Schiene zu sein schien."

Was denn, zum Teufel?"

Rebecca erschien in einem schneeweissen engen Pyjama und erinnerte mich unwillkürlich wieder an die Metapher mit dem Schwanzwedeln.

„Sie erinnern sich an Aristide Dérissoz?"

„Blöde Frage, den habe ich rekrutiert."

„Er hat mir damals eine Adresse für gefälschte Autonummern gegeben. Da waren Zigeuner. Und einer hat mir da gesagt, dass ich dank Aristide einen Stein im Brett bei ihnen habe."

„Und?" Es war weniger eine Frage denn ein Grunzen.

„Ich habe mir dem italienischen Zweig der Roma Kontakt aufgenommen."

„Und?"

„Die haben in den letzten 2 Tagen die Briefkästen von rund12 Personen geleert. Ich habe pro Leerung 100 Euro ausgesetzt. Nur die Briefe von Banken, persönliche Briefe werden geklaut. Der Rest bleibt drin. Sie machen das noch 2 Tage lang und es wird uns ca. 20'000 Euro kosten."

Zeus blickte mich fassungslos an:"Roma?"

Ja, Roma. In Italien machen Zigeuner rund 0.25% der Bevölkerung aus, also rund 150'000 Personen. Sie leben oft in bereitgestellten Ghettos, den „Campi Nomadi", deren Sanitärinstallationen meist in erbärmlichen Zustand sind. Aufgrund Armut und Diskriminierung gleiten viele

Zigeuner in Italien in die Kleinkriminalität ab und werden viel härter als die kriminellen Organisationen verfolgt. Dazu kommt die populistische Ausschlachtung der Thematik, Taschendiebe sind eher in der Zeitung als Schutzgelderpresser.... Da italienische Regime hatte sich schon oft dieser Bevölkerungsgruppe als Projektionsfläche für Frust und Fremdenhass bedient. In Neapel ging ein Bürgermob gegen die Campi Nomadi los und brannte ein Lager nieder – Ursache war eine unbestätigte Meldung auf einem Internetportal, dass die Roma ein Mädchen entführt haben sollen......

Ich grinste ihn an. Auf diese Idee wäre Dr. Dr. stoch. forens. math. crim. Th. Z. Wallbach nie gekommen.

„Und wo ist das Material?"

„Ist noch ein Problem. Jede Nachricht wird kopiert und wieder in den Originalumschlag verpackt und zugestellt. Im Moment geht die Kopie an Danilos Firma, aber du bist ja dort auch im Verwaltungsrat. Gib eine Nachsendeadresse an."

„Bullshit. Ich brauch das Zeug jetzt. Gute Arbeit. 2-3 Tage das Blut in den oberen Regionen und schon..... Verzeihung, Fräulein......!" Ich will verdammt sein, wenn er nicht kurz errötete!!

Sie blickte ihn ungnädig an und meinte nur: „Nach all diesem Geknalle und Gemetzel hat uns Ihr Programm doch nicht viel geholfen. Wir müssen uns wieder verkriechen wie die Maulwürfe. Nicht dass ich gegen dieses Herumreisen etwas habe. Aber ich schlafe doch ein bisschen besser, wenn ich weiss, dass Freunde und Familie nicht in akuter Gefahr sind. Vielleicht können sie das als Kollateralschadensmodul in ihr Programm einbauen, nicht? Wer alles könnte bei ihrem Vorgehen auch noch abgemurkst werden? Das wäre praktisch für den Einkauf!"

„'Für den Einkauf?" Zeus starrte sie fassungslos an.

„Ja, dann weiss man dann, für wie viele Personen man kochen muss. Tote fressen nicht."

Damit liess sie ihn stehen und wanderte zum Cheminée und schenkte sich was Kräftiges ein.

Ich blickte betrübt zu Zeus:"…also, die Wahrscheinlichkeit, dass sie Ihnen derart die Kutteln putzt, hätte ich unter 30 Prozent…"

„Halten Sie den Mund und hauen Sie ab!"

Ich war tief verletzt. Trotzdem setzte ich mich neben Rebecca aufs Sofa und schenkte mir die letzten 4 cl Redbreast ein. Ich nahm einen guten Schluck und lehnte mich zurück. Ich blickte Rebecca an und wir mussten beide grinsen.

Nach zirka 20 Minuten öffentlicher maoistischer Selbstkritik war die Kirche wieder einigermassen ins Dorf gerückt und wir beschlossen, die Diskussion in zusammengerückten Betten fortzusetzen. Zeus würdigte uns nicht eines Blickes, als wir in mein Zimmer gingen und grummelte bloss: „Die Wahrscheinlichkeit, dass Bernards übereilter ritterlicher Auftritt wieder zu einer Annäherung führen würde lag bei über 80%. Sie sollten mir danken!"

„Sie bewerten meine männliche Ausstrahlung und mein Charisma völlig falsch – die Chance…."

„Hauen Sie ab. Sie können mir später danken."

Grobian. Im Zimmer war es arschkalt. Glücklicherweise fanden wir eine geeignete Lösung, unsere Körper warmzuhalten, ich kam sogar ins Schwitzen….

23. Februar

Als erstes schrieb ich die Roma via Adresse in Bagnols-sur-Cèze an und bedankte mich, riet ihnen aber, abzuhauen…

Es war immer noch kalt. Ich zog mir eine Jacke über und trottete ins Wohnzimmer zum Cheminee, es hatte noch ein wenig Glut. Ich legte 4 Traubenkernbriketts darauf und setzte in der Küche Wasser auf. Aus Zeus Zimmer drangen gleichmässige Schnarchlaute.

Ich ging duschen und zog mich an. Die Espressokanne liess ich auf der Herdplatte und stellte diese auf 1. Draussen war dichter Nebel. Ich fuhr ins Städtchen und holte Roggenbrot, Croissants, Milch, Rahm, Kaffeerahm, Brillat-Savarin, Fromage du Vully, harten Ziegenkäse vom Moléson, 12 Freilandeier, frischen Basilikum, Brot, Winzerschinken, 9 Kalbsplätzchen, 6 Flaschen Chardonnay, 2 Flaschen Pinot Noir, 1 Flasche Grappa di Amarone, 2 Kilo Orangen, Nüsslersalat und 6 Gewürze. Dann noch 12 Montecristos beim Kiosk und 12 Kg Traubenbriketts in der Landi. Ich zuckelte zurück zum Häuschen. Rebecca hatte sich schon zurechtgemacht und kaum hatte ich meine Einkäufe abgelegt fiel sie mir um den Hals, umarmte mich heftig und flüsterte mir äusserst private und deshalb nicht erwähnbare Dinge ins Ohr. Sorry. Die Anmerkungen und Vorschläge empfand ich als äusserst konstruktiv und vielversprechend.

Ich bereitete ein Rührei mit Safran und Winzerschinken zu, legte die Croissants und das Brot auf den Ofen und deckte den Tisch. Nachdem wir genug Lärm gemacht hatten kroch Zeus um 10 Uhr auch aus den Federn und verschwand im Badezimmer.

Eine Viertelstunde später frühstückten wir gemeinsam. Zeus kritisierte mein Rührei, er fand, ich übertreibe es mit dem Kaffeerahm und dem Safran. Na ja, normale Menschen essen davon auch nur ein paar Löffel und nicht einen halben Suppenteller…

Danach ging es um den Transfer der Informationen aus Süditalien zu uns. Zeus fand, Danilo solle alles einscannen und uns als PDF mailen. Doch Danilo hatte null Erfahrung mit Informatik, das einzige was er jeweils machte war die Disposition für die Bewachung auf Excel und Briefe auf Word. Also sollte Jules ihm online erklären, wie er das machen sollte. Zeus veranlasste das Nötige und ging an den PC und verfasste folgendes Schreiben:

Triade Réduit Suisse

Ndrangheta Calabrese

Cupola

Sehr geehrte Herren

*Wir haben uns vor kurzer Zeit getroffen und einen Waffenstillstand ausge-
handelt. Aus verletzter Eitelkeit oder uns unerfindlichen Gründen haben Ihre
Mitarbeiter oder gedungene Mitarbeiter wiederum die Privatsphäre von Verwandten unserer Vereinigung verletzt. Wir sehen uns deshalb gezwungen, entsprechende Massnahmen zu ergreifen. In Phase 1 werden wir kompromittie-
renden Daten an andere kriminelle Institutionen liefern. Dabei handelt es sich
unter anderem um die Koordinaten der bezahlten Auftragskiller der letzten 2
Jahre. In Phase 2 werden wir diese Daten mitsamt dem entsprechenden Zahlungsverkehr an Interpol und Europol senden. Das wird Sie ein wenig beschäftigen. In Phase 3 schicken wir den Behörden die Geldflüsse zu besagten Personen, die Rückschlüsse sind ja einfach. Die 3 Phasen sind bei je 3 Parteien
deponiert und werden aktiviert, wenn ich oder meine Freunde uns nicht regelmässig bei einer vereinbarten Stelle melden. Zudem erlauben wir uns Ihnen
mitzuteilen, dass wir die Unterzeichner des Vertrags bei weiteren Zuwiderhandlungen auf die Bonusliste unserer Scharfschützen, deren Fertigkeiten Sie
ja bereits erfahren durften, setzen werden. Das gesellschaftliche Leben der an-
gesprochenen Personen dürfte sich dann auf ein Minimum beschränken, das
dem Strafvollzug nicht ganz unähnlich ist....*

*Sie haben das Gefühl, wir wüssten zu wenig. Wir belehren Sie gerne inner-
halb 7 Tagen eines Besseren. Alle Bespitzelungen oder Kontaktaufnahmen jed-
welcher Art ausserhalb dieses Kontaktkanals in dieser Zeit betrachten wir als
feindlichen Akt und führen zur Aktivierung des Eskalationsszenarios.*

*Wir erwarten innerhalb von 24 Stunden eine klare Antwort der Cupola,
sonst gehen wir auch auf Konfrontation und lösen das Szenario aus.*

Sie kennen mich ja …. Ich schätze aufgrund meiner Berechnungen, dass sich der Umsatz der Ndrangheta bei völliger Eskalation innert Jahresfrist um rund 18% verringern wird, aufgrund des Aderlasses auf der Kaderstufe um eher mehr.

Hochachtungsvoll
Prof. Th. Z. Wallbach
Präsident Triade Réduit Suisse

Danach nahm er seelenruhig das Handy in die Hand, nahm sein Büchlein hervor und rief an. Bei der 2. Nummer erreichte er Srezza und sagte in perfektem Italienisch:

„Hier Wallbach. Wir haben ein Problem. Bitte geben Sie mir ein Mail oder eine Faxnummer auf folgende Nummer innert 15 Minuten durch."

Er diktierte die Nummer 2x. Und hängte dann auf. Unser Fax lief über Zeus' Handy und war daher nur mit modernster Technik lokalisierbar.

Schweigend sassen wir am Tisch. Ich bereitete 3 Latte Macchiato mit einem Schuss Kastanienlikör zu und servierte Amaretti dazu. Nach ein paar Minuten begann der Fax zu piepsen, es waren aber nicht die Italiener sondern Danilo. Der Fax spuckte rund 70 Seiten aus. Nach 10 Minuten wurde Zeus angerufen. Es war Srezza, unser Fax sei besetzt. Zeus bat ihn, in 20 Minuten nochmals zu antworten und legte auf.

Rebecca und ich begannen bereits in der Post der Cupola-Leute zu stöbern.

Dreissig Minuten später erhielten wir eine Faxadresse und Zeus schickte das Schreiben durch.

Innert 10 Minuten kam eine Antwort per Mail: Ein Versehen, „ ein Auftragnehmer sei nicht mehr rechtzeitig erreicht worden und es bestehe kein Anlass zur Sorge."

Zeus Antwort: „Gibt es noch weitere Auftragnehmer, die nichts vom Waffenstillstand wissen?"

Antwort innert 12 Minuten: „Nein!"

Zeus:" Davon gehen wir fortan aus und werden die Szenarien auslösen, wenn wir gegenteilige Beobachtungen machen!"

Antwort innert 8 Minuten: „Kein Problem!"

Soweit, so gut. Wir sichteten das Material und konnten rasch feststellen, dass es etliche Firmen gab, die den überwachten Exponenten Zahlungen überwiesen. Als Anlass wurden meist Beratungshonorare und Seminare genannt. Sollte dies stimmen war Poliano DIE Hochburg für qualifizierte Berater und Trainer.

Weiter waren dabei die Rechnung einer Hubschraubermiete mit Pilot in Mailand und 2 Automieten vom selben Ort. Weiter war ein Schreiben dabei, das der Familie Scirozza zum Tod ihres Sohnes Giuliano kondolierte und ihr versprach, die Kosten des Begräbnisses eines würdigen Mitglieds der Ehrenwerten zu übernehmen und die Familie mit 35'000 Euro zu entschädigen und der Witwe eine Rente von 250 Euro monatlich zusätzlich zu den Sozialleistungen des Staates zu zahlen.. Nicht schlecht, die schauten zu ihren Toten und deren Angehörigen….

Nach der Sichtung des Materials schickte uns Zeus fort, er wollte das alles in StocForens ® einbauen und brauchte dazu Ruhe.

Also hauten wir ab, die Thermen von Yverdon schienen uns ideales Ausflugsziel zu sein. Wir liessen uns peelen, massieren, saunierten und massagedüsten, whirlpoolten und fühlten uns danach wie nasse Säcke, aber wohlig entspannt.

Auf dem Rückweg gingen wir noch in der Gerbe d'Or eine Suppe essen und ich schaltete mein Natel ein. Pieppiep. Zeus: „Chance gross, dass wir verhaftet werden (75%). Kommt nicht zurück, ich bin abgehauen. Reptilienwebsite."

Ich rief dem Kellner und bezahlte sofort, wir verliessen das Lokal und standen vor 4 uniformierten Polizisten.

„Bernard Roulier und Rebecca Antonioni?"

„Ja."

„Sie sind verhaftet wegen dringenden Verdachts auf Erpressung, Betrugs, Amtsanmassung und weiterer Delikten. Wir müssen Sie mitnehmen."

„Mhm. In welches Untersuchungsgefängnis bringen Sie uns?"

„Das steht noch nicht fest. Wir haben lediglich die Order, Sie festzunehmen."

„Wir akzeptieren dies. Wir werden gerne kooperieren, wünschen aber, in ein Untersuchungsgefängnis gebracht zu werden, das uns Sicherheit gewährt, also uns gegen das organisierte Verbrechen schützt. Die von Ihnen erwähnten angeblichen und grösstenteils fiktiven Delikte stehen in einem Zusammenhang mit einem Kampf gegen die Übermacht einer der grössten kriminellen Organisationen Europas. Keinesfalls werden wir uns in ein kleines Regionalgefängnis verfrachten lassen. Meinen Anwalt, Dr. Robert Frauchiger, möchte ich baldmöglichst sprechen. Wir werden keinen weiteren Aussagen machen. Rebecca, nur Erwiesenes kommunizieren!"

Dann hielt ich die Klappe und zwinkerte Rebecca zu.

Sie versuchten uns noch mit Fragen zu löchern, doch Rebecca sprach nur noch von ihren Zimmerpflanzen und ich schwieg. Nach zehn Minuten gaben sie auf und verfrachteten uns ins Prison Centrale in Fribourg. Wir wurden getrennt, gefilzt, mussten durch den Metalldetektor marschieren, veradministriert, eingekleidet und in Einzelzellen gesperrt (In manchen Etablissements gibt es gar eine sogenannte „Ausscheisszelle", die den Schmuggel von Drogen im Darm verunmöglicht).

Nach etwa 3 Stunden kam der Oberaufseher in meine Zelle. Ein Hüne von einem Mann, aber offensichtlich ein netter Mensch. Er winkte die 2 Wachen weg – offensichtlich scherte er sich einen Deut um Sicherheitsvorschriften –und zog die Zellentür zu, setzte sich auf den alten Holzstuhl und blickte mir forschend ins Gesicht und stellte sich vor. Er erklärte mir kurz die Grundregeln des Etablissements, die Tagesabläufe und zum Schluss meinte er trocken: „Sie scheinen nicht gerade ein übler Kerl zu sein. Sind Sie bereit, mit uns zu kooperieren, dann kann ihr Aufenthalt wesentlich angenehmer werden, als im gegenteiligen Fall. Ersteres würde mich freuen und soll Ihr Schaden nicht sein."

Er reichte mir seine Pranke und schaute mich ernst an. Sein Händedruck war schlimmer als der von Zeus. Schlicht zermalmend.

Ich legte mich auf die Pritsche und las die Schriften auf der Mauer. Dr. Konrad Duden hätte sich wohl ob deren orthographischen Güte mit dem Kabel der Deckenlampe aufgehängt, aber die Inhalte waren nicht uninteressant:

„Poliz racist – les etranjeres au prison – les jefs dans la ote societá! 4 mois en taule pour trafic de shit. Canons vers moineaux! Bullen = Schergen der herschenden Klasse. Die Revolucion wird sigen! Eine Gesellschaft, die ihre Kritiker einsperrt, ist dem Untergang geweiht."

Und viele mehr. Daneben die unvermeidlichen Tageszählungen im Jass-System. Kloschüssel mit schwarzem Ring, Kleinstlavabo, Klapptisch, 4 Holzfächer für Utensilien. Futterluke, Sichtklappe.

Zur Animation 2x Pro Woche in die Bibliothek – ein kleines Zimmer mit Lektüre für bescheidene Gemüter in 7 Sprachen – 1 Mal pro Tag Spaziergang unter freiem Himmel für eine Stunde auf einem kleinen Spazierhof ohne Gegenüber (wegen Kollusionsgefahr = Verdunkelungsgefahr). 1 kleiner Fernseher mit 11 Programmen, Bildqualität auf bescheidenem Niveau. Luxus: 1 Mal Sport der alten Kapelle auf modernsten Sportgeräten.

Innert 24 Stunden hatte ich ein Gespräch mit einer energischen Krankenschwester, Blutdruck, Zähne, Fragen nach Medikamenten, Allergien, Symptomen. Ob ich Schlafmittel brauche, zwanghafte Gedanken an Selbstmord habe, medizinische Versorgung brauche undsoweiter. Am Schluss überreichte sie mir ein paar Beutel Beruhigungstee und empfahl mir, den zu trinken wenn ich mich unwohl fühle. Dann dampfte sie ab.

Erstaunlich gutes Essen, einfach, aber gut gewürzt und arrangiert und ich liess der Küche ausrichten, dass es sehr gut sei. Nach der ersten Woche kam der Koch persönlich vorbei und fragte nach, ob ich zufrieden sei. Bemerkenswert! Ich kriegte darauf zum Essen noch zusätzliche Gewürze in kleiner Dosierung. Der Oberaufseher meinte lakonisch, dass zufriedene Gefangene weniger Probleme machen würden. Lieber ein paar Franken ins Essen investieren als hunderttausende in die Sicherheit.

Was macht man 23 Stunden alleine in einer Zelle? Der Oberaufseher hatte allen Mitarbeitern befohlen, gelesene Tageszeitungen und Broschüren ins Gefängnis zu bringen, so bekamen ich und meine Schicksalsgenossen Tagesaktualitäten mit einem Time-Lag von 24-48 Stunden doch mit. Ich durfte nur mit einem Russen zusammen spazieren, als einzigen Luxus warfen wir uns einen Tennisball gegenseitig zu. Zudem hatte der Oberaufseher 2 veraltete Schachcomputer aufgetrieben, die nun den Interessierten in einem Turnus zur Verfügung gestellt wurden. Weiter stand ein elektronisches Dart zur Verfügung, das kostete aber 1 Franken pro Benutzung, da die Pfeilspitzen sehr oft abbrachen. Nach 7 Tagen kam er zu mir in die Zelle und bot mir an, persönlich Bücher aus der Bibliothek Tafers für mich auszuleihen. Ich nahm dankend an und konnte 2 Bücher bestellen.

Die Gefangenen ohne Kollusionsgefahr konnten im Betrieb bei der Reinigung, in der Küche, in der Wäscherei und anderen Orten ein paar Stunden pro Tag arbeiten. Ich nicht, Rebecca auch nicht.

Ich setzte mir eine klare Tagesstruktur zusammen: 0645 aufstehen, Gymnastik, dann 2 Serien à 100 Kniebeugen, 60 Rumpfbeugen und 30 Liegestütze, danach lockern und Stretchen. Frühstück, 2 Partien Schach. Alle 2 Tage Duschen. Lektüre der alten Tageszeitungen. Um 1100 15' Schattenboxen, danach Entspannung bis zum Mittagessen. 1315

Spaziergang, lockere körperliche Aktivität. 1415-1500 Siesta. Danach 45′ Jonglieren mit Tennisbällen. Buchlektüre bis 1700, danach meine Lieblingsserie im TV. Nachtessen. Danach gedankliche Arbeit am Fall bis 2030. Dann wieder Training, aber nur ein Set. Lektüre bis zum Einschlafen. Die Wände rückten jeden Tag ein wenig näher. Ich hörte von den Aufsehern, dass die Medikation ab 6 Wochen massiv zunahm. Psychopharmaka und Schlafmittel.

Dann kam endlich Frauchiger vorbei und klärte mich auf: Meine Nummer als Zollfritze war Hauptanklagepunkt. Verpfiffen worden war ich durch Jannsen. Dieser hatte auch Nötigung geltend gemacht. Die Affäre Stangl war nie zur Diskussion gebracht worden. Zudem war Jannsen offensichtlich flüchtig! Alle Anklagen waren vor dem Arrangement mit der Ndrangheta erhoben worden. Prima. Frauchiger schlug vor, die ganze Geschichte auf den Medikamentenschwindel zu reduzieren und meine Show auf eine staatsbürgerliche Glanzleistung umzupolen. Ich war einverstanden und fragte nach Rebecca. Frauchiger schüttelte den Kopf aber lächelte dazu. Neben dem Bluthund der Staatsanwaltschaft gab es dazu nichts zu sagen.

Ich kehrte in meine Zelle zurück. Ich dachte an all die populistischen Schwachköpfe, die unsere Gefängnisse als 4*-Hotels bezichtigen. Nur der Fakt, zu wissen, dass man über längere Zeit nicht raus kann….. die Welt wird verdammt klein… und auch bei allem Einsatz des Küchenchefs: Aelplermagronen und Fotzelschnitten gab es aus Budgetgründen halt auch.

Der Gefängnisgeistliche kam mich besuchen. Da ich auf dem Eintrittsformular „Keine Religion" angekreuzt hatte war es ja egal, von welcher Konfession der Geistliche war. In meinem Fall war es kein reformierter Pfarrer, kein katholischer Geistlicher, sondern ein Mönch. Ein Zisterzienser aus dem Kloster Hauterive bei Posieux. Fast schüchtern stellte er sich vor. Zisterzienser haben ein Teilschweigegelübde und leben sehr isoliert. Er hatte sich 20 Besuche im Prison Centrale auferlegt, weil er eine Ordensregel gebrochen hatte. Deshalb war er hier. Ich empfand ihn als fremdes, aber gutwilliges Wesen.... Ich erzählte ihm, weshalb ich hier war. Ich machte das bewusst ein wenig schockierend. Nach einer Viertelstunde schaute er mich gütig an und sagte: „Du bist zornig, aber doch sanftmütig. Du hast Gott verloren, trägst aber viele seiner Züge in dir. Es fehlt dir in deinem Leben nicht an Mut, wohl aber an Demut. Ich und meine Brüder werden für dich beten!"

Ich merkte an, dass eine gute juristische Unterstützung nicht effektiver wäre, aber eben, ich bin Laie... Er zog ab und ich war gleich weit wie zuvor.

Nach neun Tagen schlug ich den Schachcomputer auf Stufe 4 von deren Zwölf und hatte beim Dart 301 mit 26 Würfen die Null erreicht.

18. März

Die Staatsanwaltschaft liess sich Zeit. Nach 22 Tagen Untersuchungshaft stand ich vor dem Prison Centrale und holte erstmals tief Luft. Zuvor hatte ich nach Rebecca gefragt, die war inzwischen nach kurzer Zeit auf die Frauengruppe des Grosshofs (Untersuchungsgefängnis Kanton Luzern) versetzt worden. Ich wurde dem Untersuchungsrichter vorgeführt. Aufgrund meiner vorbildlichen Führung und mangelnder Gefährlichkeit musste ich nur Handschellen tragen. Das Transportauto nannten die Häftlinge den „Gummirutsch". Kanten waren im Fahrzeug vorsorglich mit Gummi abgedeckt worden. Transporte zum UR wurden nach Möglichkeit mit Autos gemacht. Die Reise im Gefängniszug dauerte für solche Fälle zu lange. Die Anhörung fand im Amtshaus Bern statt.

Ich wurde in ein Zimmer mit Stuckatur an der Decke und unpassenden Büromöbeln gebracht. Meine 2 stummen Begleiter wiesen mich an, mich an den Besprechungstisch zu setzen und bauten sich hinter mir auf. Nach etwa 10 Minuten kam der Untersuchungsrichter Kälin mit einem Beamten der Kantonspolizei und einer Sekretärin herein. Kälin war natürlich Jurist. Er hatte ein blasses Gesicht, ausgeprägte Skepsis- und Sorgenfalten und eine rudimentäre Mimik. Er setzte sich und begann förmlich seinen Text herunterzuleiern. Nach kurzer Zeit fragte er mich, ob ich bereit sei, die Befragung über mich ergehen zu lassen. Ich gähnte kurz und bat ihn, anzufangen. Er belehrte mich nochmals über den rechtlichen Charakter der Einvernahme und ich gähnte wieder. Er schien nicht gerade ein Meister der Interpretation nonverbaler Kommunikation zu sein.

Danach erhob er meine Personalien und las mir die mir vorgeworfenen Delikte vor.

Ich gähnte wieder. Nach Ende des Sermons fragte ich unschuldig, wer mir denn Solches vorwerfe?

Das tue vorerst nichts zur Sache.

„Meinen Informationen zu Folge ist die Person, die mich dieser angeblichen Vergehen bezichtigt, zurzeit flüchtig."

Er blickte mich erstaunt an. „Von flüchtig kann keine Rede sein, Herr Jannsen ist ja keines Vergehens angeklagt. Er ist lediglich zurzeit nicht erreichbar."

„Weiss seine Frau, wo er ist?"

Frau Jannsen kenne den derzeitigen geschäftlich bedingten Aufenthaltsort nicht.

„Aha. Dann weiss seine Firma sicher, wo er sich befindet?"

„Herr Jannsen ist zurzeit nicht erreichbar."

„Ich habe nicht gefragt, ob er erreichbar ist, sondern wo er sich befindet. Weiss das die Firma?"

Kälin starrte mich verärgert an:"Das tut nichts zur Sache. Der Aufenthaltsort des Zeugen ist für die aktuelle Untersuchung von keiner Relevanz."

„Dann bestehe ich darauf, dass im Protokoll vermerkt wird, dass weder Angehörige noch die Firma des Klägers wissen, wo sich dieser aufhält. Ich bin persönlich der Meinung, dass Herr Jannsen sich angesichts dieser Untersuchung versteckt."

„Wieso sollte er sich denn verstecken?" fragte Kälin erstaunt.

„Weil er vermutlich in einen Betrugsskandal und ganz nebenbei noch in einen damit zusammenhängenden Mordfall verwickelt ist."

„Das ist absurd. Herr Jannsen ist aus freien Stücken zu uns gekommen und hat angegeben, dass er bestohlen, erpresst und betrogen worden sei."

„Haben Sie die Vorwürfe Jannsens mit den Ermittlungsergebnissen des Falls Werren – seines Zeichens ermordeter Administrator eines V-Care Betriebes abgeglichen?"

„Ich sehe nicht ein, weshalb die beiden Fälle…" Ich unterbrach ihn:"Werren hat bemerkt, dass V-Care irgend ein illegales Ding mit Medikamenteneinkauf dreht. Deshalb hat er mich gerufen. Das ist aktenkundig. Ich habe mich mit Jannsen getroffen und ihm Hilfe angeboten. Er hat mich mit 1000.- entschädigt, da ich bereits Zeit investiert hatte. Wenn das Erpressung sein soll – bitte! V-Care kauft in Italien Medikamente ein, die zwar wie Originalmedikamente aussehen, in Wahrheit aber Fälschungen sind. Ich kann das beweisen. Jannsen hat versucht, mich bei den Behörden anzuschwärzen, damit ich nicht weiter ermitteln kann. Leider zu spät. Ich kann die Fakten vorlegen, er hat Sie lediglich benutzt um mich möglichst schnell zu stoppen. Leider bin ich abgetaucht. Sie haben sich von ihm einspannen lassen. Mein Anwalt hat diese Fakten mit dem Beweismaterial sauber zusammengestellt und Ihnen heute zugeschickt. Übermorgen wird er das Material interessierten Kreisen zur Verfügung stellen. Ich bitte Sie deshalb, es möglichst schnell zu prüfen."

Kälin starrte mich verdattert an.

„Zudem ist ein Angestellter von V-Care, der besagte Administrator gefoltert und getötet worden. Es ist nicht auszuschliessen, dass V-Care oder eben Jannsens Leute weitere Vertuschungsaktivitäten unternommen haben. Mich anzuschwärzen scheint jedenfalls gelungen zu sein. Immerhin hat er mich so 3 Wochen zurückgeworfen und hatte so alle Zeit, seine Spuren zu vertuschen – und zu verschwinden. Nicht gerade ein Ruhmesblatt für unsere Untersuchungsbehörden. Zumal die Firmen, die die gefälschten Medikamente und Verpackungen produzieren einen doch sehr hohen Anteil von Leuten aus Kalabrien im Verwaltungsrat haben.... Was sagen Sie dazu? Sie schiessen offensichtlich auf einen kleinen Ermittler mit unkonventionellen Methoden und übersehen daneben massive Aktivitäten der Ndrangheta. Wie gesagt, das wird wohl nicht als Ruhmesblatt angesehen werden."

Kälin sah immer blasser aus und biss auf seinem Füller herum. Er sah wahrscheinlich vor seinem geistigen Auge schon die Schlagzeilen der Boulevardpresse. Bemitleidenswert. Er wies die Sekretärin an, das Tonband abzustellen und die letzten 15 Sätze im Protokoll zu löschen. Ich grinste ihn an.

„Andererseits bin ich bereit, mit Ihnen zu kooperieren. Ich stelle Ihnen alles vorhandene Beweismaterial zur Verfügung und sage aus. Wie Sie schon wissen gibt es 2-3 kleinere Nebenschauplätze, bei denen ich keine Auskunft geben werde, da ich dabei persönliche Ermittlungsstrategien preisgeben würde, von denen ich ja schliesslich lebe. Aber ich gebe Ihnen genug, um den Medikamentenschwindel aufzudecken."

„Die Situation hat sich geändert. Bitte erzählen sie mir, was sie in Erfahrung gebracht haben!"

Ich legte los und erzählte all das, was offensichtlich und beweisbar war, beschönigte meine krummen Dinger oder hielt sie sehr allgemein, brachte aber genügend beweisbare Fakten vor, um ihm einen aufsehenerregenden Coup zu ermöglichen.

Nach anderthalb Stunden bat er um eine Pause – wohl um Bucher anzurufen.

Ich bat um etwas zu essen und kriegte aus dem Regionalgefängnis, welches sich im selben Gebäudekomplex befand, ein Riz Casimir mit dem obligaten Fruchtsalat. Schon wieder Gefängniskost.

Um Viertel nach Eins kam Kälin wieder und schickte den Beamten und die Sekretärin hinaus. Er blickte mich wichtig an und sagte zögerlich:

„Der Fall hat eine überraschende Wendung genommen. Ich habe mit Korporal Bucher gesprochen und der hat weite Teile ihrer Aussage als wahrscheinlich bestätigt. Weiter erscheint mir aufgrund der aktuellen Sachlage eine weitere Untersuchungshaft für unangemessen. Ich werde sie auf freien Fuss setzen lassen. Dasselbe gilt für Frau Antonioni, sobald sie ausgesagt hat." Er versuchte mich streng anzuschauen. „Sie beide halten sich bis auf Widerruf zur Verfügung der Behörde im Kanton Bern auf."

„Wie sieht es mit Dr. Wallbach aus?"

„Der bleibt bis zu seiner Einvernahme ausgeschrieben. Sollten sie ihn kontaktieren können, bitte ich darum, ihm dies mitzuteilen."

Ich nickte.

Nach einer weiteren Stunde Befragung – diesmal mit Sekretärin, wurde ich gnädig entlassen. Mit dem Gummirutsch und dem Bescheid zur Entlassung ging's zurück nach Freiburg. Dort wurde ich ins Büro des Chefs geführt.

Der nette Oberaufseher übergab mir mein Handy und meinte beiläufig: "Sie waren ein angenehmer Insasse. Ich habe mir erlaubt, ihr Handy aufzuladen und hier ist noch ein Nussgipfel, den meine Mutter gebacken hat. Willkommen in der Freiheit und alles Gute!"

Ich war schlicht gerührt. Der Mann verdiente einen Orden. Er drückte mir 120.-Franken in die Hand. „Wie komme ich dazu?"

„Sie haben mir während rund 20 Stunden Dokumente durchgeschaut, Grammatik und Redaktion und auch die Zweisprachigkeit überprüft. Ich konnte Sie nicht in den Werkstätten einsetzen, aber Sie haben eine Leistung erbracht. Reicht das Geld, um dorthin zu kommen, wo Sie hinmüssen?"

Ich nickte. Ich reichte ihm die Hand und erkannte meinen Fehler unmittelbar danach. Gottseidank gibt es in der Schweiz begnadete Handchirurgen! Sein ernster und auch fordernder Blick ermahnte mich, mich anzustrengen. Vielleicht tönt das seltsam. Aber ich wusste schon, dass ich ihn irgendwie vermissen würde...

Ich fuhr per Zug nach Bern und per Bus zu meiner Wohnung. Dort war das schwarzgelbe Band weg und ich öffnete die Tür mit meinem Schlüssel und öffnete erst mal die Fenster. Ich stellte alle verreckten Pflanzen auf den Balkon und räumte auf. Ich war keine 10 Minuten im Appartement als Paco auftauchte.

„Eh, Mann, lange nicht gesehen!"

„Eh, Mann, 22 Tage Einzelhaft!"

„Krass, Mann! Was hast du denn ausgefressen?"

„Streit mit der Mafia."

„Ey, Mann, verarsch mich nicht!" Er hüpfte um mich herum wie ein Fohlen.

„Nur Untersuchungshaft – aber hat was mit Mafia zu tun."

Ich erzählte ihm bei einem Kaffee – mein Gott, welcher Unterschied zur Brühe im Gefängnis - ein paar Dinge an der Oberfläche und er machte grosse Augen.

„Hey, Mann, ich steh voll auf deiner Seite! Sag mir, wenn ich dir helfen kann!"

Ich bedankte mich und schickte ihn zu Rebeccas Wohnung und zu der ihrer Mutter mit einem Dreizeiler. Begeistert zog er los.

Ich duschte lange und rief dann auf Rebeccas Handy an. Nichts. Auch auf dem Festnetz nichts. Das konnte noch 1-2 Tage dauern, bis sie sie ausgefragt hatten.

Ich bestellte mir beim Italiener Fettucine al Pesto, Scaloppini al Limone und ein Tiramisù, stellte einen Pino Grigio ins Tiefkühlfach und öffnete einen Morellino di Scansano. Nach einer Stunde war ich verköstigt und erheblich angeheitert, 3 Wochen Abstinenz waren spürbar. Ich schaute mir noch eine Folge von „Prison Break" an und schlief dann ein.

19. März

Ich erwachte gegen zehn Uhr, zwang mich in den Trainingsanzug und ging eine Dreiviertelstunde Joggen. Es war kalt, aber sonnig, meine Lunge schmerzte beim Atmen. Dusche, Mail lesen, Anrufbeantworter abhören, bei Bank und Post vorbeigehen (Karten entsperren lassen) und mich bei meinen Bekannten melden. Ich rief Bucher an. Der hielt sich bedeckt, liess aber durchblicken, dass er uns nicht durch Preisgabe seiner Insiderkenntnisse belasten würde. Schwierige Situation für ihn.

Drei Potenzielle Kunden hatten sich gemeldet, ich vereinbarte Termine für ein Erstgespräch mit ihnen. Der Tag war im Nu um. Zeus hatte ich via Website kontaktiert, keine Reaktion. Das Leben ging weiter. Rebecca war immer noch nicht erreichbar.

Ich ging in den Blauen Engel essen. 2 dl sardischen Sauvignon zum Apéro mit Mini-Bruscchete al Tartufo, danach Bavette Aglio Oglio Peperoncino mit 3 dl Cannonau.

Als ich nach Hause kam, wartete dort bereits eine gewaltige Silhouette auf mich. Zeus. Er flüsterte mich an und ich nahm ihn mit in die Wohnung, zog Vorhänge und liess Rollläden runter.

„Was soll das? Ich habe meine 22 Tage U-Haft hinter mir. Ich will keine Risiken eingehen und muss nun wohl oder übel die Polizei anrufen", sagte ich bedauernd.

„Blödsinn. Wenn dem so wäre, hätten Sie weder Vorhänge gezogen, noch Rollläden heruntergelassen. Hören Sie mit dieser Hanswurstirade auf!"

Ich mimte den Beleidigten: „22 Tage Isolation. Pouletformschnitzel mit Tiefkühlpommes und Ketchup, Kalbsbratwurst mit Zwiebelsauce und Findus-Röstikroketten. Einzige intellektuelle Stimulation waren französische Malko-Romane."

Er schien zu erschauern.

„Nescafé sofortlöslich, polnisches Billigklopapier, trockenes Brot und Herokonfitüre mit Billigmargarine und Galakäse nur an Sonntagen!"

Sein Gesichtsausdruck wechselte von Erschauern zu Entsetzen.

„Hören Sie sofort auf! Deshalb bin ich hier. Ich will das auf keinen Fall durchleben!"

„Haben Sie mir deshalb die dollen Fresspakete geschickt? Gänseleberpastete, Salami, Brillat-Savarin……. Oder waren das am Ende gar nicht Sie?"

Er blickte mich finster an. „Es mag sein, dass ich um der Vorsicht willen zu wenig Energie in die Solidarität investiert habe. Andererseits hätte jede Unvorsichtigkeit unweigerlich auch zu meiner Verhaftung geführt. Deshalb habe ich es als legitim erachtet, mich zurückzuhalten."

„Das haben Sie ja auch vortrefflich geschafft. Mein Kompliment. Also in der Dusche mit all den interessanten psychisch Auffälligen würden Sie bestimmt…."

„Halten Sie die Klappe!"

Ich blickte beleidigt drein.

„Wie schon gesagt. Schenken Sie sich die Hanswurstiaden und bereiten Sie mich auf die Anhörung mit dem Untersuchungsrichter Kälin vor!"

Ich grinste ihn an und er verzog keine Miene.

„Kälin. Kälin……. Jurist. Karrieregeil. Instinktunsicher. Eher erfolgreich durch harte Arbeit als durch Genialität. Sehr publizitätsorientiert. Rhetorisch schlecht, lässt sich in der Gesprächsführung leicht manipulieren. Legt Wert auf Pose und Würde. Verhörtechnik eher schwach, baut auf Wissensvorsprung und Überführung durch Widersprüche.

Typus Beichtvater im Verhör. Wird uns 3 gegeneinander auszuspielen versuchen. Ich habe nur beweisbare und feststehende Fakten zugegeben. Am Besten briefe ich Sie diesbezüglich."

Ich holte eine Flasche Redbreast, Kekse und eine Lammwurst von Sager hervor – mit Zeus lässt sich besser diskutieren, wenn er gut versorgt ist. Es wäre aber nicht Zeus, wenn er nicht den Whiskey abgelehnt und nach gutem Rotwein gefragt hätte. Ich hatte noch einen Terre Brune in der Küche. Er kostete ihn, zog die Augenbrauen hoch und sagte: „Sehr anständig!" Er holte sein Notizbuch hervor und notierte sich Produzent und Jahrgang.

Danach legte ich los und erzählte ihm, was ich Kälin erzählt und angedeutet hatte. Er machte sich Notizen und fragte konzentriert nach. Nach dreissig Minuten sagte er: „Cherchez la femme!"

„Was meinen Sie?"

„Was Rebecca aussagen wird ist matchentscheidend. Sie haben sie reingebracht. Und von ihr hängen wir nun ab. Bravo."

Ich blickte Zeus freundlich an und flötete: „Sie kennen ja ihre Mama und trauen Rebecca viel zu. Jedenfalls mehr als ich. Schaunwirmal."

Er blickte mich kurz scharf an, erwiderte aber nichts.

„Wann haben Sie die Einvernahme?"

„Morgen um 1000."

Wir besprachen die Strategie und schalteten noch Frauchiger dazu, ich übte das Ganze mit Zeus 2x durch und provozierte ihn gehörig und prompt rasselte er 2 Mal in die Falle. Um 2330 verliess er mich und war doch ganz gut auf das Kommende vorbereitet. Wir wussten aber alle 3, dass wir in den letzten Monaten nie in Italien gewesen waren, uns aber ein Koffer abhanden gekommen war, der persönliche Utensilien enthalten hatte: Schreibmappen und Necessaires. Damit war ein Gegenspieler im Besitze unserer Fingerabdrücke, Haare oder weiterer DNA-trächtigen Teilen.

Zeus verdünnisierte sich – wohl von der Bildhaftigkeit eine der schlechtesten Metaphern dieser Welt – und ich legte mich schlafen. Da Morgen würde unweigerlich stattfinden und ich hatte meinen Teil dazu beigetragen. Ich träumte dennoch von dem Tag in Italien, der Traum war aber viel zu friedlich.

20. März

Ich wachte um 08.30 auf – mein Handy jodelte die Rebecca-Melodie. Schlaftrunken ging ich ran: „Hallo?"

Rebecca zwitscherte mir ins Ohr:"Fabelhaft. Das waren superinteressante Tage im Grosshof und dieser Kälin ist ja so ein naiver Goldschatz. Ich bin in Kriens. Kommst du mich holen?"

Ich kratzte mich erst mal am Sack und erwiderte dann vorsichtig, dass ich nicht vor zweieinhalb Stunden….

„OK. Dann nehm ich ein Taxi nach Luzern und komme mit dem Zug. Hol mich doch am Bahnhof ab, ich geb dir die Zeit per SMS durch!"

Ich rasierte mich, duschte ausgiebig, räumte meinen Kühlschank aus und rief Paco an. Nach etwa 45 Minuten kreuzte er auf. Ich gab ihm eine detaillierte Einkaufsliste, ich könne mich im Moment nicht einfach so draussen zeigen. Er nickte verschwörerisch und dampfte ab. Ich holte derweil Rebecca ab. Zuerst protestierte sie, als ich sie nicht in ihre Wohnung fahren wollte, danach akzeptierte sie, dass sie, ich und Zeus noch ein Debriefing machen sollten. Sie ging mal duschen, inzwischen kam Paco angerauscht und deponierte seine Einkäufe in meiner Küche. Ich bedankte mich bei ihm und fragte ihn, ob ich bei 2 Kollegen von mir für eine Lehrstelle nachfragen solle. Nicht halt gerade in der Stadt, aber immerhin Schreiner und Informatiker.

Er schaute mich mit grossen Augen an: „Aber Mann. Dann würde ich ja auswärts wohnen müssen?"

„Ja, Mann und zeigen müssen, ob du was drauf hast oder immer noch an Mamis

Titte hängst. Du entscheidest."

Er hing gedanklich noch gut 45 Sekunden an Mamis Titte, schaute mich finster an und sagte: „OK, ich überleg's mir."

Er zischte ab.

Rebecca kam aus der Dusche, verhüllt mit Badetuch und Handtuch.

Ich blickte sie mit äusserster Diskretion 15 Sekunden intensiv an und schlug vor:"Ok. Ich bin der Gefängniswärter und du die Insassin. Ich glaube ganz fest, dass du in der Dusche irgendwelche gebunkerten Drogen abgeholt hast und ich muss dich deshalb sofort durchsuchen und gegebenenfalls bestrafen!"

Sie blickte mich vernichtend an, musste dann aber grinsen und hauchte theatralisch. „Oh Herr Oberaufseher, bitte hauen sie mich nicht mit ihrem harten Knüppel!"

Ich wollte gerade etwas erwidern als es läutete. Natürlich. Zeus. Danke für alles!

Er trug ein Beret, einen beigen Kamelhaarmantel, der aufgrund seines Ausmasses mit an Sicherheit grenzender Wahrscheinlichkeit ein Hauptgrund für das kommende Aussterben des mongolischen Wüstenkamels war, und trug einen kleinen Aktenkoffer bei sich. So etwa würde ich in einem französischen Film einen Spezialisten für alternative Viehbefruchtung einkleiden.

Er blickte uns mit dem üblichen grimmig-strengen Blick an.

„Entschuldigen Sie mein frühes Erscheinen. Ihre Fleischeslust muss zugunsten dringender Aufgaben noch zurückgestellt werden. Rebecca, ziehen Sie sich etwas über und Bernard, setzen wir uns doch an den Tisch!"

Das war keine Aufforderung, sondern ein Befehl.

Rebecca verschwand ins Schlafzimmer, Zeus schälte sich aus seinem Mantel, setzte sich an den Tisch und öffnete den Koffer. Er holte mehrere Schriftstücke hervor und breitete sie auf dem Tisch aus.

„Warten wir auf Rebecca", meinte er, und bat um einen Kaffee. 2 Minuten später sass Rebecca in einem viel zu grossen Trainingsanzug aus meinen Beständen am Tisch.

Zeus blickte uns an und sagte trocken:"Bucher hat dichtgehalten. Damit sind mehrere Vorwürfe reine Spekulationen. Jannsen wird international gesucht. Seine Vorwürfe dürften damit auch stark relativiert sein. Kälin scheint uns das Meiste abzukaufen – insbesondere Ihre Aussage, Rebecca, scheint den Herrn überzeugt zu haben. Dies erstaunt mich nicht. Seit ich Ihre familiäre Herkunft kenne unterschätze ich Sie weniger. Entschuldigen Sie bitte meine Vorurteile."

Er leerte seinen doppelten Espresso mit einem Schluck.

„Behörde und Swisshealth werden zusammen kommunizieren – in etwa 5 Tagen. Dinge wie unser Angriff auf die UNIL oder die Episode mit Stangl haben nie stattgefunden – die Polizei ermittelt nicht in Zusammenhang mit uns. Von den Aktionen im Ausland gar nicht zu sprechen. Ich habe eine Zusage, dass in diesen Sachen gar nicht mehr vertieft ermittelt wird. Die DIA hat das Dossier Ronco schon geschlossen. Interne Abrechnung innerhalb der Ndrangheta. Was Bovalino angeht: Sie haben keine Ahnung, dass wir da auch drin hängen. Ich habe nichts kommuniziert."

Er blickte uns streng an.

„Und nun das Wichtigste: Diesen Brief habe ich heute Morgen erhalten. Ich bin nicht stolz darauf, aber ich denke, es rückt unsere Arbeit in gebührendes Licht."

Auf dem weissen Papier standen lediglich 4 Sätze;

An alle Familien in Europa. T.Z. Wallbach wird von der Ndrangheta als Gegenüber betrachtet, ohne in Geschäftssachen involviert und entscheidungsberechtigt zu sein. Er kann in beratender Form Anliegen einbringen. Seine physische und psychische Integrität - und auch diejenige seiner Partner (Familien Roulier und Antonioni) - sind zu wahren. Zuwiderhandlungen werden von der

ehrenwerten Gesellschaft als feindlicher Akt betrachtet und können Folgen ha-
ben. Sobald die Obengenannten wieder gegen uns zu ermitteln beginnen sind
sie unmissverständlich zu warnen, bei Nichtaufgabe der Ermittlungen gilt
diese Weisung als hinfällig.

Darunter ein Siegel.

„Ich habe diesen Brief in 3-facher Ausführung erhalten. In ein paar Tagen werden wir auch erfahren, ob die Schadensersatzzahlungen geleistet worden sind. Ich traue den Ehrenwerten noch immer nicht ganz und werde ein ausgeklügeltes System ausarbeiten, dass im Falle von Zuwiderhandlungen sofort eine Sanktionswelle gegen die Ehrenwerten auslöst, welche nicht zu stoppen sein wird. Ich werde ansatzweise darüber kommunizieren. Sie haben nun die Aufgabe zu eruieren, wie lange uns unser Wissen schützt – Verjährungsfristen und anderes in verschiedenen Ländern. Damit wüssten wir auch, ab wann wir uns wieder vorsehen müssten".

Ich notierte mir stichwortartig seine Anliegen. Danach vereinbarten wir einen Termin mit Grieber, um das weitere Vorgehen zu besprechen. Immerhin wies unsere Kasse ein Minus von über hundertsiebzigtausend Schweizerfranken aus, die nur durch Zeus' vorgestrecktem Geld zur Verfügung gestanden hatten.

Zeus zog seinen Mantel an und blickte uns unschlüssig an.

Ich grinste und bemerkte:"Könnte es sein, dass heute der Wallbachsche Bottich wieder verwendet wird? Der Nachvollzug griechischer und römischer Traditionen heute transferorientiert wiedererweckt wird? Der Chor der roten Armee wieder als Hintergrund dient? Mit einer Wahrscheinlichkeit von 87.7 Prozent würde Ihnen dabei folgendes nicht ganz unwillkommen sein. Warten Sie hier!"

Er blinzelte mich misstrauisch an und setzte sich wieder. Rebecca blickte verwirrt hin und her.

Ich stieg in meinen Keller hinunter. Ich hatte dort noch ein paar Flaschen von Kunden, die nicht ganz übel waren. Ich ging rauf und überreichte Zeus einen Bollinger Millésime 1992 Magnum und einen Sassicaia San Guido 2001 und einen vakuumierten Guanciale.

„Für Sie. Sie können eine Plage – oder besser gesagt die Pest – sein, aber ansonsten.... ganz nett, trotz zweifelhafter Umgangsformen."

Zeus hörte mir gar nicht zu und betrachtete andächtig die 3 Geschenke. Nach etwa 5 Sekunden blickte er auf und sagte mürrisch:"Halten Sie die Klappe. Sie kommunizieren in höchstem Masse inkohärent!"

Er baute sich vor Rebecca auf und blickte sie streng an. Sie erwiderte seinen Blick standhaft und ging einen Schritt auf ihn zu und umarmte ihn. Mit 2 Flaschen und einer Speckschwarte in den Händen lässt es sich schlecht adäquat reagieren, es sah dementsprechend komisch aus: Zeus das Monstrum, die Arme mit Fressalien und Wein weit von sich gestreckt und die zarte Rebecca, die ihn umarmte. Schade hatte ich keine Kamera zur Hand. Er blickte mich grimmig an und brummte dann:

„Danke. Ich habe mich in Ihnen nicht getäuscht und hoffe auf eine weitere fruchtbare Zusammenarbeit. Ich verbuche diese exquisiten Köstlichkeiten als Wertschätzung und werde meine Anerkennung bei Gelegenheit nicht nur mit schnödem Mammon abgelten. Guten Abend!"

Kennen Sie jemanden der so geschwollen spricht? Ich schon, aber nur einen.

Er verzog sich und ich wandte mich Rebecca zu: „Hat ihnen der dicke Mann Drogen oder Waffen zugesteckt? Tut mir leid, wir können kein Risiko eingehen......" Ich ging auf sie los und sie rannte kreischend ins Schlafzimmer. Ich hinterher. Was man nicht alles für die Sicherheit macht!!!

Eine Stunde später lagen wir entspannt im Bett und philosophierten. Sie streckte ein Bein in die Luft und wackelte mit den Zehen.

Nach etwa 5 Minuten atmete sie ruhig und regelmässig. Ich kroch aus dem Bett und schlich ins Wohnzimmer. Ich schenkte mir einen doppelten Redbreast ein und setzte mich auf die Couch. Der Himmel über Bern war neblig und reflektierte das Licht zurück, keine Sterne. Ich nahm einen Schluck und liess die letzten 3 Monate Revue passieren. Zeus. Janine. Pit. Rebecca. Was ich verloren und gewonnen hatte. Mein weiteres Leben unter dem Damoklesschwert der Ndrangheta. Meine Liebe für Rebecca.

Ich setzte einen Bewegungsmelder, lud die H & K durch und leerte meinen Whisky. Sollten doch all die Arschlöcher kommen und es versuchen. Ich würde mich wehren. „J' irai cracher sur vos tombes!" Ich werde auf eure Gräber spucken. Mit diesem hehren Gedanken schlief ich ein.

Nachwort

I bi mit viune Büecher u Gschichte ufgwachse u ha mi geng gärn i neui Weute lah entfüehre.

Jahrelang het dr Ädu Gschichtli fr mi erfunde oder mr vorgläse u het so oh mi Hunger für fantastischi Gschichte u frömdi Weute gweckt.

Woni denn ds Buech zum erste mau ha gläse, hätti nid dänkt, was es mr es paar Jahr später bedütet, e direkti Türe zrügg i eini vo Ädus erfundäne Weute z ha. I cha nid mitem Finger druf zeige, aber i gspüre bim läse so viu vo mim Dad u sinere Art i u zwüsche de Zile. I ha mi lang druf gfreut z druckte Buech i de Häng z ha u hoffe, dass die wo sech i «Zeus» Weut hei la verfüehre, oh mau wider e Huch Ädu hei chönne gspüre oder vilech zmingst, so wie ig früecher, s gnosse hei i eini vo sine Gschichte chönne ihztouche.

Merci Dad.
Merci Mum.

Marina

Figuren

Theodorus Zeus Wallbach	Doktor der Mathematik, spezialisiert auf Stochastik. Bacchantischer Querkopf, der versucht, mittels eines eigens entwickelten Computerprogramms die Forensik zu revolutionieren.
Bernard Roulier	Privater Ermittler, der als sarkastischer Ich- Erzähler und mit unverbesserlichem Heroismus die Welt retten will, an seiner Beziehungsunfähigkeit arbeitet und verdammt gut kocht.
Pit Frautschi	Chaotischer Freelancer, der gelegentlich für Bernard arbeitet und die Steuerbehörde halb in den Wahnsinn treibt.
Rebecca Antonioni	Psychologin, die durch einen One-Night-Stand in das Abenteuer ihres Lebens gerät und Bernard vor dem Wahnsinn bewahrt. Kennt sich in Forensik aus.
Anton Stangl	Angestellter der ehrenwerten Ndrangheta, der zuständig für die Behebung von Störungen der Geldwaschanlagen in der Schweiz ist. Killer und Sadist.
Dieter Jannsen	CEO von V-Care Schweiz, einem Zweig des internationalen Gesundheitskonzerns V-Care. Hat eine kalabrische Ehefrau und auch sonst beste Beziehungen zu ehrenwerten Leuten.
Angelo Condanello	Kalabrisches ehrenwertes Familienoberhaupt.

| Korporal Robert Bucher | Mitarbeiter des kriminaltechnischen Dienstes der Kantonspolizei Bern und Familienvater. |

Konzepte

Sämtliche Nebenhandlungen sind recherchiert worden und historisch korrekt. Dies gilt auch für Informatiktechnische, Mathematische, Psychologische und Forensische Aspekte.

Die Figuren sind frei erfunden oder zumindest stark verändert und überzeichnet worden.

Die kulinarischen Angaben und Rezepte wurden alle persönlich verifiziert.

Das Buch ist eine Mischung aus Kriminalroman, Thriller und Gesellschaftssatire.

Lebenslauf *(verfasst von Adi, 2011)*

1964	Erfolgreiche Geburt
1967	Erste Pointe: Fragte einen Truthahn, ob er sich auf Weihnachten freue.
1980	Wirtschaftsgymnasium Bern Neufeld. Daraus entstehend die Entwicklung der Ironie. Auch sonst viel in Wirtschaften. Daneben Bauarbeiter, Alleinkoch um zu überleben.
1984	Universität Bern, dann Volksbildhauer (Seklehrer). In der Universität hat sich auch der Sarkasmus günstig entwickelt.
1988	Unterrichtstätigkeit. Starke Ausprägung des Kindischen.
1995	Soziotherapie mit kriminellen Junkies. Ausprägung des schwarzen Humors.
2001	Nachdiplomstudium Unternehmensführung. Lead Auditor SQS/Schweizerische Vereinigung für Qualitäts- und Managementsysteme. Kenntnisse in Realsatire, Parodie, Tragikomik und Selbstironie.
2010	Schweizerisches Ausbilungszentrum für Strafvollzugspersonal (Ausbildung Knastkader) und Kriseninterventionsmandate. Freier Autor für Satiresendung Giaccobo & Müller im Schweizer Fernsehen DRS, Entwicklung einer Humordimension jenseits von Gut und Böse.

Wohnhaft in Murten, 1 Frau, 1 Tochter, 1 Katze. Unasketischer Lebensstil, keine Essstörungen wie Vegetarismus oder Makrobiotik, mondänes Ethylieren, Fischerboot (Fischen nur als Alibi). Geimpft gegen ansteckende Krankheiten wie Religion oder Parteizugehörigkeit.

***

Adrian ist 2014 nach kurzer, mit unglaublichem Humor und Lebenswillen durchlebter Krankheit am schwarzen Hautkrebs verstorben.